叶辛经典知青作品文集

爱的变奏

叶　辛　著

百花文艺出版社
BAIHUA LITERATURE AND ART PUBLISHING HOUSE

内容简介

这部书是作者继《蹉跎岁月》之后，奉献给广大青年朋友的又一长篇新作。

上海知识青年矫楠与宗玉苏从初恋到成婚终至离异，波澜起伏，饱经忧患。本书以这一爱情悲剧为主线，展现出一代青年艰难坎坷的生活历程和复杂深挚的内心世界。动乱年代，给他们带来的是痛苦和失落、困惑和愧悔；从山乡返回大城市，又面临种种新的严峻的人生课题，急待思考的抉择。但是，他们毕竟没有向多舛的命运低首。

这部书文字晓畅而清丽，布局新巧，时空变换有致，充溢着时代感和浓郁的生活气息。读来会饶有兴味，并从中获得多方面的启示。

目　录

总序：永在流动的青春河

不知不觉,知识青年上山下乡,已经快四十年了。

近年来,不断地有人发来请柬,让我参加编撰与知识青年有关的丛书;不断地有人来约稿,希望我写一些和当年的上山下乡有关的文字;不断地有人发出邀请,要我参加与知识青年话题有关的座谈会、研讨会;不断地有人送来一厚沓的电视剧本,让我读一下这些准备投拍的、接近完成的本子,写的都是知识青年们的故事。仅近半年多,光这样的本子,我就拜读了好几部。

有关知青当年的故事,有关知青返城后的沉浮,有关美丽女知青坎坷命运及恋人的故事,有关知青的子女们和他们的父母间的故事,还有侧重写今日的知青子女在都市里闯荡的故事。

最近以来,一些有了空闲、一些事业有成、一些发了点财的知青们,经常以"永难抹去的记忆"、"难忘的岁月"等题目,对中国知青的命运进行思考、回眸和述评。让人不由得会引出"时间是不是风化了情绪,历史能否沉淀出真谛的思考……"

一切迹象都在提醒着我,二十世纪六十年代至七十年代时中国发生的知识青年上山下乡运动,并没有从人们的记忆里抹去。有些剧本和丛书的编撰者则开宗明义地宣传,他们今天提起笔来描绘充满苦涩和辛酸的往昔,就是为了纪念即将来临的插队落户四十周年。

四十年了。真是人生易逝,弹指一挥间。

读着这些充满感情的文字,看着一部又一部描述往昔岁月的剧本,接触着一批批原先认识和不认识的老知青们,我不由得一次又一次地扪心自问:是啊,这一段历史是翻过去了,很多很多今天的少男少女,已经很难理解我们经历过的那段貌似奇特的生活。我接受过的几次电话采访,问出的一些话题,不得不引起我的思索。比如有一个问题是:曾经上山下乡的知青,究竟是多少人数?为什么有的说是一千四百万,有的说是一千八百万,有的则号称三千万?又比如还有一个问题是,描绘女知青遭受凌辱的故事,是不是为了迎合今天市场的卖点?

当然,提出这些问题的记者都很年轻。但是,时间只是过去了三四十年,事实却令人产生如此大的误解,这一现象本身就让我愕然。除了尽我的可能作出了回答和解释,又不得不引起我的沉思。那么,这一段难以忘怀的岁月,究竟留给了我们一些什么样的东西呢?重复地、喋喋不休地有时甚至是不厌其烦地去回顾以往,在今天究竟还有些什么样的意义可以探讨呢?

有人说,知识青年,是20世纪中国史册上一个无法抹去的凝重印记。

有人说,沉浸在知识青年们的如烟往事之中,是一辈子也走不出那条青春河。

有人说,频频回首风雨人生中知青们的故事,是在努力寻找青春的足迹。

有人说,知识青年的自省、忏悔和反思,是我们民族自省、忏悔和反思中一个重要的组成部分。因为这一代人还在成为社会的中坚……

有人说,什么中坚啊,随着岁月的流逝,这一代人正在退出历史的舞台。不是吗,再过二十年,我们都难相会了。

有人说……

各种各样层出不穷的话题和议论,搜集拢来几乎可以编成一本大书。

我也曾是一个知青，和成千上万的同时代人一样，经历了“文革”中那段长达十年之久的知青生涯。眼见耳闻了许许多多伙伴和同时代男女的故事。可能正因为自己当了整整十年半的知青，故而对于那段生活，对于同时代知青的所思所想所虑，我都有较为深切的体验。即使时间过得再久远，我也仍记得，自己曾是一文莫名的知识青年。我也想忘却，但我不会忘却。

在和读者的见面会上，在盛情相邀我去讲课、座谈文学的那些大学和城市，只要对方告诉我说他当年是一个知青的时候，我总是这么回答他们。当他们希望我说些什么和写些什么的时候，我往往就重复这句话。

我觉得有这句话就够了。

我在偏远蛮荒的贵州山乡整整呆了十年又七个月的时间，一天也不多，一天也不少。我想，对于这么一截漫长的日子，我能说些什么呢？

能说的我都已写进了那些小说。插队十年，直接描绘知识青年命运的长篇小说，我一共写了六部：《我们这一代年轻人》、《风凛冽》、《蹉跎岁月》、《在醒来的土地上》、《爱的变奏》、《孽债》。另有一些中短篇小说和散文、随笔。还有我和当年的恋人，今日的妻子王淑君分离时的书信，汇聚拢来竟有八大本。今天，新华传媒借纪念知识青年上山下乡四十周年之际，把所有这些书冠名为《叶辛经典知青作品文集》推出，无论是对于我，对于曾经有过这段经历的知识青年读者，对于知青的下一代，无疑是一件十分有意义的事情。每当我参加图书馆、文化局组织的读者见面会，每当我应邀到各省去参加读书节、书市，每当我在又一部新书的发布会上，总会遇见一些和我年龄相仿的热心读者，挤上前来，遗憾地对我说：他是一个知青，很想买齐我所有描绘知青的书，可惜一直没搜齐。我想，《叶辛经典知青作品文集》八卷本的出版，会受到这些情有独钟的读者的欢迎吧。

在这些书里，我说过我希望那样的日子再也不要回来了；我说过我的青春、我的追求甚至于我的爱情，都是从那时候开始的；我说过就是在那样的岁月里，我才真正了解了栖息在祖国大地上日出而作、日落而息的农民，他们渴望过上基本温饱、祥和美满的生活，但他们的愿望实现起来往往又是那么困难。

二〇〇五年秋天，当由我牵头筹资的“叶辛春晖小学”在当年插队的砂锅寨落成时，老乡们把我曾经栖身的一间小小土地庙恢复成了当年的样子，挂了一块“叶辛旧居”的牌子，当人群散去之后，我的儿子叶田在这间四五平方米的小屋门口站了足足四五分钟。看到的老乡把这一情景告诉我时，我想，尽管我从未对他讲过自己青春年代受过的苦，但他站在那里看一看，他会从潮湿、幽暗的小屋，从当年的煤油灯，读出他该读懂的东西。

更多的时候我不是说而是在回忆，默默地静静地回想那些已经逝去的却又是那么清晰地留在我脑海中的画面。粗犷的远山连绵无尽地展示着古朴原始的高地，苍茫的云空中有鹰在盘旋，从绿得悦目、绿得诱人的山林里，传来小伙子奔放的时而又是逗人的歌声，传来姑娘们嘹亮得飞甩到谷地深处的歌声，这歌声和恢弘的大山、和轻柔的蒙纱雾、和郁郁葱葱的大树林和谐地交织在一起，撩拨着人的心情，搅动着人的思绪。

哦，多少文思就在这样的冥冥中涌现出来。

我在一篇创作谈中写过：创作，是我生命意味的体现。而我生命的根，就是孕育在由高山河谷树林村寨组成的大自然中。我对大自然的情愫，对生活于广袤大地上的人民的感情，就是在上山下乡的插队落户岁月里从切身的体会中培养起来的。

知识青年的四十周年，是中国二十世纪历史中一道独特的风景。

我们今天又来叙说这一段往事，叙说关于昨天的话题，为的是更好地着眼于今天，迎来愈加美好的明天。愿这套文集的出版，能给历史留下一道印记。

二〇〇七年五月八日

第一章　初恋的微澜

小　　引

这一切是怎么逗起的呀?

他为啥要磨刀,为啥要去砍她那一刀,为什么?

弄堂里传来孩子们嬉戏玩耍的笑声,弄堂口在叫卖盐水海蟹,过街楼下酷暑的大太阳照不到的阴影地,一帮退休老工人在兴致勃勃打扑克。

还没到下班时间,姐姐矫静、弟弟矫光、妹妹矫冰都还没有回家。退休后天天领着小玉的妈妈到里弄里开会去了,爸爸想必还在米店账台后一丝不苟算着他不许出点差错的账吧。

他却在磨刀。

这些天他天天在磨刀,长久未用的磨刀石已被他磨得刷光滴滑,那雪亮的刀刃、锋利的刀尖,在上海夏天午后的太阳光里,闪闪烁烁放着银亮的光。

他还在阳台的一角磨着刀。

刀太快了,他不磨也行。但他不磨就找不到事做,他用手心掬起水,刀刃不时去水中蘸一蘸,然后聚精会神地磨着刀。他那充沛的精力,他那一肚子无处发泄的积怨和怒火,非得靠一刻不停息的动作抑制着。他的脸上由于这种克制呈现一股峻厉的、甚至是凶狠的神色。

这阳台，是他当年正处发育阶段经常炼身体的地方。那些年里，他举杠铃、练哑铃，把身体炼得粗壮结实，生气勃勃。他绝没想到多少年之后好不容易得到个归宿，在外晃荡了一大圈回来了，却会在阳台上背着人磨刀。

阳台一侧的墙壁上，纵横交错地划下了数不清的刀痕，每一道刀痕都清晰可辨，一刀是一刀，刀刀着力都均匀准确。这是他为了稳准狠地划破她的脸苦练的痕迹。

他的意图是非常清楚的，他不要伤她性命，不想使她伤筋动骨，他只要破她的相。

他又一次掬起水来，滴在刀刃上，“嚓嚓嚓嚓”使劲地磨着手中的刀。

他磨着、磨着，脸上的神情由凶狠峻厉渐渐变得陷入沉思，深深的刻骨铭心般的沉思……是呵，他为什么要去砍她那一刀呢，这种报复的欲望为啥如此强烈得不可抑制，为啥弄得他吃饭不香、睡眠不宁呢？

他同她不是夫妇吗，他同她不是早在少年时期就相识了吗，他不是还在初中毕业之前就爱上她了吗？

这一切到底是怎么回事啊……

一

绰号“死猫儿”的沈老师开始训话的时候，矫楠一点儿也没把他当回事儿。老规矩了，周会课班主任训话时，你只要不吭气儿，不做小动作，不东张西望，沈老师绝不会找你的茬儿。他只顾着集中自己的思路，滔滔不绝地、引经据典地将那些富有哲理的、充满诗意的、热情的话流畅地说出来，煽起同学们心头的那股易于激动的情绪，从而使得全班同学更加崇拜他，更加爱他，他便算达到了目的。下课后，当教室里响起一片啧啧的赞叹、佩服的声音时，沈老师白皙得无一丝光泽的脸上，就会浮起几缕淡淡的笑意。

瞅着沈老师那一对无神的小眼睛茫然地俯视着全班同学，矫楠在想着沈老师的绰号“死猫儿”的来历。沈老师挺得笔直的身板，高高昂起的脑袋，有力地挥舞着的臂膀，都极难同“死猫儿”的形象联系起来。都只因为沈老师那双小小的总像在打瞌睡的眯细眼睛，同学们给他起了这么个绰号。那是初二时，英语课本讲到美国一个黑人居住的小城镇，同学们头一次接触到一个新的英语单词：Small。也不知哪个缺德鬼，在念这个生词时，念得抑扬顿挫，变了音调，激起全班男女同学的哄堂大笑。笑声像能传染似的，高高低低、粗粗细细，粗哑的、尖细的，放肆的、羞涩的，足足在教室里回荡了三四分钟。随着阵阵交头接耳的窃窃私语，又一股恍然大悟般的笑的声浪震荡着整个教室，继而逐渐平息下来。从那以后，班主任沈老师在好些同学的嘴里，就有了这么一个雅号：死猫儿。中学生们都是机灵鬼，再迟钝的女生，也都晓得Small 指的是什么。大约除了沈老师本人不知道之外，在明光中学的初三(7)班，这已是公开的秘密了。

想到这儿，矫楠的嘴角不由显出了一丝笑纹，一双眼睛里，也同时闪烁出带点儿调皮的光芒。他不由朝沈老师那张白皙的脸瞅了一眼。

沈老师还在那里喋喋不休地训导学生，他真可算得是靠耍嘴皮子吃饭的了。一节课，整整五十分钟，他就能找出那么多的话来讲，且一句是一句，一句不重复一句，一句连一句，连得那么通顺自然，字正腔圆，意思明晰，逗起同学们的兴趣，听得那么津津有味。怪不得其他班级的老师，还要请沈老师去代上周会课，甚至请他代政治课呢。他真会讲。

沈老师今天的脸色比往常还要严峻，还要冷漠无情，两片薄薄的嘴唇一掀一掀，陡地提高了嗓门：

“……什么是爱情？爱情是个神圣的字眼。古往今来，多少志士仁人，讴歌过爱情，赞颂过爱情，甚而至于为爱情捐躯。如此崇高的感情，岂容人随意地亵渎，岂容人像摘桃子似的偷取。伟大的莎士比亚是这样颂扬爱情的，请听……”

莎士比亚为爱情唱了哪些赞歌，矫楠无暇去细听了。一阵隐隐的不安袭上了他的心头，他不知道沈老师在此时此刻的周会课上，为啥要提起“爱情”这个话题。难道爱情也能在大庭广众之下作为演讲的内容，作为训导学生的话题吗？在矫楠的心目中，爱情，那是歌，那是诗，那是言不能传的心声，是……是不可抑制的奔泻的激情，是……

不过，“死猫儿”当着全班五十六个同学演讲这一题目，绝不是为了显示他在这方面的博学，更不是为了炫耀他能背诵伟人们的诗句，他必然是有所指的。

矫楠的神经末梢似被触动了，心也随之悠悠地提了起来。他再没方才那股若无其事的情致了。沈老师的每一句话，都像针似的扎进他的耳膜：

“……可我们有些学生呢，小小年纪，正值求知的黄金时代，却不思钻研学问，做起什么桃花梦来了。我们三(7)班，有没有这样的学生呢？咹！”

沈老师的话音戛然而止，教室里鸦雀无声。这不是平时那种无动于衷的静寂，而是一种蕴含着不安的紧张的静寂。

矫楠全身的肌肉都绷紧了，他木然凝坐着，两眼平视地望着讲台上那个粉笔盒。他的心直怦怦地骤跳，目不敢旁移斜视，他只觉得全班同学的目光都朝他扫了过来，有的惊讶，有的好奇，有的鄙视，有的讥诮，他的全身在起鸡皮疙瘩，他的脸仿佛在承受压力，他真希望这会儿黑夜降临，不，他更希望这时候发生地震，他觉得喉咙里发涩，呼吸局促起来，哦，一分钟简直就有一个世纪那么长。矫楠头皮发麻，耳管里嗡嗡发响，好像全班同学都在嘤嗡低语，又似乎有人在悄声议论。定神细听，啥声音都听不到了。

“郁强！”沈老师的嗓门提高了一声喊，颇有威仪。

“到。”郁强平时那雄浑的男性声音闷沉地应着。

“你说！”

“说什么？”

“你心头清楚。”

“沈老师,我不晓得……”

“不要狡辩,不要替自己掩饰,所有的材料,我们都掌握了。”

“沈老师……”

“说吧。”

“我……”

“你做得出来,也说得出来。讲吧!”

“呃……我……我真的不晓得……”

“那么我问你,你写过信吗?”

“信? 写过。”

“写的什么信?”

“信……信……”

“不要吞吞吐吐、支支吾吾的,有勇气做,就没勇气承认吗? 我提示你一句,准确地讲,你写的是‘情书’……”

教室里掠过了一阵轻风,“情书”这个带刺激性的词,一下子逗起了同学们的好奇心,娇楠听到了几声低语:

“哈,郁强写情书!”

“他写给谁?”

“总是女生吧。”

“这家伙胆子大……”

“这下他要臭了!”

“男高音,我就晓得他满身骚气,不动好脑筋。”

…………

借着教室里掀起的这一番喧哗,娇楠仗胆仰起了脸,瞥了沈老师一眼。沈老师白皙得无甚光泽的脸变得冷漠无情,一双小小的眼睛咄咄逼人地盯着郁强座位那边。真没想到,沈老师平时那对无神的眼睛会变得如此炯利,如此光亮。

“说啊!”沈老师的两眼似在欣赏铁笼子里的猎物,“你的情书是写给谁的?”

矫楠转脸朝后面望去,郁强高高的个头矮了一截,宽宽的双肩也缩做一团,平时昂得老高的脑袋,这会儿耷拉下来,低垂在胸前。

“说啊,不要耽误全班同学的时间!”沈老师又紧盯着逼了一句。

矫楠不忍瞅郁强的狼狈相,收回了目光。心头却在不住地打鼓,下一个就该轮到我了,下一个就该是我站在大家面前了,下一个……他忐忑不宁地凝坐着,惶惶地等待沈老师的一声喝。

一阵事先绝没料到的哀嚎陡地在教室里传开来,男女学生的目光全朝哭声响起的座位上望去。越剧演员的女儿余云趴在课桌上,一头乌发覆盖着她的脸,嘶声哭着。由于拼命抑制自己按捺不住的哭泣,她的双肩、后背都在耸动。

不用说,男高音郁强的情书,必然是写给她的了。

教室里再次响起了一阵骚动。矫楠的眼角溜了余云一眼,心头忿忿地说,哭啥,哭也来不及了,人家写信给你,你为啥要交给老师?这下好,郁强臭了,你也臭。你想保住自己的面子,结果……兔死狐悲,矫楠联想到自己,比起余云来,宗玉苏更会把这种事儿公之于众。平时,她不是比余云更清高、更孤傲、更有一股拒人于千里之外的矜持嘛。早知结局会是这个样,就是吞吃了豹子胆,矫楠也不敢给宗玉苏写那么一封信的,绝不写的。

“你真让人失望,彻底地失望!”沈老师的嗓门陡然提高了八度,盖没了余云的啜泣,盖没了同学们的窃窃私议,“也不想想,小小年纪,该不该写这样下流的信!也不想想,老师和家长对你寄以多大的期望,盼着你争光!也不想想,你们之间的差别有多大,就是到了恋爱结婚的年龄,你的家庭会让你娶这种人吗?咹!真是自暴自弃,十足的没出息,坍老师的台,坍家长的台,也坍学校的台!好嘛,学校变成情场了,一边暗送秋波,一边书写情书。郁强,你不愧是名门望族出身,聪明绝顶,专门给戏子的女儿、风流姑娘写情书。余云呢,表现得更妙,收到了情书,不告不报、躲躲藏藏、遮遮掩掩,真以为交桃花运了!你就不想想，你那种家庭出身，配吗？”

余云的啜泣以一股陡起的尖啸响遍了全教室，众人都为之愕然。

沈老师将黑板擦当成“惊堂木”，重重地在讲台上击了一下，吼道：

“嚎啥？你还唯恐知道的人少吗？”

矫楠掠了沈老师一眼。沈老师平时那张白皙得少血色的脸，此刻变得铁青铁青，大有勃然震怒之色。他的小腿肚随之打起寒颤来了。训第一个人就这么凶，训到他的头上，还有他的好果子吃吗？看样子，情书不是余云交给老师的，要不，老师不会两个人一块儿训斥。和他俩的所作所为比较，矫楠走得更远。他给宗玉苏发出信几天之后，得不到她的回音，竟然在她放学必到的公共汽车站上去等她，堵她的去路，盼她有个哪怕是起码的表示。这举动在沈老师的嘴里，岂不成“流氓”行为了。

矫楠的心愈来愈紧张了，座椅好像升了温，烤得他坐不下去。“死猫儿”平时常夸郁强，说他是高材生，说他有希望被保送进高中，说他是男生中的佼佼者，这会儿训他，大有恨铁不成钢的意思。矫楠在他眼里算个啥呢，一个成绩平平，无甚造就，不会有大出息的凡夫俗子，他要训斥起来，什么话儿吐不出口。况且，沈老师往常就用一双挑剔的眼睛斜乜矫楠，总想在他身上找刺儿，轮到他头上时，还不知沈老师说出些啥令人心寒的话呢。

矫楠对“死猫儿”又惧又不服，但又无可奈何。能像你这样教育学生吗？连骂带咒，还带上人家的家庭，算个什么水平啊。这类事儿当众宣布，学生今后怎么做人？复旦数学系毕业的沈老师，教数学比不上初一那位慈祥的安老师，上起政治课、周会课来，倒是振振有词、唾沫飞溅，一套一套的。今天撞在他手里，算是倒大霉了。

正在矫楠诚惶诚恐，心跳一阵比一阵加速的时候，电铃响了。

下课的铃声响了。

这铃声尖脆刺耳，常给人一种心悸的感觉，尤其是在聚精会神听课的时候，更会使人扫兴。

可这会儿,悠长的铃声犹如一股清泉顺着山溪淌下,娇楠如释重负地吁了一口气。

至少,他不至于像郁强那样,在全班同学面前出丑,让众人耻笑。即使宗玉苏已在老师面前告发了他,“死猫儿”把他找进办公室去,那也要比郁强和余云这样丢脸好些。他想,他再没勇气,也要向老师提出,不要让他的这件“丑闻”在班上公开。

“死猫儿”宣布郁强和余云放学留下来以后,便示意众人,下课了。

娇楠在弯腰起立的那一瞬间,车转脸去,朝宗玉苏那张白皙的泛着红润光泽的脸,探询地投了一瞥。

他仍抱着侥幸的心理,希望宗玉苏还没把这件事报告沈老师。哪怕她对他一点没意思,他也不会恨她,只要她不报告就行了。

二

他胆子真大,在这么一场“暴风骤雨”之后,竟然还敢朝我瞅一眼。

这个其貌不扬的“小流氓”。

这个胆大妄为的“家伙”。

我真想唾他一口,让他当众出丑,让他被同学们嘲弄讥诮。

这会不会被人视为太“过火”? 顾忌它干什么,他写那些玩意儿,从没顾忌会给我带来烦恼。

我真恨死他了。

这几天来把我搅得寝食不安。

对,也得让他尝尝侮辱我是个什么滋味,冲上去,拦住他的去路,当众责问他。

可是……我的勇气怎么没啦? 眼睁睁地瞅着他退出课桌椅,眼睁睁地瞅着他走出教室,顺着走廊远去。这个冤家,可恶的冤家。

他凭啥给我写那么一封信,他有什么资格给我写……写沈老师说的“情书”,天哪,羞死人了。我从来没给过他这种权利啊,我甚至不曾给过他任何好脸色,哪怕是朝他莞尔一笑,我都没有过。是什么使得他有那么大胆子呢?

回忆起来,只有一件事,一件事。

那次,是自修课,走进课堂来的,却是副课老师朱正涛,教英语的“洋面包”。

“洋面包”朱正涛仪表堂堂,在三(7)班的同学们面前却无甚威信。这只是因为他表面上严厉,实际上却有一副慈善心肠;这只是因为他教的是副课,初中考高中,无须考外语;这只是因为他凡事过于琐碎、过于认真,而学生们却太马虎,太不把他放到心里去。

可那一次,他走进自修课堂时的神色,连我都看得出,是被激怒了。

我替那位即将遭殃的同学捏了把汗,目光追随着朱老师,紧盯着他的一举一动。

不料他朝着我走来了。

不会是来训斥我吧,我吓得心直抖。这种事儿,在我进入中学,不,在我走进学校至今,还从来没发生过。小时候,我不知道这是啥原因,现在我清楚了,全班同学也都清楚了,老师们自然更明白,我有一位好爸爸,有一个好妈妈,没人会来惹我。

那朱老师想要训斥我身旁的哪位同学呢?瞧他啊,镜片后面那对皂白分明的眼睛放射出愤怒的光来,白皙的脸板得铁紧,那条笔挺的鼻梁上,沁出了细小的汗粒。这个老实的先生,一旦发起怒来,他是真正地怒火中烧,不可遏制。

他在矫楠的座位前站下了,灼灼放光的眼睛盯视了矫楠好一阵儿。

“朱老师,有事儿吗?”正在演算几何习题的矫楠,陡一抬头,发现老师站在跟前,若无其事地问。

“你给我站起来!”朱老师压低了嗓门道。

那沉沉的声气里含有某种威严,矫楠站起来了。

就在他站起来的那一瞬间,我一眼看到 Small 不知什么时候出现在教室门口，一对小眼睛冷漠地瞥视着我们这边。

于是我明白了，矫楠今天要倒霉，这一幕戏，是两位老师商量好的，不，也许就是“死猫儿”出的主意，朱正涛老师只是扮演一个角色而已。

“英语期中考试，你有作弊行为，矫楠！”朱正涛老师斩钉截铁地道，每一个字都像是从舌尖上吐出来的，带着很大的力量。

“冤枉，朱老师，冤枉！”矫楠毫无顾忌地嚷了起来，“凭啥说我作弊？”

“你别嘴硬，我有证据。”

“拿出来。”

“你先给我把态度放端正了。”站在门口的沈老师，冷冷地插进一句话来，手臂抬起来，直指矫楠。

矫楠的头倔强地一昂：“反正我没作弊。”

“我问你，考试时，你的头朝台板下望了没有？”

“望了。”

“望了几次？”

“数不清。”

“你翻书了没有？”

“翻了。”

“那你还狡辩，还不认错？”

“这叫黄泥糊裤裆，不是屎也是屎！”“死猫儿”走到朱老师身旁站定下来，总结似地嘣出一句：“矫楠，你还有什么话说。”

“我头朝台板下望，是脚上痒痒，我一直在搔。我翻书，是找纸……”

沈老师冷笑一声：“找纸儿。嘿嘿！”

“矫楠，”朱老师的语气缓和一些，“别诡辩了。知错认错改正错误，就是……”

“我没错。我是找纸，再说我翻的是语文书。”矫楠急得喊起来。

“谁能证明你找纸，谁能证明你翻的是语文书，不是英文书？”朱正涛老师的语气变得冷峻了。

沈老师又加重了语气：“嗯！”

“我证明，”当时，我几乎没有多加考虑，就站了起来，既不是觉得娇楠可怜，也不是因为两位老师错怪了一位同学挺身出来抱不平，我只是想说明事实真相。我的座位就在娇楠隔排的左后一排，娇楠的一举一动，我都看得清清楚楚，上课时他偷看科幻小说，我是知道的，他嘀嘀咕咕讲些悄悄话，差不多每一句我都能听清，有时还随着身旁的几位同学一齐笑出声来。英语期中考试前，娇楠在操场上踢足球，不知让什么小虫子咬了，大腿小腿上全是红一块、紫一块的，他不断地撩起裤管搔着痒，考试时，由于神经高度紧张，他把红块块搔破了，血顺着脚弯淌下来，他拿出语文书来找白纸擦，找了半天也没找到，最后还是拿手绢拭去的。这一切动作我都在旁边看得清清楚楚，我觉得应该给他证明一下，免得他无故受冤枉。

我证明之后，两位老师的脸色放缓和了。

接着，另一位男生证明，考试那天娇楠根本没带英语课本，娇楠的课本在头一天晚上去他家时，忘在他家里了。

一场风波就此结束，我也丝毫未把此事放在心上。

会不会因为此，娇楠就误认为我对他有好感，而写了那么一封情书呢？

这个贪得无厌的家伙，这个缺德鬼，我真想扇他两记耳光。他竟敢得寸进尺。

铃声又响了，这回是上课铃声，今天午后最后一堂几何课的铃声。

铃声提醒了我，下课时只顾沉思默想，我竟然没离开座位，没走出教室去透透空气，没按惯例去一趟厕所。这下糟了，如果课中间要小便，我只好憋着。这都是娇楠害的。

他来了，煞有介事地坐进座位，拿出那本卷角的几何课本，腰挺得笔直。

你倒轻松自在,若无其事,把我害得六神无主。

“起——立——坐——”

班长的口令喊得洪亮有力,“砰砰嘭嘭”坐下之后,我把脸仰起来,望着老师。

几何老师姓吴,吴志刚,同学们给他起个绰号叫“果子酱”,又生动又形象。他不像沈老师不知道同学们背后怎样称呼他,他完全知道,情绪来了,还会在上课时来几句笑话:果子酱有什么不好,吃上去甜蜜蜜的,但愿你们每天用它涂面包吃。同学们笑得前倾后仰,因而对吴老师也倍感亲切。听说他解放前在洋行里供职,算盘打得“刮刮叫”,现在除了正工资一百出头,还有好几十元保留工资;还听说他除了教书,有个逛寄卖商店的嗜好,他家里的每样东西,都是从寄卖商店淘来的。他的几何课上得特别好,他教过的班级,成绩最差的学生,几何成绩也都很好。这不能不归功于他丰富的教学经验和对学生平易近人的态度。

可他今天讲了些什么,我一句都没听进去。我的满脑子都是那封信,那封情书。岂止是这堂课,今天,近几天来所有的课,我都不晓得教了些什么。我脑子里全是他信上写的那些话,那些扰乱我心灵,搅得我睡不稳、吃不香的话。

这些话不是甜蜜蜜的,也不是那些俗不可耐的情书。我是见过那种情书的,什么“你的眼睛像闪烁的星星”,什么“你像月光似的照亮了我的心”,什么“我为你昼思夜想,坐立不安”,什么“你像一座灯塔照亮了我生命的航程”……令人恶心极了,隔夜饭也要呕出来。

矫楠没有写这些,他甚至连提也不提我为他作证的事情。

“好些天了,宗玉苏,我就想给你写这一封信。”

这就是说,他存这一念头不是一天两天了,而是存了一长段日子。我为啥偏偏就看不出来呢,这个“阴私鬼!”他还打破了写信的规矩,不写抬头,不写称呼,而是什么“好些天了”,见他的鬼。

“提起笔来,却又不知道该怎么写,就连怎么称呼也不知道。真的，这是一种惶惑的、矛盾的、犹豫不决的心情，这种心情你是难以想象的。为此我久久地苦恼着，守着信纸，写几个字，撕去；撕去了，又挣扎着写几行。我感觉到心里有那么多的话要对你讲，要对你倾诉，仿佛只有对你讲了，我的心才会感觉踏实，感觉舒畅。你是知道的，我有一个在米店里坐账台的爸爸，有个在邮政局里收取包裹的妈妈，还有一个大学刚毕业的姐姐，和两个弟弟妹妹，他们都是我的亲人。有什么话，我满可以对他们去讲。但事情就是那么怪，藏在我心底深处的很多很多话，是不能对这些亲人讲的。这些话全都是为讲给你听的……"

哦，天哪，他写的这封信，这封情书，我怎么能一字不漏地背下来了呢？我背书的功夫是不深的呀，一篇短短的几百字的古文，读上十遍八遍，离开了书本背，我不是漏下这一句，就是落下那一段。而他这封信，我为啥却能背呢？背得那么通畅，那么不费劲儿。是我读多了，读多了！

我的耳根在发烧，皮肤下的血液在奔涌，血管似也在曲胀。这是怎么回事儿？

这都是那封信惹起的。

怪不得我，怪不得我啊。听人说，一个少女第一次接到男子的来信，都是这样的，都会引得情绪波动，都会把写着动人词句的情书一遍又一遍翻来覆去地细读。我也不例外啊，矫楠的信，虽然没有那些迷人醉人的诗一样的语言，虽然没有那么多令人眼花缭乱的形容词，可读去惬意舒服，像夏夜里阳台上吹来的凉风，像一阵阵徐缓幽远的乐曲，像引人遐思的原野景色，像微风拂过时深潭里轻起涟漪的碧水，像……总之，读时觉得天宇是澄净的，心灵是颤动的，人是亦喜亦忧般激动的。

就因为这，我把这封信珍藏着，夹在我枕边的书当中，那本书叫什么名字？《十二把椅子》，怪书名，是我从哥哥的桌子上随手抓来的，精装本，咖啡色封面。信夹在书里面，一点儿也不会引人注意。每当临睡之前,夜深人静,我关严了门,躺在床上,就悄悄展开这封信,读了一遍又一遍,不知不觉地,就把信上的话全记住了。

我不会像余云那样不小心,把信落到"死猫儿"手里,既害了郁强,也害了她自己。我不把信带到学校里来,同学和老师,谁都不会知道。但我也不能轻饶了矫楠,我得让他明白,不准他侮辱我。

他的胆子太大了,竟然还敢在公共汽车站上拦截我。那天我惊慌失措,一点儿办法也没有。现在我有对付他的办法了,如若他再敢来拦截我,我就对他说:我把信交给老师去,吓吓他,准能把他吓惨了。

铃声又响了,这是下课铃声,放学的铃声,"果子酱"在布置回家作业了,三十四页,快翻几何课本,快翻到三十四页,第六题、第八题、第九题,我匆匆忙忙地抓起铅笔往这三道题上打钩。天哪,今天的回家作业怎么这样多,我该怎么完成啊?吴老师上的新课,我一点都没听进去呀。

放学了,同学们挎着书包冲锋一样地蜂拥而出,足球迷们跑着去占足球场,篮球迷们抢着去占篮架,小说迷们三五成群地去图书室还书借书,参加航模、机电兴趣小组的同学们已在那儿对星期天即将举行的比赛高谈阔论了。唯有被 Small 勒令留下谈话的郁强和余云,神情呆滞地整理着书包,等待着他俩的,想必是一场令人毛骨悚然的谈话。郁强的关系不大,他的父亲是知名度很大的民族资本家,市里有名的民主人士,头衔不少,他本人的学习成绩在整个初三年级十二个班里,都是数一数二的,上高中没问题。余云就可怜了,本人成绩差不说,母亲是改行的越剧演员,父亲解放前是巡捕房的包打听,现在都不知是被关在监狱里呢,还是在劳改农场,反正是个坏分子。她属于标准的五类分子子女,出了这种事,初中毕业后,只有一条出路:去新疆。

她是不是预感到这点了呢?

恐怕未必呢!人家都说,生得特别漂亮的姑娘都是糊涂虫,是……是红颜薄命。

我把书包挎上肩,眼角朝矫楠溜一下,走出了座位。这几分钟里,我的眼光虽然在端详整个教室里的动静，但从始至终都能感觉到矫楠的存在。

这家伙是在故意磨蹭时间哪。他爱踢足球，要在过去，他早像颗弹头一样冲出去了，今天却粘在座椅上不动，理个书包，哪要这么长时间啊。难道，他还想盯我的梢，跟踪我，拦截我吗?

好，有种，你就跟来吧。

我一扬书包，就往教室外走去。

老规矩，出了教室门到校门，出了校门到公共汽车站，挤上公共汽车，坐三站路，拐上那条两旁的梧桐树叶连结成天然绿色屏障的马路，走上二三百步路，就能回到我那幽静而安适的家。

谢天谢地，他并没“跟踪追击”。在公共汽车站等车的那几分钟里，我把身前身后，马路对面，甚而至于粗大的梧桐树后面，都溜了几眼，没见着矫楠的影子。下了公共汽车，踏着早落的梧桐树叶走回十九号大院，我一连回了好几次身，也没见他跟来。奇怪，迈进十九号大门的那一瞬间，确信矫楠并没来找我时，我为啥隐隐地感到有点失望呢？上了公共汽车，我一再地往车厢后部瞅，是不是盼望他在拥挤的人堆里忽然出现呢?

不是的，不是的。他真出现了我一定会惊慌失措的。那么我又为啥对他的出现有所期待呢?

顺着我们的十九号大院走进去，我自己都无法说清楚矛盾的心情是怎么回事。

秋阳斜斜地照耀在院落里晾晒的一竹竿白色的尿布上，几只浦东九斤黄母鸡，懒散地在院子的泥地上啄食。院墙那边，有几个男孩子在打玻璃弹子，屁股撅得老高，不时地发出声声欢叫。那多半是七号八号两幢楼里的孩子，什么新花样都从他们那七八家里兴起来。而我们这半边，尤其是一号二号两幢楼附近，一年四季，春夏秋冬，不论是什么时候，都是静谧安宁的，笼罩着一股幽幽然的气氛，原因也是很简单的，七号八号两幢楼，一幢楼里住四户人家，而一号二号呢，一户一幢。特别是我们家住的二号楼，位于六角形的十九号大院最深处，偏离另外七幢小楼远一些，到了夜晚，更是静得耳朵里都发慌。

我穿过广玉兰的树阴，从后门走进家里。厨房里的范阿姨隔着门帘看见了，喊道：

“玉苏，你爸爸让你放学以后，到他书房里去一下。”

“好的。”

嘴里在答应，心里在直犯嘀咕。在这个家庭里，我天不怕地不怕，就怕爸爸找谈话。爸爸出马同我谈话，就说明我又犯了什么严重的过失。什么过失呢？我马上想到了夹在书里的那封信，那封情书！

我一边卸下书包，一边“砰砰嘭嘭”跑上楼去。

进了我的那间小屋，我直扑床边。枕头上，枕头下，枕头旁边，床底下，床同墙之间的夹缝里，我全都找了，没有，都没有那本精装本的咖啡色封面的小说《十二把椅子》，夹在书里的信，当然也就不见了。

预感被证实了。

矫楠的信被爸爸发现了。怎么发现的，范阿姨整理房间时看到的？爸爸进屋来瞧我看哪些课外读物时发现的？现在这一切都无关紧要了，反正是被发现了，发现了！

我将坐在爸爸的对面，接受审讯般同爸爸进行一场谈话。

我的心在像擂鼓样乱跳。不，跳得比擂鼓更凶。

猛一转身的当儿，我一眼从梳妆台的三面镜里看见了自己。

天哪，镜子里从不同角度映出的那三个姑娘，难道会是我么？鬓发零乱，脸色涨得绯红绯红，眼里全是慌张的神色，连胸脯也在波动起伏。

还没见着爸爸，我就慌成了这个样子。真到了爸爸面前，我会是个啥样？

哦，我该怎么办？我该怎么办呀？

三

这条弄堂的大门口，书有三个颜体大字“福安里”。三个大字的下方,还有一串依稀可辨的阿拉伯数字:1939。这串数字标明了这条弄堂的建造年头。距今已有整整二十六年了。

弄堂的年龄比娇楠的岁数正好大十岁。

不知从什么时候起,原来设在楼梯脚下的一只只自来水龙头,现在都移到弄堂里来了。一眼望过去,一只只自来水斗,排列得倒还算整齐,只是,本来就拥塞得不算宽敞的弄堂,这一来显得更狭窄了。

娇楠自小在这条弄堂里长大,对小小的弄堂景观早已司空见惯到无动于衷的地步,他麻木地绕过水渍和垃圾,习惯地避开晾晒在上的"万国旗"滴下的水点,走进九号的后门。

步上楼梯的时候,楼板上会起一种"壳隆壳隆"的共鸣,告诉这个号头里所有的人家,又有人上楼了。

娇楠刚走到亭子间门口,前楼里就传出一声震响,他听清这是父亲"娇老爷"在拍桌子骂人:

"活该!你这是自讨苦吃。哭啥,现在再大哭小叫落眼泪,来不及了。问我,事情到这个地步来问我当爹的,我有啥办法?你爹是米店里的账房先生,不是财政局长。混账东西,当初劝你,你……你为啥不听?死闹活闹要到外地去,去啊,现在我举双手支持你去,你去啊,快点卷铺盖滚啊!"

骂声刚落,"哐啷啷"一声,一只玻璃杯丢在地板上,摔得粉碎的声音随之传来。

娇楠惊惧地快走几步,来到自家的前楼门口。门关着,爸爸在屋里跺脚,从三层阁上,隐隐传来姐姐娇静的嘶声低哭声。隔着门板,娇楠又清晰地听到妈妈的叹息声:

"哎呀,你少讲几句吧!碰到这种事,娇静已经很痛苦了……"

"她痛苦,我不痛苦?"

"你是当爹的呀!"

"当爹的更气!女儿养那么大,遭人骗。"

"你这副样子,不是在火上加油嘛!娇静怎么活得出来。"

“要她去找那贼种算账！姓冯的那小子，我老早看出他不是个人！”

“算了算了，你都没办法，矫静有啥办法？”

“她是大学毕业生。”

“大学毕业生又有啥办法？她还是我们的女儿啊！”

矫楠晓得，这件事肯定非同小可。要不，上班时间，爸爸妈妈绝不会留在家里。别看父亲那么凶，还有个“矫老爷”的绰号，其实，他同妈妈一样，都是兢兢业业的小职员，平时，树叶子落下来都怕打破头，遇上个头痛脑热，有个三五分热度，爸爸妈妈都是要挺着去上班的。可姐姐究竟出了什么事，矫楠一点也不晓得。他只晓得，上大学的时候，姐姐同一个叫冯英华的男生很要好。冯英华挺英俊，到过他们家几次。其他他一概不知。现在爸爸骂到这个人，想必是姐姐同冯英华之间出了什么事。

矫楠站在前楼门口，背着沉甸甸的书包，不知进哪间屋去好。他们一家六口人，一共只有前楼和三层阁两间屋子。前楼房间里爸爸在大发雷霆，妈妈在劝慰他，此刻走进去显然不妥。三层阁呢，姐姐在那里哭哭啼啼，他也怕见姐姐的眼泪，不想上楼。要在往常，把书包往门口一放，他可以出去逛逛马路，看看商店橱窗，转转书店消磨辰光，可今天他没此心思。他的心头也是乱成一团麻。自从周会课上“死猫儿”当众训斥了郁强和余云的不轨行为，他写给宗玉苏那封情书的事，便成了他的心病。说不定什么时候，这封信就会像颗定时炸弹一样地爆炸，使他的脸在同学们面前无处搁。木然呆站了片刻，矫楠决定到阳台上去，阳台上多少清静一点。他转过了身子。

从前楼门口迈出两步，有两层楼梯。一层楼梯八格，通向阳台；一层楼梯十二格，直达三层阁。矫楠闷头踏上楼梯，本意是到阳台上去，不知怎么搞的，鬼使神差一般，却走到三层阁上来了。

三层阁也叫假三层，房屋大修的时候，虽说把本来狭小的天窗改成了高敞的老虎天窗，屋内的光线仍然晦暗淡弱。白天要在屋内干些什么事，非开电灯不可。姐姐上大学这几年，三层阁是矫楠和弟弟妹妹的世界，倒还逍遥自在。姐姐大学毕业这两三个月来，又挤回到三层阁上来，这个世界就显得太狭小了。

矫楠站在三层阁门口，矫静惊愕地仰起脸来瞅着弟弟，一边抑制着抽泣，一边拭着眼角的泪。

眼睛适应了三层阁上晦暗的光线，看到姐姐乌发蓬乱、满面泪痕，矫楠的心头很不是滋味。矫静一定是遭受了侮辱，否则绝不至于如此失态。

他一步一步走进屋去，脚步踩在地板上，地板比楼梯更响地发出共鸣音来。

他在姐姐跟前站下来："出了什么事？姐姐。"

矫静受惊般大睁双眼望着弟弟，她的一双眼睛，完全被泪水浸透了：

"你不懂，矫楠。"

"我不是小孩子了，姐姐。"

矫静的泪眼惶惶然瞪着弟弟，仿佛头一次察觉自己的兄弟长得十分强壮，仿佛头一次感到兄弟的嗓音已由单薄尖脆变得雄浑醇厚，她迟疑了片刻，声音柔弱地问：

"记得冯英华吗?"

矫楠点点头。

"公布分配方案时，他被分到西南大三线工矿，我分在上海。你晓得，我同他已经好了三年，我就主动向学校'毕工组'要求，分到西南大三线工矿去。'毕工组'让我们耐心等一等，我同他就都变成了'待分配'。等了几个月，哪晓得，今天，通知下来了，我的要求被批准了。可……可冯英华却被分在上海，恰恰又被分在我原来要去的那只厂……嗯吓……他、他拿到通知后又对我说……说一刀两断……"

说着说着，矫静泪如雨下，头埋在臂弯里，哭泣不停。

姐姐的哭声在整个三层阁上回响，愁惨而又伤感。

矫楠的两眼瞪直了,这就是说,姐姐受了骗,姐姐的良心换来的是驴肝肺。一股怒火从矫楠心底直冲而起,他的声音似乎是从咬紧的齿缝间迸发出来的:

“别哭。你告诉我,冯英华家住在哪儿?”

“高安路。”

“门牌号头。”

“你……你问这干什么?”矫静陡地觉察到弟弟的声音不对头,她愕然抬起头来,一眼看到矫楠忿激的神态,惊恐不安地问,“你想干什么?”

“你别管!把门牌号告诉我。”

“告诉你有什么用?你……你只有十六岁,到哪里去讲理,谁又会理你?”

矫楠忿忿地一瞪眼:“我去揍扁了他!”

“哦不……不行!弟弟,不行啊!”

“你怎么知道不行。别看他年纪比我大,我三拳头就把他打倒在地。”矫楠不是瞎吹牛,他有这股劲。除了在学校里喜欢踢足球,他还练双杠、单杠,徒手在单杠上荡圈圈一气可以荡十几个。回到家来,他还练哑铃和举重,哑铃是从废品回收站死皮赖脸以一分钱一斤废铁价买回的,举重没有专门的杠铃,他同几个爱炼身体的同学找来了一根粗铁棍,两头用铁丝穿上废铁块、铁圈,虽不正规,重量也差不离了。从初一下学期练到现在,近两年了,矫楠练得肌肉发达,强壮有力。踢足球时,他带着球冲锋,再大的个子瞅着他那匀称健壮的身躯,也不敢轻易相撞。为证明他不是在说大话,他朝姐姐举起了一只拳头,“说呀,姐姐,他家住哪儿,我去替你出气!”

“不!”没料到姐姐一把抓住他的衣袖,说话的声音都发颤了,一双泪莹莹的眼睛里掠过恐怖之色,“弟弟,你不能去闯祸,不能!”

“你只管说门牌号头。”

“我不说。”

“你不说，我也能打听出来。”矫楠轻轻一挣，就把手从姐姐的抓扯中甩了出来，返身就走。

矫静惊慌地喊了起来：“弟弟，你回来！”

矫楠的脚刚迈出门槛，楼梯上轰隆隆一阵响，爸爸和妈妈一前一后冲出了前楼，冲上了楼梯，堵住了楼梯口，爸爸的脸涨得血红，一双眼睛里闪出晶亮的光，白眼仁里的血丝清晰可辨，他手指着矫楠骂道：

“滚回去！娘希匹，谁要你来管闲事？你再乱插一句嘴，我打断你的脚骨！”

倒不是父亲凶神恶煞的样子把矫楠吓住了，而是矫楠一看父亲的双眼，就晓得他又喝醉了酒，正在借着酒劲发疯呢。

矫静不失时机地扑了出来，拦腰抱住了弟弟：“你不能去啊，弟弟，他……他们家，冯英华家是当官的啊！你怎能去乱冲乱闯，快、快进屋，进屋来呀！”

拗不过姐姐又拖又拉又央求，矫楠退回三层阁，一屁股坐倒在钢丝床上，拉开被窝，就蒙住了自己的脑袋。

一层棉絮，似乎把姐姐的哭泣，爸爸的咒骂，楼梯的喧响全都隔开了，可矫楠的脑子里却丝毫不曾停止思考，姐姐最后说的那句话，深深地扎进了他的脑子。他依稀记起来，宗玉苏的爸爸，好像也是一个官。在初三(7)班，全班五十六个同学中，只有两个同学的父母是当大官的，一个是男生陈谷康，一个是女生宗玉苏。一旦想清楚这点，矫楠就在心底深处连连喊失悔。他为啥任凭感情的野马狂奔而不仔细想一想呢，他为啥不先私下打听明白，再发出那封信呢，这是他今生今世用最真切最狂热的情感写出的第一封恋爱信啊。要是宗玉苏抓住这封信，也给他要上一手，他如何是好。赶紧，现在得趁还未发生任何风波，赶紧采取挽救措施。

蒙在被窝里，受到姐姐这件事的刺激，促使矫楠第二天一早，采取了行动。

这是上海秋天里一个清冷的早晨。风吹落下枯黄的梧桐树叶在人行道上贴地沙沙而行，撞着高楼又回旋而来的风声里充满了冷意。上班的路人们都缩着脖子急急在赶路。显然，好些人都没料到气温会骤然下降。

唯独矫楠，挺胸昂首站在公共汽车站旁，每当一辆公共汽车载着乘客驰来，他就退后几步，注视着车门里下来的每一个人，生怕宗玉苏从他的眼皮底下走掉。

他丝毫没感觉到气温骤降，丝毫没感觉到寒冽的冷意。很早，他就赶来了。这儿离学校的大门口不远，他顾不得遇见他的同学会怎么想、怎么问，他一心想着的是，必须在宗玉苏走进校门之前拦住她。守着公共汽车站，他瞅着一辆一辆公共汽车驰来，起先车还不挤，渐渐地，车子一辆比一辆挤，一辆比一辆下来的乘客多，可始终没见着宗玉苏下车来。

天阴着，时间在消逝，从喧声如潮的自行车铃声，从熙来攘往的人流，看得出时间一分一分地接近了上课铃响，矫楠仍站在那里。

宗玉苏可能步行上学。

宗玉苏可能因病不来上学。

他似乎都不曾想到，他只记得她是坐公共汽车上学的，这事儿他暗中留神好久了，他在这里堵过她一回，且给他堵上了。他坚信今天还能堵住她。

他遇见过几个背着书包走向校门的同学，他们问他等谁，他答等一个同学。等什么同学，外校的还是本校的，小学里的还是中学里的，人家不问，他也不必回答。至于朝他掠来的惊诧的目光，他就不在乎了。

由于每次从车上下来的人太多，他怕一下子看不清楚，于是就站得离车站稍远一些的地方，这样他能看得更全面些。

又有一辆公共汽车朝站头驰来，矫楠满怀希望地紧盯着车门。

车子在站头上停下，两扇车门“砰咚”一声打开，乘客们一个个跳下车来。乍看一眼，没有宗玉苏，再逐个细看，也没有宗玉苏。

矫楠感受了又一次失望。

离上课时间越来越近了，再等下去，很可能要迟到。要不要等呢……

一条红、白、黑三色围巾在他眼前闪过，他转过了身子，朝公共汽车驰来的马路上望去，没有车驰来。他收回目光，那条三色围巾离他更近了。哦，也有人注意到气候的变化，戴上了围巾。在一九六五年的深秋，三色围巾还是时髦之物，新颖别致。矫楠定睛瞅了一眼，他差点喊出声来，戴着围巾的，不正是他等了又等的女同学宗玉苏嘛。

宗玉苏显然已先他瞅到了他，她垂着眼睑，身子几几乎已避到人行道边上，矜持而冷漠地挺直了腰，放快了脚步走来。

尽管她走得很快，矫楠仍然看清了，她的脸色微显苍白，甚至带点憔悴，她的眼圈红红的，下部似还有些虚泡，她显得很镇定，步子细碎而平稳，但她微微隆起的胸部却在起伏着。

没工夫细究，没时间耽搁了，矫楠一个箭步跃了过去，挡住了她的去路。

她像只受惊的小鸟一样退后了两步，勉强镇静着自己，睁大一对沉思的眼睛，疑讶地望着他，两片嘴唇似要掀起一般嚅动着。

矫楠费劲地咽下了一口唾沫，翻来覆去酝酿出来的第一句话，到了嘴边，克制着没说出来。一看到她的脸，看到她那双深深吸引着他的沉思的眼睛，他忽然觉得自己险些冲口而出的那句话太粗鲁、太没修养了。

他必须在两人相对的这一瞬间，另外想出一句话来，一句她能够听懂、又能接受的话来。

可他陡然间变得口笨舌拙，井底捞针似的，怎么也想不出来该说啥。

四

我是诚惶诚恐走进爸爸那间书房的。

书房布置在二楼朝南的屋子里。爸爸的书桌挨窗而放,朝南的窗户在书桌的左侧,这么一来,书桌上不但能充分地采到日光,宽敞的窗台也变成了爸爸堆放书报的架子。面对书桌的墙边,放有两个玻璃门的书橱,橱里整齐有致地放满了一排排的书。爸爸曾对我表示过优待:橱里的每一本书都可供我阅读。可我对这些书没一点儿兴趣,不论是政治经济学、哲学、历史地理,还是什么心理学,我一本也不想读。我抱怨过爸爸,买了这么多书,为什么不买几本小说,害得我要读小说,还得在学校图书馆借。

书房的门半开着,我走到门口,迟疑地停顿了一下:“爸爸,你找我?”

正在翻报的爸爸闻声仰起脸来了:“哦,是的,进来,进来玉苏。”

我看到爸爸想对我笑一下,可没笑出来,只把嘴角的笑纹扯动了一下。这就使他的嘴角边凸显出一团肉瘤。

我隔着书桌站在他面前。他又用手指着一边的椅子:“坐啊。想不想喝口水?”

我摇摇头。爸爸越客气,我越感到不自然,越觉得事情难缠。我的眼睛望着爸爸身后木架上的一盆文竹,干巴巴地问:

“有什么事儿,爸爸。”

爸爸拉开右侧的抽屉,取出一本书来。就是那本《十二把椅子》,哥哥不知从哪儿借来的,咖啡色封面、烫金的书名,不知写些什么。

“这是你的吗?”

“书是哥哥的。”不知为啥,我回答的声音有点大。

“在你枕头边发现的。”爸爸顺下了眼睑,这使得他那张庄重的脸显得慈祥些了,“书名吸引了我,我顺手翻了翻,在书里夹着一封信……”

我的心“怦怦”地跳得凶了。

“信是写给你的。”爸爸说这句话时,有点费劲,似还有些伤心,声音喑哑下来,“对不起,没经你的同意,我看了这封信。不是有意识的,只是信封上陌生人的字迹吸引了我，激起了我的好奇心……”

哎呀，我忽然厌烦起来。何必说那么多呢，看了就看了呗。

爸爸好像也猜到了我的心思，他瞅了我一眼，这会儿眼神稍有些严厉了：

“写信的……是同学？”

“嗯。”

“同班的？”

“没错，座位挨得挺近。”我想故意说得轻松些。

“信封上没有邮戳，信是怎么到你手上的？”

“我也讲不清楚，爸爸。那天是接连两堂数学课，我的数学课本一直放在桌角上，第一堂课下课时没收进书包，第二堂课快结束时，老师布置回家作业，我打开课本，看到信夹在里面……就这样。”

“你收下了信。”

“是的，我好奇地收下了信。”我还记得，那天走出校门，我迫不及待地把这封信读完了，一路上走回家，三站的路程，我说不清把这封信读了几遍。

“并且把信保存下来了。”

“我……呃……”

“天天放在枕头边。”

“爸爸。”

“你叫我的时候，还十足是个孩子，单纯幼稚的孩子。记得你是哪年出生的吗？”

“当然。”

“是啊，你出生那年，我们刚刚打下这座东方大都市，前不久，我们庆祝了中华人民共和国成立十六周年，你也刚满十六周岁。十六岁，不是个小孩子了，但也算不上一个够格儿的大人，对吗？”

除了点头我还能说啥呢。

“说说，读这封信的时候，是个什么心情？什么滋味？”

难道这也能说吗？我茫然地望着爸爸。

“说不上来？还是不好意思？”爸爸委婉地问，“你不说我也能猜出一二来，不要奇怪，爸爸也曾年轻过。”

这么说，爸爸似乎还能体谅我。

“我同你妈妈年轻的时候，有过一个美好的梦，梦想进大学读书。”爸爸又垂下了眼睑，他大约察觉了我的忐忑不安，故意不看着我，只顾自己往下说，“可是这个梦，由于搞地下工作，由于打仗，始终也实现不了。而且看来，永远也实现不了啦。你妈妈比我好一些，她还在交通大学呆过半个学期，搞过一阵子学生运动。而我呢，连大学的校门也没迈进过。这对我来说，不能不是一种遗憾。正由于如此吧，我和你的妈妈，总希望我们的子女能在今天这么良好的学习环境里，刻苦学习，用功读书，顺利地读完大学。这是当父母亲的虔诚的心愿，你成长得一直不错，初中就进了重点学校，这事实始终是我们聊以自慰的。可是这封信的出现，使我担心了。收到这封信，你写了回信没有？”

“没有，爸爸。”爸爸说话真挚的语调深深打动了我。不仅仅是他态度和蔼、平易近人，主要是他尊重我的人格，把我当作和他平起平坐的大人。而且，而且他的话语中充满了慈父的感情。

“不写回信是对的，玉苏。”爸爸端起茶杯喝了一口水，我看得出，他的口并不渴，只是借此斟酌词句，“你一定也懂得，学习期间，要投入全副精力。一分了心，学习成绩就会下降。况且，少男少女的感情有他们的直觉性和冲动性，一旦发展起来，是很容易失去控制的。因为你毕竟太年轻。是吗？”

我机械地点着头，只盼着事情快点结束，快点。

爸爸好像也看出了我的心思：“这样吧，信放在我这里。事情就到此结束，你就像没收到这位同学的信一样，不要为此扰乱自己的心境，不要影响学习。对同学、对这位写信给你的人，你还像以往一样，不要露出任何异样的迹象来。我想，这点要求不过分吧？”

“我做得到，爸爸。”

“那好，做你的作业去吧。”

我如释重负地吁了一口气，离开了爸爸的书房。同时，我还在庆幸，这封信没有落在妈妈的手里。要是妈妈读了信，绝不会像爸爸这样，轻描淡写说几句了事。严厉的妈妈会采取一些我想象不到的措施。

我静下心来做作业，由于几何课没好好听讲，那几道题做得非常费劲，我只好先看课本上前面的例子，而后按照自已的理解，把几何题解出来，还不知道解得对不对。爸爸的话是正确的，如若我的心思总是想着那封信，我的学习成绩必将直线下降。那会是一种多么可怕的结局啊。做完作业已近黄昏，在范阿姨的招呼下，我下楼同爸爸、妈妈、哥哥、范阿姨一道吃晚饭。饭桌上和往天一样平静，哥哥讲他们高中篮球队在区里面争夺出线权的战况，爸爸还不时地提醒他一句，别因为打球，耽误了学习。妈妈称赞范阿姨的粥烧得好，不厚不薄，糯而不粘，范阿姨谦虚地道出了真情：用糯米和粳米混煮。一顿晚饭吃得融洽和睦。我暗暗地感激爸爸，他把“情书”的事儿包了下来。晚饭后我找了一本泰戈尔的《沉船》阅读，这个因为沉船而引出的浪漫故事深深地吸引了我，两对情人的遭遇曲折有致，他们的经历令我怦然心动。我读得那么入迷，那么爱不释手，直到倦意袭来，确信自己一翕上眼就能睡着，我才放下了书。可是躺在床上，由书本里的动人故事，我又不知不觉地想到了矫楠，想到了他的来信。我当然知道，故事毕竟是故事，小说总归是小说，那是编得很优美、很动人的，现实生活中的婚姻、恋爱，有几个会碰上沉船那样的巧合，有几对能像书本中写的那样罗曼蒂克呢。从这个意义上讲，矫楠的信，比我以往听说的那些情书，要高明得多，不是吗，每一次临睡前展开信笺，读着、咀嚼着、回味着，我的心感到那么甜美、那样满足，我的思绪会随着他娓娓道来般的语调，产生一系列那么广阔深远的联想和遐思，我的灵魂亦会与此同时变得澄净空灵，幽幽然地那么惬意，对未来充满了五光十色的憧憬：

“……天赐我认识了你，这是我一生中的荣幸。坐在教室里，走在校园里，回家以后做完作业，时时处处我都感觉到你的存在，你就在我的身边，用你那双迷人的沉思的眼睛瞅着我的一举一动。我感觉到一种无形的拘谨，一种干什么似乎都有你在一旁看着般的幻觉。这使得我情不自禁地端正着自己的言行，极力要做一个正直的有作为的男子汉，使得我珍惜今天这样的青春年华，激发我刻苦学习、掌握知识的欲望。我时常地处于一种亢奋的、向上的心理状态中，我把这一切都视为由于你的存在、你闯进了我的心灵而带来的。有时候，我也因为没法向你倾诉、没机会对你表达而烦恼，因为你并不注视我、理解我而痛苦，这对我简直是一种折磨，但我又觉得这是一种幸福的折磨，我甘愿忍受这样的折磨。只为我相信……”

哦，我怎么又不由自主地背诵起他的书信来了。爸爸，你把矫楠的信收藏起来了，可你有没有想到，我已经能把这封信一字不差地背下来了呢。这是你万万想不到的吧。

爸爸把矫楠的信拿去，存放在他那儿，准备怎么办呢？是把信永远地锁在他的抽屉里，是把信悄悄撕毁了，还是……我实在捉摸不透。我的心中只是产生了一点隐隐的不安：信是写给我的，信上的每一句话我都深信是从矫楠的心灵深处吐露出来的，而我却让信悄悄地躺在另外一个人手里，尽管这个人是我的爸爸，但那毕竟不是我呀。我有一丝对不起矫楠的感觉。

起风了，坚固牢实的纱窗在微微颤动，纱窗外的树叶子也在飒飒发响。这说明风刮得很大、很猛，看样子，要变天。

我心中那一丝对矫楠的歉疚感，随着夜深人静，随着阵阵风啸，逐渐在增长。

我答应爸爸，让他把信收藏起来，究竟对不对呢？

为这问题而困惑，我久久地不能入眠。整整一夜，我都处于似睡非睡、似醒非醒的状态。

天亮了，十九号大院里被风吹来了一薄层尘沙。风仍刮得很凶，没一点停的意思。天空中阴沉沉的，大约我的脸色也同天色差不多，吃早饭的时候，爸爸关切地问我睡得好不好，为啥只吃一小点粥。早饭后，像以往每一个早晨那样，妈妈到十九号大院门口去等候接她上班的车，爸爸不需到门口去等，小轿车会直接开进院子来，开到二号小楼门前按几下喇叭，爸爸走到门前就能上车。我呢，背上个书包，坐公共汽车去上学。

今天也不知道是怎么回事，走着走着，走过了公共汽车站我竟没停下来，等到我发现，已走过好长一截路了。好在出门的时间早，步行去学校，也不会迟到，我就顺着人行道走去了。风真大，幸好范阿姨给我拿出了三色围巾，要不，走这一趟路到学校去，真够呛！

平时，只觉得三站路很长，要走二十来分钟。今天心头有事，二十分钟好像眨眨眼就过去了，三站路也变短了。走过这个站头，离校门口没多远了。一抬头的当儿，我看到站旁木呆呆伫立着一个人。定睛一看，不是冤家不碰头，傻呵呵站在那儿的，偏偏是矫楠。

他站在那里干啥呢？

还想拦截我？要我给他一个明确的答复？傻瓜，道道地地的一个傻瓜，我收到了你的信，不告发你，不咒骂你，不就是一种态度嘛。你能写出如此动人的信，为啥想不到这一点呢？一而再、再而三地要我有个明确态度，这怎么可能呢？是的，你再逼我，我就照昨天想好的来吓唬你，我要告诉老师了。

不由自主地，我避到了人行道边边上。他仿佛还没看见我，最好别看到我，别来缠我，我的心头已经够烦的了，千万千万，让我太太平平地走过去吧。

心中在这样祈祷，我的脚步暗暗加快了，垂下的眼角还是朝他那边溜着。

一个黑影在我身前掠过，我惊骇地收住脚步，瞪直了眼睛，恐惧而微带怯懦地瞅着他。

哎呀，他的眼神如此峻厉怕人，简直要吃人了。我退后了两步，故作镇静地望着他。尽管他的神态有些怕人，可我仍然看清了，他的两片嘴唇在哆嗦，他也相当紧张。说真的，在这以前，我从来没有仔细地瞅过他一眼，收到他的信，我才开始留神他了。他属于那种强化的很有个性的男生，他的脸不如郁强英俊，甚至还不如陈谷康漂亮，个头也没他俩高，他只能算中等个儿，衣着像班上大多数男生一个样，一身咔叽布蓝学生装，圆头球鞋，随随便便地挎着一只灰帆布书包，走在路上，真是普通得不能再普通了。他的魅力在于脸部的表情，在于他脸上的线条。宽阔明朗的额头下，藏着一对不大的炯炯放光的眼睛，配上两条紧挨着额下沿的长眉毛，这一对眼睛极富表情。从他那对蕴含着智慧和计谋的眼睛里，可以想象他有着丰富的内心世界，光瞅他这一对眼睛，我也能猜到他不像有些男生那样浅薄，那样好卖弄自己。他那挺直的鼻梁和大小适中的嘴同一对眼睛十分相称，给人一种棱角分明的感觉，特别是从侧面望过去，他的这张脸尤其生动。我看得很清楚，他冲动地拦住了我的去路，一时找不到话讲了，瞧，直舔自己的嘴唇呢。

我略微镇定下来："有什么事？矫楠。"

他的目光闪电般地一亮："嗯，是这样，我写给你的那封信，你收到了吗？"

"怎么啦？"

"你读了没有？"

"哦，没有。"我想和他开个玩笑，想在他的脸上找到失望的神色。

不料他的脸顿时泛出光来："那太好了！我……呃……我想对你说，宗玉苏同学，那是我一时糊涂写下的……"

"一时糊涂？"

"是的。事后想想，我真懊悔……"

"懊悔？"

"对。悔之莫及。真对不起你，我……我想请你把、把这封信……这封你还没读过的信……"

"是的，我还没读过，没读过。"我忽然忿忿地插了一句，打断了他的支吾其辞。内心里，一阵深深的失望感涌了上来，不知为啥，我想哭。

他勉强笑了一下，瞥了我一眼，说：“嘿嘿，没读过就对了。我想请你把信还……还、还……”

哦，这真是我办不到的。信要是在我身上、书包里，我会当场拿出来，扔在他的脸上。这个胆小鬼，他怕了，老师昨天处理了郁强和余云，他害怕了，他怕自己也会丢脸，所以会有今天这一举动。我还以为他是个坚强的男生，哪晓得他是个懦夫，十足的懦夫，他写下了那么多动听的、撩人心绪的话，原来都是假的，只因为恐惧害怕，他就能轻而易举把所有那些话收回去，我还以为他吐露的是心声、肺腑之言，我还那么虔诚地相信，这些话他只对我一个人说，好几个夜晚啊，我一遍一遍读着这些话，甚至都背了下来。我真傻，真傻……

“请你还给我。”他谦恭地重复道。

尽管我拼命地抑制自己，但我还是能感到，泪水涌上了我的眼眶，我朝他一摆手：

“不！不能还给你……”

“为什么？你……你不是没读过吗？就当我从来没写过这么封信，你也从来没收到过这么封信……”

“我没读过！收到你那封信，我读也没读就把它撕了，撕碎后扔进废物箱了。”我也说不清自己为啥那么想报复，那么想咬他几口，我两眼直瞪瞪地盯着他说，“所以，对你的要求，我只好说声对不起了。”

话没落音，我一个箭步跨过他身旁，疾步如飞地往学校大门口冲去。我必须赶快走开，离他越远越好，绝不能让他看到我的脸，看到我的眼睛。只因为汹涌的委屈的泪水抑制不住地落出了眼眶。我毕竟还只是个少女，才涉世的少女啊。

五

这是上海最没色彩的初冬天里极为平常的日子。

可这天发生的所有的一切，事前矫楠一件也不曾料到。

午后一点多钟，教室里的气氛轻松自在，在学校食堂吃饭和带饭来校蒸来吃的同学，饭后散完步都已陆陆续续从校园、操场上回到教室里来，路近回家吃饭的同学，也已纷纷来校准备上下午的课。几个有家务的女生围在两张课桌上，喊喊喳喳地解一道代数题。陈谷康和几个男生聚在讲坛旁的窗户边，正在津津有味地闲聊着，声音时断时续传过来：

“南京路原来叫啥名字？”

“谁都晓得，大马路。”

“全称该是大英大马路。”

“大马路是俗称，本来的路名呢？”

“你别摆噱头了，讲出来吧。”

“告诉你们，叫花园弄。”

“更俗！”

“虹庙又叫啥？”

“不晓得。”

“连这都不晓得。跟你们讲，叫保安司徒庙，近来香火好像又有点旺起来了。”

“你别宣传‘四旧’、宣传迷信了。”陈谷康的嗓门压倒了所有的声音，“闲谈中间，我们团员也得注意呢！”

矫楠坐在自己的座位上，幽幽地吹着口琴。听到陈谷康这句话，他把口琴甩了甩，放进了口琴盒。刚才他正在吹一首外国民歌。他怕陈谷康听见了，也过来“奉劝”他几句。自从给宗玉苏写过一封那样的信之后，他没有情绪和同学辩论，更没心思和人开玩笑了，他只愿“多一事不如少一事”。

那堆男生中有人讲了一句什么笑话，陡地，七八个同学哄然笑了起来。笑声吸引了教室里所有的人，矫楠也往那里瞅了一眼，他看到，郁强站在那帮同学旁边，正在微笑，只是笑得比较勉强。

有人在不满地嘀咕:“发什么疯,神经出毛病了。”

“郁强!”忽然,一个脆亮得发尖的嗓门在教室门口厉声响起来,同学们不约而同朝教室门口望去,只见一位五十上下、皮肤细腻白洁的中年妇女,足蹬高跟鞋,挺直了腰,气冲冲地朝郁强大步走去。

郁强吃惊地瞪着她:“妈妈……”

郁强的母亲三脚并作两步冲到儿子跟前,抡起巴掌,照着郁强的脸,左右开弓,“啪啪!”两下清脆的耳光打去:“我叫你年纪轻轻就轧朋友,我叫你同小姑娘逛马路。告诉你,我刚同你们老师谈过话,今天你要不好好检查,我要撕烂你的嘴皮。”

午后休息时间的教室里,原来那种轻松融洽的气氛顿时消失了。代之而起的是一阵惊讶的静寂,出奇的静寂。世界上竟然会有这样的母亲,冲到学校的教室里来大打出手,教训自己个头高高、相貌堂堂的儿子。这太有刺激性、太有新闻性了!矫楠受惊地站直了身子,他看到,在场所有的男女同学,都在瞅着这一对母子。

郁强的双手捧着自己的脸颊,畏葸地缩着肩膀,怯怯地朝妈妈点头:

“妈妈,我……我一定好好检查,一定……”

“哼!谅你也不敢抵赖。”郁强的母亲食指直点儿子的额头,“你要再不给我用功读书,我就让学校开除你!说,跟你一道去看电影、玩西郊公园的那个小婊子在哪儿?”她盛气凌人地追问着儿子,两条画出来的细细长长的眉毛威严地随着眉峰蹙了起来,一对犀利的眼睛同时扫向班上的女同学。

教室里响起了一片嗡嗡的骚动声,有些不安分的男生从最初的震惊中回过神来,已经意识到这个怪模怪样、气势汹汹的女人并不是老师,并不能对自己形成威胁,态度随之不恭起来:

“哼,摆啥臭架子!”

“学校又不是她的家,她倒跑到教室里训起儿子来了。”

“有什么样的娘,就有什么样的儿子,看看她那身装束呀,妖里妖气的。”

“你们没听说嘛，去过郁强家的人都讲，她不用上班，天天在家里老晚才起床，梳头洗脸，涂脂抹粉，画眉毛熨衣裳，抽烟喝咖啡。一天到晚就做这些无聊事。”

“要什么资产阶级的威风，别理她！”

…………

在同学们你一言我一语的窃窃私议声中，矫楠听得很清楚，那最后一句，是陈谷康说的。声音虽不大，却颇有见地。矫楠也想起了平时人们对郁强的一些议论，有人说他的这个母亲是填房，有人说他的这个母亲是第二房，到底是啥，谁也讲不清楚。但关于她严厉管教自己三个儿子的事情，倒有不少传闻。

“你讲啊，那个小婊子在不在？”郁强的母亲厉声追问道，“快讲！”

“她……她在……哦不……不在……”郁强的脸顿时变得煞白，目光溜向余云的座位，惶惶地瞥了慌作一团的余云两眼。

郁强的母亲转过身来，两眼逼视着神色不安的余云，咄咄逼人地拖长音调问：

“姓余的女生就是你吗？余云就是你吗？别不敢承认，说啊！”

余云站起来了，她那美丽的脸蛋儿在巧妙地梳拢的乌发下一忽儿红、一忽儿白，秀雅晶莹的两只眼睛灼灼地放出委屈的光芒：

“是我。”

“好啊，敢承认就好。你就凭这张漂亮的脸模样，勾引我清清白白的儿子，逗我连年被评上三好的儿子，把我的儿子往邪路上引吗？”

余云的眼里射出了忿忿的光：“没、没有！我从没存过这种心思。”

“你还抵赖！”

“我赖啥？电影票是郁强悄悄夹进我书里的，到公园是郁强死死缠着我去的，逛马路也是他提议的。你可以问他。”

“哼，母鸡格格叫，公鸡才会去找它！”郁强的母亲气得嚷嚷起来，“花我儿子的钱，你还不觉羞耻。你……你也不想想，你这种身份，你家那种背景,配不配?老实告诉你,我今天来,就是要你们当众答应一刀两断,从今往后,不许你们再有任何来往,不许你再勾引我儿子!"

"原来我是这么答应老师的……"

"光答应不行,要写保证书。"郁强的母亲声嘶力竭地道。

"现在你侮辱了我,我连答应也不答应了。"余云陡然提高了嗓门,"我非要同郁强好下去……"

余云的话未及说完,泪水夺眶而出。教室里一片哗然,郁强的母亲狠狠地一跺脚,气得满面泛青:

"好!我、我要学校开除你这小骚精……"

她急于夺门离去,高跟鞋在地板上歪了一下,险些摔倒在地,幸好及时扶住了课桌,她才没倒下去。同学们见了她这副狼狈相,都笑了起来。在一片哄堂大笑声中,她匆匆地跑出了教室。

直到此时,大家才看到,刚才的那一场闹剧,已吸引了初三(7)班的左邻右舍,5班6班、8班9班的学生,都闻讯在教室门口围观着。

一阵铃声在校院里急剧地响了起来。这是下午的第一节课预备铃,铃声显得格外冗长。

围在教室门口的学生们散去了,三(7)班的男女同学纷纷在自己的座位上坐下来。教室里没有平时那种课前的喧闹和悄声低语,大家都静悄悄地坐着。刚才那场闹剧的中心人物郁强和余云,也在各自的座位上木呆呆坐着。每一个人都很清楚,风波仅仅只是开始。午后的第一节课是政治课,第二节课是自修课,按照惯例,"死猫儿"是极有可能占用这两节课时,抓住典型,对全班同学进行一堂活生生的现场政治教育课的。那是他的拿手好戏。

此刻,大伙儿心中都有一种预感,都在等待着"死猫儿"沉着脸出现在教室门口,用一对小眼睛斜乜满室学生。

矫楠心头颇不平静地坐在那儿,除了同众人一样,预感到下午的课会有一场戏之外,他对美丽的姑娘余云,还升起了一股莫名的同情。

在初三(7)班的女生中,余云只是个各科成绩平平、家庭出身不好、脸蛋儿长得漂亮的姑娘。她既没唱歌的天赋，又不在班上参加任何活动，更不加入学校里的各种兴趣小组。矫楠从没对她有过哪怕是一点点佩服之意，倒反而觉得她的外貌养成了她的花瓶性格，觉得她是个智力平庸、不会有多大出息的女生。开始留神她的举止，是她和郁强的关系被点穿公开之后。矫楠虽不像班上好些同学一样鄙视她，但也用一种近乎不理解的目光注视她。今天她同郁强母亲的那番对话，尤其是她最后说出的那句话，使矫楠根本改变了对她的看法，他不但觉得余云可怜、值得同情，他还暗暗地佩服余云的勇气。要是有一个女生，一个美丽的姑娘敢于当众说她爱矫楠，矫楠相信自己一定会受宠若惊，并且矢志不移地爱她一辈子的。真是这样的。

隔壁几间教室里先后传来“起、礼、坐”的口令声，5 班的地理老师，已在用生硬的普通话讲课了。可三(7)班教室里，“死猫儿”的影子也没见到。

他来得越迟，大家越是觉得课堂里酝酿着一场“风暴”。对每天从家门到校门、从校门到家门的学生们来说，这无疑是很有刺激性的。

矫楠在等待这场风暴到来的时刻，几乎能猜出来，郁强的母亲是怎样踉踉跄跄冲到办公室，怎样向沈老师哭诉她受到的侮辱，怎样要求“死猫儿”加重处罚余云。

教室里的寂静持续了约有四五分钟，“死猫儿”手捧备课本、粉笔盒、一支双色教鞭出现了。

“请同学们把书翻到四十四页，我们今天接着上……”

落座以后，“死猫儿”用平静的、沉稳的语调上课了，他的脸上挂着一副无动于衷的表情，一对小小的为他赢来“死猫儿”这个雅号的眼睛，无神地扫视着全班每个同学。好像三(7)班并没发生过任何令人不快的事件，好像他啥都不知道，啥都没听说。课正常地上下去，课堂纪律甚至比以往任何一堂都好。一直上到下课铃响，在同学们纷纷合上课本、关铅笔盒、等待班长喊口令的时候，“死猫儿”用比平常更干巴巴的声调说：

“这一堂课，原定计划是郁强和余云作公开检讨。由于课前发生了人人都已知道的那件事，现在我宣布，经请示教导处批准，郁强的检讨放在下周照常进行；余云从下堂课开始，停课反省检查。什么时候交了检讨书，什么时候端正了态度，什么时候通知她来上学。大家安静些，不要喧闹，不必大惊小怪，班有班风，校有校风，学生有守则，违反了纪律，败坏了校风，是必须要予以处罚和制裁的！下一堂是自修课，请大家自觉遵守纪律。娇楠同学，请到我办公室来一下。”

由于宣布了余云停课检查的重大决定，“死猫儿”让娇楠去一下办公室的话儿几乎没人注意。一方面教室里已是喧声哄然，一方面外面走廊里已下课的学生们在吵吵嚷嚷，好些人并没听清沈老师最后那句话。即使听见的，也只以为是小事一桩，可能老师要了解什么情况吧。就是娇楠，也没把这当一回事儿。

第二堂自修课铃声响起来时，娇楠悠哉游哉，走进了沈老师所在的大办公室。

“哦，你来了！”“死猫儿”淡漠地瞥了娇楠一眼，拿起桌上的备课夹子，道，“走，我们到朱老师办公室里去，他那儿安静些。”

去朱老师的办公室干啥呢？难道又是什么作弊之类的事儿？娇楠满不在乎地跟着沈老师走进大办公室旁边的英语教师办公室。

那是一间小小的办公室，里面只放着两张写字台，供初三年级的两位英语教师专用。

“朱老师，娇楠来了。”进了小办公室，沈老师随手掩上门，对正在埋头备课的朱老师说。

朱老师一边整理零乱的桌面，一边抬头道：“好，好，快请坐，请坐呀！”

娇楠刚在两位老师面前的一张木椅上坐定，“死猫儿”开门见山地挑开了话题：

“今天，我和朱老师是以三(7)班正副班主任的名义，找你谈话。”

嗬，稀奇，升入初三开学以来，娇楠还是第一次听说，朱正涛老师也是他们班的副班主任。看到两位老师的神色庄重,矫楠表示领会地点了一下头,两眼一本正经地望着面前两位教师。

“你先谈吧,朱老师。”“死猫儿”征询地瞅了朱正涛一眼。

朱正涛摆摆手:“不,还是你谈,我补充。”

矫楠抑制着自己没笑出声来。沈老师和朱老师并肩坐在一起的时候,两人相貌和形象上的差别,实在大得令人觉得有种滑稽感。是的,两个老师的皮肤都很白皙,只是“死猫儿”白得没一丝光泽,而朱老师呢,额颅、双颊、鼻尖,甚至于下巴颏都泛着红润白皙的光。沈老师有一对无神的令人厌恶的小眼睛,朱老师眼镜后面的那双眼睛,皂白分明,大而清朗。沈老师的脸庞瘦削,朱老师的脸庞丰满。沈老师是宽肩瘪胸短腿。朱老师是身材匀称健实,仪表堂堂。就连说话的声音,两人也大不相同。沈老师干涩暗哑,朱老师醇厚洪亮。

“话不多,我也不想绕圈子。”“死猫儿”脸色阴沉下来,声音放得低低的,“找你来,只问你一件事儿。前不久,你给班上同学写过信吗?那种信。”

矫楠浑身的毛发全在一瞬间竖了起来,他丝毫没有精神准备,宗玉苏说把他的信撕毁了,他信了她的话,自认为那件事就此算了结了,不会有第三个人知道。却不料……他的一对眼睛惊骇地瞪直了,在“死猫儿”慢吞吞摊在桌上打开的备课夹子里,清清楚楚地放着他写给宗玉苏的那封信,那封“情书”。

这太出人意料了。

矫楠的脑子轰轰响,一时间啥都说不出来,只把双眼紧盯着那封开启了的信。

小小的办公室里一片沉默。窗外的夹竹桃树丛里,有几只麻雀在啁啾着。

矫楠极力镇静自己,他脑子里浮起的第一个念头,便是相当明确的:郁强和余云被搞臭了。这会儿,该轮到我头上了。

“说吧,对老师,没什么可隐瞒的。”朱老师和蔼地插了一句。

矫楠目不转睛地盯着那封信，始终没把目光移开。他想苦笑一下，可笑不出来：

“你们都知道了，还问什么？”

“你必须端正态度。实话对你说，虽然没像对待郁强和余云那样在班上公开这件事，但我们认为，你这件事的性质，比郁强和余云更为严重。”“死猫儿”说话的声音，就像一块石头在锈迹斑斑的铁板上摩擦时发出的响声那样，既刺耳又令人难耐，“郁强和余云是情有可原、两厢情愿。你呢，你这是道德败坏，我们是决不会轻易放过去的。”

“你想想，矫楠同学。”朱老师接过话头，以启发的语气道，“信落在女生家长手里，家长反映到学校里来，我们当老师的，也感到难为情，没尽到责任。那是我们教育上的失误。你呢，我觉得你也应该像我们一样，好好把这件事想一想。十六足岁，不是单纯的孩子了，人们开始把你们当作大人。既是大人，一言一行、一举一动，就不能像娃娃一样轻率、随便，不能感情用事。要有理智。老师是过来人，老师也曾当过学生，也经历过人生旅途上的这一站。诗里、小说里，都用最为美妙动人的语言描述过爱情，描述过初恋。可说爱情的花朵是五彩缤纷、绚丽迷人的，初恋的幽香更是醉人，充满了诱惑力。是啊，男女同学天天在一起，由倾慕而接近，由接近而产生初恋形式的试探，我觉得并不足怪。可老师也得提醒你，恋爱是不可能在某个环节上停顿的，只会一步一步朝前发展。过早地迈出脚步去，便会像清晨草叶上的露珠，早早被风吹落，被太阳晒干。像你这样早早发出试探信号，人们会认可吗，社会能赞同吗，你毕竟还只十六岁呀！难怪同学的家长要提意见了……”

“况且是担任领导职务的家长。”沈老师截住了朱正涛的话，加重了语气道，“你……你你简直是败坏校风！败坏老师和班级的名誉。我告诉你，没工夫和你多啰嗦，就是这件事，你回去深刻反省，写出检讨来！宗玉苏的母亲向学校提出了批评。学校和老师就得有个态度。你要是不认识错误，你就等着吧。好了，回去好好考虑，挖一挖脑子里的资产阶级腐朽思想根子。”

羞惭、懊丧、内疚、忏悔几种感情一齐涌来。矫楠连用眼角瞅一下两位老师的勇气都没有。他垂着头，拖着沉重的步子走出了小办公室。但此刻郁积在他心头最强烈的感情，还不是自责自悔；而是意识到受骗后随之奔腾般袭来的气恼和忿恨。一个那么顽固的念头占据了他整个的灵魂，他恨宗玉苏，恨她欺骗了他，他一定要报复，要报复她。

六

矫楠所说的报复那么快地降临到我头上来了吗？

这一切难道都是真的吗？

瞅着十九号大院门口爸爸的漫画像，瞅着幽静的二号小楼封死百叶窗的一层层大字报，我忍不住要这样扪心自问。

远远地站在马路对面的街沿上，我真不敢往十九号大院走去，我真不敢想象家里又出了什么意想不到的事。

柏油马路两边的人行道上一片凄寂，一片冷清，初冬的寒风吹落了梧桐树梢上最后一批黄叶，枯萎的残叶铺得满地都是，也不见有人清扫。听说，清洁工们都造反去了。长这么大，我听说过多多少少口号啊，什么口号我听来都觉得顺耳。唯独“造反有理”这个口号，我总觉得有些刺耳，有些喊不出口。也许，这正是我立场不坚定的表现吧。自从文化大革命深入开展以来，我一直处在心惊胆战的状态之中。

不说远了，就讲十九号大院所在的这条马路吧，路两旁一幢又一幢花园洋房里，先是老板、资本家被抄家，接着是教授、学者、名医生、工程师等等反动学术权威挨批斗、游街，这些天来已波及到好些干部家里。口号喊得更吓人，“油煎×××！”、“砸烂×××狗头！”都是直截了当地指名道姓。弄得整条马路人心惶惶，即使在大白天里，家家户户的铁门全是紧闭着的。

我们家的日子更不好过。一两个月以前，阴影就已遮住了我们一家。爸爸妈妈在饭桌上很少讲话，每当哥哥慷慨激昂地讲起红五类子女在社会上采取了啥革命行动，他们的红卫兵团在哪儿与人展开大辩论时，爸爸总是一声不响，而妈妈呢，老用毛主席那段“政策和策略是党的生命”的语录，去提醒哥哥千万不要莽撞。

我虽然小，可毕竟是个姑娘，比哥哥细心一些。瞅着爸爸妈妈不悦的神情，联想到“十六条”里面“这次运动的重点是整党内那些走资本主义道路的当权派”这一条，我的心头一次一次地升起疑云：他们会不会就是那种人呢？要不，他们为啥闷闷不乐，为啥老是沉着脸呢？

我的预感终于得到了证实，两天前的傍晚，妈妈从单位里打电话回来，说她不回家来吃晚饭，也不回家来睡。电话恰好是我接的，我听得出，妈妈的声音很低沉，还带一点颤音。捧着话筒，我不安地尖声问：

“为什么，妈妈，为什么不回家？”

“妈妈单位里有要紧的事，你告诉爸爸就……”

妈妈的话被一声粗暴的呵斥打断了：“什么要紧的事？犯了罪还不敢对子女讲。说老实话，你被隔离审查了，要家属送铺盖、洗漱用品来！”

爸爸当天夜里就给妈妈送东西去了，我要跟去，爸爸不许我去。他说这不是我去的地方。人虽然没去，心还是随着爸爸去了。妈妈被隔离审查的地方，是监狱吗？有没有看守？是不是像电影里演的那样，到了吃饭的时候，看守给送饭？我的心像火燎一般难受，妈妈究竟犯了什么罪？她会给放出来吗，什么时候放出来？无数问题涌上我的脑际。楼下的厨房里有响动，是范阿姨在移动椅子。哦，不仅仅是我在等，范阿姨也在等，也在为妈妈担心。我坐在楼梯口上，双手托着腮，茫然地瞅着二号小楼这幢房子，这幢我自小就居住的房子，这会儿在壁灯的映照下，竟变得陌生起来。这幢房子是我的家吗？我的家到底是怎么回事呢？一些奇奇怪怪的问题开始冒出来。我多么想有个人聊聊，有个人陪伴着一道说说话啊，可唯一能交谈的哥哥，却早在半个月以前就不回家了，他说红卫兵总部要值班，他天天睡在值班室里。

爸爸回来的时候，我已撑着楼梯扶手睡着了。是他把我推醒的。我一边揉眼睛，一边站起身子，心慌慌地问：

“爸爸，妈妈被关在哪儿？”

“就在她上班的单位里。”

“在区委？”

“嗯。”

“妈妈……好吗？”

“她很好。她还让我对你说，别为妈妈担心，过些天，妈妈就会回来的。”

“真的吗？妈妈还说了啥？”

“她还说，要提醒玉苏，该学会独立生活了；玉苏不再是个孩子了……”

“我早说了嘛！我不是孩子，我是个大人了。”我撅着嘴对爸爸道。

尽管爸爸说妈妈很好，但我却感到，爸爸去了这一趟，脸色、眼神全变了，变得苍老、憔悴，变得忧心忡忡，似有啥难言之苦。第二天从学校回来，我还看到从不吸烟的爸爸，呆痴痴坐在椅子上一口接一口地猛抽着烟。

昨天晚上气温骤降，西北风把小楼旁广玉兰树的叶子“哗啦哗啦”撩拨了整整一夜。第二天一起床，爸爸就让我给妈妈送毯子去。他好像忘了，仅仅只在两天以前，他曾经亲口对我说过，那不是我去的地方。

捧着毯子，一条提花羊毛毯子，我到妈妈上班的区委会去了。区委大院里闹翻了天，整幢区委大楼，仿佛被巨幅标语、大字报包了起来。迎面一条巨幅标语，从区委大楼顶上，一直书到大楼墙脚：“殷晨芳不投降，就叫她灭亡！”那粗直乌黑的大字，一看就晓得是用大板刷写的，妈妈的名字上头，还用红笔打了几个大叉叉。乍一看到，这条顶天立地的标语，就好像在向我张牙舞爪，朝着我扑过来。我惊骇地垂下眼睑,心怦怦跳着,往大楼里走去。一路上,到处都能见到打着叉叉的妈妈的名字。

果然不出我所料,妈妈成了"走资本主义道路的当权派",成了阶级敌人。照我从小接受的教育来说,我应该同她划清界限。可她总还是我的妈妈呀,我还得给她送毯子进去呀!要不,到了夜里她要挨冻的。

妈妈被关在哪儿呢?我懊悔离家时匆匆忙忙,没细细地问一下爸爸。

正在走廊里东张西望,有人朝我厉喝一声:"干什么的?鬼鬼祟祟的,想搞阴谋诡计吗?"

我循声望去,拐向楼梯的转弯处,站着一个五大三粗的莽汉,脸上油津津的,一双突暴的蛤蟆眼射出两股凶光,直瞪着我。

我慌得几乎瘫倒下去,嘴张了张,什么话也说不出来。

这人朝我走过来,我觉得他好像要打人,不由自主地往后退了一步。两眼惶恐地瞪着他。以前我也到妈妈单位来过,依稀记得,这个人好像是区委大院里的公务员。

"你说啊,要干啥?"这人走到我前面两三步远,站停下来了,恶狠狠地问。

"我……我给妈妈送毯子……"我好容易憋出一句话,再也说不下去了。恐惧使得我的声音发抖。

这人的一双大手朝我伸了过来:"把毯子交给我!"

我乖乖地把毯子递给了他。

"滚吧,以后别到这地方来。难道你不知道,上头有命令,被隔离的人不能见任何亲戚朋友,包括家属子女。快走。"

走出区委大院好远好远,我才突然想到,那个凶神恶煞的公务员连妈妈的名字叫啥也没问,他会把毯子贪污吗,他会知道我是殷晨芳的女儿吗,他会错送给另外一个人吗?记得,区委会里,像妈妈那种年龄的阿姨、婶婶,可不是一个两个啊,万一……万一毯子送不到妈妈手里,妈妈就将挨冻,就将因寒冷而生病……我真不敢想下去。可让我再到区委大院去一次,就是拿着棍子赶我,我也不去了。我多多少少还存有一点侥幸心理,我认得这人是公务员,也许,公务员也认得我就是殷晨芳的女儿哩!

这点儿自我安慰,丝毫都不能使我感到轻松一些,相反,越是往回走,我的心头越是沉重。

一个念头那么顽固地出现在我脑子里:莫非,这就是矫楠所说的报应,这就是我家应得的报复。

我明知道,文化大革命同矫楠之间,一点儿都勾连不上。这是一场波及全国的轰轰烈烈的运动,而矫楠,只是一个微不足道的中学生。甚至"死猫儿"这样的老师都能治得他无可奈何。可我仍然按捺不住心头的这种猜测,只因为,只因为矫楠给我的印象太深刻了,只因为他那副气忿恼怒的神态深深地印在我的脑子里,哦,这件事一直是我心头的阴影。可以说,我做梦也没想到,事情会是那个样子。

郁强和余云的"桃色新闻"在全班暴露以后,"死猫儿"专门找我谈话,说作为一个团员、一个积极分子、一个干部子女,对班上出现的这件大事,应该有个态度,应该写一篇批判这种资产阶级思想的文章,在墙报上登出来。

我写不出这样的文章,但碍于老师的面子,还是勉强写了。题目也是沈老师出的:《斥资产阶级思想在我班的泛滥》,我是做命题作文。

没想到,文章写出来,班上的墙报抄出来了,又引起了校刊《红色接班人》的注意,他们也将这篇文章转载了。一时间,整个校园里都议论纷纷,对"桃色新闻"持好奇心的初三年级、高中部的学生,常常跑到我们初三(7)班的教室门口探头探脑,想一睹郁强和余云的尊容。当然,这篇文章把郁强和余云得罪了,他们从此再没同我说过一句话,给过一个笑脸。这点我心头是清楚的,万万没料到,这篇文章也得罪了矫楠。写文章时,我心头很明白,中心思想是针对郁强和余云那件丑闻,从没半点针对矫楠的意思。可是,矫楠却对号入座,自认为文章是答复他的公开信。

那是临近寒假的一天，几门主课考完了，我的分数都在九十分以上，想到寒假里将轻松愉快地玩个畅，我心头由衷地高兴。说老实话，尽管闲暇下来，娇楠信中的某些打动我心灵的话，还会时不时冒出一段来，但我基本上把这事儿置之脑后了，他没再来纠缠我，爸爸妈妈也没再向我提及一个字儿，我只把这件事作为搅动我心灵池塘的一块小石子，随着时间的流逝，激起的涟漪越来越微弱了。

因此，当那天他在离我家很近的街角上堵住我的去路时，我大吃了一惊。而当他恶狠狠地把话说完之后，我心头的震惊更是无法抑制。我真想冲着他大步走去的背影诅咒他，真想擂他几下。

"听着，我恨你，你不但会骗人，骗得那么巧妙，你还会咬人，咬了人都不留下齿印。"他的嗓门虽不高，可我听得出，他的每一个字，都是从肺腑里蓄积了力量吐出来的。瞅着他阴沉的脸，望着他那双我不敢凝视的眼睛，我觉得事情很好玩儿。

我坦率地微笑了："我在哪儿骗了你，又在哪儿咬了你啊？"

"你真会演戏，我算服了你啦！"他讥诮地道。

我越听越傻了："我会……演戏？"

"瞧你，这会儿演得天真极了，可爱极了。"要是他换副笑脸，听了这句话，我会心动的，可他那张脸太骇人了。我不但笑不出来，我简直委屈得想哭。我带着几乎哭泣的颤音道：

"你……你到底要说啥呀？"

"你一定要戳穿吗？我来满足你，你跟我说，你把我的信毁了，我真相信了你。"从他的脸上，我头一次懂得形容词"咬牙切齿"是个什么模样，"可你把信交给了'死猫儿'，让他背地里整我。你呢，装着没事人似的，还在墙报上写文章。你……我恨你，告诉你，我要报复！你记住，你会得到报应的，你们一家子都会得到报应的。你记住吧，牢牢记住吧！"

还没等我完全反应过来，他陡地转身走了，走得很急很快，当时只因受到侮辱急于发泄，我真想赶上去骂还他，真想捶他几下。待到冷静下来，我才想到这件事情的真相，原来爸爸说把信留在他那儿，原来爸爸只是当着我的面显得若无其事，原来爸爸把信转给了老师，他直接进行了干预。这一来，沈老师为什么要我在墙报上写文章的含义深沉了，这一来，矫楠在老师眼里的印象是一落千丈了。奇怪的是，“死猫儿”抓到这一把柄，为啥不像对待郁强和余云那样在班上公开训斥呢？为啥他对我像啥都没发生过一样呢？我隐隐约约猜出一点了，很可能这是“死猫儿”同爸爸妈妈之间达成的默契，很可能这是他们为了爱护我的名誉。而矫楠呢，“死猫儿”当然是不会轻易放过他的，他遭受到的批评和压力不会比郁强和余云小……

想到这些，我的脊梁上淌冷汗了。这不是我们愿意的结局，我把这件事想象得美好得多，也简单得多。事已至此，我又能怎么办呢？责怪爸爸，怨恨老师，都已经是马后炮了。再说，爸爸也好，沈老师也好，不都是为了我好吗，不都是为了爱护我的名誉嘛。像郁强和余云那样，把事公开了，两个人的名声也就跟着臭了。打死我都不愿意要这么个结果。

只是，在校舍走廊里，在教室里，我总有股愧对矫楠的情绪，总不敢坦然自若地瞅他那对阴沉的眼睛一下，只要他的身影出现，我总会情不自禁地回避开去。有多少次，我自己安慰自己，是初三下学期了，再难熬，也不过是十多二十个星期的事。毕业以后，萍水相逢在初三(7)班的这帮男女同学，都将各自东西，都将走自己的人生之路，谁还能碰到谁啊。况且，矫楠只不过是发狠地说说罢了，他并没对我怎么样啊，谅他也不敢。

谁能想得到呢，偏偏就在毕业前夕，来了这么一场文化大革命，我们家遇上了厄运。话恰恰给矫楠说准了，我们家遭了殃。

一阵粗吼打断了我的胡思乱想，声声嚎叫掀起的喧哗中，我清晰地听到了爸爸的哀叫，凄厉难忍的哀叫。

我的毛发全在这一瞬间竖了起来，血都涌上了自己的脸。

对爸爸的忧心和关切压倒了我的恐惧，我不顾一切地冲进了十九号大院，冲到二号小楼跟前。没等我跑进门去，头发蓬乱、满脸是血的爸爸被一帮人连拉带搡地拉下了楼梯，爸爸的脚步跟不上，还在半层上，一脚踩空，整个儿摔了下来，倒在楼梯脚下。

“爸爸！”我哭喊着扑上去。

没待我迈进门槛，我的肩膀被人重重地赏了一拳，痛得我一声锐叫，跟着又一拳打在我鼻根上，顿时，我的双眼金星迸飞，整个脸部疼得像揭了张皮，我不由得哭出了声。

哭泣时，我依稀听到有个人骂道：“你还敢上来，上来撕烂你的嘴！”

透过一双泪眼，只见一帮家伙团团围住了爸爸，有人的拳头雨点样落下，有人干脆用脚踢，还有人朝瘫在地上的爸爸吐口水。

“爸爸！”这时候我只是在心里嘶声喊着爸爸，尽管我的嘴也张开了，可我已不敢发出声，也发不出声了，震惊和恐怖似一条无形的绳索扼住了我的脖子。

“好了，别让这家伙躺着装死，把他逮走！”

随着一声命令，肆意虐待爸爸的那帮人簇拥着，像拖一口袋土豆似的，把爸爸拖出了十九号大院。

嘈杂的喧嚷随之渐渐远去，终于啥都听不见了。可我的头脑里还在嗡嗡轰响，还在一次又一次重叠地复现爸爸被毒打的惨景。我木呆呆地站在那里，小楼还是小楼，广玉兰还是广玉兰，生活中的一切却全变了。远远的，其他几幢小楼旁边，有人站在那儿朝我窥视，我不愿让他们看到自己挨过揍的脸，把目光收回来。门口台阶边的墙角，一滴浓浓的墨汁眼泪般垂吊在大字报边缘，滴落在墙角，又渐渐地凝成一滴。那墨汁是这样黑、这样浓得起腻。我不由得抬眼一望，啊！墙上贴着一张最后通牒：

勒令：反革命修正主义分子宗竞常、殷晨芳一家滚出这洋楼深院。限期三天之内搬到瑞仁里六十四号底楼居住。

若到期不迁,一切后果由你们自己负责!

我目瞪口呆地盯着这张勒令。瑞仁里,瑞仁里,那不是一条破破烂烂的弄堂嘛!班干部和团员熟悉全班每个同学家庭住址时,我去过瑞仁里同学的家,那是人住的地方吗?没有煤气,卫生设备是几户合用的。天哪,我简直不敢想象自己在那个环境中怎么生活下去。怎么办?我怎么办?

爸爸被逮走了,妈妈被隔离了,哥哥恐怕早晚也要被红卫兵总部开除,家里只剩我同范阿姨两个人,哦,范阿姨也要走的,那些资本家,那些反动权威家的保姆、佣人、阿姨不都走了嘛,我一个人,我孑然一身,叫我如何搬家,叫我如何到瑞仁里去住啊!

"看,宗玉苏在那里!"一个尖脆的声音传进了我的耳朵,我刚转过半个身子,初三(7)班的一帮红五类子女,在团支书许小妹带领下,呼隆隆涌了过来,把我团团围在中间。

"这会儿该轮到我了。"我心头吓得"怦怦"跳,疑惧地瞅着许小妹那对虎虎有生气的眼睛,那只扁塌塌的朝天鼻子。我不想朝其他人望,不用瞧我都知道,也属红五类出身的矫楠,肯定也在这帮人里面。这下子,算是让他看到我的狼狈相了。

奇怪得很,这么一想,我倒稍微镇定下来。不,我不能让他看我的笑话。

"鉴于你家已成了黑七类,你就是个狗崽子!"许小妹用她过去对要求入团的同学上团课的声音,对我进行了宣判,"红卫兵团部作出决定,开除你的红卫兵资格。把你的红袖章交出来。"

我从裤兜里慢吞吞地掏出了红卫兵袖章。它还是新的,幸好我有先见之明,没把它戴在手臂上。当初只觉得我的袖章太宽太大,戴在臂上飘飘荡荡多出一块不雅观,我没戴它,心想有机会把它改合适一些再戴。现在倒不需要费这道手续了。

"狗崽子,她还傲哩!"

"叫她跪搓衣板,她就傲不起来了。"

我听到几个同学在许小妹身后议论,心又慌了。

许小妹把红袖章一把抢了过去:"听着,现在向你宣布命令。"

许小妹身旁闪出了杨文河,朗诵般朝我道:"命令狗崽子宗玉苏,明天早上必须到学校贴出认罪书,随后同其他黑七类子弟一起,集中在小礼堂请罪。"

"听见了吗?"许小妹陡地一声喝,还跺了跺脚。

我嘀咕了一句:"我……我认什么罪?"

"你心头清楚,别以为我们不知道。"许小妹的口气刻薄极了,朝天鼻孔呼呼地出着粗气,"有人给你写情书,你还想藏着不交呢!你就认这个罪吧,腐朽思想的罪。"

我的头上像被人浇了一瓢烫水,猛地仰起脸来,只见十几张红卫兵的脸在我眼前晃动、晃动,许小妹冷眼斜望着我,杨文河居高临下盯着我,有人在冷笑,有人在点点戳戳,一张张熟悉的脸全在我眼前闪过,唯独没有矫楠那张我最怕见到的脸,没有。

那个时候,不要说在我们中学里,就是在堂堂高等学府,全国出名的大学里,也是明确规定不准许恋爱的……

当高材生郁强和漂亮姑娘余云逛马路谈恋爱的消息传开之后,当默不作声的矫楠曾给矜持高傲的宗玉苏写了封情书,并且打动了公主样的宗玉苏心灵的秘密,终于通过不知什么途径传到我们这些人耳朵里的时候,天地良心,我们这些少男少女都是怀着又妒忌又羡慕又幸灾乐祸的情绪看待这两件事的。

特别是对矫楠,我们这帮人都用讥诮、嘲弄的语言谈到他的失败,巴不得他落个这样的下场。这是符合我们"狐狸吃不到葡萄,却说葡萄是酸的"那种心理的。"文革"的浪潮初初掀起的时候,同学们一轰而起地杀上社会,"死猫儿"为了讨好学生,并以此表明自己是同小将们站在一起的，透露了不少内幕新闻：矫楠给宗玉苏写情书，宗玉苏把情书珍藏在枕边的书本里被父母发现，她的母亲携着情书专程来找班主任老师，详尽了解自己女儿在校的表现，还细细打听了矫楠的情况，要求老师对矫楠严格管教，但不希望将事情张扬开来，影响宗玉苏的声誉等等，都是"死猫儿"有意无意间讲出来的。他好像还摸透了我们这拨表面上对此事嗤之以鼻，内心里却不肯漏掉一个细节的同学们的心理，讲完以后郑重其事地道：

"这个走资派，她把我当成傻子了。从她那么详细地询问矫楠的家庭情况，我一眼就看出来了。退一万步讲，宗玉苏真到了谈情说爱的年龄，矫楠要同她谈朋友，那也是痴心妄想。"

"死猫儿"这回是过于聪明了，他不晓得，在听他叙述这些事情的红五类子弟中，有一个人是矫楠的好朋友杨文河，仅仅只半天工夫，杨文河就把这些事儿告诉了矫楠。

在浊浪滔天、风起云涌的文化大革命中，这类初中毕业班学生少男少女间的趣事，当然引不起人的多大兴趣。

但对矫楠的未来来说，对他个人的感情经历和命运来说，这事儿确确实实地起了难以预料的作用。

听了这件事，他想些啥呢，他遭受到什么刺激呢？

我们有意无意地拭目以待。

第二章 爱情的波涛

小 引

这是她与矫楠的最后一次约会，不是情侣间缠缠绵绵的幽会，而是与即将离异者的一次见面。

矫楠给她来电话了，是直接打到她上班的羊毛衫厂车间里来的，他说他答应离婚，他们应该在办协议离婚之前见一次面，好好地把离婚所需考虑的一切细节商量妥，以便顺利地办完手续。考虑到目前这种状况，他去她家或是她到他家去，他都觉得有点别扭，因此他们约定在丁字口小花园见面……

她面对着镜子，细细地端详着自己的形象，自己的脸蛋儿，这张脸已经不像过去那样生气勃勃颊泛桃红的了，相反，她的眉宇间有着股积郁的神韵。令人一望而知是个成年女性，漂亮的成年女性。她的鼻尖上渗出了细小的汗珠，怎么搞的，竟弄得紧张起来。她凑近镜子，小心地拭去鼻尖上的汗珠子。是不是靠镜子太近了，她的呼吸使得哥哥这面大立镜面上蒙了一层水汽，把她的脸遮去了一些。她着恼地伸手去把水汽抹掉。为什么心跳，为什么有种不安的感觉，她已经把这个好消息告诉了陈谷康，陈谷康不是提议由他陪她一道去吗，她婉辞了，不必要，根本没有必要让即将离婚的丈夫和她未来的丈夫见这一面。

那她为什么总有种忐忑不宁之感呢。

她梳的是华丽型的夏季发型,打的是少女髻。高高盘起的粗股发髻,使得她顿显年轻了。她穿一件连衫裙,咖啡色底配银长条子,这条连衫裙把她秀雅苗条的身段衬托得越发亭亭玉立,越发矜持傲然,拒人于千里之外,却又诱人远远地凝目注视她。

她精心地打扮着自己,要使自己看上去比以往任何时候更美,这是一种什么心理,她说不清楚,她无须以精心修饰打扮出来的美吸引矫楠了,她很快要同他离婚了。但她仍在装扮自己,唯恐在某一点上有啥疏忽了。作为女人,她终究还有一番好胜心,她要给他留下一个最美好的回忆。她是爱他的,至少是曾经爱过他的,她不希望离婚使他们成为仇人。他们毕竟还有共同的女儿小玉,这是矫楠同她生的,是他俩在过去那段生活里的结晶。作为母亲,她是有一丝爱儿之心的,尽管现在小玉与她是很疏远了。他会带小玉去吗,也许……哦不,谈这类事儿,他是绝不会带上小玉的。

华灯初上,她离家走出弄堂,走上街头,走向约定的丁字口小花园。

行人熙熙攘攘、摩肩接踵地来来去去。远远近近的霓虹灯和商店橱窗的彩灯,在她眼里闪烁跳跃。汽车喇叭声、说话声、笑声、自行车铃声组成嘈杂的声浪扑面而来。

"宗玉苏。"有人从后面赶上来叫她,"打扮得这么漂亮,去哪儿?"

宗玉苏回过头去,她看到一双闪闪放光、炯炯闪神的大眼睛,看到一身纯藏青的人造棉连衫裙,她认出来了,这是歇凉寨上海知青集体户的丁萌萌。真巧,会遇上她。宗玉苏的脑子里掠过一个久已忘怀的念头,天外飞来似的,那么迅疾那么固执又那么清晰地一掠而过:这个人是爱过矫楠的。但鬼使神差一般,从没听到她与矫楠的友情有过发展,从未听任何人谈及她和矫楠什么什么。这念头来得不是时候,使她特别不舒服,她淡淡地答:

"我去丁字口小花园……"

“噢，那我走对面，去看看余云。”丁萌萌好像一眼看穿了她的淡漠，也无意多讲话，朝她摆摆手道了别。

直到丁萌萌的身影在人流里消失，她才感到自己有些过分，也许她早有了对象，也许她快结婚了，对了，还没问她分配在哪儿工作，只讲了一句话，就各自东西了。

她有些懊恼地往前走，离约定的时间八点钟还早，她尽可以慢慢地走，慢慢地走。

前面有家电器行，各式各样时髦的四喇叭、两喇叭收录机摆满了柜台内外，便携式、台式、双声道、单声道，闪闪发光的机壳在日光灯下更是亮得晃眼，柜台外还围满了大堆大堆的人。一只倍司十足的大喇叭正在播放着流行歌曲：

爱是那么地深
情是那么地真
我俩沉醉在这爱的梦中
享受着爱的温柔
但愿这不是一场梦
但愿这是真正的爱
你我在一起手挽着手
…………

天，这歌词怎么就像写的是当年的她。那时候，她不正像歌里唱的那样，爱得那么纯情，爱得那么深沉嘛。她不是祈祷着和矫楠的爱，能冲破艰难险阻享尽爱的欢乐嘛。哦，当年，这都发生在当年，插队落户的岁月里……

一

一堆火烧起来了。

像篝火，像坡上铲下的草皮晒干后点燃的火，像灶孔边火塘里烧起的火。

夜深了，都喊冷，“小鸭儿”和“小母狗”就去自家柴楼上抱来了两捆干柴，还随手拖来一束干谷草，把火点燃了。他俩还在火坑里埋了些啥东西，互相嘻嘻哈哈地乐。

矫楠感激他们麻利的动作，感激他们烧起了这堆火。冷得难受的躯体，得了火的温暖，微显出了些困乏。

明天一早就要离开插队落户的歇凉寨，赶二十八里山路去公社搭车，他兴奋得没一点睡意。同一知青点的杨文河、郁强、余云、丁萌萌、秦桂萍、聂洁都不走，矫楠因姐姐矫静的婚事要回上海，他们也都很兴奋。人人都给家里写了信，让矫楠带着信，去各家各户走一走，亲口讲一讲插队落户生活的详情细节，靠写信，总是讲不清楚的，毕竟这是插队快两年来，知青点里头一个回沪探亲的伙伴啊！秦桂萍的父母亲为了她在贵州山乡插队，随着内迁的职工，举家迁到贵阳市郊来了。她没有信带往上海，但她亦写了一封信，让矫楠在路过贵阳时，投进邮筒。这样，她的父母亲一两天里就能收到她的信。而要是丢进公社那个邮筒呢，至少也得四天。

“矫楠，真的，到了贵阳，若不能买到车票，你就住到我家去。”秦桂萍又一次真挚地对他道。

矫楠点点头：“知道了。”

“哎呀，我看你不管买得到票买不到票，就去一次吧！”聂洁沙哑的嗓门吊得老高地说，“让未来的丈母娘相相女婿嘛！”

众人哄笑起来，余云俏丽俊美的脸蛋，几乎扎进了郁强宽大壮实的怀抱里。

秦桂萍斜了聂洁一眼：“你不要瞎三话四！”

“哎呀，有那层意思，还怕人说！”聂洁大惊小怪一般叫起来，“换了我啊，爱上了哪个，当众打开司我也不在乎。”

“根本没那种意思。”秦桂萍辩解的声音不是那么理直气壮。

“没那种意思，那我问你。”聂洁沙哑的嗓门拉得更响了，“你替他洗衣裳算啥？”

“互相帮助。”

“说的比唱的还好听。你怎么不来同我帮助帮助，同杨文河帮助帮助，单帮助矫楠一个？我再问你，男生没回集体户，你老站在门口望，望点啥？算了吧，秦桂萍，叫你一声小阿妹，我老阿姐是过来人，哪个少女不怀春，我比你懂！”

“真的吗？”丁萌萌一双光亮逼人的大眼睛紧盯着秦桂萍，继而又朝矫楠斜过来，“你们也像郁强、余云一样好起来了？”

“好起来了也没啥奇怪的嘛！”郁强脉脉含情地瞅了余云一眼，两人相视而笑。

“哎呀哎呀，你们叽哩呱啦说啥子哟？一句也听不懂！”“小母狗”抗议般嚷起来，“要讲上海话，滚回屋头去。在我们跟前，就要讲我们听得懂的话。”

“为什么？”杨文河故意逗这十六岁的小伙。

“怕你们当面骂我们吵？”

“哈哈哈！”众人快活地大笑起来。

杨文河笑毕问：“那你说，跟你讲些啥呢？”

“讲上海嘛，像你上一回摆的龙门阵，好听极了。”“小母狗”稚气未脱地道，“江上的大轮船，真的比一个寨子还大？”

“‘小母狗’，烤好了，快喊他们吃。”“小鸭儿”同“小母狗”同岁，却要老成一些，文静一些，他用一根树枝刨着火堆下的灰灰道，“快，有洋芋、包谷、豆豆、红薯，爱吃啥抓啥，吃完了再摆好听的。”

几个男女知青欢叫着扑过去，不怕烫地抓着两个看谷子娃娃暗暗烤熟的食物。在偏远的山寨，这抵得上美味佳肴了。

矫楠坐着没动，回到上海，就不会稀罕这种食物，让其他人多吃点吧。

“你不吃？”杨文河转过脸问，“想什么心事？”

“没……没想啥……”矫楠支支吾吾搪塞着。

“别瞒我了，你，”杨文河的嘴凑近矫楠耳朵，“真对秦桂萍有意思？”

矫楠两眼盯着他：“你也这么认为？”

“人家都在传呢，嘿嘿。”

矫楠不想辟谣，也不愿承认。歇凉寨上海知青集体户，杨文河、郁强、余云、矫楠是同班生，丁萌萌、秦桂萍是初三(3)班的女生，聂洁则不同，她是上海少教所在“文革”中根据张春桥指示解散之后，被勒令一个月之内去上山下乡的人物。听说，在进少教所之前，她是虹口三角地一带的出了名的“女流氓”，有过一番轰动时期。曾经有两帮流氓，为了争夺她大打出手，伤了好几个倒在马路上。虽在一幢茅草屋里共同生活了近两年，矫楠和三个不是同班的女生，仍有种生疏感。不像他同杨文河、郁强、余云那么熟悉，无话不谈。只是，三个女生中的秦桂萍和他交往较多，他心头也是承认的。

事情是怎么起头的，他都讲不清了。那天他到寨外沟渠边清洗衣裳，秦桂萍随后也来了，在离他三五步远的地方洗。他没留神一件白衬衣顺着沟渠水漂过去了，随着他一声喊，秦桂萍一把捞起了白衬衣，顺手展开瞅了一眼，朗声笑了：

“你这也叫洗衣服啊，看，衣领上的污迹全没搓去。哈哈哈！”

矫楠被她笑得不好意思了，伸手要衬衣。

她却蹲在沟渠边，帮他搓洗起来。雪白的肥皂沫一团一团，随着水流漂远去。

这以后，矫楠见她在费劲地挑水，想到她帮过自己一回，便走过去帮她把两桶水挑回了集体户。

她的父母在贵阳市郊，四五个星期，她总要回家一次。探家回来，总有些吃的、用的东西带来，有时她偷偷塞一点给矫楠，花生酱啊、炒麦粉啊什么的，矫楠不便当众推诿，只好设法还她的情，把上海寄来的麦乳精、奶糖悄悄送给她。一来二去的，两人的心灵接近了，闲言闲语也传开了。矫楠不是木头人，他看得出秦桂萍对自己有意，可要问他是不是爱她，他还不能承认。作为一个不丑的年轻姑娘，她当然有吸引他的地方。但他总还觉得，他们之间缺乏一点什么。

缺乏一点什么呢？

他一时讲不透，他只晓得，在他的心底深处，还经常浮现出宗玉苏的倩影，他还想她。而他自问自己，如果不同秦桂萍在一起，会不会如此深切地思念她呢？答复是否定的。

“这回该摆个好听的龙门阵了吧！”“小母狗”又提出了要求，“小杨，你先讲。讲完了该小郁讲。”

“小鸭儿”虽不催，但是一边咀嚼着嘴巴里的黄豆，一边睁大两只鼓鼓的眼睛瞅着杨文河。

杨文河一拍膝盖，爽快地道：“好，我讲。今晚给你们两个小伙开开眼界。上海有个‘大世界’，可以说这是个全国……不，世界上闻名的游乐场，‘大世界’是座优美的艺术建筑，是，是……唉，郁强，是哪个人开的？”

“创建人叫黄楚九，浙江余姚人。开设于一九一七年吧。”郁强懒心无肠地说。

“对了，对了！就是这样，浙江余姚人是个药材商，本来跟英国洋行买办经润三合伙，开办了一个叫新世界的游乐场。经一死，经润三的老婆就把他排挤出来，黄楚九一气之下，发誓要办一个超过‘新世界’的游乐场，于是乎他就挖空心思……”

杨文河绘声绘色一讲，“小鸭儿”和“小母狗”两个山寨小伙听得入了迷。“小鸭儿”圆鼓鼓的黑红脸上垂着两条鼻涕也顾不上抹，“小母狗”更是将扁平脸探到杨文河跟前来，张大嘴倾听着。

反正，只要挑山乡里没有的事儿讲，这帮倒大不小的娃娃都喜欢听。杨文河还常要他们，讲一段故事，要他们帮挑一担水，娃娃们都肯干。

矫楠却无心细听，望着由于忘了添干柴而渐渐微弱下去的火焰，他又情不自禁地陷入了沉思。那火焰悠悠晃晃,一跳一跳地舔着干柴,映出火堆旁一张张已显倦意的脸庞。风不时吹歪那飘飘忽忽的火焰,把灰沙吹起来,把山野的寒意吹了来。

这亮闪闪的火焰,多像人的眼睛啊。为什么一看到烧起的火堆,总使人想起眼睛呢。而且,总使矫楠想起宗玉苏那双深深地印在他心坎上的眼睛呢。他有好久好久没有看到这对眼睛了,像深秋林子里潭水一样清澈和平静,像静夜里遥远的星星一样神秘。她的双眼和跟前烧起的这一堆火相去甚远,差别极大,火是炽热地、充满激情地燃烧着的,而她那双眼睛,在很多很多时间里,都是冷寂的、静止的,一望她的两眼,矫楠自会联想到,她的心灵、她的思想也好像她的眼睛一样,是封闭着的。唯一相同的,只是她的目光和火都是亮的。

也许正由于此吧,矫楠经久难忘地苦苦思恋着这对眼睛。

她插队的地方离歇凉寨很近,就在不足三里地那个叫下脚坝的寨子里。听说下脚坝始终都没给知青们落实住房,头一年让他们住在土地庙里,后来县、区、社三级来检查,让他们搬到稍为好一些的烘房去住了。前不久又听说,烟叶收上来,烘房要用,又让他们临时搬进洼地旁的一幢保管房去了。就在前两三天,下脚坝有农民过歇凉寨来打米,扯起闲话,矫楠才听说,保管房里只住了宗玉苏一个姑娘,其他知青,有的回上海,有的去水利工地,都走光了。

就是这几句话,激起了矫楠心底的波澜。使得他稍有闲暇,便情不自禁地会想起她的那双眼睛。而到了此刻,即将离开山寨回沪探亲的前夜,这种思念强烈到他不能自制的地步,他非常想去见她一面,同她说上几句话。是呵,以往他也想往下脚坝跑,可他怕,怕她不理他,怕见到其他知青碰一鼻子灰,羊肉没吃到,倒惹一身羊膻气。今晚上不怕了,即使她给他一个闭门羹,也不会有什么人晓得。况且,况且,她一定孤独,一定寂寞。瞧嘛,歇凉寨上,我们一个集体户,男男女女的,说说笑笑,时光消磨得还快,而她呢,一个人……

"哎呀,不好啰!吴大中来了。""小母狗"忽然手忙脚乱地刨起灰来，抓过一大堆干柴，把没烤的洋芋、豆豆啥遮盖起来，“快藏好，莫让这龟儿子看见了。”

“小母狗”扁平脸上两只分得很开的眼睛，惊慌地眨动着。其他人也都像听到了命令一般，停止了嘴里的咀嚼，用柴棒、柴灰、身影遮掩着摊得满地的包谷、红薯。矫楠明白了，这些东西，都是“小母狗”和“小鸭儿”刚才借口回去抱干柴，到集体田土里顺手牵羊搞来的。

唯独杨文河，没事人似的，还在那里摆龙门阵：“……‘大世界’里吃的东西，应有尽有，中央台北那一片，小吃摊林立，宁波汤团、嘉兴粽子、绍兴鸡鸭血汤、温州面拖黄鱼、五香糟田螺、油豆腐线粉汤、牛奶咖啡、土司布丁，花色品种繁多，价格都低廉，味道更是好吃。唉，只可惜这都是我们小时候的事了。现在，现在一闹文化大革命，‘大世界’变成了‘封、资、修’，取消停办了，那么大的地方，被当作仓库堆东西。”

“啥子啥子，”“小母狗”惊叫起来，“这么好玩的地方，堆起东西来了？啧啧，可惜，真可惜。”

“是嘛，”“小鸭儿”也故意喊，“我还没去玩过哩，就取消停办了，这不是欺负老子嘛。”

几个上海知青都被这两个家伙逗乐了。大伙儿似乎都没见到长得武高武大、一身蛮力气的大队革委会主任吴大中走近了身边。

“摆什么龙门阵呀？笑得满寨人都听见。”吴大中站到这堆烤火人的边上来了，打着官腔问。

“噢，”“小母狗”应声站起来，“吴主任，听他们讲城头好玩好耍的事。我说啊，他们大城市的人，才没冤枉来这世界上一趟呢，啥新奇玩意儿都见过。我们呢，枉自做了一趟人呢，活在这憋气的山旮旯里，整天见到的就是一块天、一片山、几块土，我都想重新投胎投到城里去。”

“吴主任，你也坐下听他们摆吧。”“小鸭儿”也恭顺地邀请他入伙。

“我没得空！”吴大中没好气地道，语气还有点不高兴，矫楠抬眼望去，这位主任正在昂头望天，“我是过来提醒你两个值班的，今晚上，这天要变。莫只顾耍,下半夜睡昏了,落雨也不晓得,把这一晒坝快干的谷子都打湿完。听清了,一刮风一下雨点子,就喊起满寨人来。"

"要得,吴主任,我们警觉得很,你放心吧。""小母狗"让他训了一通,有点丧气地答应。

"小鸭儿"干脆站起身来:"那么,'小母狗',我们去睡吧。莫真坏了事……"

吴主任也不同知青们打招呼,只矜持地背着手,转身走开了。

"妈的,狗拿耗子!""小鸭儿"冷眼瞅着他的背影,低低地嘀咕了一句。

"小母狗"扔几根柴到火上,火焰低了下去,继而又腾腾地旺起来:

"你也是个粑壳蛋,当面不敢骂,只会背后咕哝。"

矫楠晓得,歇凉寨上不少人对吴大中不以为然,有人对知青们暗暗透过,吴大中是"四清"后期起家的,"四清"工作队住在他们家,他一心一意替他们跑腿,买烟买酒使唤人,挑水煮饭洗衣裳,话又不多,"四清"工作队都觉得这年轻人踏实能干,当年他在寨上的印象也还确实不错,不偷不抢,干活勤快。把原先搞瞒产私分的老班子整下去后,"四清"工作队便将他扶了起来。内定他当支部书记的时候,他还不是一个党员呢。

不过知青们都是乖人,听管听,不发议论,生怕啥闲言碎语传进他耳朵里,那可不得了。

矫楠最清楚,来插队的这一帮,嘴巴里讲的是扎根,开会时说的是一辈子相结合,心里头呢,没一个真正愿意在山乡长久呆的。要离开,就得同当权派搞好关系,得罪了实权人物,那就等着穿小鞋吧。

嘀咕归嘀咕,"小母狗"和"小鸭儿"把火添得旺旺的以后,还是走到仓房屋檐下的谷草堆上,睡觉去了。守晒坝值一夜班,三个工分,这活路轻巧是轻巧,实在也很恼火。

是两个小伙把火添大了吧,知青们却还都不想去睡,有一句没一句地扯着:

“一个劳动日十个工分，二角六分钱，三个工分只八分钱，要守整整一夜！”郁强望着在谷草堆上躺下的两个小伙，叹了一口气，“在上海还不够去‘一乐天’泡杯茶。”

“太苦了。”余云接着道，“在上海，我们家的日子算清苦的了。跑到这里一看，简直不是人过的日子啊！比起这里的农民，我们算是好的了。”

“你当然可以满足啰！有饭吃，有衣穿，粮食不够了，可以去公社要求，可以写信向家里要。自己心爱的人又在身边。”杨文河唉声叹气道，“哪像我们，和尚客、光棍汉……”

“怪你自己没魄力嘛！”聂洁的手一推他肩膀，“没情人，不会自己找一个？”

“这个你就不晓得了，”郁强笑道，“杨文河魄力大大的，他不但有情人，情人还是我们班鼎鼎大名的团支书许小妹哪！”

“真的？”矫楠是头一次听说，虽然他同杨文河还算得上好朋友。

杨文河似觉得这事始终瞒着他，有点不好意思地点了一下头。

“嗳，”聂洁又推他一把，“讲出来听听，听听你的罗曼史，听完了我也讲。”

“好吧，”杨文河从灰堆里刨出一只烤熟了的红薯，借着火焰的闪光，慢条斯理地剥着皮子，说，“我们‘风雷激’红卫兵团，不是占据了中心教学楼嘛，在中心教学楼四层上的音乐教室，我们设了一间办公室。红卫兵最吃香的时候，兵团办公室天天要人值班。值班的人睡在从健身房搬来的垫子上，倒还舒服。那天夜里，正好轮到我值班，我守在那里，看一本从抄家物资中顺手抓来的书，叫什么《娜娜》的……”

“妓女书！”郁强点了点头。

“看得正来劲儿，许小妹来了，头戴军帽，腰扎武装带，扎得紧紧的，把她那胸脯鼓鼓地弹了出来。见她进门，我只好把书偷偷塞进抽屉，用一张报纸遮住，有一句没一句跟她聊着。心里却还在想书里的情节。说老实话，我很想和一个人讨论讨论这本书，但就是不能同许小妹讨论。矫楠、郁强都晓得,这姑娘思想太革命,别说讨论了,被她晓得我在看那种书,她也会汇报的……”

矫楠看得很清楚,火堆边的几个伙伴,不论男女,都把眼睛睁得大大的,听着杨文河讲。这个时候不走,还待何时。要是走开,谁都不会经意的。

他虽然很想听下去,但对宗玉苏的思念之情比想听下去的欲望更强烈,他坐不下去了。电筒就在裤兜里揣着,无需作什么准备,就可以往下脚坝走。

他佯装疲倦,出声地打了一个哈欠,离开了火堆边。他看到除了秦桂萍瞅了自己一眼,其他人都没留意。让他们事后去猜吧,他们会以为我去方便方便,会以为我提前回去睡,会以为……

矫楠慢慢走离了歇凉寨中心晒坝的火堆,一当身影融入茅屋瓦舍遮下的阴影,估计火堆边的人看不见他了,他便掏出电筒,照亮了出寨子的那条古旧的悄然无声的小道,往下脚坝的洼地那边疾步走去。

深秋里即将变天的夜,没有月亮,没有星光,有的只是黑朦朦的形态各异的座座山峰,高高低低的在雨云和雾岚的缭绕下,组成了一片无边无际的山的海洋。那些高耸入云的山巅,又极像是大海中的一座座岛屿。

柴烟味、牛粪味、寨上特有那股尘世间的空气,离得远了,远了,山野的土腥味、野性的清苦气息,混在清冽冷寂的山路上。哦,这个时候走路,更能感觉到大山的荒寂和庄严,更能感觉到栖身的这一片土地的安谧和空灵。

来到乡间两年了,别的没学会,倒是学会了走夜路,真到了山野里,虽没星星和月亮,矫楠还是能凭肉眼辨清脚下这条缓缓下坡的小路,像匹细长的带子似的,一直通到下脚坝去。

他熄了电筒,踩着小路上不时拱起的石阶,一步一步往前走。

深秋的风已经很凉,特别是他刚才还在火堆边坐着,这时冷得身上直起鸡皮疙瘩。几缕飘飘悠悠的冷雾在浮动,满山枯萎的包谷叶,在山风的吹拂下，发出一片低微的骚动般的沙沙声。

三里地一会儿就能走到，到了洼地边，万一她已睡了，那咋办呢？那就只有打回转，只要看到她没点灯，就证明她已睡下了。要是她还亮着灯，还没躺下，她会允许他进去吗？她不允许他进屋怎么办？即使进了屋，又讲些啥？讲些啥呢？

所有这些问题全涌到脑子里来，使得矫楠陷入忐忑不安的困惑之中。步子不知不觉地放慢了。

陡地，他听到了一点什么声音。低低的，窸窸窣窣的，分辨不清楚。

他下意识地想揿亮电筒，大拇指刚按在开关上，却又没把电筒打开。他怕那是去串寨的老乡回歇凉寨，认出他来，便要问他去哪儿。

带着寒冽的苦蒿味的空气似乎凝住了，路边的包谷土里，什么小虫子不甘于秋的消逝，凄凉地低鸣着。包谷的长叶子，耷拉着微微摇摆着。

矫楠不加思索地一步踅进包谷土里，将身子隐在密匝匝的包谷丛里。

好像一只手碰在他额颅上，矫楠几几乎惊骇得喊出声来，他一凝神，又不觉感到好笑，那是一只发育得不大的葵花盘，正碰在他脑壳上。

恰在这时，他清晰地听到包谷被扳下来时发出的“咔咔”声，一声接着一声，动作还很利索。

矫楠的汗毛管全竖了起来，今晚上是撞鬼了，偏偏在去下脚坝的路上，遇到了小偷。不论是他看见了他们，还是他们发现了他，那都是麻烦的。如果对方是一帮人，一帮惯窃，那他今晚上就有危险。

矫楠敛声屏息地躲在包谷丛里，身子不由得缩了缩。

“大鼎，听见没得，有声气。”传来一个低柔的声音，那温顺的语气，矫楠太熟悉了。

“啥子声气？鬼的声气，你神经过敏！”

“是真的，我听得清楚。”

“在哪里？”

“路那头。”

“我来听听。”

包谷丛里的长叶响了几下，静寂下来，连刚才低吟轻鸣的小虫子，也慑于秋的寒冽，不再鸣奏了。夜显得深而沉，黑黢黢的山岭，黑黢黢的庄稼地。

矫楠不再感到害怕，心却更猛烈地跳动起来。这是他熟悉的一对年轻夫妇，知青们来山寨后参加的头一个婚礼，祝贺的就是他俩，男的叫吴大鼎，女的叫罗湘玉。小两口同老人分家之后，就住在离知青点茅屋斜对面的一幢泥墙瓦舍里。两人相亲相爱，一心要奔红红火火的好日子。平时勤扒苦挣、起早贪黑地干活，集体的工不肯打落，自留地、园子土的活也一齐干。赶场天，人家少夫少妻爱赶场打晃晃，他俩一个上坡掏野果、捡香蕈、挖药材，一个拿杆火铳枪去打野物。矫楠和知青们有点啥难处了，箍个水桶划个篾片，借个柴刀扦担的，都就近找他家，他俩都有求必应。矫楠对他们的印象特别好。没想到……

“听半天也没点响动。就你紧张！”

“我明明听到声气了嘛。”

“声气在哪里？走，再去扳点。”

“大鼎，我……我……”

“你咋个了？”

“怕。”

“怕个屌哨！”

“我说不来的，你、你硬逼我来。万一叫人看到了，这脸盘子朝哪儿放……”

矫楠听得出，罗湘玉抽抽搭搭的，哭了。

“哎呀！怕个啥嘛，这不是歇凉寨上的，这是下脚坝的包谷土。”

“那也是偷啊！”

“不偷咋个办？一年到头，谷子、麦子、包谷、洋芋、豆豆五大样，拢共六七百斤。只够我一个人吃……”

“想其他办法嘛！”

“你又不是不晓得，啥法子都想了。不是还向聂洁买了粮票嘛。”

“我不管。你要扳你扳，我走了！”

包谷叶子“哗啦哗啦”一阵响，一阵脚步声响过矫楠躲藏的那块包谷土，渐渐远去。

“湘玉、湘玉……”吴大鼎压低了嗓门喊着，朝自家婆娘追去。他身上大约是背了麻袋或是背篼，跑不快，又不敢放声喊，只好一步一步跟随婆娘去了。

认准他俩去远了，矫楠才钻出隐身的包谷土，长长地吁出一口气。

浸透寒意的夜气漫天撒落下来，旷野里好冷、好冷啊。

隐私，这都是人的隐私，年轻的结婚才一年多的新婚夫妇的隐私，偷偷地把上海带来的全国粮票卖给老乡的聂洁的隐私；他自己，瞒着众人，趁着夜色跑到下脚坝去找宗玉苏，也是隐私。

矫楠因刚才的耽搁更快地往下脚坝赶去，走完这一截直落谷地的下坡路，翻上一个垭口，拐过弯来，一眼就看到下脚坝那个灯火疏疏落落的小山寨了。这寨子比歇凉寨还要孤寂，一幢一幢瓦舍茅屋石头房子，隔着树、隔着坡、隔着土，散落在一片山腰里。一条长长的能过马车的官道，把它同外界联系起来；一条横插过来的弯弯曲曲的崎岖小路，把它同歇凉寨联系起来，使它成为歇凉寨大队的下脚坝生产队，亦即第七小队。在下脚坝寨子外头，有一大片总有八九十亩地大的洼地。

洼地坐落在团团环抱起来的群山之中，一到雨季，洼地里就蓄满了从周围山坡上淌下来的雨水，成为一个天然的水塘。年年有雨年年淹，洼地的土质虽肥，洼地的泥巴虽好下种，却从来得不到收成，也就没人去播种。

在洼地旁的一块较平坦的坡脚，盖着下脚坝生产队的保管房。

即使在没有星光、没有月亮的夜晚，保管房的白色山墙仍然那么醒目地伫立在那里。

矫楠站在高高的垭口边，一眼看到，保管房那扇开得高高的四四方方的小窗户里，还亮着油灯的光。

这真是一个好兆头，宗玉苏还没睡，至少她还没睡着。

这灯光像在召唤着矫楠，他亮起电筒，放快了脚步，朝着保管房走去，走去。

二

透过保管房四四方方的小窗户望去，一眼就能看到三十来户人家的下脚坝寨子上那些昏浊的灯火，看到寨子后头那一片平缓的山脊。在夜色里，这一片山脊是那么雄峻，那么骇人，我总觉得它分外神秘。

是梦幻，还是我的错觉，我说不清了。我天天看那一片黑黢黢的山脊，有天忽然感到，它就像一条巨大的横卧在那里的鳄鱼，怕人极了。

这以后，一到夜晚，我就早早地拉上白布窗帘，一眼不朝外头瞅。让那横卧在苍苍茫茫的无边的山峦中的巨鳄凝然不动地呆着吧。

我真搞不懂，下脚坝的保管房，为啥修得离寨子这么远？

跟寨邻乡亲们打听，他们的答复简直令人瞠目结舌：怕人偷。

把保管房修得离寨子远远的，难道不更方便小偷们行窃吗。

不。保管房虽然修得远，但它所处的地势，恰恰就在下脚坝三十来户茅屋瓦舍的视野之内，若有人敢来行窃，寨上的狗趴在台阶上，势必会听到动静叫起来。这样，满寨人闻风而动，啥子小偷也别想得逞。

听过这一番解释，我就什么都不想说了。

伙伴们都还在寨子上的时候，住在远离寨子的保管房里，我还庆幸这难得的清静。可当所有的知青都先后离寨之后，孤独这一阴森森的魔鬼就来同我作伴了。白天寂寞得难耐了，可以到寨子上去，找姑娘姐妹们闲扯聊天。夜晚呢，孤零零地呆在这紧挨山脚的保管房里，听着风声，听着山林说不清是鬼丁哥还是什么鸟兽的鸣叫声，我的心会随着夜的深沉而越收越紧，久久地难以入睡。总是温顺地对我微笑的桂枝姑娘，教我扎鞋底，教我打袜垫，还请我替她给远在省城市郊的对象写信索要灯草呢衣裳，我们俩相处得太好了。伙伴们还没全走完之前，我就同她说好了，等保管房只剩了我一个人，她来陪我睡，整整陪我一冬。谁知伙伴们刚走，她就变了卦，不来了。追问她，为何不来，她支支吾吾的，一忽儿说屋头分不出铺盖，一忽儿说尿床的妹妹要照顾。问急了，她干脆用噙满泪水的双眼凝视着我，抿紧了嘴，啥也不说。

我的心头掠过一阵不祥的预兆。

这几天里，农活清闲，收工回来之后，我总是手忙脚乱地整一顿晚饭吃，不等天擦黑，就将保管房的门关得死死的，用门闩闩紧不算，门后头还加上了两根粗棒棒撑紧，不是到处都传说女知青受辱苦告无门的事嘛。我可得小心。

夜晚来临了，我这才真正体会到一个人与世隔绝地生活着，是个什么滋味。静静地躺在床上，我常常那么真切地意识到，父母亲属，同学朋友，尘世间的一切，都离我那么远、那么远。农活不重，到了夜里反而睡不着，在这种时候，我就急切渴望身旁有个人，亲近的人，哪怕他在屋里一声不吭来回走动，哪怕他仅是坐在我旁边，默默地凝视着我，我都会感到是莫大的安慰，是一种幸福。这样的渴望和默默地遐思，会在我的头脑中出现随之而来的很多很多联想，产生种种梦幻一般的感觉。仿佛是轻吟低唱的温暖的溪水漫过我赤裸的躯体，仿佛是柔和无形含情不露的月光泻遍我的全身，仿佛是喃喃低语的催人入睡的梦呓在我的耳畔回响。哦，我沉浸在这样一种氛围里，忘记了自身的现实存在，忘记了我的该诅咒的处境。有时我的眼前又会闪现湖畔月色里的情侣，白色小屋前沐满阳光的台阶上的玫瑰花，幽暗的花园小径里的亲吻……天，当我不得不拽回自己荒唐的思绪和梦一般的想象时，我的眼角边常常挂着泪珠，我还不愿意将它拭去。不愿意。我真希望自己生活在憧憬和梦幻之中，永远不要回到现实中来，把现实中的一切统统都忘却，忘却。

奇怪的是，沉浸在这么一种任凭思绪游荡的气氛中，时间会不知不觉地过得很快，睡意也会渐渐袭来，待我激动亢奋的心情慢慢平息，我会做一个好梦。

今晚上，我又试图唤起自己心灵深处一种强烈的思慕，试图冥冥之中进入一个想象创造的世界。我甘愿沉溺在淡淡的哀愁和柔情蜜意所创造出的感情世界里。哦，我看见了什么，柔和的灯光，眼睛里闪烁出的情意，充满诱惑力的英俊形象，低低的啜泣，轻柔的声音和空气，温馨的浓郁醉人的夜花园，令人沉静和浑身渗透快意的小夜曲……我的冥思里有时候出现人物，有时候产生情节，有时候一个细节历历在目，这一切像水似的把我浮起来，托入云层。我又不知不觉忘记了时间的流逝，忘记了难以打发的光阴，忘记了我在现实生活里的麻木和冷漠。

有人在顺着曲折幽暗的小径朝我走来，灯光从侧面打着他的脸，他的脸上挂着羞怯的充满爱意的微笑，他离我越近，脚步走得越慢，放得越轻。但我分明听到了他的心跳声，脚步声……

是脚步声，不是梦幻世界里的脚步声，而是保管房外头的脚步声，“嚓沙嚓沙”的。为了使寨邻乡亲们挑着担子来保管房时走得平稳，这条通保管房的小路特意用砂砾铺过，只有走在这条路上，才会有这种脚步声。

像一盏五彩缤纷的彩灯在我的眼前破碎了，我警觉地在床沿上坐直了身子，侧耳倾听着。

脚步声是朝保管房走来的，来得局促而快速。

会是谁呢？这么晚了到我睡的地方来，不会是好人。我小心翼翼地撩起白布窗帘的一角，朝外望去。

外头的夜是一片漆黑，什么都看不清楚。等我的眼睛稍稍适应了屋外的幽黑，脚步声已响到保管房前头，我站在窗后看不见来人了。

我的心剧烈地跳着。

脚步声一直来到我闩紧的门前台阶上。

我凝神屏息、万分紧张地呆立着。

沉默，风低啸着掠过保管房前的那片洼地。

门上“笃笃笃”敲了几下。

我不动，也不作声，想让来者感觉无趣，或以为没人，主动离去。

门上又“笃笃笃”响了好几下。

我瞅了一眼煤油灯，都是它，告诉了来人我的存在。不到睡意朦胧时，我不吹熄油灯，我怕，再说，望着油灯那昏黄的一跳一跃的光焰，我的思绪里会有很多很多诗意的联想。可这会儿，油灯的光焰害了我。

门上再次固执地响了几下。

“哪个？”话一出口，我连自己都吓了一跳，我的声音会这么大。

“我。”这是一个男人。

“你是哪个？”

门外沉寂了片刻，我环顾着屋子，想找一样能自卫的东西。

“我是……矫楠。”

是的，这是矫楠，我听出来了，这是那个发誓要对我施报复手段的矫楠。我吁了口气，紧张的神经松弛下来。我踮起脚，一步一步朝门无声地走去。

“你来干什么？”我的手抓住了撑住门的木棒棒。

“看你。”

“有事吗？”

“嗯。”

“有事明天再说。”我抽开了两根木棒，拉开门闩，把门打开了。一股冷风扑进屋来。

油灯火苗剧烈地晃动起来，微弱暗淡的光影里，矫楠手里拿一只电筒，有点呆滞地站在门外。

他窘迫地舔着嘴唇:“明天……没时间了。”

“为什么?”我瞪了他一眼,“进屋来吧,要不,油灯要被吹熄了。”

他抬起眼皮,瞅我一眼,眼里露出感激的光芒,迟迟疑疑进了屋。

我把门关上了,没上闩。

他像回答问题一样说:“我要回上海探亲,明天一早走。”

我指着离他很近的一条板凳:“坐。”

“你……走吗?”他又望我一眼。

“我走不走同你什么相干?”我终于鼓足勇气说了一句厉害的话,这是对他当年向我要的那种态度的报复。

他垂下了眼睑:“你要是走,我们可以一道……”

“我不同你一道走!”我又使劲说了一句气话,“我也不走,不回去。”

“为什么?”他今天的涵养出乎寻常的好,一点没生气的样子,反而有些惶恐和不安。

“我爸爸在‘五·七’干校,哥哥在崇明农场,我妈妈……死了……”我想表示对他的气忿,想尽可能不动感情,可我讲到妈妈,忍不住又掉了泪,妈妈的死讯,还是哥哥来信中讲的,“我还回去干啥?”

我没说自己没钱,我一点都没察觉,最后那句,我是哽咽着说出来的。

他露出惊愕的脸色,两眼瞪得老大:“你妈妈……死了?”

“说她反对张春桥,关她黑屋子,有了病也不给治……”我已是泪流满面。

“听说过,听说过你妈妈不愿执行张春桥对解散少教所的指示,闹起文化大革命,你妈妈还坚持自己的意见,不同意把少教所里的男女放出来。只是没听说,她死了。其实,解散少教所有什么好?”

我吓了一跳,他这话不是也在反对那个大人物吗。我紧盯了他一眼,看他是不是故意讨好我:

“你这话是什么意思?”

“我们集体户里,就有一个少教所放出来的聂洁,整天在女生寝室里,向姑娘们传授同男人打交道的经验。还唯恐我们听不见,故意放大嗓门,讲同男人睡觉的感受。”

我听愣了。只晓得歇凉寨上有四个恨我的同学,没料想,除了他们之外,还有聂洁这种人。可我嘴里却说:

“你说这些,就不怕我去揭发你?像在学校时一样。”

他疑讶地瞪着我,眼睛里露出信任的、腼腆的神色,见我盯着他,他低下头去。我想对他讲一下,那一次,是爸爸把信转给学校的,不是我把信交给“死猫儿”的。我真想这么解释一下,虽然时间已经太晚了,但这愿望还是那么强烈。不过,说到他们知青点,我忽然想起,听我们集体户的知青传过,他好像在同秦桂萍谈恋爱。这一念头浮起来,我就啥都不想解释了。相反,一股妒忌的火腾腾地往上蹿起,见他不吭气,我又问:

“你来这儿,就是讲这些吗?”

“你不回去,要是有什么事,我可以……”

“你替别人办去吧,我没什么事儿。”我又刺了他一句,“深更半夜跑来,我还以为你是来奚落我,取笑我,对我报复的呢。”

他久久低着头,低声说:“我还不是这种人。我、我没这种意思……”

“不是你当初亲口对我说的嘛!”说这话时,泪水全涌到了我的眼眶里。

遮着布帘的玻璃窗外,扯亮了一道无声的闪电,把保管房照得雪亮,把他惶惑的脸和忧郁的眼神照得雪亮。

他一定注意到了这道闪电,双手扶着膝,站了起来,颓丧哀伤地低声道:

“就算我没到这里来吧,打扰你了,真对不起。”

望着他向房门口走去,我的心就像在半空中往深渊里沉落、沉落。

他打开了门,一股山风扑进屋来,好凄凉的风啸。

下脚坝寨子上空又划开一道闪电。

他走出保管房，脚踩着台阶，我指望他转过身来，他没有转身，只是亮了一下电筒，往前走去、走去，一步，又一步，他是受了我的气走的，他一心想来替我办点事，我却用话狠狠地刺了他，伤了他男子汉的自尊，我突然觉得他宽阔的肩背有点佝偻，他一定很觉委屈，他一定感到受了伤害。泪水又涌到我的眼眶里，我很想叫住他，对他说几句客气一点的话，但我张了张嘴，却喊不出来，他走出十几步了，我终于忍不住，一手扶住门框，一手朝他背影招了招，好像他的眼睛长在背上，说：

"要下雨了，戴个草帽去吧。"

我指望他回过头来，指望他来拿草帽或是雨衣，指望他瞅我一眼。

他没有转过身来，风送来他简短的答复："不用。"

他踏上那条弯弯的拐向山垭去的上坡小路，熄了电筒，身影消融在夜色里。起先，依稀能见到一点晃动的影子，继而，任凭我大睁双眼，还是啥都看不见，啥都看不见了。

我勉强关上门，闩上门闩，撑好木棒，这简单机械的动作似乎耗尽了我全身的力气，我踉跄着扑向床铺，脸埋在被窝里，双手紧紧地抓着床栏摇撼着，失声痛哭起来。

他这么走了，是我预想不到的呀！

我是感激他的到来的，我是希望他在屋子里多呆一会儿的，总算有个过去的同学来看我了，总算有个说话的人了，我却把他气走了，把他的自尊心伤害了。我不愿意这样，可我又忍不住要这样。这都是因为他同秦桂萍谈了恋爱，这都是我的心灵深处郁积着无从发泄的怨气。难道我能对他说，就是到了今天，我还记得他当年写给我的那封信里的一些话吗？难道我一个姑娘，能对他说，他的信虽然被爸爸转给了"死猫儿"，但他信里的一些话，我还牢牢记在心上吗？

天哪，我只晓得他恨我，只晓得歇凉寨的杨文河当红卫兵时整过我，只晓得郁强和余云因我写过墙报稿记恨于我，哪里知道，他会在这么个夜晚来到我跟前，我一点也没思想准备，一点也没细细考虑过啊！

雨声哗哗地打在保管房外头的山野里，“叮咚”作响地砸在保管房的瓦片上，在一道紫色的闪电之后，远远地又响起了一个闷雷。

我受惊般地跳了起来，下雨了，真下大雨了，他至多只走出一里多地啊！他非被淋得透湿不可，像课本上形容的淋成一只落汤鸡。刚才，我应该抓一件雨衣冲出去，扔在他的怀里，强迫他披着走。可我……

倾盆大雨肆无忌惮地倾泻在死寂的山野里，只一忽儿工夫，一条条山水沟里，便响起了“咕嘟嘟咕噜噜”的淌水声，这水声伴合着呼啸的风雨，伴合着隆隆的雷声，在偌大的自然界里奏起喧天震地的交响乐来。

因为孤寂，因为啥事都不顺心，因为矫楠今晚的来访和我的态度，我又扑倒在床上，“哇哇哇”放声哭开了。

我真愿意跑进这肆虐的风雨中去，任凭冰冷的雨水浇遍我的全身，浇透我的心灵，让我痛痛快快地在野地里狂跑嘶吼几声。

可我只会哭。

三

歇凉寨中心宽敞平顺的大晒坝在知青点油灯光的映射下，闪烁着一层水光，雨点子爆花般在浅浅的水洼里荡开圈圈涟漪，嗒嗒作响。

一瞅这景致，淋得透湿的矫楠就晓得，晒坝上的谷子经过满寨男女的一番抢搬抢运，都已送进了仓房。寨子上的各家各户，还都亮着灯光，说明这一场战斗刚刚结束。矫楠长长地呼出一口气，时机正好，这会儿回到知青点去，没人会问及他，也没人会怀疑他。听嘛，集体户那几间茅草屋里，还传出阵阵热闹的说话声哩。

矫楠朝集体户小跑过去，刚跑近屋檐，山墙阴影里踅出了一个黑影，拦住了他的去路。

“你到哪里去了？”

先是一惊,继而是一愣怔。他还以为没人留神,眼前就有一个:秦桂萍。她好像是专在这儿等他的。

“噢,盘完大晒坝的谷子,又有人喊祠堂门口的谷子没盘完,我就跑去了。”矫楠照往常的惯例,编造了一个理由。他不能对秦桂萍说,他悄悄去访宗玉苏了。

“你还真积极。”秦桂萍扯了他一把,把他拉进了山墙下的阴影里,随手将她头上一顶斗笠,扣到他脑壳上。

风是斜吹着横扫雨帘的,山墙的阴影处,恰好淋不到雨。不过,矫楠的衣服全湿透了,没兴致呆在这么个幽会处。

“你在这儿干啥?”

“你不晓得?”秦桂萍不悦地反问。

“进屋吧,有话进屋说。”

“你去吧,吴大中在里头。”秦桂萍声气冷冷地道。

这话果然有效。听说吴大中在集体户里,矫楠又不想进去了。对这人,他有一种出自生理的厌恶。他往山墙里头站了站,秦桂萍低低地笑了。

屋檐水的滴落声里,听得到吴大中的嗓门:“……郁强,开完三干会,我把表还你。”

“用吧用吧,你需要,尽管用。”郁强爽快地答应。

在矫楠的记忆里,这是吴大中第二次借郁强的表了。这家伙,虽是个深山旮旯里的土包子,对时髦玩意儿倒特别感兴趣。

矫楠湿漉漉的袖管又被秦桂萍扯了一下:“下那么大雨,明天也走?”

“东西都理完了,得走。”矫楠压低嗓门,说得极轻,遭了宗玉苏那番奚落,他更想走,“下刀子也走。”

“归心似箭啊!”

“姐姐等着我回去参加她的婚礼。”

“要走了,有什么说的?”

风声、雨声、屋檐水声里，矫楠仍然清晰地听得见秦桂萍的喘息，她挨得他很近。

矫楠陡然觉察到此刻的情势有些严重了，秦桂萍问出这句话来，等于是在逼着他表白。实实在在的，他没有想到过表白，他不觉得自己离去时该给她留下什么话。而现在，他似乎必须要说些什么，否则显得太不近情理，太伤人感情了。一个姑娘，平时相处不错的姑娘，向他剖露了心迹，而他却无动于衷，未免太冷酷了。况且，他又刚刚受了一次嘲弄，遭到一次讥诮似的冷遇，他完全可以在身边这个姑娘身上得到安慰，得到温情。在闭塞的、偏远的山乡，在一连串的日子都由枯燥乏味、繁重磨人的体力劳动构成的环境里，对青春年少的人们来说，这种安慰和温情又是多么迫切、多么需要啊！不少人怀着饥渴的心理期待着这类暂时忘却一切、不思未来的艳遇哩。

矫楠的沉默显然惹得秦桂萍有些不耐烦了，他觉得自己的手被她抓住了，她的纤细的手指在他手背上轻轻地搔着、搔着。他还感觉到，她的身子在偎依过来，脸也微仄微仄的，眼睛里闪烁出野性的、探询的光，似在极力窥破他的心事。

他的手臂上感觉得到她那柔软的胸脯的重压，什么东西在他心头苏醒了，是的，她也是个姑娘，相貌不难看，而且爱他，爱得很主动。他何必非要舍近求远，何必非得要去受那种心灵的折磨，何必非得要一次又一次去看宗玉苏的脸色，身边这个就很好。矫楠说话的声音都颤抖了：

“你要我说什么？”

“说你心里要讲的。”

“你猜。”

“不，要你讲，你亲口讲出来！”

“我说……”

一道雪亮的闪电划破天地，矫楠一句话说到一半，被那瞬间的光明惊骇住了。他那么清楚地看到秦桂萍倾身向着他，一双眼睛里闪烁着充满期待的欲火，她仰着脸，微微耸起了嘴唇。

一阵迷乱的雪浪稠雾遮天盖地而来。

矫楠嘴里又一次喃喃地重复着那两个字："我说……"他的双手那么自然地搂住了她的腰肢，秦桂萍顺势倒进他的怀里，双手紧紧地搂住了他的脖颈，他的脸碰着了她的柔柔的刘海，他莽撞地笨拙地吻了她一下，她的脸贴上了他的脸，他吁了口气，又一次重重地紧紧地吻着她的嘴唇，她轻轻地、柔切地哼哼着。

四下里全是嘈杂的声响，雨打瓜叶的扑扑声，沟渠里奔突的水流声，风的低啸狂掠声。周围是一片漆黑，远处的山峦上扯起紫罗兰色的无声的闪电。离山墙不远的吴大鼎家圈里，猪受了雷雨的惊吓，"嗵嗵"地拱着槽板。

大自然的一切都在雨夜里骚动，喧腾。

突然，门口那儿出现一道亮光，吴大中洪亮的声气传过来：

"好了，你们辛苦了，早点休息。"

"吴主任，你慢走。"

"这点风雨难不住我，我还要去查看一下各处的田缺哩。"

"唷，真辛苦。"

电筒的光晃了晃，亮到别处去了。

矫楠受惊地松开了紧搂着秦桂萍的双手，秦桂萍狠狠地拉一拉他，把他拉向山墙后边，整个儿身子扑在他怀里讷讷地耳语着：

"傻瓜，没人看得见，也没人想得到……"

两人忘记了一切地拥抱着，四周啥也看不到，啥也听不到……偶尔喃喃地吐出的几个字如同梦中的呓语一般：

"桂萍。"

"矫……"

"为何对我这么好？"

"怕你被人抢去啊。"

"我？还有人抢……"

“哪个像你这么蠢。丁萌萌的眼睛，勾去人魂似地盯你呢！”

矫楠又觉得意外，不过，此时此刻，他沉浸在梦一样的幸福之中，啥都懒得往深处细想，啥都不愿深究。

雨还在下，沟渠里的水欢唱般流淌着。羼杂着泥腥味的湿气弥漫在整个空间，一扫乡间寨子上常有的那股混合着煤烟、柴灰和牛粪的气息。天地间的空气显得清冽冽地透人肺腑……

第二天清晨，整个歇凉寨都还沉浸在酣睡之中，矫楠蹑手蹑脚地起了床。

他刚倒去洗脸水回来，秦桂萍一手捋着鬓发，一手拿把梳子，悄悄钻出了女生寝室。见了他，她两眼水灵灵地朝他羞涩地一笑，车过脸去。

“你也起这么早。”

“送你。”

“要走二十八里山路哩。”

“你别管。”

两人走出山寨的时候，轻柔柔的冷雾凝然不动地浮在寨子的周围，歇凉寨上静悄悄的。想必昨晚上的风雨吵了满寨人的瞌睡，趁这黎明前的静寂，大伙儿都还享受着梦乡的安谧呢。

矫楠不好意思正面望秦桂萍，秦桂萍一见他转过脸，也马上把脸转开去。两人的眼圈旁都有着青晕。

“昨晚上，一夜没睡好。”矫楠说。

“我也是。”秦桂萍答得声音很低很低，答完低低地笑了一声。

“想得很多，又好像啥也没想。”

“楠，听我说。去上海探亲回来，带点东西，烟、奶糖，贵重一点的。”

“好的。你们家要么？”矫楠知道贵阳的供应很差。

“不是，我们家还有亲戚在上海，爸爸妈妈厂里一年到头都有人探亲啥的。我是让你带回山寨来，和大小队干部处好关系。”

“现在我同他们也挺好啊。”

“听我的，不会错，懂吗？”

矫楠眨巴着眼睛，点了一下头。

“傻样！今后，考虑问题，想啥，都得从我们两个人出发，对吗？”

“当然。”

秦桂萍又笑了，笑得甜咪咪的。

雨过天晴，拂晓时分的山山岭岭，无论是断崖、是峭壁，还是苍郁的树林，都被一夜的雨水冲刷得清新醒目，东边的山巅上，色彩斑斓的云霞亮闪闪地烁着人的眼睛。

山路曲曲弯弯，路前路后，不见一个人影。路穿过稀疏的青枫林，林子里更是幽静安然，光线暗淡，矫楠一次一次拉过秦桂萍，亲吻着她的睫毛，拥抱着她温暖的富有弹性的身子，在小溪边，在山坡脚，在大树旁。即将到来的分离使得他俩陡然地感到惆怅，感到格外的依恋和缠绵。

不时的亲昵险些使他误了过路的班车，他们刚刚来到二十八里地外的公社所在地，班车就摇摇晃晃开来了。矫楠上了车，扑到车窗边向秦桂萍挥手：

“回去时一路上小心！”

“不怕！今天寨上有马车来送公余粮，我搭马车回。记住了，买不到火车票，住到我家去。”

“会去的，会去的。”

车轮溅起泥泞，把秦桂萍两条裤管全溅脏了，她一点没察觉，只顾着追上班车，朝着矫楠挥手。矫楠看得真切，她的眼睛里噙满了泪。车开老远了，她还站在公路当中，扬着手里的一方小手绢。

班车到了贵阳，矫楠就直扑火车站。开往上海的列车时间已过，也是天赐良机，火车晚点，还没到达贵阳车站，他兴致勃勃地赶到售票窗口。小小的售票窗口挂了一块大大的黑板，上书：超员，停售……两行字。

矫楠神色黯然，颓丧至极，不过他没到市郊去寻找秦桂萍父母所在的那家工厂，他觉得那很尴尬，很不是滋味，他从车站左侧的铁路员工进出口进了月台，等待着由重庆开往上海的那辆超员列车进站。

一等就等了四个小时，车站上既没吃的，又没喝的，又冷又饿地等到天近黄昏，晚点的列车进站了。车还没停稳，等在月台上的乘客们就已骚动起来，有的拎包，有的提袋，有的挑起担子，准备向列车发动攻击。

列车严重超负。没有乘客下车的车厢，车门紧闭，车门玻璃里面，看得到沙丁鱼一样挤压在一起的乘客。开了车门的车厢口，急于上车的人们争先恐后地往车门里挤，人群都像堆了起来。

矫楠扑前跑后奔走了两个来回，也没找到一个上车的缝隙，他拎着手提包，眼睛都急红了。恰在束手无策之际，他一眼看到两个人用条扁担撬开了一扇紧闭的车窗，他顿时跑了过去，把手提包往车厢里头一扔，顺手托住了一个人的腰：

"快上！"

他生来力气大，那人被他一托，自己一使劲，双脚已插进了车窗，车厢里拚命想把窗户压下来的乘客，怕压伤他的腿，只好停止关窗。扑进车窗的人，回过身来就把车窗开大，矫楠敏捷地抓住车窗边沿，咬咬牙，狠狠一使劲，翻身进了车厢，随而协助头一个爬上车的人，一起把另一个撬车窗的汉子拉进了车厢。

在那两个人把车窗关严的时候，矫楠已一屁股坐倒在地，身躯倚靠着座椅，一点儿力气都没有了。

接下来的两天两夜，他就在车厢内污浊、腐臭、令人窒息的空气里，和来自五湖四海的男女乘客挤坐在一起，倾听着各种口音的牢骚怪话、小道消息、播音喇叭，忍受着干渴，忍受着难以下咽的列车盒饭，昏昏沉沉地摇进了上海北站。

当列车停稳以后，始终超载的车厢里所有的人又像潮水一般涌上了站台，矫楠已困乏得没一点儿力气了。

幸好他没带啥行李，幸好他年轻力壮，等车厢里的人走光以后，他拎着提包下了车，疾步超过了好些抢在他前头下车的乘客。想到即将见到父母姐妹，他多少有些亢奋，多少有些激动。虽然是个一文不名的知青，一个“插兄”，他还是有一种回到了故乡的亲切感。

前头不知为啥又堵住了，围了一大堆人。好些提着过重行李的乘客，干脆站下来边歇边等道路畅通。矫楠无所顾忌地往人群里挤去，他想总有一个人挤得过去的道。

“别赖着不动，快走！”

“老实点，不老实拖进文攻武卫指挥部去。”

“漂漂亮亮的姑娘，逃票！快去补票。”

几声呵斥使得矫楠回了一下头，这一回头，他几几乎不敢相信自己的眼睛，在五六个“红袖章”围住的圈子里，站着正在低头啜泣的宗玉苏。

矫楠揉揉眼睛，没错，是她。世上绝不会有长得一模一样的两个人，就是她。

可她怎么会在这儿呢？她怎么也回来了呢？血全往矫楠的脸上涌来，这时候他才意识到，尽管她总给他以讥诮和嘲弄，尽管她冷漠地对待他，他的心灵深处还是难以忘怀地铭记着她。

随着她被几个“红袖章”训斥着朝前走去，他身不由己地跟在围观的人们身旁，跟着她和那几个“红袖章”，向车站专门关押逃票者的那间屋子走过去。

四

矫楠失望而颓丧地走了。

他一离去，就像牵走了我的心。

我感到难耐的惆怅和难受。我只晓得发泄自己的心头之怒，只晓得刺他，我为啥要在他离去之后才想到，他在探亲前夕的深夜跑来找我，证实他心底深处还在爱我哪。

一旦明白这点，我哭得更伤心了。

好在风狂雨猛，好在保管房远离下脚坝的寨子，没有人听得到我的哭声。

我多么希望有个人来玩一玩，哪怕一句话不说，光是坐着，我的心头也要踏实一点。没有人来，我不是还去求人家了吗，求桂枝姑娘，她不来，我心头还直纳闷，直觉得伤心呢。矫楠来了，我却把他气走了，把他讥诮讽刺一通气走了。

我这是在干什么呀。

悔恨使得我放声哭了起来。

雨还在下，简直不是下，而是像瀑布倾泻一般。狂暴的雨声，旋卷的山风，横冲直撞夺路而下的山沟水流，犯了性子一样地嘶喊着、咆哮着，把夜间的一切声响全遮没了。

说不清我是什么时候倒在床上仰天躺着的，说不清我是什么时候停止哭泣痴呆般大睁一对泪眼沉思默想的。雨大得没人敢走出屋去，矫楠刚才只要多逗留一会儿，就会被风雨拦住，就只能呆在这儿。我们就会有足够的时间倾心交谈，我可以向他解释一切，过去的一切。收到他那封信时我心灵上的震颤，我的失眠和烦恼，后来那封信是怎么到“死猫儿”手里去的。要是能通过交谈取得谅解，我就会在这乡间有一个能谈谈心的朋友。那样，乏味的、孤寂的日子就会流逝得快一些。这么好的机会让我给错过了，我有多憨哪！往天，孤零零一个人胡思乱想的时候，我不总会在梦幻中看到一个男子，一个英俊青年彬彬有礼地站在跟前嘛，我不总企望着这样一个人伸出手来，轻风似地抚慰我嘛……我、我……

愧疚、懊丧、失意伴随着困倦一齐袭来，我在似乎永远也不会停息的风雨声中翕上眼睛，睡着了。

睡梦中我遭受了啥委屈，又哭开了，眼泪像雨点似地滚落。翻身的时候，挨着山脚响起一阵雷声，我醒了过来。

枕头上湿了一片，我只觉得两片眼睑沉甸甸的。

狂风暴雨仍在肆虐,好像在急躁地拼命摇撼着山野里所有的一切,非要把山河树林全掀翻似的。

我眨了眨眼,一片嘈杂声里,水流声仿佛变了调子,“哗啦哗啦啦”的,这是啥声音呢。我的心头只觉诧异。保管房里黑得辨不清任何东西。我害怕地坐起了身子,气温在下半夜里骤降了,我光裸的手臂感觉到很凉,下意识地穿上了衬衣,把毛衣也套上了身子。

是的,农民们说过,十月小阳春过后,会有个十来天的雨季,雨落落停停、淅淅沥沥,长的时候,一气能下半个月,直接连上多雾多凌的烂冬。可是,连续好几个小时的暴风雨,不是会把还没收尽的庄稼全都泡湿沤烂在田土上吗。

我没有表,有表也看不清时间,不知道自己究竟睡着了几个钟头。受惊般往起一坐,一冷,睡意是一点也没有了。

陡地,喧嘈嘶吼的风雨声中,响起了一声接一声的拍水声,“啪啦、啪啦!”

我的汗毛竖了起来,紧张地细听着,是什么野兽、动物被风雨袭击,跑出了山岭,丢进保管房门外的水洼里去了。

“啪啦、啪啦、啪啦!”

声音越来越响,越来越近,朝着保管房过来了。

我手忙脚乱地跳下床来,掀开被子,穿衣着裤趿鞋子,一边伸出颤抖的手扣纽扣,一边屏住气倾听屋外奇怪的拍水声。

“小宗,小宗!快醒醒,快起床!”

保管房外头,来人好像在用一块木头捶门,把湿透了的杉木板门捶得发出“咚咚咚”的轰响。

嗓音似在哪里听到过的,他扯直了喉咙大喊大叫,不像是来使坏的。我觉得呼吸不是那么畅通,沉吟了片刻,才扑到门边去问:

“你是哪个?来干啥?”

“快点,快离开保管房!大水要把保管房淹没啰!”门板上又被捶了几下,仿佛直接就捶在我的头上,两根撑住门的木棒在他的捶击下弹跳起来:“我是大队主任吴大中。”

我的手脚跟麻木了差不多,愣怔了一刹那,才想到把两根木棒抽开,顺手拉开门闩,打开了门。

嗬!门前顶着一只尖脑壳的小船,水已漫到我的门槛边,一眼望出去,一片汪汪大水。雨点还在斜斜地倾盆似地往下倒,落进大水洼里,如同滚沸了一般发出刺耳的嘈杂声。吴大中手里抓着一支桨,勾住我的门槛,大斗笠下的脸上黑糊糊的,啥表情都看不到。他朝我粗声喊:

“快!快上船,我救你上坡。”

情势危急,没有思考、迟疑的余地:“我……我拿点东西行不行?”

“快,要快!水一会儿涨上来了。”

我转身扑到床上,伸手摸出枕头底下的皮夹子,那里还有零碎的几块钱和几十斤粮票,我把皮夹子塞进兜里,拿了电筒,回身出来时又抓起一顶箬竹斗笠,上了吴大中的小船。

吴大中用桨顶着我锁上的门板,使劲推了一下、又一下。

尖尖的小船掉过船头来了。他坐下去,熟练地划起桨来。

雨点子砸在我的箬竹斗笠上,像要将斗笠打穿似的,我的斗笠在脑壳上一会儿歪向这边,一会儿歪向那边,“扑笃扑笃”的雨点声似有一种神秘感。它急骤得已不是在击打,而是在迸射,在鞭挞。小船划过去的水面上,更似沸腾般爆出千朵万朵暗白色的水花。暴雨声,狂风的怒号声,山野里山水的狂泻声,大有一股淹没一切的气势和威力。

我双手紧紧地抓住船帮坐着,想对吴大中说几句感激的话,又想说几句伤心的话,保管房里,除了有我这个女知青简单的铺盖和一大一小两只箱子,还有回上海探亲、去水库工地的知青们留下让我看管的箱子,万一大水真的淹毁了一切,我怎么办,我怎么去向那些伙伴们交代。不过我一句话也说不出来,意外的变故和在侥幸之中捞出一条命来的感恩心理,使得我仍处在巨大的惶恐和余悸未消之中。

船被什么东西撞了一下,我正在惊慌,怕这条柳叶儿似的小船被

撞翻,吴大中又对我吼了一声:

"快上坡,快呀!"

我回身一看,这才发现船已靠向一处缓坡。我一手拿着电筒,一手扶住脑壳上圆大的斗笠,跳上了缓坡。好了,这下好了,没危险了。

我的手一松,迎面一阵大风掀翻了我的斗笠,雨点像一把把砂面样打得我脸上阵阵生痛,睁不开眼来。我急忙再次扶住斗笠,站稳了身子。吴大中一扯我的手臂,道:

"跟我走!"

他的手里也有一只电筒,只是电池快用完了,只能打出一圈昏糊淡弱的微光来。

我跟着他走了两步:"去哪里?"

"到我家去。"

"你家?"

"是啊!这会儿还能去哪儿?放心吧,天快亮了,到时候雨停下来,保管房出不了差错。"

他倒能猜出我的心思。我不由有点好奇了:"你咋个晓得,水涨到保管房门口了?"

"雨下得大,我在几个生产队查看田缺,瞅着水势一点一点涨上来。"

"你晓得我住在保管房里?"

"咋不晓得?大队里来的这些个知青,哪个出了点问题,我都脱不了爪爪。"

这人真好,还有股责任感。我心里暗忖着,放心地跟在他后边,踏着溜滑溜滑的山间小道,一脚深一脚浅地朝歇凉寨上走去。

风一忽儿迎头刮来,吹得斗笠直往后翻;一忽儿又从旁边吹来,直要把人吹倒;又一忽儿呢,从后面吼啸着扑来,像嫌我们走慢了,推我们往前赶似的。

雨密集得像一道巨大的帷幕,我跟着吴大中,在这道帷幕里穿行、穿行。没走好远，前襟湿了一片，两条裤管也全湿透了。劳动穿的球鞋，干脆像泡在水里一样，每走一步都“咕咕”作响。在吴大中偶尔晃到一边去的电筒光影里，看得到沟渠里的水漫到沟坎两边来了，好几道狭窄的田埂被急流冲倒掀翻。幸好大部分成熟的庄稼已经收了上来，要不，这场大雨带来的损失，简直无法估量。

走进歇凉寨的时候，竟然没有听到狗叫，家家户户的狗也被这场风雨的气势吓坏了，躲进灶孔边蜷缩起身子打瞌睡了吧。

吴大中家在好几棵梓木、一大棵皂角树遮掩下，黑糊糊的一片，啥也看不清楚。

跟着他上了台阶，进了厢房，他手脚利索地点起一盏油灯。

借着油灯闪悠悠的灯焰，我除下了脑壳上的斗笠，带点儿拘谨地靠门站着。

屋里没啥动静，他一家人都还熟睡着吧。

吴大中解下了蓑衣，把紧扣在脑壳上的斗笠往墙角里一扔，顺手不知从哪儿抓来一条毛巾，递了过来：

“要不要擦一下？”

就是在微弱的油灯光影里，我也看出这是一条脏得不能再脏的毛巾，我摇了摇头，说了一声：

“谢谢！”

吴大中倒不在意，他把毛巾胡乱往脸上抹了抹，转过身，又不知挂到哪儿去了：

“我给你倒杯水。”

“不用了。”

他走到一张小小的四方桌旁，拿起杯子，涮也没涮就给我倒了一杯水递过来。

我看得清清楚楚，他家的竹壳煨瓶边，就这一只白瓷小杯子，所有到他家来的客人，大概都用这只杯子喝水，大概都一概不涮。我恶心得想吐，不过还是佯作微笑，接过了他递来的杯子。

他见我不喝,就不走开:"今晚上好险。"

"多亏你救了我。"

"是的,是我救了你,冒着大风大雨发了疯一样去救你,你晓得是为啥么?"

油灯火焰忽然晃动起来,屋外的风雨声我全听不见了,我陡地有些不安,拼命镇定自己:

"你自己说的,怕出……"

话没说完,他伸出一双大手,猛地抓住了我的肩膀,抓得好猛,抓得我好痛。

我手里的茶杯失落在地,没发出很大的声响。

油灯晃悠悠的光影里,他的一双眼睛里欲火迸射。

"放手,我喊了!"我冷冷地说,还算镇静。

他扭歪嘴笑了:"喊吧,没人听得见。我婆娘娃娃都喝娘家兄弟的酒去了。"

我突然感到自己像只笼中鸟一样无计可施了,同时又紧紧地抓住了手里的电筒。一路上走来,我还没亮过一次呢。

吴大中换了一副略带讨好的笑脸,声调也缓和下来:"没人晓得的。依了我,有你的好处……"

"呸!"我忿忿地唾了他一口。

他惊愕地缩回手去抹着吐到他脸上的口水,嘴角露出一丝狞笑。

没待他重新伸手,我抡起手中的电筒,照准他的脑壳,用尽全身力气,就是狠狠地一下:

"叫你欺负人,叫你不怀好心!"

在他一声惊叫响起时,我顺手拉开了厢房门,一头冲进了雨扫风号的院坝,拼命跑进黝黑的山野,茫无目标地朝前跑、朝前跑。

耳膜里,似听到吴大中恶狠狠地骂了一句什么,还粗声粗气喊了我几声。可待我跑得两脚沾满稀泥,气喘得直想呕吐,被迫停下来时,四周围除了无边的黑夜,除了减弱了势头的风雨和隐隐绰绰的树影,除了远远近近的山峦勾勒出的曲线，啥也没有。

我的胸脯在剧烈地起伏着，心跳得像要从胸口蹦出来，两条腿在寒颤似的抖动。我身上一点儿力气也没有了，我真想哭，真想朝着苍天嚎叫，可我连哭的力气和时间都没有，我不能在这里逗留，如果这里还是歇凉寨大队的地盘，我还有危险。

我必须走，走不动也得走。

吴大中没有胡说，天是近拂晓了，黑黢黢的山坡上的一切，已能依稀分辨出形态。

我在一大坨突出的山石下头避了一阵风雨，等到晓色初露，朦朦胧胧的山野显露出它的雨后色彩，我又撒腿往公路上跑。我不能在这儿生活下去，不能在这不是人呆的地方任人侮辱和宰割。

我要逃回上海去。

到了公路上，雨停了，风也刮得不那么凶了，算我运气，身后开过来的第一辆卡车，见我一招手，就停了下来，答应把我带到县城去。

县城里有班车开往贵阳，到了贵阳，就能搭去上海的火车。上班车无法混票，而上火车，我想买票也没钱。身上的皮夹子里那几块钱，买了一张班车票后，仅够在火车上买盒饭吃了。

幸好火车严重超员，幸好贵阳火车站几乎无人管理，幸好我啥也没带，拼命地随着蜂拥而上的乘客挤到了车厢里的盥洗处。

噢，这是提心吊胆的两天两夜，这是疲劳至极的两天两夜。除了买饭票，除了吃饭，除了上厕所，差不多所有的时间，我都把脸埋在臂弯里睡觉，睡不着我也把脸埋着。我怕人家注意到自己，怕列车员对我进行询问，怕查票。后来听人说，每天晚上九点左右，长途车上要查一次票。

我像害怕上法庭一样恐惧地等待着夜晚来临。八九点钟的时候，我心跳如擂鼓，坐立不安。始终没有使用的盥洗池旁那块镜子里，映出我紧张的发白的脸色，眼睛里是一片惊慌。只要穿着铁路制服的人出现在我跟前，我就拼命地用牙齿抵住自己的舌头，不使上下牙齿打架的格格声传出来,不使自己沉不住气而喊出声来。

谢天谢地,不但第一天晚上没查票,连第二天晚上也没有查票。

高度紧张的神经一旦松弛下来,我就昏昏沉沉地一路上睡到上海车站。

听知青点去年回沪的男知青说过,混票到了上海站,不能从正门进出,可以沿着铁轨,往旱桥方向走,走个两三站路,就能绕出上海车站了。我是完全有这个条件的,手上什么东西都不提,谁会想到我是从遥远的贵州回来的呢。

下了车,我尽可能装得坦然自若,尽可能显出一副悠哉游哉的模样,逆着提箱扛包匆匆而行的人流,往旱桥方向走去。

刚走出一二百步,一个披蓝布棉大衣的胖子从横里插到我跟前,吼道:

“喂,站住!你到哪儿去?”

“回家去。”我停下脚步,轻轻说。

“回什么家啊?”

“回自己屋头呀!”

“胡说!一看你那样子,就是个逃票的知青!”

“我是回屋头嘛!”我委屈地叫起来。可一听清自己的声音,我就傻了,两年来生活在贵州乡下,我已学会了一口贵州话,慌忙之际,我回答人家时,吐出来的全是贵州腔,这还怎么能冒充上海人呀。

我懊悔极了,到都到了,列车上没让人逮住,却在车站被人抓住了。

胖子招了一下手,眨眼间围上来五六个戴着上海民兵红袖章的壮汉。你一言我一语,都在教训我。

他们是一伙什么角色,我心头是清楚的。上海民兵指挥部,就是原先“文攻武卫”指挥部。这是夺权的造反派自己抓起来的武装,惹恼了他们,那是要被拖进去打的。我忍气吞声,随他们说什么都不还嘴,跟着他们朝车站大门口走去。

一会儿工夫，就赶上了下火车的旅客人流，见我被围在中间，多少人的脸朝我转过来，多少双目光刺向我的脸啊。我简直不敢朝两边瞅一下。我想站停下来，等人们走光了，再朝前走。可刚停下步子，五六个民兵异口同声朝我呵斥起来，下车的人流干脆把我里三层外三层地包围起来了。

哎呀，越来越糟了。我的眼里涌出了泪水，走吧，我随你们走，随你们摆布啊。老天爷，我那九泉之下的妈妈，我那还在干校的爸爸，你们谁能想象，我今天受到的这种屈辱和难堪啊。我不是想逃票，我是没有钱哪。

押进出口处旁边那两间屋子以后，五六个民兵完成了使命，重又出去抓"在逃犯"了。

我一看，哈呀，两间屋子里关了三五十人。门口站着两个值班的，屋子里一个四十来岁的男子，一手拿着本硬纸簿，一手拿支圆珠笔，他的身旁，一左一右站着两个三十来岁的妇女，三个人都穿铁路制服，态度也不像民兵那么凶神恶煞。

再看那些被抓进来的，有愁容满面的，有暗自垂泪的，也有若无其事谈笑风生的。一下子有了这么多同案犯，我的心头不像开初那么慌张了。我好奇地瞅着屋里的动静。

拿硬纸簿和圆珠笔的人在逐个询问，叫什么名字，在哪个省插队落户，哪个站上的车，上的是快车还是慢车。问清了，好，补票。他身旁两位妇女早在讯问过程中，一个翻列车时刻表，一个翻里程价格表，等他伸出手来要钱补票时，价格已由妇女中的一位报出来了。

掏钱补了票，他挥挥手道："走吧。"又接下去询问第二个。既不和颜悦色教育逃票者，又不厉声训斥。

有说没带钱的，那也难不倒他。只不过多提几个问题，你爸爸妈妈叫什么名字，在哪个单位工作，记得电话号码吗？记不得也没关系。他撇下这个没钱补票的，又问下一个。而两个妇女中的一位，就走到电话机旁，操起话筒，问电话号码，给逃票者的父母单位挂去电话，大声报告他们的子女回来了，没买车票，现在正押在火车站，请立即携款来补票，带回自己的子女。

有不愿说话，不愿报家庭地址、报父母单位的，也有痛哭流涕哀求的，甚至冷嘲热讽骂他的，都不会引得他激动。他只是默默地瞅你几眼，然后走到另一个人面前，照样机械地、温声和气地发问。

见他问过了两三个人，我就在扪心自问，我怎么办，身上没钱，要有钱，我还会落到这个地步吗？要报父母的工作单位，我怎么报？爸爸在奉贤的“五·七”干校，电话打通，他赶上来，至少要等到晚上。再说，爸爸是那么种身份，消息在他们干校传开，影响了他我怎么担待得起？

钱，都为的是钱。直到这时候，我才感觉到事情的严重。我焦急，我难受，可我仍是一筹莫展。

“叫什么名字啊？”终于问到我头上来了。

“我……李丽……”

“真名还是假名？”

天哪，这人真厉害，对其他人没问这一句，为啥我一答话，他就追问呢。

“真的。”

“在农场还是插队？”

“插队。”

“哪个省？”

“江西。”

“什么县？”

“铜鼓。”阿弥陀佛，幸好我记得，下脚坝知青点的姑娘中，有一个总和江西铜鼓县的同学通信。

“什么公社什么大队？”

“歇凉公社下脚坝大队。”我再也编造不出来了，只好把歇凉寨大队下脚坝生产队搬到江西铜鼓县去。

“好。在哪儿上的车?”

“向西。”我记起了江西有这么一站。

“补票,十四块七。”他说得那样肯定,无须身旁的助手替他核算一下,准有过一个向西车站上车的人撞在他手里了。

“我……我没钱……”

“真没有?”天啊,我准在哪儿露出了破绽,他怎么对我盯得这样紧呢?

“真的没有……”我掏出了皮夹打开来,又翻衣袋。

“没钱你为啥回来?”

“我……”想到我为啥回上海,我的眼泪怎么也管不住了,扑簌簌地往下直掉,“我受不了啦……”

“少来这一套。说吧,你妈妈在什么单位?”

“妈妈死了……”

“什么?”

“我妈妈死了……”

“那你总有爸爸吧?”

“有。”

“他在什么单位?”

“原来在市监委。”

“现在呢?”

“在干校。”

“哪个干校?崇明还是奉贤?”

“呃……呃……”我实在没有勇气说。

“快说呀!你没看到这么多人等着吗?一会儿又有列车到达,一来又是一大批,你以为我喜欢看你掉泪吗?跟你说实话,我也有兄弟在外地插队,我不会故意刁难你。我只要你快报出父亲的单位,电话号码,好让他赶来接你,让你们父女早日团圆。你快说呀!”

除了哭,我什么都说不出来。

"快说,这位老阿哥很讲义气的,你少嚎几声吧!"

我转过半边脸,一个留绺小胡子、叼根香烟的逃票知青在朝我挤眉弄眼。

流氓。

我掏出手帕抹着眼泪。

"哎呀,我的插队小姐,有什么不可说的呢?你说出来我马上挂电话,你爸爸来了,我们可以跟他做工作,让他保证回家以后不骂你、不打你……"

"越说越远了,你别逼她了。"一个我熟悉的声音在门口响起来,是矫楠,是他!"她的车票钱,我来给她垫。"

"好,爽快,你早点进来替她垫了,不就没事了嘛!向西到上海,连补票手续费在内,共十四块七。"

矫楠付了钱,连车票也没拿,转身就走了出去。

"喏,车票给你,走吧。"

我接过车票,一面拭着眼泪,一面走出去。身后有人在说,这两个人一定是算计好的,两人买了一张票。

我走出补票的房间,矫楠已没了影子。我急急地跑向出口处,发疯一样追了出去,一边跑一边向四处人群环顾,都没有看到他。

他无影无踪了,这个冤家。

五

在姐姐矫静的婚礼上,矫楠喝醉了。

啤酒杯子上印有"淮海饭店"的字样,泛着点点细沫的啤酒呈透明的橙绿色。透过盛满啤酒的玻璃杯子望去,姐夫冯英华衣冠楚楚的形象被割裂成奇丑无比的几个影子,身子侏儒般晃动着,嘴上的肌肉挤压成了一条一条的,眼睛成了两条缝。

矫楠喝了一口啤酒,重重地把杯子放下来,胡乱夹了一筷菜吃。

啤酒清凉,微带苦味,菜是什么滋味儿,他吃不出来。

冯英华正在洋洋自得地接受客人敬酒，他还颇有风度地搀起矫静，让她也同敬酒的客人碰一下杯。畅怀的笑声不时传过来。

矫楠的双眼盯在冯英华泛光的脸上，他今晚上是意得志满，是如愿以偿了。从今往后，他就成了矫楠的亲戚，在矫楠的社会关系中，就多了一个姐夫了。

他还在朝这边望。见矫楠盯着他，他眯眯含笑地举了举杯子。

他看不出吧，矫楠真想冲上去扇他两个耳光。

要早知道姐姐是嫁给这个家伙，矫楠绝不会挤上拥塞不堪的火车赶回来。为他受那么多罪，实在不值得。

他想象不出来，姐姐怎么又会同他搭上关系，重新爱上他的。

几年前他的卑鄙行径，深深地铭刻在矫楠的心上难以忘怀，姐姐为啥却把屈辱、痛苦，把弄得家庭惶惶不安的那一幕全给忘了。

"姐姐，你……你为啥非要嫁给他？"回上海听说这事以后，这问题久久地骨鲠在喉似的存在矫楠脑子里，多少次，他用异样的目光瞅着姐姐不动声色的脸，多少次他想冲着姐姐嘶喊。那天，阳台上没有人，他终于找到了机会，小声地问姐姐。

矫静朝他走近一步，目光柔柔地瞅了他一阵子，嘴角显出一缕苦笑：

"大弟，你还小，不懂……"

"不，我不是个孩子了。我也在恋爱了，是个成年人了。"矫楠自己都不明白，怎么会把这句话轻而易举说出口的。要晓得，关于他同秦桂萍的关系，他至今没在家里吐露过一个字。

矫静疑讶地凝视了他一眼，微一点头："是一起去的女知青吗？"

"我要你先答复。"矫楠有些粗暴地说。

矫静略显为难，沉吟着说："不瞒你说，大弟，我给家里讲这件事时，爸爸也问过我。"

"难道你就忘了他怎么大大地耍弄了你一番吗？难道你就忘了，为了你最终能分在上海，爸爸妈妈出面去四处哀求吗？你一个堂堂大学生，之所以分在大集体性质的街道工厂，都是这个畜生害的，你也忘了吗？”

“矫楠，回家以后，你一直阴沉着脸，心事重重的，就是这些问题搅的吗？”矫静温柔关切地望着弟弟。

“就算是吧。”

“不必要。真的，大弟，我说你还小吧，这事儿我对爸爸妈妈说之后，他们就谅解了我。”

风刮起了晾在阳台上的衣裳。矫楠不由得打了个寒噤。姐姐在撒谎，回家以后，他听弟弟矫光说过，爸爸为此事喝醉了酒又摔杯子又砸碗。他瞪起犀利的目光，目不转睛地盯着矫静。

矫静微呈不安地一笑：“走吧，大弟，阳台上风很大，进屋去。”

矫楠站着不动：“姐姐，他过去用那么种手段要了你，你就能保证将来他不再要你吗？”话出口之后，矫楠也觉得话问得冷酷了些。

矫静脸上掠过一丝尴尬之色，说话声音也变了：“大弟，别为姐姐操心。冯英华向我承认了错误，他忏悔了，他那当公司经理的爸爸和当科长的妈妈，也都出面求了情。我相信……”

“你太轻信了！”

“不，矫楠，除了相信，还有……还有我的感情，你说你大了，姐姐对你讲讲也无妨，和他决裂的那些日子，对我来说实在难以忍受，特别是终于分配在市区街道工厂以后，我更想他了。你还记得吗，那次，你问我他家地址，要去打他，我拼命拉住了你，就是那时候，我心里……心里还爱着他……”

“那时候还……”

“是啊！这大概就是爱情，真正爱上了一个人，发自肺腑地爱上了一个人，连他的缺点也会爱的。”矫静的泪水夺眶而出，“姐姐能给你讲的，就是这些，你再长大些，也许就懂了。”

这次她没再喊矫楠，匆匆地跑进前楼去了。

矫楠在阳台上顶着入冬的西北风，听着被风刮起的衣裳发出“啪哒啪哒”的声音,来来回回地徜徉着,沉思着,苦思冥想了好久好久。

姐姐的话似乎给他指引了一条认识自己灵魂和内心世界的幽僻小径。过去他从未发现过通向自己心灵的这条路,但这条无形的小路是存在着的。

不是吗,在上海火车站,他毫不犹豫地掏出三张五块的票子替宗玉苏付了车费,那仅仅是对她的同情,是解人之难吗?不,他心头很清楚,陡地在车站上看见了她被民兵们围着,看见了她那双忧伤的眼睛,他的血全往胸口涌来。他看得非常清楚,她的脸色憔悴,黄晕中透着苍白,她那两颗平时充满了吸引力的眼珠,仿佛正不断将光泽散失消溶在周围灰滞的白膜之中,没一丝儿神韵和灵气。他的心头一阵辛酸、一阵痉挛。她一定遭遇了什么事儿?

凭着他的敏感,他猜着了,她遭到了不幸。回家以后,他经常地想起她,想到她在上海,想着有一天她会出其不意地借口还钱找到他家来。他们能相对坐下聊天了……

这些幻觉,这些思念,全都是因为他还在爱着她。他不敢承认,不愿意承认这一点。只为了他临离开歇凉寨,同秦桂萍躲在山墙的阴影里偷偷地亲吻,不顾风雨横掠地紧紧拥抱。他对姐姐说,他也在恋爱了,说的就是这回事儿。可他心里净水似的清楚,他虽然远离秦桂萍,但并不怎么想她,也不为见不着她而苦恼。相反,只要一想到宗玉苏,他的思绪就会勃然兴奋,他的血液就会流淌得像沸腾般热烈,哦,他头一回意识到,我们躯体里淌着的血,有时会像交了魔窟运一样地骚动作怪。

这真令矫楠烦恼,令他苦闷不解。

意识到自己感情的矛盾,意识到思想朝三暮四的纷乱,意识到自己的品质原来并不是那么高尚,加上每一个知青在回城时都更易燃起的对现实的不满,对前程渺茫感到的失望和满肚皮的怒气,矫楠在探亲期间始终忧郁寡欢,过得极不舒畅。家里人好像都能体谅他的这种无从发泄的情绪,有电影票、戏票让他去看,有好吃的推在他面前,父母给他零用钱,姐姐替他置了新衣,还在读书的妹妹矫冰正在帮他打毛衣,矫光老在单位里、同学处给他借书回来。一家人小心翼翼地照顾着他、捧着他,使得他想发脾气使坏也无从耍起。

白天,父母亲、姐姐上班去了,妹妹上学去了,连弟弟中学毕业也给分配在公共汽车上当了个售票员,混上了饭碗。唯独他,枉自有一副强健的体魄,有爱思考的头脑,却整日里无所事事。闲得烦闷时,他真想大吼大叫,真想摔碎什么东西。但他又觉得不好意思,家里人把他奉若上宾,他还要怎么样呢?

今晚上了婚宴,喝了几杯啤酒,头脑里嘤嘤嗡嗡响了起来,身上也烘热起来,淮海饭店九层楼的灯光刺得他神经阵阵亢奋起来,酒席宴上的笑脸,哄嚷,菜肴的香味,红酒、白酒、黄酒、啤酒的色彩,杯盘相碰时的脆响,都使他感到不适、不快,都使他直想大吵大嚷。特别是看到风度翩翩的冯英华那笑容可掬、颇感自得的神态,他的心头更是一次次冒起不可抑制的厌恶感。噢,原来他就是凭着这副英俊的外表,凭着这么张厚颜无耻的漂亮脸子,博得姐姐真挚深情的爱的。他会像姐姐爱他一样地爱姐姐吗?

矫楠实在不敢相信。

他又抓起杯子,“咕咚”喝了一大口啤酒。

杯子见底了,他伸出手去拿啤酒瓶,弟弟矫光抢在他前头,提过了啤酒瓶,俯身在他耳边说:

“哥,你不是不会喝酒吗?怎么一杯接一杯地灌?”

“不是结婚大喜吗?”他瞪了弟弟一眼。

弟弟随和地一笑:“我看你喝下去四大杯了。结婚宴席上,也别醉得失态啊!”

这小子,教训起当哥的来了。矫楠的嘴一撇:“拿酒瓶来!我不会醉。”

矫光畏畏葸葸地把啤酒瓶递了过来。

矫楠把啤酒瓶倾倒过来,又满满地倒了一大杯。

矫光又嘀咕了一句什么，他没听清楚。但也没忙着去喝，他只觉得自己的耳朵背后、脸颊上都烫乎乎的，一眼望出去，桌上的菜肴啊、酒瓶酒杯呀、远近桌面上的人呀，全在他跟前摇来晃去，他感觉得到人们在不停歇地咀嚼，不间断地说话，可客人们在讲些什么，他一概都听不清楚，也不想去听清楚。不知怎么回事儿，他的脑子里浮现出夏季山乡农田里的一幅画面，只有点花花水的老板田里长满了密密簇簇的牛毛毡草，像细绒似的铺满一整块田。队长分配活路时，把薅这块田的任务交给了他。他顶着烈日，先是撅着屁股在田头薅，继而改为下蹲式，那些细得像缝衣针似的牛毛毡草，捏在手里就滑脱，拔也拔不动，往前挪一步，非得半天不可，下蹲式也受不了，他干脆挽高裤腿，跪在浅浅的水田里，埋着头薅。锯齿状的谷草划着他的脸，膝盖顶在稀泥田水之中，脚上不时地叮上一条蚂蟥，好不容易拍下去了，刚跪下去，又叮上了一条……哦，这样的艰辛，这样的劳作，比起挑着粪担子上坡，担着高挑爬山越岭，比起钻进煤洞、砖窑使力气干活，不知要累要苦多少倍，矫楠是咬紧了牙关在熬啊。生活在大上海的家里人知道他干的这些活吗，知道他受的这些罪吗？他们是不晓得的，忧郁寡欢的矫楠也是从来不说的。是的，苦是他自己找的，罪是他活该受的。上山下乡，是他主动要去的。姐姐分配在上海工作，按照分配时的规矩，他不主动下，学校、街道、父母亲单位上，也要动员他下的。可是，可是当初如果姐姐分到外地去了，爸爸妈妈又都是自食其力的普通职工，他是响当当的红五类子弟，当然就会分在上海的工厂里了。早知道留在上海的姐姐最终还是嫁给了冯英华，矫楠真愿意姐姐没留在上海。天哪，他在农村吃了那么多苦，他为姐姐到了贵州乡下，到头来换个啥呢？姐姐又同冯英华搅在一起了……

这些杂乱的思绪涌现在他脑子里，他的眼角闪现出金光，眼皮在跳，血液在周身沸腾，脸涨得绯红绯红。什么，椅子在响动，人们都起身告辞了，冯英华同矫静双双站在门口，点头躬腰地在送客人。他的身旁没人了，连矫光也不在了。

矫楠站起身来，抓起那杯满满的啤酒，送到自己嘴边，他闻到一股苦涩的麦曲味，皱了皱眉头，摇摇晃晃地朝门口走去。

“姐……姐夫……我、我也敬你一杯，人人都敬了你，我也……”他断断续续地说着，把酒杯高高擎了起来。啤酒溢出了杯沿，滴滴答答滴在地上。

姐姐惊愕地盯着他。

身旁围过来一些人。

冯英华起先一怔，随而笑容满面地一点头，回身拿起一杯桔子汁，和矫楠的啤酒杯轻轻一碰，“啱！”酒杯发出一声清脆的响声：

“好，矫楠，我同你干！”

“慢着！”矫楠的脸一板道。

“大弟，你……”姐姐低声唤着。

矫光不知从哪儿钻了出来，扶住了矫楠。

矫楠的酒杯朝矫静一晃：“从今往后，你要是敢欺负我的姐姐，我就叫你像这只杯子一样！”

“哐啱”一声，矫楠使出全身的力气，把盛满啤酒的杯子狠狠地砸在地上。

怕被酒液溅脏衣裳，人们惊叫着四散退去。矫楠只看到姐姐和姐夫全在一瞬间慌了，便把满屋的惶恐撇在身后，一甩矫光的手臂，夺门冲向楼梯。

“哥哥，有电梯！”矫光追上来，抓住了他的一条胳臂，把他架进了正在上人的电梯。

电梯门关了，徐徐地往下降落、降落。

矫楠只觉得全身在发热，他的心仿佛也跟着下降的电梯，在往深渊里沉落、沉落。他真愿意这样一直往下沉、沉。

在矫光的架扶下，步出淮海饭店，刚在人行道上走出十几步，迎面过来的一对情侣，挡住了他的去路，他正要发作，一个熟悉的沙喉咙朝他喊了起来：

“矫楠，矫楠，一回上海你就不认识我了？”

矫楠稳住脚步，定定神望去，和他同一知青点的聂洁穿一件海虎绒大衣，手挽着身旁一位比她矮半头的男子，正朝他笑哩。

“噢，你也回来了？”

“是啊！那鬼地方，是人呆得住的吗。闷得老阿姐心里都要生蛆了。喂，你混得好吗？”

“好个屁！”

“不动动脑筋离开贵州乡下？”

“有啥办法，”矫楠带着酒意咕哝着，“鬼的办法……”

“哈哈，真是阿木灵，告诉你，你们那个同班同学，在下脚坝插队的宗玉苏，还在动脑筋回上海呢！”

“真的？”

“骗你我就被电车轧死。动动脑筋吧，矫楠，别傻呵呵光是等人家安排我们的命运。再见！”

她朝矫楠挥挥手，紧紧地挽着那个比她矮的男人，扭着屁股走了。

矫楠脚步打花地继续往前走去，前头就是“大世界”，杨文河跟阿乡吹牛时吹得天花乱坠的娱乐场所，现在它的大铁门紧闭着，门前冷冷清清。只因为是市中心大十字路口，灯光要明亮辉煌得多。

过延安路的时候，矫楠不由自主地喃喃低语着：“宗玉苏在动脑筋回上海，她要离开那儿……”

“哥哥，你说的这个人是谁啊？”矫光问。

他没有回答，显然沉浸在困惑的思绪中。

从外滩方向刮来一阵风，他不由缩起了脖子，是酒喝得太多了吧，好冷啊。

六

真是难得，我醒得这么早，太阳升起得这么早。在冬末春初，这真是难得的。尤其是在我居住的这间底层的小屋里。阳光竟然也能透过外面加了层铅丝网的窗户射进来，使得我这间小小的十多平方米的屋子骤然亮堂起来，我莫名地高兴起来。

是不是老天爷打听到了，我今天要在这间小屋里相亲呢。

这是个好兆头。不论怎么说，这总是个好的预兆。

爸爸的信上写得很肯定，今天，男方陆朝龙要到瑞仁里六十四号来，他对上海很熟悉，不用去接他，不用担心他找不到，他会找上门来的。他经常来上海。

我怀着急切的，甚至可以说是焦灼的心情等待着他的到来。早在几天前，我就在屈指计算着、盼着今天的早日到来。

这个人的脸我已经看熟了，五官端正，一对眼睛很有神采，瞅人很执著，整个脸部给人一个刚毅的感觉。一个挺有力气的男子汉。

当然这只是照片上的印象。由爸爸的信里转来的这张小小的二寸照片，我不知端详了多少遍，瞅了多少道了，除了有多少根头发我没数之外，这张脸上的每一处我都细致地作了观察。

我在心头拿定了主意，这是爸爸关照我的，拿不定主意就不必见。我当然明白这是什么意思。我对爸爸也说了，只要本人形象和照片的差距不大，我愿意嫁给他。

"相亲"、"嫁人"，这些字眼现在从我嘴里吐出来，变得如此平常、如此随便，仿佛在讲铅笔、讲毛巾这一类常用词。而在我以前，哪怕话题稍稍涉及到男女之间的关系，稍稍谈到同恋爱、结婚有关的一些字眼，我都要脸红、心跳。

曾经，我把恋爱、把婚姻大事看得多么神圣、多么超凡脱俗啊，关于自己的初恋和爱情，我曾有过多少浪漫的向往和憧憬啊。

"爱情是叹息吹起的一阵烟；恶人的眼中有它净化了的火星；恋人的眼泪是它激起的波涛，它又是最智慧的疯狂，哽喉的苦味，吃不到嘴的蜜糖。"这是伟大的莎士比亚笔下的爱情。

俄国诗人普希金又是这样讴歌爱情的："……我暗中流泪，泪就是我的安慰。我的心被断肠的思念所俘虏，但在眼泪里，它却有酸心的快感……”

而葡萄牙诗人卡蒙斯呢，干脆把爱情称作烈火：“爱情是不见火焰的烈火，爱情是不觉疼痛的创伤，爱情是充满烦恼的喜悦，爱情的痛苦虽无疼痛却能使人昏厥……”

所有这些美丽的诗句都曾打动过我的心灵，所有这些迷人的诗句我都能背下来。可以说，正是无数动人的诗歌和书籍中描写的恋爱情景塑造了我心目中关于爱情的梦，塑造了那朦朦胧胧的我的意中人的形象。我总想，我读过的这一切的一切，将来在我的恋爱中都会体验到，都能经历，那会是多么美妙啊。光是暗自悄悄地这么忖度着，我都会激动起来。

可这会儿，啥都不曾经历，啥都没有体验，我却在心灵深处筹划着结婚了。说起来真有些荒唐，我同陆朝龙还没见过面呢。

也许，这正是我成熟的一个标记吧；也许，生活本身就是这个样子的吧。想象中五光十色的恋爱同生活中的爱情总是不一样，美好的爱情欲望在生活里总是不能尽善尽美，不能如愿以偿。天天如此的日常生活不可能像小说、诗歌、戏剧、电影、杂志那样给爱情提供产生强烈共鸣的舞台。向往恋爱的时候总存在梦想，但梦想不是爱情。人首先得活下去，得应付生活必需的物质需要。有了温饱，有了安定的环境，才能谈到满足其他需求。

连我也没想到，事情会进展得如此迅速。

回到上海之后，我做的第一件事情就是同爸爸联系，而爸爸，远在市郊奉贤干校。

电话接通以后，爸爸说的第一句话是愕然地脱口而出的：

“玉苏，太突然了，你在信上没说过要回来。”

他要知道我是逃票又被罚了票，不知会惊成个什么样子呢。

“是的，爸爸，可后来发生了一件事，我没办法……我只好回来了，我……你有钱吗，我需要钱，我身无分文……我想你……”

话筒里一片寂然，只有“嗡嗡嗡”的微响。我等待了片刻，急了：

“爸爸……”

“这样吧,我马上给你寄钱去,这一两天,你先向邻居借一借。”

“你就不能回来一次?”

“我刚回过一次上海,不能再请假了,我们规定一个月回家四天。干校里活多,也重……咳咳……”爸爸说着话,咳嗽起来,咳了一阵才停下,“这几天正开河,要抢在元旦前把河开通。”

我硬着头皮开口向邻居借钱。邻居告诉我,回沪探亲的知青,生活有困难,可以向街道“知青办”预支,每月十块钱,二十五斤粮票。

我怯怯地去了,果然有此规定。可十块钱够个什么开销啊,要买米、买菜、买油、买煤球、买盐、买酱油,平时爸爸和哥哥回上海来,大概都是到处打“游击”,并不在家煮饭吃的,家里啥都没有,啥都得买。我剋得很紧,样样东西算计着买,十块钱还是一下子就光了。幸好爸爸的汇款很快到了,不几天,在崇明前哨农场的哥哥,也给我寄了二十块钱。我一下子成了个“大富翁”,在上海混一两个月没问题了。

可我仍然非常俭省,甚至可以说是吝啬。匆匆忙忙逃离歇凉寨,连件替换的衣裳都没有。一回到家,我就翻箱倒柜。抄家之后,从十九号大院二号小楼搬到瑞仁里的,就是一只被柜,一只箱子。翻了半天,总算翻出了几件故世的妈妈当年穿的半新的衣服。在家里,我就穿这些旧衣裳。上街时我才换上穿回来的那套。好在我也不常出去,不像那些回沪后聚在一起的知青们,有空就出去逛马路,到一家一家去串门。

月底,爸爸回来了。两年不见,他成了个老头,两鬓染霜,动作迟钝,说话低声下气的,脸也在干校晒得黑红黑红。眼角那些成扇状展开的鱼尾纹,像刀刻上去的一般。

我对他讲起为什么会突然跑回家来,讲着讲着,讲到那一夜大水几乎淹没保管房,而吴大中企图侮辱我的时候,我失声大哭……

爸爸的眼睛瞪直了,光是抽烟,抽廉价的劳动牌,一边抽一边咳嗽。他听完了,什么话都没说,以后的四天里也始终没提这事。只在临走那天夜间，给我留下个月的生活费时，多拿出了十五块钱，嗓音沙哑地说：

“碰到那个替你垫车票的同学，把钱还他。”

春节他再次回来的时候，跟我谈起了陆朝龙。他说这是干校一位同志主动提及的，这陆朝龙是那位同志的亲戚，说他本来也是上海人，上山下乡的时候，他走的是“自寻出路”的插队落户道路，他所在的公社就在黄浦江对面，摆渡到浦东，坐公共汽车半个小时就到了，甚至比在闵行上班的工人还方便一点。更主要的是陆朝龙下乡后表现突出，又有当地的亲戚提携，两三年间，已当上了公社革委会副主任，是全公社最年轻的干部，前程远大。

爸爸在吃年夜饭的时候提起这个人，我很敏感。果然，随后几天里，他侃侃而谈，把陆朝龙的情况彻底地给我介绍了。

陆朝龙所在的宽桥公社，年年都有招工名额。特别是市区的宾馆、饭店，每年总要到他们那儿招收服务人员，指定要姑娘，五官还要端正一点的。如果能转点到市郊的宽桥公社来，一两年内进上海，那是没问题的。

爸爸和我之间，只剩一层窗户纸没捅破了。就让我主动捅破吧，省得爸爸为难：

“爸爸，有什么办法转点到市郊来呢？”

“要有办法，爸爸当初也不会让你去那么远的地方了。”

“那现在……”

“干校的同志说，陆朝龙虽是公社副主任，明目张胆地开后门，怕也难办。”

“那就没办法了。”

“办法倒有一个，就看你愿不愿意。”

接着，爸爸又说了陆朝龙的意思，他无意在宽桥公社的范围内找对象，他还是希望在市区找，即使市区的姑娘不愿意，哪怕是市区出去插队的也可以。

我早猜着了。爸爸一谈这个话题，我就猜到了。但我沉默着，我在忖度，也许，这并不是干校的同志主动跟爸爸谈的，而是爸爸托人找的门路。

“你看呢？玉苏。听你讲过那一番遭遇，我考虑，你再回贵州歇凉寨去，不合适。”

“等哥哥回来，一起商量。”

爸爸皱皱眉头：“大年夜不到，他不会回来的。”

“会的。我特地写了信去。”

“他回信了？”

“没有。没有回信不更说明他要回来嘛。今天不来，可能是买不到船票，可能是轮到他值班。”

“但愿……”

我真恨哥哥，过春节他也不回来，我两年回家一次，他都不愿回来同我团聚。这一点我不得不佩服爸爸，他毕竟比我更了解自己的儿子，早知道哥哥不会回来了。

年初四那天，中学里的同班同学陈谷康倒找上门来了，他说他同哥哥都在前哨农场，两个连队紧挨着，棉花地接棉花地，只隔着一座桥。他说是哥哥请他来的，给我捎来十块钱，要我过了春节多住些日子再走，他力争在节后回来。

“那他春节为啥不回来？”

“值班吧。每个连队规定了必须留下多少人，要不，整个农场就走空了。”

我心里仍对哥哥老大不满，人家有正经大事要同他商量，他倒请个人上门一趟，丢下十块钱就算完事。不过想到陈谷康同哥哥毕竟是两个连队的，也许并不熟悉，我也不便多说了。

陈谷康倒混得不错，当副排长了。他说，只等他爸爸的问题一朝解决，他的党员就能批下来。现在，支部大会已通过，报到场党委去了。瞅他说话时眉飞色舞的神态，我不由联想到他当红卫兵团头头时的神气劲儿。看来，人的年纪会逐步增长，但个性中一些基本的东西，却不容易改变。

“你呢，近况如何？”讲完了自己，他倒还关心地问起我来，虽然尽量抑制着居高临下的神态，仍不由自主显露点自得之态，“怎么会到贵州去插队落户的？”

“你们去崇明的，走得早，不知道。”我叹息了一声，“那条接受再教育的最高指示一发表，不管原先是什么档次的，统统都得上山下乡，插队落户，‘一片红’。”

“你就不能赖一赖吗。”陈谷康真切地道，“有些人赖着，不也由外农赖到市农来了。”

我只得苦笑笑：“那时……妈妈死了，爸爸又在隔离审查，我哪里赖得住……”说着，我的眼里涌起了泪，我极力克制着，瞥了坐在角落里的爸爸一眼。

他一直像不存在似的坐在那里。

陈谷康唉叹了一声，不无惋惜地说：“早晓得，你该学我的样，主动要求去崇明。”

这倒是句大实话。可在当时，毕业分配有四个档次，我是家中老小，有希望在城里工作。哪会有他这样的目光呢。

陈谷康走了之后，爸爸问我：“你为啥不把自己那件事，和他商量商量？”

爸爸的心情真有些急迫了，他是男生，虽是老同学，却也有几年不见，我哪里讲得出口。我说：

“他又能给我出什么馊主意？”

“我从旁观察，觉得这位同学是很有些脑筋的。”

听得出，爸爸对陈谷康还颇欣赏呢。

春节过去了，爸爸又要回干校去，我去送他。临上车前，他斟酌地对我道：

“陆朝龙那件事，我看是不是这样，我先向他索要一张相片……”

我瞅了爸爸一眼,他正用一双忧郁的目光征询地望着我。清晨的风很大,司机按响了喇叭,有一个小姑娘在车厢那边哭着喊妈妈,自行车铃声响得像潮水。

我朝爸爸点了点头,说声再见,急促地转身走了。我不能不对爸爸点头,我晓得他希望我答应,况且,他是为了我摆脱厄运、摆脱困境。近几年来,他是老了,确确实实老了。

于是照片寄来了,于是有了今天这一番安排。当事态一步一步往前进展时,我的羞涩,姑娘不点自通的固有的矜持,都消失殆尽了。有的只是实际利益的权衡,只是通过这次相亲和结合能给我的命运带来转机的考虑。爸爸是对的,在发生了雨夜那件事之后,难道我还能回到歇凉寨去吗?在吴大中这个土皇帝的权力范围之内,难道我还能过太太平平的日子吗?

我盼望着陆朝龙的出现。随着日子的一天比一天挨近,我的心情也愈加急切。现在只须瞅他一眼,只一眼就够了,瞅着顺眼事情就能定下来。主动权完全在我的手里。我甚至想象着,我带着转点证明去办迁移手续,我到了浦东宽桥公社住进了陆朝龙那完全是陌生的家,我被抽调到市里的一家大宾馆在财务室上班,我还想起了电影《李双双》里喜旺说的那句戏谑的话:“先结婚,后恋爱……”

哎呀呀,面对即将变化的命运,我的心头涌起多少倏忽即逝的思绪啊。

天气真的很好,弄堂里铺满了阳光,一竹竿一竹竿的“万国旗”全晾到阳台上,晾到弄堂里来了。

我铺床叠被、扫地抹桌子,把屋里碍眼的东西全放到看不见的地方搁起来。早饭很简单,两只大饼一根油条,就一杯开水,把肚子填饱了。我不想煮泡饭,不想下面条,免得正在忙碌时,陆朝龙来了,搞得手忙脚乱。中午饭我也准备这样,他要愿意逗留到下午,我就请他到外面吃顿饭,省得为一顿午饭大动干戈。这样,我就可以陪伴他坐着,坐在他对面,让他细细地把我端详个够。

对于我的相貌和形象，我是很有自信心的。不止一个人在背后夸过我漂亮，当着我面夸，那不算稀奇，人们有时候是恭维你，有时会为了讨你欢喜，有时又是怕你生气。唯有背着人夸，说的才是真心话呢。其实，不用人夸我也懂得自己究竟有多美，一个姑娘，讲究的不就是修长苗条的形体，不就是脸庞的纤美秀巧，不就是青春特有的魅力嘛。这一切，我都不比人差，要不，吴大中怎会动那种坏念头呢；要不，还在中学里，矫楠怎么独独给我写那样一封信呢！

陆朝龙不会视而不见的。他当着公社副主任，春风得意，要挑选对象，不就是要挑一个漂亮点的嘛。

我胡思乱想地清等着。

九点钟他没来，我有些焦急了。怎么搞的，说得好好的，早上来，早上早上，不指的是吃过早饭以后那一阵嘛，我在责怪爸爸的信上没定个时间了。

十点钟他没来，我心头不安了。他失约了，可能是有事，开会啊、意外的公差啊，他毕竟在当副主任啊。我在屋子里来回走着，心绪不宁。

到十点二十分，我决定走出这间小屋，慢慢顺着弄堂走出去。反正我看熟了他的照片，他走进来不会错过的。

穿着为他的来访特地换上的衣裳，我打开了小屋的门，嘀，这是怎么回事，他正在灶披间外头锁自行车。我声色不露地凝视着他，心怦怦跳得有些异样。

上了锁，他直起腰来，手里晃着自行车钥匙，跨进灶披间来了。

水斗旁边有人在洗菜，他环顾了一下幽暗的灶披间，问水龙头边的老阿奶：

"阿奶，我想打听一下……"

话没说完，他一眼看见了我，一辨认，他指着我道："嘀，我找的就是你！"没错，爸爸一定把我的照片也给他了。

老阿奶疑惑地转过身来瞥他一眼。

我故作镇定地问:“你是陆朝龙吗?”

“我就是。”

“请进。”

他比照片上英俊得多,灵活得多。拍照片的时候,他一定很拘谨。头一印象,我就觉得顺眼。

我在杯子里放了一撮茶叶,给他倒了杯水。

“谢谢!”他坐在方凳上,两眼盯着我。我对他微微一笑:“你抽烟吗?”

“噢,我有!”他从衣袋里掏出一包凤凰过滤嘴烟。

“我正巧没有。”我抱歉地笑了。

他大概觉得我这话很俏皮,放声笑了,笑声带着醇厚的共鸣音。

我感到他有股男子的豪气,不像陈谷康那么自负,也不像矫楠那样难以捉摸。是的,以后我要学习和这样一个人相处。

“你的工作忙吗?”我见他不说话,先提起话题。

“很忙。”

“整天干些啥?”

“开会,跑生产队,要么到市里出差。”

“在乡下……习惯了?”我快找不出话题了。

“早就惯了。”他做出一个如鱼得水的手势。

我再也找不出话来讲了,期待着他主动和我交谈。他是男子,应该他多讲些。但他做过手势之后,又不讲话了。

毕竟太生疏,互相都尴尬。

灶披间里传来自来水冲击水斗的嘈杂声,脚步声,弄堂里有人在大惊小怪地叫:“阿毛娘,你家小囡在白相脚踏车,要被压着了。”一阵自行车铃声响过,邮递员在喊:“六十二号,张家敲图章!”从后弄堂那边,隐隐传来一阵阵锣鼓声。

整整五分钟,他都没吭声。还是一个公社副主任呢,还想谈对象呢。话都不说,哪个姑娘愿跟你。心里虽说这么在暗忖,但见他那么老实,我的心头还是浮起了一丝快慰。我不希望自己找的是个油嘴滑舌的人。

“这样吧,”为了安他的心,我提议道,“头一回来,你就吃了午饭走。”

他倒也不客气,问:“你有准备了?”

我坦率地道:“嗯,我们一起出去吃。我请客!”

“谢谢你的好意。”他站起身来,“脚踏车踏进市区,我还有点要紧事儿办,不能和你吃饭了。”

“你……”我不知所措了。

他淡淡一笑:“我算来过了,对吗?”

我抿紧嘴儿,点点头:这算什么话啊。

“那我走了。”他朝门口走去。

“不再坐一会儿了?”我抢上一步去问,手不知怎么一碰,把那杯他没喝一口的茶碰倒了,茶杯在桌面上滚了几滚,“咣”一声落在地上,打得粉碎,茶叶沫子和水溅在他的裤管上,“哦,对不起,真对不起。”

我心慌意乱地道着歉。

他宽容地摆摆手:“没关系。你什么时候回贵州?”

我那正在沉落的心一下子又提了起来:“过几天吧!”

“好,祝你在那儿早日抽调上去。”他朗声说着,大步走出了小屋,穿过灶披间,跨下台阶去开自行车的锁。

我拼命抑制住自己的眼泪和波动的情绪,勉强跟到灶间门口,朝他挥挥手尽了礼仪之道。当他的自行车一从弄堂里拐弯,我就一阵风跑进屋子,“砰”一声关上房门,扑倒在床上哭起来。

我还以为主动权在自己手里,我还觉得自己稳操了胜券,是我在挑选他。前些天,在弄堂里遇见到余云家来探望的聂洁,我还不无自信地向她透露了正在设法离开贵州的信息,谁料想,结局竟是这个样,陆朝龙来了,前前后后一共只有十来分钟,像端详一件商品似的,把我草草瞧了几眼就走了,临走时还扔下一句那样的话……哦,我从什么时候起,变得如此下贱,如此恬不知耻的呀。我的人格真的降低到这样的地步了吗?

这是怎么回事儿啊!

今后我又该怎样去走完未来的人生之路,怎样去应付人生道路上的险恶和艰辛啊。天,天,我简直没一点办法了,没办法了。

七

随着春天来到了歇凉寨,插队落户在这一片偏僻山乡的上海知青们中间,忽然传开了一个骇人的消息,有个在黑龙江插队的知青,是个杀人犯,流窜到了山乡。赶场天之前,这种议论升到了高潮,说得活灵活现。说杀人犯来无影、去无踪,说他长得又高又大又结实,像电影中的一些反面人物那样留着一绺梳剪整齐的小胡子,说他身后跟着一帮人,都是亡命之徒。要是闯进了哪个知青集体户,知青点上的人都得给他提供食宿,要不,他就"撬窑堂",趁知青们出工时,把一整个集体户所有值钱的东西都偷个精光,搞不好有的人身上还要被他捅一刀。说这一段时间,他正在城关区那边一个集体户一个集体户地"横扫",要不了多久,他就会扫到歇凉寨周围这块土地上来。到时候,长得漂亮的女知青最好回避,躲到农民家和姑娘媳妇们挤着睡。否则,被这个杀人犯盯上了,少不了有点麻烦事儿。

"哎呀,怎么算得到他哪天来呢!"余云听到这里,声音尖锐地喊起来。

聂洁指着她鼻子道:"你怕啥,身旁有个现成的保镖。到时候,他会看着你受欺负?"说着,乜斜了郁强一眼。

余云漂亮的脸蛋揪成了一团,急促地道:"他有啥用,他又不会同人打架。"

"到时候,拼也要拼一盘。"郁强顶真地道。

"嗨,这才是好样的呢!"聂洁又叫开了,"像个男子汉大丈夫的气魄。"

杨文河的身子摇摇晃晃，走到郁强跟前，亲昵地拍拍他的肩膀道：

“放心吧，郁强。你和余云这对恋人，下乡前就出了名，我们还能不维护着你们纯洁的爱情。杀人犯真敢来动余云的歪脑筋，我们三个男人一起上。三打一，我就不信打不过那家伙。对不对？矫楠。”

矫楠倚在门框上，不动声色地淡淡一笑，点了点头。

“要打你出头去打，矫楠不参加。”秦桂萍对杨文河道，“你没听说，那个杀人犯还有一帮亡命之徒跟着嘛！谁不想好好做人哪，亏你想得出，和杀人犯打架。”

“嗳嗳！”杨文河敞着衣襟，故意显精出怪地嚷嚷，“你怎么可以代表矫楠表态啊？你是矫楠什么人？嗯。”

众人齐声笑起来，一对眼睛闪亮闪亮的丁萌萌甩甩短发，一本正经地道：

“杨文河，你这头大河马，也太迟钝啰！事情正在起着微妙的变化哩！”

“啧啧啧啧，这么说，歇凉寨集体户已经出现两对恋人啰！”杨文河挤眉弄眼地说，“我是大大地落后于形势了。嗨，丁萌萌、聂洁，你们两个怎么样啊，有主了没有？”

丁萌萌横了他一眼：“十三点！”

“听上去蛮舒服的。”杨文河故意厚着脸皮道。

大家又一次哄笑起来，郁强一边笑一边指着杨文河道：“事不宜迟。赶快，你也在她俩中间追一个。”

“我才不要他呢！像块破揩布一样被许小妹扔掉的男人。”聂洁直挺挺地在灶屋中央一站，右手在额前一比，遂又往杨文河一指，“看嘛，人还没我高。老实说，要找，我情愿去找那个亡命徒，那才够刺激。”

“当然当然，”杨文河清瘦的脸气得发白，反唇相讥道，“我们怎敢来同你高攀啊！你的男朋友，排起队来要编成小组呢。”

“那又怎么样。”聂洁高高的个儿朝杨文河走近一步，胸脯鼓鼓地挺起来，“实话告诉你，老阿姐我吃也吃够了，穿也穿过了，玩也玩得尽兴了！像你这种小羊羔，我连眼梢都不想瞥你一下。”

“所以要进公安分局学习班，所以成了少教所的客人。”杨文河和她顶上劲了。

“现在还不是同你一样？”聂洁也生气了，一双乌溜溜滚圆的眼睛射出灼人的光，“跟你讲，把我们抓进少教所关起来，也是资产阶级反动路线。这是造反派放我们出来时说得清清楚楚的。”

“对对对，我投降！我宣告投降！”杨文河不愿同她争论下去，举起双手，做出一副投降姿势，“我们还是把话题兜回来，讲讲那个杀人犯来了怎么个对付法吧。”

“看在你投降认输的份上，老阿姐让你放心。”聂洁拉过一条板凳坐下去，“他要真来了，我来对付。”

杨文河一蹦跳得老高：“你当真要同他去鬼混，还想二进宫？我提醒你……”

“滚你娘的蛋！”聂洁的手狠狠地朝杨文河一推，“你以为老阿姐还想陷在泥坑里。讲给你听，我还想当个智擒杀人犯的英雄哪。”

“好啊，这才是巾帼英雄。”郁强跷起大拇指起哄，“到时候我们助你一臂之力。”

…………

不论歇凉寨集体户的男女知青们怎么起劲地谈论这桩事情，矫楠总是不动声色地呆在一旁，脸上挂着既像讥诮又似好奇的淡笑，一声也不吭。整个集体户的人，大概谁都不晓得，他有出奇大的臂力，一拳打出去，不把人的眼珠打爆，起码也得把人的脸庞打肿。他从来没在大伙儿面前显露过这一手，众人做梦都不会想到，他还有这么身功夫。他觉得余云的大惊小怪完全没必要，杀人犯同歇凉寨知青有啥瓜葛，跑进这偏僻山乡来干啥？大家的议论只不过是消遣消遣罢了。不是吗，这类议论只是用上海话在知识青年们中间传传而已，没有一个人去给老乡讲，更没人认真把它当回事儿。让繁重累人的体力劳动和枯燥乏味、信念破灭的生活压抑得透不过气来的知青们，似乎对打小报告、告密已经失去了兴趣。他们久久地在嘴巴里谈论这一够刺激的消息，仿佛是在有滋有味地咀嚼着一块起士林泡泡糖，纯粹是为了更轻松地消磨光阴……

矫楠压根儿没想到，这件事很快地同自己挂上了钩，并且影响了他整个未来的命运。

这天逢赶场。老规矩，郁强和余云这公开的一对，趁集体不出工，双双到自留地上去点南瓜种、撒葵花籽儿、给蔬菜淋粪薅草，耕耘他俩那一片小小的爱情天地。在歇凉寨集体户找不到对象的聂洁，是每场必赶的，拿她自己的话来讲，这是去寻找刺激、碰碰运气。稍和以往不同些的，是杨文河和丁萌萌神不知鬼不觉地没影儿了，是去赶场了，还是各自到相好的老乡家去了，谁都不晓得。

天色很好，阳光把歇凉寨周围的山山岭岭都抹上了一层春的色彩，满坡满坡的杜鹃花好像有约在先似的，统统都在昨夜一场透雨后迸然怒放了。远远地望去，五彩缤纷、姹紫嫣红，美极了。

秦桂萍昨晚上就同矫楠讲好，要是天气好，就一道去小河边洗衣裳。

春汛泛滥，小河里的流水溢得满满荡荡的，在明媚的太阳光下，闪烁着一片银光。

与其说他俩是洗衣裳，不如说他们是借口洗衣裳，到小河边来谈情说爱。山寨上的老乡，见出了太阳，都早早地在河边溜光滴滑的捶衣石上，捶过一阵衣裳，清洗完毕，端着盆、挽着盛衣裳的提篮，回寨上去了。大好春光，还有一天的事儿等着他们哩。可矫楠和秦桂萍呢，直等到河边的人都走光了，才慢吞吞地出寨走去。

小河边上真静，只有风的吹拂声，只有流水的轻吟低唱声。间或还可以听到拴在草坡上的川马，昂起脑壳的嘶鸣声。

洗净了衣裳，他俩干脆把衣裳晾晒在小河边的茨藜、矮树丛上，双双坐在树阴底下，一面等着衣裳被晒干，一面扯着比棉絮还长的情话。平时，男女知青分别随男女劳动力出工，要凑在一起说点知心话儿，还真没机会。

“跟你讲呀，”秦桂萍低垂着头，扯着树阴下一棵小草，柔柔地说，“我把同你好的事，跟家里讲了，就是春节时讲的。”

“你家里怎么说？”

“爸爸妈妈没多干涉，听说你家里没啥问题，人又本分，不是那种流里流气的小青年，他们啥都不说了。干吗老盯着我啊？”

“在大自然的怀抱里，你的脸不一样了。”

“怎么个不一样法？”秦桂萍妩媚地侧转了脸，抿嘴一笑，声音更低地说。

“我也说不清楚。总之，总之是、是……”

“别说了。”秦桂萍转过脸去，无声地笑了。

矫楠说的是实话，秦桂萍有一双不大不小、平平常常的眼睛，但在她说正经的话或是谈一件严肃的事情时，她的眼睛会异样地闪亮起来，闪烁出两股专注凝神的、娇媚的光芒。

矫楠靠在树干上，眯缝起双眼瞅着小河潺潺的流水，扔出一块泥巴片：

“这么说，以后我去贵阳，能有一个落脚处了。”

“当然。告诉你，还不止是落脚处。将来，你还要住到我家去。”

矫楠愕然盯着秦桂萍。

“傻样！”秦桂萍羞涩地把头靠在他肩膀上，声音放得轻轻地说，“爸爸说了，他们厂里早晚要招工，只要一有了指标，我进厂是没问题的，有文件，职工子女在乡下的，优先考虑。”

“那我只能眼巴巴看着你当工人阶级了。”

“我会扔下你不管么，”秦桂萍伸出小拳头捶了矫楠一下，“讲给你听吧。不过要保密，别让其他人知道。爸爸是劳资科副科长，招工时，他能说了算。我这次来之前，他一再叮嘱我，要我跟你说，在乡下，尽可能同上上下下、左左右右搞好关系，别给自己制造阻力。懂了么？”

“懂。”

“能做到吗?”

“我想能。”

“真乖,嘻嘻。”秦桂萍笑着,一头扎进矫楠怀里,矫楠搂着她的肩膀,她垂下眼睑,仰起了脸,耸起一张嘴唇薄薄的樱桃小嘴:

“嗯。”

矫楠瞅着她微颤微颤的眼皮,诡秘地朝四周看了一眼,这毕竟是大白天呀,他慢慢地俯下脸去、慢慢地……

“哎呀,快点。太阳直刺我眼睛。”

矫楠被她不耐烦的语气弄得兴味索然,象征性地在她嘴上轻轻地吻了一下。不料她的嘴刚一和他接触,她便张开双臂抱住了他,两片薄薄的温湿的嘴唇,紧紧地贴着他微启的嘴……

河岸上的泥土有股潮气,小河边还弥散着一股清新宜人的水草气,矫楠的眼前仿佛遮着一层淡淡的透明的云雾,透过这片云雾,他看到太阳在微偏的头顶上,一整片河谷和远远近近的群山似乎都在冒着热气,把地心深处的热力送出来。矫楠觉得有点眩晕,秦桂萍微颤的声音好像从很远很远的地方传来:“噢,噢矫楠,真快活,是么,矫楠,总有一天我们要结婚的。”

…………

日头偏西,擦着山巅时,矫楠和秦桂萍回到寨上来了。

一来,出外赶场的寨邻乡亲们陆陆续续回寨来了,他俩再在河边坐下去,就太触目;二来,晾晒在河岸边的衣裳也都干了。

走进寨子的时候,两人的脸上都挂着幸福的、洋溢着青春热望的微笑。他俩不时互相瞅一眼,又脉脉含情地把目光移开去。

“混蛋,你给老子滚!”

两人还没走到集体户门口,从集体户斜对面的泥墙瓦舍里,传出青年汉子吴大鼎一声怒喝,跟着,一只碗砸在门前台阶上,脆脆的几声碎了,碗屑瓷碴飞迸在院坝里,惊得几只鸡格格叫着拍翅飞起来。

“滚就滚，你还以为我稀罕这破烂屋头。”这是大鼎的婆娘罗湘玉的声气。

又一声厉喝响起：“你敢走，敢走老子打断你脚杆！”随后房门被“嘭”一声关上了。

“你敢打，敢打？”

“你以为我不敢啊。你这个无用的婆娘，养只鸡还下蛋哩，你连只下蛋鸡还不如！”

屋檐下、山墙边围了一大堆人，有的人还背着背篼、挑着箩筐、推着鸡公车，一眼就看得出，是赶场刚回来，还没来得及回屋头，便闻声来看热闹了。

这一对知青们刚来那年结婚的小夫妇，同心协力地要奔红红火火的好日子，一直过得好好的，但是不知咋个搞的，近来却常在砸锅打碗、吵骂斯打了。光矫楠从上海回来至今一两个月里，公开吵就是三回。夜深人静，还常能听到罗湘玉拼命压抑着的、嘤嘤的哭声，惹得知青们也睡不好。

今天两人又是为啥吵呢？

矫楠不由得也朝人堆里挤去。秦桂萍端着盆，紧随在他身旁，柔声低低地提醒着：

“记住了，光看别说话，别惹事儿。”

矫楠一点头，挤进了围观的人群里。

“我不如一只下蛋鸡，你……你呢？你是啥子，一脸的贼相！”

“你个烂婆娘，敢骂老子。”吴大鼎跃身扑向罗湘玉，张开巴掌就是一个脆响的耳光，“老子养活你来骂我，我叫你骂，叫你骂！”

他打了一巴掌，又是一巴掌。

罗湘玉嘶声拉气地哭嚷起来，缩着身子满屋跑。吴大鼎追着婆娘疯狂地捶打着。

透过格格窗棂，看到这一幕，矫楠不由闭了闭眼。他想起了去年深秋到宗玉苏那里去时，半路撞见他俩在盗窃下脚坝包谷的那一幕。

挤做一堆的人群涌动起来，不知哪个喊了一声："不要打了，罗兴善来了！"

歇凉寨上的人都晓得，这敦厚壮实的罗兴善不仅是寨子里数一数二的庄稼老把式，还是这对夫妇的串线媒人，他一出场，能把小两口镇住。

矫楠刚要跟着罗兴善老人往里挤，去看看他咋个处理这桩公案，身后有人使劲扯了他一把。

他转过脸去，个儿高高、剪一头短发的聂洁朝他喊："矫楠，有人找你。"

"谁?"一边的秦桂萍抢先问。

"他去一看就晓得，快，快出来。"聂洁向矫楠连连招手。

聂洁晶亮晶亮的额头上沁出一片细细的汗珠，对她来说，这是少有的情形。矫楠挤出了人堆，环顾左右问：

"人呢?"

"跟我来。"

聂洁领着矫楠，绕过人堆，一直向寨路拐弯处的三株粗壮高大的槐树走去。来到槐树底下，矫楠瞅着来找他的人，几乎不相信自己的眼睛：

那是在下脚坝插队的宗玉苏，满脸都是惶惶不安的神情。

八

唉，厄运为啥老是跟着我?

我的生活为什么总是不得安宁?

就好比魔鬼的阴影不肯罢休地遮在我的头顶上一样。尽管我心头老在祈祷，这回该好了，这回该太平了，该有一段安安定定的日子可以过了。哪晓得，虔诚的心愿得到的往往是意想不到的灾祸；良好的巴望换来的却是更险恶的命运。

从上海回到山乡以后，吴大中总算没来纠缠。集体户去冬修水利的知青,回上海去探亲的伙伴,都陆陆续续回到了山寨。

我的心逐渐安定下来,白天夜晚有了伴,吴大中就不敢来使坏。只要老老实实地出工,不惹事生非,想也不至于会有什么麻烦。

今天是赶场,本来我并不想去,走二十八里山路,去凑个热闹,有多大意思呢。转而一想,不去,留在下脚坝,一整天也难于消磨。况且,路上有伴,几个知青都去,我一个人留在保管房里,仍有些怕。

去年秋末冬初那场大雨,并没把保管房淹塌。我一声招呼没打离开山寨以后,下脚坝的农民又在门上加了把锁。可能是沾了保管房的名声,一整个冬天,东西都没被偷。听说,吴大中给下脚坝人打过招呼,知识青年的东西若被盗,上级追查下来,他就唯下脚坝人是问。也许,这点儿威胁也起了作用吧。他是满可以随便找个借口踅进保管房来的呀。

不,我不能一个人孤零零呆在保管房。

况且,内心深处,我还指望能在场坝上遇见矫楠。一般地来讲,男生总比姑娘更爱动。匆匆忙忙地逃离上海,爸爸让我还他的车费钱,我也没去还。一天一天地闷在瑞仁里的家中,我始终怀有一种期待,期待着有一天他会找上门来;到了山寨,我想他总会听到消息,找个什么理由到我们的保管房来一次。可我默默的期待完全成了泡影,他一次也没来过。他是在生我的气吧,他是在怨恨我对他的冷漠吧。听人说,他同秦桂萍一天比一天好了,他俩已经不忌讳人们的议论和流言了。是的,肯定的,另一个姑娘占据了他的心,他不会再想到我。不会了。

每每想到这里,我的心头总感到缺少了什么似的,空落落的,有股莫名的失意和惆怅。生活中有多少东西,当存在着的时候,人不懂得珍惜,而一旦失去了的时候,便会感到那东西的可贵。感情不更是这样嘛。

好几次,我想去歇凉寨知青点一次,去还他钱。有几个雨天,女劳动力不出工,我穿上雨衣,撑着伞,都已走出保管房了,但每一回,都是走到半途，没拐弯，没翻上垭口，又转回来了。

我真没勇气到歇凉寨去。那里有这么多见不得我的人，杨文河在“文革”初期整过我，郁强和余云对我当年那篇墙报上的文章始终耿耿于怀，现在又加上一个不怀好心的吴大中。这些人，无论碰到哪一个，都会使我难堪、尴尬。还有秦桂萍呢，她要是知道我专程去找矫楠，她又会用什么样的眼光瞅人啊。

还钱的事就这样子拖下来了。小小的一件事儿，竟然成了我的心病。要是能在赶场的时候遇见他，三言两语，把钱还给他，向他道谢，那也算了却我的一桩心事了。

场坝上还是老样子。初初来插队的头一年，我对赶场还有兴趣，热热闹闹的，各式各样农副产品、山岭间的野果特产，沿街一路铺开去，就是看一天也有趣味，来的次数多了，啥新鲜感都没有了。相反，还觉得烦，要在挤得水泄不通的人群里钻，要闻老乡身上散发出来的浓烈的叶子烟味、汗臭味，往往想买的东西，场街上还不一定有。我总在想，山旮旯里的老乡，也许世世代代几百年就是这么赶场的吧。

知青们赶场，多半是来玩耍，顺便买些盐巴、酱油、电池之类的小东西，兴致高的男生，或是谈上对的知青，买回一只鸡或是鸭子，买上二三十只鸡蛋，回去改善伙食。不论抱着什么目的赶场的人，都要习惯性地到公社邮电所转一转，看一看有没有自己的信。那是插队生涯里唯一的精神慰藉了。

我一进邮电所，就拿到了哥哥的来信。

急于想晓得他写些什么，站在邮电所门口，顾不得周围停满了马车，站满了做生意、闲聊的农民，我迫不及待地展开信读了起来。

太阳的光线特别强烈，信笺被照得白花花的，没读上几句，我就感到阳光太刺眼，忍不住闭上了眼睛，揉了揉眼角。

睁开眼的时候，我觉得隔着场街有人在瞅着自己。抬眼一看，果然，一双大大的凶暴的眼睛贪婪而严厉地盯着我，这人身旁有个瘦长脸、戴着副墨镜的家伙正在对我指指点点。

我吓了一跳,这不是知青中的流氓吗！他们要干什么？那个瘦长脸是我们一个公社的,只听说他惯会玩弄女知青,莫非……

我转过身子,往一边走几步,走到邮电所屋檐下,继续读着哥哥的来信。

哥哥赶到上海来与我相会,我已不辞而别。他责怪我为啥不在家多住几天,哪怕是多住三五天也好。他还向我解释,为什么春节期间没回来探亲。

啊,哥哥写了些什么呀？我简直不敢相信自己的眼睛,这些难道都是真的？

是真的,是真的,要不,他的语气不会如此愤懑,如此恼怒。

哥哥说,爸爸在“五·七”干校,有了一个对象;那女人才三十多岁,很年轻。哥哥恨这件事情,恨这个女人,他不愿意同爸爸再见面。他说为此事他同爸爸吵了一架,骂他是个没良心的家伙,妈妈死了,儿女在农村受罪,他却又搞上了一个女人……

和爸爸相处时的很多情景浮上了我的脑际,许多细节此刻都成了可疑的蛛丝马迹。怪不得爸爸那么起劲地给我介绍陆朝龙,怪不得他去一趟干校就会有些新点子对我说,这一定都是那个女人出的主意。

可恶的女人,妖精！

我忿忿地抬起头来,陡地,我又看见了那双凶暴的白眼仁上蒙着血丝的眼睛。

我惊愕地木然站着。看得出,他们对我有所企图。

果然,见我望着他们,那家伙一点头,瘦长脸把墨镜一摘,摇摇晃晃地朝我走过来:

“嗳,宗玉苏,恭喜你啊！‘黑鳗鱼’大哥看上你了。他让我给你传句话,明天一早,请你到离下脚坝不远的古驿道烽火台去一趟。怎么样,这点面子总是会给的吧？”

“我不认识他。”

“嗨,这有什么关系。去了,不就认识啦！”

“我不去。”

“好嘛！你不去，‘黑鳗鱼’自会上门来拜访。到那时候，你自个儿对付他吧！我只负责传话，嘿嘿，依我看，还是去吧！跟着他，有吃有喝有乐，还能游山玩水，保证美得你只想粘着他。”

瘦长脸淫邪地笑了两声，重又戴上墨镜，回到那“黑鳗鱼”身边去了。

我心慌意乱地揣起哥哥的来信，赶场赶出祸事来了，烂流氓盯上了我，我要不答应，别说明天了，只怕今大也不能离开这个场街。瞧，瘦长脸正在给“黑鳗鱼”说呢，“黑鳗鱼”抬起头来，又朝我这边望了。

我得想法尽快避开他们。

我转身走进了邮电所，里面满是寄钱、寄信、取包裹的人。通后门的那条路，给营业员用两只写字台堵住了，过不去。什么时候听来的一件事涌上了我的脑子，有帮流氓要教训一个对手，当着大街上很多人，高喊一声抓小偷，一拥而上，把那人打倒在地，身上捅了几刀；不是还听说过，流氓当众将姑娘衣裳剥光任意凌辱的事嘛……他们完全有可能用同样的手段来对付我的呀！

我的额头上沁出了汗珠，心头焦灼得不知如何是好。

“宗玉苏，慌什么呀？”

高高个儿、胸脯挺得鼓鼓的歇凉寨知青聂洁正向我招手，并使着眼色。

她可是少教所出来的女流氓，很可能同那伙人是一丘之貉。我暗中提醒着自己，但还是朝她走了过去。这会儿，哪怕是遇见一个稍稍熟的脸庞，对我都是一个安慰。

“跟我来。”她朝门外走去。

我站着不动：“到哪儿去？”

“一道回去。”

“外头有……有流氓……”

“我知道。有我在，他们不会撞腔。”

果然,她同他们是一伙的。我脑子里闪出一幅画面,我和聂洁走在山高林子大的半路上,那帮流氓冲了上来,聂洁翻脸帮着他们来对付我……我慌得双腿直打颤。

“别害怕,我同歇凉寨撵马车汉子说好了,他答应搭我们回去。”聂洁伸出手来拉我,显得很诚恳,“你呆在这儿,又能怎么办?”

我还在犹豫。

“哎呀,你这个样子,倒被他们看出破绽来了。”聂洁的眉头皱紧了,压低声音道,“不骗你,我跟‘黑鳗鱼’说了,准保劝你明天上午去同他见面。今天他不会来缠你。”

是的,与其呆在没个帮手的场街上,不如先回寨子去再说,寨上还有同一集体户的知青,还有下脚坝几十户农民呢。

我迟迟疑疑地跟着聂洁出了邮电所,一手挽住了她的臂膀。

街对面的“黑鳗鱼”、瘦长脸那帮人全朝我们望着。聂洁举起左手,脆亮地打出一个响指,那帮流氓欢呼一声,转身朝场上走去了。

看来,聂洁没骗我。

“今天他们的任务是摸包、当钳客,钳来钱和粮票,孝敬‘黑鳗鱼’。”聂洁在我耳边低声地用上海话道,“听说过‘黑鳗鱼’吗?”

“没有。”

“那么,前些天知青中流传的关于杀人犯那些事,听说了吗?”

“那事听说过。”

“‘黑鳗鱼’就是那个杀人犯。事儿我全打听清楚了,他在黑龙江插队,和人打群架时,一刀捅在人家胸口上,正巧捅在对方的心尖上,那人当场死了,他也随后滑脚逃跑。一口气从最北边的黑龙江,逃到了云南。前不久云南的风紧,他又窜到贵州来了。”聂洁像讲一段轶事似的轻描淡写说着,继而转过脸来,“你要留神呢!听说,他窜到贵州来,专为了找你。”

我浑身一震:“找我?”

“知道他为啥要找你吗?”

“我从未听说过这个人。”

“很快你就明白了。‘黑鳗鱼’在上海，早几年就是个出了名的流氓，被抓过。”我随着聂洁来到场街边的一辆马车旁，撵马车的汉子不知哪儿去了，一根长长的竹哨鞭插在车厢上。聂洁环顾了一下四周道，“他不会走远，我们就在这儿等他。而你的妈妈，你那已经死去的妈妈殷晨芳，我也是今天才听说，她原来是区委主管政法的书记。‘黑鳗鱼’被抓的时候，公安分局当时打了份报告，说像‘黑鳗鱼’这类误入歧途的青年人，拘留个半月一月放出去算了，而你的妈妈在那份报告上批了，说得抓起来送少教所。把我们这帮少教犯放出来以后，‘黑鳗鱼’不知怎么会在揭露你妈妈的大字报上看到了这件事。他早放风说，要报仇……”

我的双眼惊惧地瞪大了，脑子里轰然一声响，只觉得赶场的老乡在场街上晃，蓝天白云在眼前晃，远远近近的山岭在倾覆。耳朵里却是啥也听不见。

又是这回事，又是这回事。

我匆匆忙忙由上海瑞仁里跑回偏僻、闭塞的下脚坝来，不就是因为这回事嘛。

陆朝龙来相亲后没几天，我洗完衣服，正在三楼的阳台上晾，只听见楼下灶屋一阵喧闹，除了陌生的粗嗓门，还有老阿奶忿激的嚷嚷声。我还好奇地趴在栏杆边，朝下头望了几眼。只因衣服还没晾完，没有下楼去。

等我插起晾衣杆，拿着空盆走下底楼时，喧嚷声消失了。站在楼梯口窥视的老阿奶一见我下楼，就把我往她家拖，拖进屋关紧门，她神色慌张地告诉我，刚才有个流氓，指名道姓来找我算账，说是要报仇。老阿奶见他气势汹汹，连忙说我不在家，找同学玩去了。那人不肯罢休，要砸门，老阿奶喊了起来，说他要敢动手，她就喊弄堂里的人来揪他去里弄专政队，那家伙这才气咻咻地走了。

我简直莫名其妙。我从没和谁结过仇啊。

老阿奶却不管这些,她一口咬定,他是肯定还要来的。果然,当天晚上他又来了,幸好我熄了灯、关紧门早早地睡了,老阿奶仍然说我不在家,他才走了。

事后,从瑞仁里一些流里流气的人那儿传出点讯息,说这家伙受过我妈妈整,现在要来找走资派子女报仇,破我的相,让我也没好日子过。

上海是呆不下去了。

街道里弄都在动员知青回到广阔天地里去"抓革命、促春耕",每个区为知青离沪专设了售票站,随时都可以付钱取票。

我惶惶如丧家之犬买了回程票。总以为避开了他,事儿就算完了。哪晓得,仅仅一个多月时间,这家伙成了杀人犯,又找到农村来了。

"这下你明白了吧。"聂洁的话把我从烦乱的思绪中拽了回来。

"明白了。"我几乎是无声地道。惊骇和恐惧使得我不由自主淌出了眼泪。

聂洁推了我一下:"别怕,别害怕。离明天还有一晚上呢,我们想想办法。"

"有啥法子……"

"会有办法的,会有的,小傻瓜。"聂洁劝慰着我,忽又大声说道,"嗨呀,你总算来了,该回去了吧,走,我们上车。"

赶马车汉子,一个满脸络腮胡子的农民,嘴里咀嚼着什么,给两匹川马整了整笼头,"吱嘎"一声放松了刹车,把马车拉转身来。

我跟着聂洁上了车,马车顺着高低不平的道,颠簸着小跑起来。

我的心也像颠簸不已的马车一般,晃悠个不住。

聂洁放亮了嗓门,同撵马车汉子扯了起来。寒暄过后,她又转过脸,改用上海话对我说:

"事情很不妙,宗玉苏。今天,当'黑鳗鱼'在场街上看到你之后,他又不想光是捅你一刀破了你的相就善罢甘休了,他见你长得这么漂亮，又动了歪脑筋……”

“他想干什么？”

“要捅你一刀，他在场街上就可以干。约你明天一早去古驿道烽火台那僻静地方，他是想让你当他的情人，威逼着你跟他走。懂了吗？”

聂洁说的事儿越来越可怕了。

她接着道：“那帮喽罗，今天趁赶场摸包偷钱，就是为他带着你上路准备旅费。不说了，瞧你，吓得脸都白了。这样吧，马车到了歇凉寨，你不忙回去，我陪你直接去找大队主任吴大中，让他派一帮民兵，明天包围古驿道烽火台……”

“别……别去找他。”我连连摆手。

“怎么啦？”

“他……他……去年我一个人住在保管房里，他……”

“啊，明白了！”聂洁不待我语无伦次地说完，脸一仰，头使劲地一甩她那浓密乌黑的短发，道，“看不出，这家伙也是个色鬼。别怪老阿姐讲你，这都是你这张番司惹出的麻烦。男人都爱找漂亮女人。你怕了吧，别怕，没啥可怕的。他要碰到我啊，我一刀将他身上那个家伙割下来扔出去。哈哈，瞧你的脸色。好，依你，不找他，那你说，你有什么办法？”

马车“咕咚咕咚”响着，颠得屁股直痛，双手紧抓着车厢板，也坐不稳。

我有什么办法？

“我……我想回下脚坝，跟集体户里的伙伴们商量……”

“那不行，那几个家伙没用，别说他们不一定肯帮忙，就是他们见义勇为，也不是‘黑鳗鱼’这亡命之徒的对手。你想想，他们可能日日夜夜守着你，当你的保镖吗？他们就不怕自己那点可怜的东西，被‘黑鳗鱼’砸光偷光嘛？你这主意不是个办法。”

我的话没说完，就被她否了。挨得这么近，坐在她身旁，我觉得这个从少教所放出来的女流氓身上，有点儿可亲的东西。微微偏西的阳光照在她那张椭圆形的脸上，泛出红润的光泽。她的嘴唇挺厚，微鼓着，总是挺有表情地努来努去，典型的圆鼻头，一双大大的皂白分明的眼睛被两片微泡的眼睑遮掩着，射出的是两股有时带点忧郁，有时又很明朗的光。细细地瞅她几眼，我发现她并不丑，反倒有股说不出味来的魅力。

"那么，"我没把握地说，"去求求下脚坝的老乡。"

"他们能听你的话？"

"呃……"

"即使他们信了你的话，会不会集合满寨人去抓'黑鳗鱼'？"

"我不敢肯定……"

"那怎么行？现在我们要想的，是确实能行的办法。"

说话间，我的眼前自然而然浮现出矫楠的形象来，他要晓得了这件事，也许会帮我拿主意、想办法的。我在上海火车站没钱补票，他都替我垫了钱。今天，遇上了这种风险事，他一定更会出力帮忙。思忖着，我不由自主地喃喃出了声：

"啥办法都不行，看来，只有找他了……"

"谁？"聂洁听见了，追问着。

"你们集体户的矫楠。"

"他？"

"嗯。我们曾是同学。"

"可我听说，他们四个人都恨你，矫楠会帮你吗？你大概不知道，近来，他同秦桂萍热乎着呢。"

"我听说了。"我垂下了眼睑，心里是一股说不出的滋味儿，挣扎一般道，"到了这种地步，不找同学又找哪个呢？试试吧。"

"行！"聂洁倒很爽快，"到了歇凉寨，我替你去喊他出来，到时候，哪怕你告一声饶，求求他都可以。有男生帮忙，事情好办些。"

聂洁说到做到，马车进了歇凉寨，她让我在几棵大槐树脚等着，她到集体户找矫楠去了。

他来了。

没等几分钟他就来了,他惊愕地瞪着我。当然,我主动来找他,他是会吃惊的。

我把事情全告诉了他,边说边忍不住掉下泪来。

矫楠蹙着眉听完了我的叙述,沉吟了片刻,语气平平静静地道:

“不是答应‘黑鳗鱼’了嘛,你去吧,明天早上你到烽火台去。其他你就别管了。”

我不知所措地望着他,不知他这话是什么意思。

“那你呢,有什么办法对付‘黑鳗鱼’?”聂洁在一边追问。

“当然有办法。”矫楠答得又肯定又爽利。

“一言为定?”

“聂洁,我不喜欢说大话,也不喜欢谈生意一般讨价还价。到时候,你想看热闹,欢迎参加。”

“好,这才像个男子汉大丈夫的样子!”聂洁欢叫一声,抡起虚拳,砸在矫楠肩膀上,“不念旧仇,拔刀相助。我看秦桂萍找着你,算是有福了。”

矫楠脸色一变,惶惑地掠了我一眼。

我没往心里去,此时此刻,我哪里还顾得上其他。矫楠的话,聂洁的追问,如同给我吃了一颗定心丸。总算有人愿意出面来帮助我了。而且,这是个让人感到靠得住的男子汉。

我绷得紧紧的心弦稍微松弛些了。

九

聂洁送宗玉苏回下脚坝去了。

矫楠瞅着她俩的背影拐出寨去,消失在土坎下面,这才慢慢地转过身来,准备回集体户去。但他一步也没迈开。

秦桂萍站在他的面前,一双眼睛闪闪放光:“她找你干什么?”

“噢，帮个小忙。”矫楠略觉惊讶地盯了她一眼，随后平平淡淡地说。

“帮什么忙？”

“一定要知道吗？”

“我看见了，她说了很多话，聂洁还陪着她。”

“是的。”

“我等着下文呢！”

“你一定要听，那可是个故事。我从头给你讲。”

矫楠和秦桂萍慢吞吞地踱到吴大鼎家的园子土坝墙边，相对站着，矫楠随手扯下一片葵花叶子，拂赶着不时围着他俩“嗡嗡嗡”飞旋的蜜蜂，轻声细语地把宗玉苏找他的缘由说了一遍。

“你拒绝她了？”秦桂萍嗓音有点发尖地问。

“不，我答应帮她的忙。”

“帮她的忙！”

“事情只能这样。”

“你疯了！矫楠。”

“那你说怎么办呢？”矫楠的询问完全是平平静静的，不像秦桂萍那样激动。

秦桂萍的眉头皱起来了，目光里透出股厌恶的神情，这使她看去顿时老成了许多，她放缓了语气，低低地说：

“你真没记性。在河边，我同你是怎么说的？别管闲事，别招惹麻烦，转身你就忘了！矫楠，我得提醒你，对方可是个亡命之徒，一个杀人犯，你何苦呢？再说，宗玉苏过去是怎么对待你的，你忘啦？帮助一个这样的人，值得吗？矫楠，我们有自己的生活，自己未来的命运，听我的话，别去，别去惹事生非。唼？”

“可我，”矫楠有点儿费劲地舔了舔嘴唇，犹豫不决地道，“我已经答应她了。”

“那有什么，不去就是了。”

“说话不算数,那不好。”

“我问你,矫楠,”秦桂萍的脸色变得严峻了,西斜的阳光照射在她的脸上,使得她脸上每一细微的神情,都一览无余地暴露在矫楠面前,“照理我不该问,我也不想问,那都是你过去的事了。而我一概重视的,总是今后、是未来。但我现在必须要问了,听说,在中学里,你给宗玉苏写过情书……”

“问这干什么?”

“这很重要。有没有这档子事?”

“嗯。”

“你承认了,这很好。我不怪罪你,我现在只想问你,今天,你这么爽快地答应了她的请求,不顾一切后果地要去帮助她,是不是过去的好感还在起作用?”

好厉害的责问,好犀利的目光。矫楠觉得,他正在认识一个新的秦桂萍,一个他过去从没认识过的秦桂萍。他怎么答复她呢?他可以断然否认,他只是出于对弱者的同情,对“黑鳗鱼”的愤恨。他也不能不承认,心灵深处,对于宗玉苏的求助,对于她本人,他还怀有一股割舍不尽的感情。可这又怎么能讲出口呢,这是不能用语言表达的情感。

他一时语塞。

秦桂萍清脆地冷笑了两声:“这么说,还是旧情未忘啰?”

“不能这么讲……”

“不要给我解释了。”秦桂萍打断了矫楠的话,冷铮铮地道,“我要跟你讲的,就是一句话,你要继续同我好下去,你就别去。你硬是要去,硬是还牵挂着那个人,我们只有……你心头明白,我不说了,你好好想想吧。”

说完,秦桂萍一抹眼角溢出的泪,转身就走。

矫楠慌张地朝前追了两步,喊着:“桂萍,桂萍……”

她像没有听到一样,疾步走远了。

矫楠站在坝墙边，把手中的葵花叶子忿忿地扔在地上。难道这就是谈恋爱，这就是书本中颂扬得那么神圣高贵的爱情吗？难道爱情就像老乡的马一样，找个主人往自己脖子上套笼头吗？

他叹了一口气。

“怎么，她不像平常表现得那样温顺吧？”

矫楠猛地一个转身，聂洁含着讥诮的目光望着秦桂萍远去的背影，嘲弄地问。微厚微鼓的嘴还故意一努一努的。

矫楠若无其事地一耸肩：“没什么。”

“别装啦，我的矫老爷！”聂洁随口又喊出一个绰号，“我都听见了，给你下最后通牒呢。怎么样，明天不去烽火台了吧。”

“谁说不去的。”矫楠正色道，“你要怕，你别去。反正我要去！”

聂洁双手一张，拉起了矫楠的手臂晃动着：“哎呀，这才是英雄好汉哩！看样子，你并没把秦桂萍的威胁放在眼里。我真高兴，真高兴。”

她乐得直往矫楠胸前撞。

矫楠被她的亲昵举止弄得极不自然，浑身都像起了一层鸡皮疙瘩。他惶惑地朝周围窥视着，费了点劲挣脱了她的手。

十

矫楠答应帮助我，我那惊慌失措的情绪总算稍稍安定下来。

虽然不知道他将用何种方式来保护我，不知道他怎么去对付那个凶狠的杀人逃犯，心还是悬乎乎的。但我总有一种自信，总觉得他是靠得住的，他不会让我受欺辱。就好像脑子里一升起向他求救的念头，我就知道他会答应一样。这是预感么？是心灵的暗示，还是别的什么？我讲不清楚。但确确实实的，从歇凉寨回下脚坝来以后，我安心多了。

回到保管房里，我倒在床上，痴呆呆地大睁着双眼，想象着明天将要发生的一切。矫楠准备约几个男生，或是约歇凉寨上的民兵，一道去收拾“黑鳗鱼”？还是他会去找队长，喊青壮劳力全体出动抓逃犯？我猜不出来，跟歇凉寨上的老乡，我一点也不熟悉。为什么不在那里细细问一下，他将采取什么办法呢？万一他设想的办法有点儿疏忽，那怎么办？那他不也要吃“黑鳗鱼”的亏嘛。

正躺在那儿胡思乱想，门口有人喊：“玉苏，有人找。”

这是常有的事，下脚坝寨上的姑娘、年轻媳妇，要写个信啊，询问一种新的毛线打法啊，借个半斤一斤粮票啊，总爱找到保管房来。

我答应一声，捋捋散乱的头发，离床走到门外去。

太阳快落坡了，明丽爽洁的橘红色的余晖，照耀在绿茵茵的草坡上，挥洒在浓绿生翠的林子里，涂抹在钢灰色的峭崖上，眼睛里满是金红金红的色彩。下脚坝寨子沐浴在这片绚烂的色彩之中，很像是一幅意境幽远的画面。

门口没人，我正想问，山墙边，一个人朝我招招手，我转过身去，不由得愣住了。

来的是歇凉寨上的秦桂萍。我同她不熟，但是认识，整个公社的上海知青，互相都认识。

“快进来坐！”我朝她招手，内心里仍掩饰不住一股异样的情绪。

“不进去了，只想同你讲几句话就走。”她淡淡一笑道。

我朝她走过去，她从来没单独到下脚坝串过门，这会儿，多半是为矫楠来的。她是矫楠的女朋友！

“怎么不进屋坐一会儿？”

“你刚才到歇凉寨，不是也没进我们集体户嘛。”

“你听说了？”

“不，我看见了。而且我听说了，你是去找矫楠求救的，是吗？”

“请求他的帮助。”

“我来，”她把身子侧转过去，站在山墙后面，我同她相对站着，我们都能从各自的角度，看到隔着水洼地的下脚坝寨子，一缕青烟，正徐徐地飘散到寨后的竹林中去。秦桂萍沉吟一会儿接着说，“我来，就是和你谈这件事。”

“太好了,谢谢你的帮助,你有什么好主意?”

“别谢我。我不是来替你出主意的,那是你自己的事。”她冷冰冰地说,“我是来求你的。”

“求我?”

“是啊,求你别拉矫楠去参与这种事,别让他缠在这种不干净的是非里。你大概听说了,我同矫楠在谈恋爱,我们的关系很好,感情很好。不瞒你说,我把这件事儿是同自己的幸福和命运放在一起考虑的,我爱他,我希望他今后幸福,像我们俩这种红五类的子女,这并不是不可实现的梦想,要不了一二年、两三年,我们就会抽调上去。所以我请你,我也求你别喊矫楠出头露面,纠缠在你那件事情里面。那是你同流氓之间的纠纷,该你自己出头顶起来。”她说话的时候,两片薄薄的嘴唇一掀一掀,露出两排细洁白净的牙齿,那双平时望去无甚光采的眼睛,此刻却闪烁出好斗的亮光。她的话说得很快、很清晰。每一句话,都像什么扎人的东西,刺得我极为难受。

面对着她的这种请求,这种进攻,我还能说什么呢。我的呼吸不通畅了,情绪又随之剧烈波动起来。

“矫楠是个好人,你去求他,他一口答应了,他不念旧恨。”我不说话,秦桂萍停歇了片刻,又继续唠叨地说起来,话很尖刻,“我听说过,你过去对不起他,但他仍然一口答应下来了。宗玉苏,你就忍心把这么一个好人拖进那种可怕的事情当中去吗?这未免太对不起人了吧?未免太自私了吧!听了我的劝,他也很懊悔。但他不便来同你讲,由我代他跟你讲明,他不参与你这件事了。”

最后这句话,就如同一条钢鞭抽打在我的身上,不,简直是抽打在我敏感的心灵上。哦,矫楠是属于她的,属于秦桂萍的,我没有权利去求他。可我,可我真的是无路可走,真的是需要人帮助啊。天知道是怎么回事,我又把这句话喃喃低泣地吐出口来了:

“我……我真的是需要他帮助呵……”

“出了这种事,你不该找个人出面,你应该去求组织、求领导帮助,生产队、大队,尤其是大队,大队里有基干民兵排可以直接指挥。你找矫楠,那是害人。”

我哭起来了,我真恨自己当着她的面流出泪来,可我控制不住自己。

“你不说话,我可以认为你答应了吗?你说呀,吐一个字也好啊!”

我一个字也吐不出来,只是点了一下头。

“对了,这才对了。”秦桂萍满意地提高了声音,“那我告辞了。”

她走了,起先能听到细碎急促的脚步声,继而,脚步声听不到了。我没朝她的背影望,我只从自己的泪眼里看到下脚坝寨子上有人在挑水,有个娃崽拿一根细细的长竹枝,挥赶着一群鸭子从田埂上走过。寨子的上空,笼罩着一片朦朦胧胧的氤氲之气。

我踉跄着跑回保管房,扑倒在床上,欲哭无声。希望、害怕交织着受了侮辱之后的悲恸,使得我心痛欲裂。我怎么办,面对如此险恶的人生,我该怎么办?是的,这一来,矫楠不会出面帮助我了,像我在上海火车站遇到困境那样,他从天而降般地大喝一声那种情形,再不会有了。我唯一能做的,就是逃避,就是躲开“黑鳗鱼”的恶意纠缠,明天一大清早我就躲到下脚坝老乡家去,求他们救我。先过了这一难关再说。以后“黑鳗鱼”再要来纠缠,威逼……哎呀,管不到以后了,先避过头一个锋芒再说,至于以后,以后只有听天由命。

天擦黑了,我没有心思煮晚饭吃。同屋的伙伴问我,我只说头痛,不想吃饭。我们这个集体户,早已名存实亡,各自搭灶煮饭。去年闹翻的时候,吵得很凶,关系还处在不尴不尬的冷漠之中。各人自扫门前雪。就像聂洁说的,把我的事跟他们说,他们至多说几句同情话,最多出点找领导、找老乡的主意,要他们出头露面同“黑鳗鱼”斗,那是不可能的。

哎呀,到了这种时候,我才懂得,一个人远离亲人、远离喧嚣的城市是个啥滋味。我才真正体会到孤独是怎么回事。

外面传来一个姑娘的喊声:“宗玉苏、宗玉苏!”

我听出来了,这是聂洁的声音。这会儿,她摸黑到下脚坝保管房来干啥呢?

我拭了拭眼角的泪,迎出去。她正要往大门里闯,我们撞了个满怀。她借着油灯光看清是我,一把拉着我的手臂往外走,一直走到黄昏前我同秦桂萍站的山墙旁边。不待我开口,她就抑制不住兴奋地说:

“是矫楠叫我来的,看,电筒也是他给我的。跟你讲啊,秦桂萍是不是到你这儿来过?”

“来过。”

“她回去跟矫楠一说,矫楠火了,哎呀,我从来没见他发过这么大脾气,两个人吵翻了。我看啊,这一对也该吹了,本来就不配嘛!嘻嘻。”聂洁的口气完全是幸灾乐祸的,她急急地说,“矫楠怕你明天不去了,特意叫我来跟你说,照旧去。嗨,这人要得,像个真正的男子汉大丈夫,靠得住。看来,你找他帮忙,是找对了。”

我像在幽黑的大树林里迷了路的人突然辨清了一条道那样,心情陡然轻松下来。浑身绷得紧紧的神经,也同时舒缓下来。仿佛在冰天雪地里赶了一整天路,走进一间温暖如春的小屋,喝下几口醉人的醇酒般,我的身上有股快意在舒展、在扩散。

啊,人的情绪在大起大落的时候,竟然有这么种魔力,真是想象不到的。

我的眼睛涌满了感激的泪,不,岂止是感激,感激之中还有欣慰、还有幸福的成分。

我的心头产生一股强烈的渴望,那是渴望报恩,渴望似在我心头早已枯萎、早已熄灭了的爱。

“嗳,听见没有,你一定要去啊!”聂洁又说起来,她是看不出我心灵深处涌起的交织着爱和报恩心理的思绪的,“你怎么不说话?”

“不知道……不知道他……矫楠他有什么制服‘黑鳗鱼’的办

法?”谈到他的时候,我不由吞吞吐吐起来。

聂洁一捅我:“这你别管,我想他准有锦囊妙计。告诉你,男人都是有办法的。你别怕,你只管去,你是不是怕呀?”

怪得很,没有秦桂萍这一插曲,我真有点忐忑不安,一整个夜晚都会因忧愁而做噩梦。经过了这一反复、这一波折,短短两三个小时,我反而不怕了,反而觉得这件事更靠得住了,矫楠更值得信赖了。我慢慢地道:

“原来是有些怕……”

“不用怕!”聂洁打断我的话,匆匆地道,“明天我也去,你心头记着身后有人,就不会怕了。哎呀,我得赶回去了,天刚黑,我还不怕。黑久了,赶夜路我心头还虚呢。再见!”

我想留她吃顿晚饭,没说出口来,她已走出十几步了。我陡地感到,这个人,这名声很不好的女流氓,身上有股常人少见的热心劲儿。在没堕落之前,想必她也是个很好的姑娘吧。

聂洁走了,我突然感到肚子很饿,饥火直往上蹿,感到很疲倦,很想尽快上床休息。

这一夜,许是我白天的情绪波动得太凶,身心太困乏了,结果睡得出奇的好,比往常睡得还熟。

早晨,在林子里的鸟儿涨潮般的啼鸣声中,我醒过来了。精神特别好,由于即将要经历的事,神情还有点莫名的亢奋。

随便热了点剩饭吃,我就信步往古驿道边的烽火台走去。

在成千上万座指天戳云的山峰组成的山的海洋里,古驿道像一条飘然而至的游龙般,时而直插到高高的险关上,时而下到那谷底的小河边,连接着纵横交错、盘绕回旋的无数条山岭山脉。听寨上老年人讲,近在几十、百多年前,远在古代,这都是一条“商贾来往终不断,马帮铃响应山林”的通途。它是用那大大小小、不甚规则的石块铺成宽不过五尺的蜿蜒小路,顺着那起伏的山势,峰回路转,绵延不尽。“下脚坝”、“歇凉寨”这些名称都是由古驿道而来。

随着时间的推移，随着一条条公路修进山乡，古驿道的作用愈来愈小，而作为古驿道旁的一座座烽火台，似乎早被人们遗忘了。大自然的风雨剥蚀着那一块块方面石头的棱角，摧毁了烽火台的基脚。在下脚坝和歇凉寨之间的那座丈多高的烽火台，虽然不曾坍塌，依稀还能辨出它的古风遗貌，但也孤寂地伫立在驿道边的草丛之中，台脚下布满了野草曲藤，台身上覆盖着滑腻腻的苔藓，呈现出一派残破苍凉、颓废萧索的景象。初初到山寨的知青们，呼群结伴地到烽火台上来看过稀奇，故而一提它，谁都知道。

我一步一步地走近烽火台，越离它近，步子越放得慢。雀儿在林子里啼鸣，幽深的山谷里静悄悄的，不见一个人影。“黑鳗鱼”真会找地方，如若我孤单单地来这里同他相会，那他不是要我怎样我就只有怎样了么。

这么一想，我的心中又害怕起来。万一、万一矫楠没到这儿来怎么办呢？他……他过去不是说过要报复我么，如果他故意骗我来钻流氓设下的圈套，让我受尽“黑鳗鱼”的凌辱，那我不是哑巴吃黄连，说都无法说嘛。此时此刻，脑子里掠过这一念头，我陡然觉得恐怖起来。我停下脚步，朝周围四顾，离烽火台不远的青㭎林子里，一只杜鹃雀儿，温柔地鸣啭着：“布……谷、布布布谷……”矫楠会在哪儿呢？

“哈哈哈，够意思，你到底来了！”正在我茫然不知所措的当儿，从我身侧传来一阵粗笑。我惊恐地转身望去，“黑鳗鱼”咧着大嘴，凶暴的双眼贪婪地盯着我，甩着双手大步朝我走来。

我不由得往后退了一步。

“别退，想跑也跑不了！”“黑鳗鱼”大声道。他穿着一件紧身海魂衫，胸前两块肌肉鼓鼓地突出来。

我转脸望去，穿一件红色大翻领的瘦长脸手里玩弄着一把跳刀，眯眯含笑地斜乜着我。

我浑身打颤地惊问：“你……你们找我来，要干什么？”

“没什么，让你跟我走！”“黑鳗鱼”一跷大拇指，慢悠悠地道，“我明人不做暗事,实话对你说,由于你母亲当年一句话,害我被关进了少教所,我发誓要报仇。等我给放出来,还没找到你母亲,这仇已经报了,她死了。我的气可还没消。这两年,我千方百计打听你的下落,总算把你找到了。本来嘛,我想破了你的相,出口气就算完事。昨天看见了你,长这么漂亮,我又改变主意了,舍不得拿刀子把这张美人儿的脸蛋划开。我们把话说在前头,只要你随我出去逛一圈,两个月时间,尽情地玩一趟,我不但不破你的相,连一根汗毛也不碰你。到时候送你回来,怎么样?"

我的气不打一处来,却又答不出一句话。

"走吧!"身后的瘦长脸开口了,"不花一分钱,有吃有喝又有玩,何乐而不为?"

"要去你自己去!"我总算吐出一句忿忿的话,表示了自己的态度。

"嗬,看样子你不愿去。""黑鳗鱼"又朝我逼近一步,脸上仍狞笑着,"宗玉苏,不要敬酒不吃吃罚酒嘛!你不愿去,我就要动手拖了!"

"休想!"我嘴里说得硬,身子却不由得往后退去。冷不防身后的瘦长脸狠狠地推了我一把:

"算了吧,乖乖地跟'黑鳗鱼'上路!自有你快活的时候。"

我收脚不住,被瘦长脸一下子推到"黑鳗鱼"身前,还没站稳脚跟,"黑鳗鱼"伸出一只粗实的大手,钳子似的抓住了我的手腕。

我厌恶而恐怖地喊起来:"放手!"

尖厉的嗓音在山谷间回荡,荡起阵阵回声,却没任何其他动静。

"不要甩手,乖乖,""黑鳗鱼"凶暴的大眼睛里露出色迷迷的两道淫光,脸朝我凑过来,"要想甩,是甩不掉的。在这里,要想有人来救你,也是不可能的。还是跟老阿哥我走吧……"

说完他一使劲儿,我的手腕一阵绞痛,不由得叫了声"哎唷!"

"看你,哪里是我的对手,老老实实地走吧。"

说着,"黑鳗鱼"扬了扬拳头,慢条斯理地把另一只手搭上了我的腰肢。

"救命啊!"我放开嗓门凄厉地喊起来。

"黑鳗鱼"抓住我手腕的手又一使劲,压低嗓门恫吓道,"不许喊,再喊老子一拳打昏了你。走!"

"去哪儿啊,'黑鳗鱼'?"正在我绝望之际,烽火台布满曲藤野草的台基旁,响起了矫楠慢悠悠一声问。哦,天哪,你这冤家,为啥不早点来啊,我的三魂已吓去二魄了。不过,怎么只来他一个人哪?

"咹?""黑鳗鱼"略一愣怔,斜眼瞅了瞅瘦长脸。

瘦长脸的跳刀在手里往上一扔,重新接在手上,朝矫楠挥挥手:

"矫楠,井水不犯河水,这里没你的事,走吧!"

"走?要带个人走,这么简单哪!"

"老子警告你,少管闲事!""黑鳗鱼"吼起来,"皮肉不会吃苦。你要在这儿坏老子的事,老子就对你不客气!"

矫楠把双手往胸前一叉:"那我倒要领教领教了。"

"矫楠,"瘦长脸向他跑去,诡秘地凑到他跟前,"你横插一杠子,没你的好处!我告诉你,这位可是大名鼎鼎的……"

后面的话我就听不清了。只见瘦长脸在矫楠耳边嘀嘀咕咕了几句,随后一仰脸,重又提高了声音:

"怎么样,还是装个瞎子,就算啥也没看到吧!"

"滚你妈的!"矫楠一声咒骂,同时抡起拳头,一拳砸在瘦长脸鼻子上,瘦长脸一声哀叫,身子朝后倒了下去,双手紧紧地捂住了鼻子。鼻血糊了他半边脸,手上那把跳刀,也不知落到哪儿去了。

"好,算你小子有种!""黑鳗鱼"把紧紧抓住我的手狠狠一甩,指着矫楠道,"我问你,老子今天干的事,和你有什么关系,你是活得不耐烦了,跑到老子刀口上来找死吗?"

矫楠鄙视地斜了瘦长脸一眼,又面朝"黑鳗鱼",气不粗声不高地道:"没关系我来干什么?你带一个大活人走,总得打个招呼吧?"

"打招呼?""黑鳗鱼"哈哈一笑,"和谁打招呼?"

"我啊!"

"你算个什么鸡巴?"

"我算不了什么,只不过是她的男朋友。你要带她走,总得问问我这对拳头同意不同意啰!"

当"黑鳗鱼"放了我以后,我第一个念头就是逃,快逃!可刚跑出十来步,我又情不自禁停了下来,我跑了,矫楠一个人面对这两个亡命之徒,打不赢了怎么办?人家是为了救我才卷进这场纠纷中的呀!

我又在烽火台旁站停下来,回身瞅着两个虎视眈眈的对手。心也随之"怦怦怦"地骤跳起来。

矫楠能是凶神恶煞的"黑鳗鱼"的对手吗?

他要是被"黑鳗鱼"杀伤了怎么办?

他败了怎么办?

"黑鳗鱼"像头豹子似地朝矫楠扑上去,顷刻间两人的四条手臂就扭在一起。一忽儿"黑鳗鱼"将矫楠推得连连往后退了几步,一忽儿矫楠稳住了脚跟,差点把"黑鳗鱼"扳倒。"黑鳗鱼"起先显然没把矫楠放在眼里,几个回合推拉下来,他大约意识到了矫楠的厉害,便开始认真对付起来。

我的心就像提到了嗓子眼上,每当矫楠处于被动的时候,我禁不住总要把双手放到嘴上去,才能勉强抑制住忍耐不了的惊叫。而每当矫楠占上风的时候,我的心如同擂鼓般,跳得连自己也觉得异样。

这短短的几分钟里,我整个儿地忘记了自身的存在,仿佛坐在一叶扁舟里,正置身波涛汹涌、狂风飞浪的大海洋里,任随着一阵比一阵剧烈的惊涛骇浪,一会儿被掀到半天云空之中,一会儿又陡然跌落下海底深处,跟着瞬息万千的格斗势态,时而亢奋惊喜,时而惋惜叹气,时而又四肢发颤,骇然恐惧。

矫楠使劲过度,身子一侧的当儿,"黑鳗鱼"稍稍转身,陡地踅到矫楠身后,双手拦腰把他抱住,使劲儿把他抱离地面,眼看矫楠只有脚尖挨着地了,只要他双脚一离地,失去重心,那……

"哎呀!"我终于惊吓得叫了起来。

就在这一当儿，矫楠的腰一弯，屁股一撅，双手伸到肩后，紧紧地抱住了只顾使莽力的"黑鳗鱼"的头颅，不待我看清是怎么回事，"黑鳗鱼"真正像条离了水的鳗鱼一般，被矫楠像甩包袱似的，狠狠地一下由背后直摔到前头来，结结实实地摔在地上。

矫楠不待"黑鳗鱼"爬起身来喘息，一个箭步扑上前去，抡起拳头正要捶，不防"黑鳗鱼"收缩回去的右脚，一脚踹出来，踢在矫楠小肚子上，矫楠双手抱着肚子，踉踉跄跄地直往后退。

我大喊一声："矫楠，小心背后！"

被矫楠一拳砸倒的瘦长脸，此刻已抹净了鼻血，找着了失落在地的跳刀，扬着闪烁寒光的锋利刀刃，对准了退到他跟前来的矫楠背脊。

没待他扬起的手朝矫楠背脊刺去，他的手腕已被两只大手抓住，随后两条手臂也被扭到了背后，一下子坐起了"喷气式"。

我喜出望外地定睛瞧去，郁强和杨文河不知何时出现在瘦长脸身后，把他扭了起来。

"黑鳗鱼"也看到了这一情景，慌忙地爬起来，右手放进嘴里，使劲地打出了一声长长的唿哨：

"嚯——"

矫楠飞扑到他跟前，抡起拳头照准他的脸，出其不意地打去：

"我叫你喊人，我叫你喊他们来，喊、喊嘛！"

刺耳的唿哨停歇了，山谷里却还在响着那尖锐的回声。

"黑鳗鱼"挨了一拳，又挨了一拳，已稳不住重心，身子摇晃着，既想逃跑，又想躲避拳头，还得顾及脚下高低不平的山坡道；矫楠抓住这一时机，又接二连三地打出好几拳，片刻工夫，这家伙那张凶暴的脸如同发面馒头一样肿了起来，嘴角上淌出了殷红的血。

"抓起来，把这家伙也抓起来！"直到把"黑鳗鱼"重又打倒在地，气喘吁吁的矫楠才一挥手道，"查查看，他到底是不是杀人犯。"

已把瘦长脸捆起来的郁强和杨文河，手中拿着绳子，兴冲冲跑了过来。

“矫楠,不是亲眼看到你打架,我真不会相信你本事这么大。”杨文河的语气充满了由衷的敬佩和赞赏。

郁强一边把绳子套上“黑鳗鱼”肩头,一边道:“说真的,矫楠,昨晚上你同我们讲这事儿的时候,我们都将信将疑,还以为你瞎吹捧自己呢！这下啊,要是真抓住了杀人犯,我们都算立了一大功哩!”

岂止是他俩这么想。连我都不敢想象,矫楠打起架来有这么厉害,这么英勇。我抬起头来,只见离烽火台四五十步的半山草坡上,聂洁在朝我挥着一条手绢,阳光下,她满脸喜吟吟的神色。哦,我真不敢相信自己的眼睛,聂洁的身旁,站着吴大中,站着歇凉寨大队那个络腮胡子的民兵连长,站着二三十个提着枪的基干民兵。

这人真有本事,她把大队干部都拖来了。

我如释重负地吁出了一口气,毫不掩饰自己对矫楠感恩和爱慕的心理,目不转睛地盯着他,盯着他。在今后的日子里,我该怎样报答他呢?

他似乎也意识到了我目光的扫视,故意转过身去,拿背脊对着我,迎着飞跑过来的聂洁说:

“你怎么把吴大中都喊来了?”

“我不是说过嘛！我也能出上一把力。不把‘黑鳗鱼’抓进去,你我今后都别想有太平日子。”聂洁欢天喜地说着,朝我眏了眏眼。

我这才明白,原来,他们之间也没互相商量。

十一

瀑布,轰然而下的瀑布闪烁着万千珠玑。

飞溅着的水珠在阳光照射下酷似雾濛濛的细雨。

细雨洒在裸露的躯体上说不出的舒适、惬意。

噫,那瀑布怎么变得如此轻柔,怎会在倏忽之间变了颜色:那么黑、那么黑。

嗬,不是,不是瀑布,是瀑布似的乌发,柔美秀长的乌发披散下来,

披散下来,披散在矫楠裸露的胸大肌鼓得老高的胸前。

隐在瀑布似飞落的乌发中的脸,也在俯下来。脸上的鼻梁、嘴巴、脸颊、额头,全隐在幽深的黑暗之中。唯独那双眼睛,那双梦幻般的晶亮晶亮的眼睛,像穿透一切的犀利的光似的,直刺进矫楠颤悠悠的心窝;唯独她的鼻息,那轻微温馨而带点局促的鼻息,融化世间一切般包围了矫楠的整个意识。她的脸还在往下俯来,他们的唇贴在一起了,柔润的温暖的唇粘胶似的紧贴在一起了。矫楠的全身袭遍了甘美的纯露似的感觉……

"哎呀!"不知哪个锐声呼叫着,打断了矫楠的美梦。他醒过来了,睁开了困惑的双眼。

落进他眼帘的,是垂吊在铁丝上的一块蓝条毛巾,蓝色脏得几乎成了黑色。横贯整幢工棚的铁丝上,零零乱乱地挂满了毛巾、袜子、工作服、手帕,还有大口瓶子。瓶子里没啥东西,也没盖子,不知吊在那儿干啥。工棚里长长的通铺上,被窝七拱八翘的,有的人脚跷得老高,有的人半边身子露在被窝外头,一幅不堪目睹的画面。

矫楠这才意识到自己躺在一尺八寸宽的铺板上,整个幽暗的工棚内空气污浊,很是难闻。他听清角落里的"小母狗"在磨牙齿,还有两三个人在打鼾。好静,他还想回到梦境里去,入神地回想一下那双眼睛,宗玉苏的眼睛,可思绪怎么也集中不起来,睡意也打消了。

每天清晨广播响之前,可以说是铁路会战工地上最安宁幽静的时刻。群山还笼罩在缭绕的雾岚之中,河谷上空凝定般汇聚着缕缕薄纱似的冷雾。绝大多数干体力活的工人和民兵都沉浸在酣睡之中。要不是有人梦中喊了一声,矫楠也不会醒。这会儿,起来嘛,太早;再想睡呢,睡不着了。

他眨巴眨巴眼睛,想把梦境里的感觉和细节再好好回味回味。

"嚯嚯——"

一阵尖利刺耳的哨音划破了清晨的沉寂,随后副连长那比铜锣还响的嗓门吼了起来:

“起床了，快起床集合了！”

扯直了嗓门的语气是不容置疑的。

工棚里顿时乱了起来，有人跳起来找裤子，有人喊鞋子被人踢走了，有人在放肆地掀动铺盖，有人睡意未消地打听怎么回事。动作利索的，已在往门口跑了。谁都晓得专管值勤的副连长的脾气，稍有拖拉，他冲进工棚，就要掀被子、扯耳朵。

矫楠一边随同排里面的伙伴们忙乎乎穿戴起来，一边在心头猜测，怎么，又要搞啥拉练了？强迫性的训练和跑步，不是连同林彪垮台一起不再搞了吗？今天是出了什么事儿。

被窝都没来得及叠，跟着踢踢踏踏的脚步，矫楠随众人涌出了空气污秽的工棚，站在潮湿清冷的院坝里，挤在两排歪歪扭扭的横队中，冷得颤巍巍地瞅着脸色铁青的连长。

连长姓高，个儿矮墩墩的，脸上有一撮浓浓的胡子。在副连长喊过威严的“立正”、“稍息”口令之后，高连长陡地大喝一声：

“把那个臭家伙押出来！”

矫楠凝神望去，三排一个姓贺的班长，被连部的文书、司务长、炊事班长几个人，五花大绑地推到了全连面前。贺班长那一头乌油油的长发，全垂落下来，盖住了大半张脸。

寒意彻骨的空气仿佛凝固住了。队伍里叽叽喳喳的窃窃私议一声都听不到了。

“这个死不要脸的臭家伙，半夜窜到清镇民兵团里去，同一个黑脸的女人乱搞！”高连长声嘶力竭地公布着他犯的罪行，“为抢修三线建设急需的钢铁大动脉，为抢修通向共产主义的革命路，毛主席他老人家睡不着觉。这两个狗男女呢，竟敢钻到竹林里去鬼混。同志们，你们说这家伙该不该斗？”

“该斗！”全连的人起哄一般喊着，有人喊完了还在笑。

矫楠瞅着远处山峦上空的一大团乌云，心里在忖度，铅灰色的乌云什么时候被风吹到这边来？

高连长还在发怒："同志们答得好！现在，我宣布团部的决定，撤消这家伙的班长职务，在全团十个民兵连游斗过后，押回县去监督劳动。"

两排本来就不齐的队伍这会儿更乱了。矫楠看到，高连长的话未及说完，那贺班长已像一摊稀泥样瘫在地上，文书、司务长、炊事班长三个人，费了好大的劲儿，才把他拖起来，拉到司务长后头那间小屋里去。

高连长的脸还是板得铁紧，拍了两下巴掌之后，继续对众人道：

"这样的鬼事，在我们连队，发生已不是头一回了。我这连长脸上也没得光。上一回看电影，炊事班那个金雨松，把手伸到前头女民兵排姑娘的背脊上，让兄弟民兵连毒打了一顿送过来。我们已经严厉处理了，把他押了回去，让生产队好好教育。事情过去不到三个月，又出了一个败类。这是败坏我们连队的名声，败坏我们民兵的名声。我在这里奉劝你们这些少男少女，少给我惹这些风流艳事。要谈，干脆像人家上海知青郁强和余云那样，公开地谈，在一起打饭吃，一起去看电影，一起去赶场。千万莫去钻树林子，莫去钻山洞，更不准像姓贺的那样跑到人家民兵团里扒下裤子干坏事……"

队伍左侧的女民兵排几十个姑娘尖声惊叫起来。整个连队一刹那间乱成了一堆。高连长大概也意识到说了过头话，猛地提高嗓门大喊了两声：

"招呼我全打过了，散会！"

幸好他当机立断，要不，女民兵排长准定又要站出来向他这个粗汉抗议了。

矫楠的脑子里不时地浮动着梦境里的那双眼睛，一个紧迫的问题跳了出来，夜间，要不要到宗玉苏的小卖部里去呢？他同宗玉苏的关系，在连队里还是秘密。他俩之间的感情，还处于那种比朦胧稍稍明显一点的若即若离的阶段。可他到她那里去，是瞒着人的，是偷偷摸摸的，每次去，都是向班排长找个借口请假的。万一他和宗玉苏的关系被人觉察,会不会也遭到像那个贺班长一样的下场呢?

矫楠犹豫起来了。

矫楠不曾想到,被他打倒在地擒获的“黑鳗鱼”,真的像传言中说的那样,是个亡命在逃的杀人罪犯。这么一来,整个歇凉寨集体户和大队都受到了县公安局的表扬,县里面还特地给大队里送来了一面锦旗。于是乎,矫楠、宗玉苏、郁强、杨文河几个人的名字,就在知青中间响开了,公社、区、县的干部也重视他们了。事情发生的当年,县里面要组织铁路会战民兵团,还决定每个民兵连四个排中间,必须要有一个女民兵排。女民兵排的名额,照规矩摊分到各个大队。偏远闭塞的歇凉寨大队,也像好些山乡村寨上一样,要动员一个农村姑娘出远门,简直比登天还难。吴大中自然而然把脑子转到了知青头上,每个大队两个女民兵名额,让女知青去,一个是余云,一个是宗玉苏。理由是动员时她们都报了名。余云上铁路工地,让她的男朋友郁强一路去,互相有照应;而宗玉苏、矫楠、郁强三人呢,由于抓杀人逃犯有功,是民兵中的功臣,理该他们去。再说,不少人都在传,铁路修好了,沿途各站都要招收站务人员,对这些知青来说,也算是一个安排。

就这样,矫楠来到了铁路会战工地。郁强、余云和他及本大队两个青年农民“小母狗”和“小鸭儿”,分在连队里干活。宗玉苏呢,福星高照,团里的后勤部把她抽了出来,在专为一营三个民兵连设立的马哨街小卖部里当了售货员。马哨街紧挨着一连二连扎在坡上的工棚区,离三连也只半里路,走个来回十分钟便够了。但矫楠很少到马哨街去,难得去一趟,也绝不到宗玉苏小卖部里买东西。一种奇怪的自尊心和矜持感支配着他。郁强问过他:

“怎么不去宗玉苏那儿买糖吃?余云去买糖,她尽拿广州的好糖卖给余云。”

广州的水果糖在工地上是稀罕物。矫楠不想去赚这个便宜:

“我不喜欢吃糖。”

“那去玩玩也好嘛,宗玉苏那里东西不少。”

“我不敢去……”矫楠自己也不晓得怎么会把这句心里话吐出来的。

“不敢?”郁强睁大一对眼睛,“你连‘黑鳗鱼’都敢打,去小卖部就不敢了?算了吧,我知道,你心中有鬼。”

“我有什么鬼?”

“我问你,抓‘黑鳗鱼’那天,你为啥只对我们说是自己的事,只字不提宗玉苏?”

矫楠无言以对。郁强的话是有道理的,要他和杨文河帮忙去对付“黑鳗鱼”的时候,矫楠没提到宗玉苏,他知道这两个人同宗玉苏的关系都僵,怕说了实话他俩不去。事情过去之后,他们俩从没给矫楠点穿过这件事,但矫楠心头清楚,他们不会看不出眉目,看不出内中的蹊跷。只是他们不问,他也不想说罢了。在他的心灵深处,他又何曾不晓得宗玉苏就在近在咫尺的马哨街上呢,他又何曾不想去这条少数民族聚居的街上走一走,瞅她几眼呢!只因为他怕宗玉苏会认为他是去要求感恩的,只因为他怕她看透他的心事,再被她瞧不起,他才不去。中学时代给她写信惹出麻烦事儿的阴影,还笼罩在他的心头,还刻骨铭心般地刺痛着他的自尊心。

从这个意义上来讲,他格外地羡慕郁强和余云之间的爱情。郁强家是声名赫赫的资本家时,余云同他很好,且把老师和家长的威胁恫吓置之度外;“文革”开始,郁强家被抄了,他那个趾高气扬、盛气凌人的妈妈被里弄专政队逼着去通阴沟、扫弄堂,家中一贫如洗时,余云还是执著地爱着郁强,同他一起双双来山乡插队落户。她是独养女儿,母亲身边无人照顾,照政策是可以分在上海的;即便她有在读书期间恋爱的“把柄”给人抓在手里,还是可以分在“市农”的,在上海市郊的农场里,有工资收入,一两个月就可以回一趟家,讲到天边去也比插队落户好,但是她跑到贵州山乡插队来了。唯一的原因就是郁强是“外农”,郁强的命运是插队,她愿意跟着他来。来了之后,她吃了多少苦啊,和山乡妇女一道劳动不说,单是为郁强,她都添了好些累赘事。郁强是资本家的“小开”，从小过惯了少爷生活，烧火、煮饭、洗衣、缝补，啥事儿都不会干。而这一切，余云全给他包了下来，并且影响了他，使他渐渐动手学会了洗手绢、洗袜子、洗内衣内裤。

瞅着他俩双双走出走进，望着他俩一路去爬山采花，下河游泳，端着盆去洗衣裳，矫楠总有一种酸滋滋带点儿妒忌的羡慕心理。他和宗玉苏为啥总不能和谐地相处相恋呢？

是的，有时候他觉得他们现在离得很近很近；而有时候，他总觉得他们之间隔得很远很远，还有很大一段距离。不错，他替她垫过车票钱，他在“黑鳗鱼”胁迫她的危急关头，救过她的难。但他不认为这便能赢得爱情。如果因为做了这些事而趁机要求报答，要求她以情相许，矫楠会感到自己太卑鄙。在他的心目中，恋爱该有如醉似梦一般的情，该在宏大无比的天地之间有充分的信赖、倾慕和奉献。而他和宗玉苏之间呢，缺乏的恰恰就是这个。

要不是那次扛预制块伤了腿，矫楠简直不知道他怎样同宗玉苏打破这僵持的局面。

那是初上铁路工地时的事。

通建桥工地的便道还没修好，而为建桥挖开的基坑四壁出现了裂缝，必须及时在四壁砌起预制块护墙，才能防止基坑出现塌方事故。

预制块远在八里地之外的引路线堆场上。矫楠他们被抽出来，去赶运水泥浇铸的预制块。高连长下了命令，每人每天跑两回，完成两块的任务。

水泥预制块每块七十五公斤重，一个人不论是扛、是抬，矫楠都拿不动。他只好同郁强搭伙，两人抬一块。抬着一块走出三五十步，回过头来再抬第二块，边抬边歇，半天倒也能完成每人一块的运送任务。

几天过去了，他们配合得相当协调。可那天郁强突然出了个新点子，说是发现了一条近路，只要爬个一里多地的坡，到了山巅上，就能把预制块顺着斜坡往下滚，省时又省力。他还拍着胸脯道，这是他同余云谈情说爱逛山路时走过的道，绝不会错。

矫楠信了他的话。

事实也确像他说的一样，费尽力气把两块预制块抬上山巅，只要顺着山巅滚落到山脚，离桥梁工地也就只有一里多地的平路了。

两人讲好，矫楠先下到山脚，去看好滚落下的预制块；郁强在山巅上，搬动预制块往下滚。

第一块沉重的预制块滚下了山坡，一只角深深地插进稀松的泥地之中。矫楠跑了过去，俯身想把预制块摇松之后推出来。

正在他使劲儿的时候，第二块预制块滚落下来了，矫楠还没弄清是怎么回事，预制块的一只角撞了他的腿肚子，他只觉得一阵剧痛，哀叫了一声，身不由己地倒在地上。

郁强兴冲冲地从山路上跑下来，看到跌坐在地的矫楠脚下一大摊鲜血，吓得那张英俊的脸顿时变了色。

他顾不得两大块预制块了，背起脸色发白的矫楠就跑。跑出一截路，矫楠才察觉，他走的不是去营部卫生所的路，而是在往马哨街跑。

“马哨街上有医务室吗？”他忍着疼痛问。

“先去宗玉苏那儿包扎一下，止住血。”郁强背着矫楠这么个沉甸甸的汉子，“呼哧呼哧”喘着说。

“不！不去她那儿！”矫楠喊着。

郁强连头也不回：“算了吧！矫楠，别记恨宗玉苏了，她给余云讲过，你写给她的信，是她父母从她那儿搜去，交给‘死猫儿’的。”

自从“死猫儿”整了郁强和余云，在他俩的嘴里，从来没叫过他一声老师。

矫楠没话讲了。他同宗玉苏有过几次接触，她从没给他解释过。而他，更没有要求她作什么解释。可她解释了。

郁强把矫楠背进了宗玉苏的小卖部，让他坐在一条板凳上。

宗玉苏二话没说，就打开卫生箱，找出了消毒药水、药棉、纱布，让他撩起裤管，半蹲着替他又是擦洗、又是包扎。

还好，只伤着皮肉，没撞碎骨头，没啥危险。但宗玉苏却给他包扎了一圈又一圈，最后，还把起先抹满血迹的纱布包扎在最外头，顺手拿起一瓶红药水，倒在纱布上。

“你……你这是干啥?”矫楠惊异地问。

“你可以多休息几天。”她仰起脸来，坦率地望着他，眼里闪烁着带点儿调皮的光芒，“你们连队的伙食多差啊！一天两顿饭，还没啥菜。‘上顿瓜，下顿瓜，发了工资跑回家。’这是不是那些小民工说的?”

呵，这些她全知道。矫楠定睛望着她，他不由得点了点头。

“可你们的活又那么重，那么耗体力。”她轻轻地补充了一句，转过身去洗手。

郁强这家伙，不知什么时候溜得无影无踪了。矫楠的伤口还在痛，腿脚使不得力，回不了连队去，只好呆在宗玉苏的小卖部里。

小卖部的柜台上，一刻不停地有人来买东西。针头线脑、牙刷牙膏、毛巾缸子、纽扣梳子、罐头瓶酒、糖果小吃，最多的是买烟的，差不多每隔两三分钟就有一个。即使在小卖部的柜台上，都能感觉到动工初期铁路工地上沸沸腾腾的热闹气氛。

宗玉苏几乎找不到空闲同矫楠搭话。直到午饭时，她去一连的食堂里打了饭来，端出两碗剩菜，在后屋的炉子上热了热，招呼矫楠吃饭。

矫楠真恨郁强，这家伙把他扔在小卖部不管了，害得他只好无聊地呆着，吃她的饭。但在心底深处呢，他又有点暗暗感激郁强，不是他，他怎么可能同宗玉苏相对守着两碗菜吃饭呢!

虽说是剩菜，但毕竟是小锅里油炒的，比起连队食堂吃了几十天的煮南瓜片要好吃多了。矫楠好久没吃油炒的菜了，吃半斤饭，把两碗剩菜全吃光了。

宗玉苏偶尔瞅他一眼，告诉他，她白天在马哨街上买点菜，豆腐啊豆芽啊，新鲜蔬菜啊，鱼啊，碰巧还能买到一点猪肉，只是很贵，新杀的瘦猪肉，卖到两块八一斤。买了菜，她在晚上把菜炒好，拨出一半来，留在第二天午饭吃。白天营业时间，实在太忙，抽不出空洗菜炒菜。

矫楠晓得她说的是实话，还听出她说这话有点抱歉的意思，拿剩菜请他吃。幸好他吃得津津有味，也不必解释了。就是在吃饭时，还是不断有人来买东西。

"你这里也不轻闲。"他由衷地对刚卖了两包烟退回吃饭的她说，"真忙，没一分钟可坐。"

她点点头："看不出吧，这小小的商店，每天营业额一千多块呢！下班之前，民兵团后勤处的财务人员，来同我结账，把现金带走。要不，太怕人。"

"马哨街上这么热闹，怕啥？"

她苦笑一下："白天是看不出的，街上人多，大家都是买了东西便走。"

"你是说晚上……"

"是啊，经常有人来敲门，打酒买烟，问这问那！"她的声音放得很低。矫楠看到她那双凝定般深思的眼睛里，有股莫名的忧郁，仿佛还闪着一点泪光。

谢天谢地，郁强在午饭后总算来接他了。背起他走的时候，宗玉苏送到门口，道：

"有空来玩。我这里方便，可以改善一下伙食。"

这句话印在矫楠心上。但在他因腿伤休息的四五天时间里，尽管他很想撑着拐杖，到她的小卖部里去坐一坐，可他还是忍住了寂寞和无聊得发愁的心绪，没到她那里去。他想过，即使要去，也得等腿脚全好了，去向她道谢。

腿伤好了，连队卫生员再不肯开病假条，肯定地说矫楠又能像常人一样去抬预制块了。照高连长预计，全连的男民兵，至少还要赶运半个月的预制块，才够得上几个基坑护墙的急需。

这天傍晚，矫楠拿着两只搪瓷碗，走出工棚去食堂打饭吃。

捧着碗打回饭菜的人已在刨吃了；饭是包谷饭，颗粒包谷混着米煮的饭，山寨上来的农民都吃不惯，边吃边在发牢骚：也不把包谷磨一下。矫楠更不想吃,包谷饭、巴山豆汤,连续吃了半个月,胃口全倒了。巴山豆不易煮烂,炊事班的人偷懒,放了碱;为了驱碱味,又放了不少大蒜。那味儿更难吃。

不吃又怎么办呢?

人要活下去,要干工地上开挖土石方、扛预制块的重体力活,还得吃。

懒散地走到食堂门口,宗玉苏的声音忽然传过来:"矫楠,你来。"

矫楠走到她身边,探询地望着她。她说:"你去我那里一下。"

"干啥?"

"看样东西。"

"什么呀?"

"你去看就明白了。"

"我打了饭去。"

"不,不要打饭了。我那里有剩饭,不吃就坏了。"

难得她亲自到连队来,当着众人的面找他。矫楠跟着她去了。

她要他看的是一辆坚固牢实的鸡公车,车把车身都用铁皮包裹着。他不晓得看这东西干啥。

"我向苗寨上的老乡借的。用这东西推预制块,会轻松得多。"

矫楠心头凝结的冰块在融化。哦,哪怕是铁汉子,也需要人的关心,人的体贴。他感激地望着宗玉苏。

宗玉苏避开他的目光,说:"吃晚饭吧。"

她端出的不是剩饭,是一锅热气腾腾的大米饭。还有一碗牛肉,土豆丝炒牛肉片。她说,苗族老乡不大吃牛肉,卖得很便宜,她抢在一个连队采买前头,割下四斤多重一大块,只花了一块多钱。她怕吃不了会坏,要他尽量多吃。

矫楠领会她的意思,她是怕他认为她故意招待,有意识说这些话。他吃得很多,吃得很愉快,显得特别馋。

推着鸡公车告辞的时候,她没再邀他去。可他呢,在以后的日子里经常地去她那儿坐一坐了。两个星期轮到一回休息,他总是拉上郁强和余云,赶早到马哨街上买鸡、买鱼,到她的后屋里改善伙食。

她呢,他看得出,她欢迎他去。只是,他们在一起的时候,一次都没涉及到两人都觉敏感的那个话题。他们就谈一些铁路工地上的事情,谈男女知青都感兴趣的小道消息,谈抽调,谈修完铁路之后有没有可能留在铁路上。有人说,机械化土石方公司要把全部男知青留下;有人说,县里的五小工业准备把全部回县的知青收下来;有人说,女知青可照顾去商业部门……各种各样的消息,总有人传,总有说不完的话题。他们谈得很投机,矫楠一个星期里要往小卖部去两三次。

日子就这样地在铁路会战工地上消磨过去。

大前天赶场休息,矫楠说过,今晚上去她那儿。她也讲了,她不出去串门,在小卖部里等他。这会儿,连队里平地起旋风,出了贺班长的事,夜里还要不要去她那里呢?

矫楠一整天都在踌躇。

这几天的活儿是给桥基浇灌混凝土,活很重,但是很爽快,浇灌完基础,就能回工棚休息。不拘泥于八小时工作制。

矫楠这个排,在午后倾盆大雨之前,就把四号坑的基础浇灌完,带着一身汗水一身泥灰回来了。狼吞虎咽吃完饭,到发电连去洗了澡,回到工棚便倒在通铺上睡觉。

屋外在下大雨,时下时停。工棚顶的油毛毡被雨点子打得忽儿像擂鼓,忽儿像撒沙子。傍晚时分,雨停了。“小母狗”和“小鸭儿”在工棚里传布令人心喜的消息,高连长说了,明天若继续下雨,全连学习半天,对于体力劳动的民工队伍来说,所谓学习,也就是休息的代名词了。跟着,“小母狗”又带头约人,晚上到苗家的田埂山野里去抓青蛙,他说雨后的青蛙特别容易抓,抓回来扒了皮,放在饭盒里,撒上点盐花花,简直是打一顿高级的“牙祭”。这家伙一串连,竟然有六七个人愿意去,兴高采烈的。

大家都有事儿干,都会自找乐趣。他呢,他干啥?睡了一下午,精神恢复了,总不能吃过晚饭再闷头睡。

天黑下来了，风吹来比白天凉些。犹豫再三，矫楠在连队工棚区域转了两圈，还是顺着黢黑的小路，往灯火密集的马哨街上走去。

小卖部关了门，前头不好进，矫楠绕过山墙，沿着窄弄，走向小卖部的后门。

一敲门，宗玉苏在里面答应着，打开了门。她站在昏浊的光影里迎着他。

"吃晚饭了吗？"她柔声问，嗓门压得低低的。

他受她的感染，也小声说："吃了。"

"不是让你下来吃嘛。"

"一样。"

"你坐，我吃点饭。"

矫楠接过宗玉苏递过来的一条板凳，在后门口坐下。宗玉苏在屋里吃饭，看得出，她吃得很快，有点急不可待的模样。听了她的话，矫楠心头得到一阵慰藉，这就是说，她在等他，真诚地盼他下来吃晚饭。他不下来，她始终不吃，在等着他。

隔壁房东家好热闹，缝纫机在响，姑娘媳妇在嘻哈打闹，似乎还有人在嗑瓜子。矫楠听宗玉苏说过，这是一户马哨街上的苗家裁缝，修路队伍开进苗岭腹地来之后，找他做衣裳的客多得不计其数，家里赚了不少钱，一天到黑听他们的笑声。听嘛，唱惯苗家山歌的姑娘，把修路民兵唱的歌也学会了："铁路修过苗家寨，青山挂起银飘带……"

"在想什么？"不提防，宗玉苏吃完饭，端条板凳坐到他对面来了。

"听隔壁唱歌。"

"亏得他们家人多，晚上热热闹闹的。要不，夜里真难熬……"

矫楠点点头，不知道宗玉苏看清他在点头没有，他又补充了一句："是啊。"

他说得很轻。两个人压低了嗓门讲话，使得这屋里有了一股神秘感。他能体会到，她一个人呆在这间小屋里感受的孤独、寂寞。平时，他总在晚饭前后到小卖部来，天一黑尽告辞回工棚去。此刻坐在这里，他更能体会宗玉苏的惆怅心理。

后门外头是一条小河，小河对岸是一大片菜地，菜地过去是兄弟民兵团的土石方工地，工地前头便是连绵无尽的山峦了。天黑尽了，连起伏不平的山峦的曲线也看不很分明了。

矫楠收回目光，瞥了宗玉苏一眼。宗玉苏正手托着腮，大睁着一对痴痴的眼睛端详着他。

他疾忙把目光避开。

马哨街上的电灯，是苗家大队里小水电发的电，电压低，四十支光的电灯泡，挂在那里只有五支光那么亮。但是矫楠刚才那一瞥，还是把宗玉苏的脸色、眼神都看清楚了，一阵润泽的、娇媚的红晕在她的脸上闪闪放光。

矫楠的心头怦然一动。他想找些什么话讲，可是找不出来。

两人沉默着。

小河的流水在无声地闪着粼光。远方的山腰里，好像又搭了工棚，有一片依稀可辨的灯火。

苗家裁缝屋里，有人在讲故事了，是用汉话讲的，听来还清晰：

"清水江畔的苗寨上，有个后生名叫九哥，二十岁了，还没个情人，他好懊丧。有一天，九哥到河湾里去放牛，看见一群姑娘在那里捕鱼捞虾，做心爱的姊妹饭等待心上人来讨吃。他心里焦急起来：明天就是姊妹节了，自己还是一只没伴的鸟，该往哪个寨子飞，跟哪个姑娘讨姊妹饭呢？莫在花坡上守单身，半夜里给蚊子叮得痒，讨不得糯米饭回家来才丢脸哩！

"九哥正在想，忽听河对岸传来一支悠扬的飞歌，唱的是：站在高高的山上，望着河水闪粼光……"

说不清是怎么回事，听着隔一层板壁传过来的故事，安然地坐在小屋门口，守着后门外的小河，矫楠只觉得自己处在一种迷糊恍惚、心满意足的精神状态中。他真愿意就这么坐下去，一分钟接一分钟，一小时接一小时，永远永远地坐下去。

"为什么不说话?"宗玉苏打破了沉默。

"不要说,就这样不是很好嘛。"

河面上吹来一阵风,把后门刮得"嘭嘭"作响。没等两人弄清是怎么回事,雨点"噼里啪啦"打了下来,雨星水沫溅到两人的脸上、手上。矫楠随着宗玉苏站起身来,宗玉苏随手关上了门。

两个人把板凳放在桌子边。矫楠直起腰说:"下雨了,我该走了。"

"不慌走,再玩一会儿。"宗玉苏没有望他,声音低柔得像哀求般说,"你不晓得,常有人借故来买烟,敲开了门胡缠。"

矫楠吃了一惊:"隔壁不是有人嘛,你可以喊。"

"傻瓜,不是每天晚上都有人在隔壁讲故事的。"

矫楠不说话了,在桌旁的板凳上坐下来。宗玉苏在他侧面坐下,悄声低语地问:

"我听说,因为……因为抓'黑鳗鱼'这件事儿,秦桂萍不理你了?"

岂止是不理他。矫楠想说,但没讲出口。事后秦桂萍责怪他为啥不说实话,不讲要抓杀人犯。言下之意是,他若讲了实情,她也会帮助他,助他一臂之力的。这以后她还想重归于好,但在矫楠上铁路工地这件事发生后,他们终于分手了。她让矫楠不要到铁路工地上来,她说她爸爸妈妈的工厂会在这段时期内招工,她说铁路工地的活儿很重,生活条件很差,他会吃不消……不能说她的话没有道理。可矫楠没有听她的,还是来了。他们的关系就算完了。她没送他上车,等他到了工地,收到她一封信,他们短暂的罗曼史彻底地画了句号。矫楠不想把这一整个过程都讲出来,似乎也没有必要。

宗玉苏又说话了:"如果真是这样,那……那太对不起了……"

她说得断断续续,含含糊糊。矫楠还是听得出她的弦外之音,他望着她。她的目光脉脉含情地回望着他,他觉得她的这双眼睛深不可测。他有点儿怕瞅这双眼睛。

轰隆隆,一声闷雷,接着又一声闷雷。

屋外,像有人往砖铺的马哨街上倾倒千万盆水似的,雨越下越大了。

苗家裁缝屋头那个故事还在往下讲:"……九哥总算找到机会同杨欧姑娘对歌了,他唱的是:哪方的画眉鸟,飞到我面前来叫,叫得我心头直跳,装着放牛四处把你找,真想把你关进我编的笼里,又怕抓你时弄乱你的羽毛……"

闷雷阵阵,把讲故事的声音淹没了。

倏地,什么预感也没有,电灯熄了。小屋子里漆黑一片,啥也看不见。隔壁房东家响起一阵嘈杂欢快的短呼尖叫,矫楠断然道:

"我得走了。"

"雨停了再走。"宗玉苏的手拉住了他的衣襟,挨得他很近。

"不,我必须走了。"

"为啥非要走,要挨雨淋的。"她的声音抑制不住地颤抖着,"为啥走? 我……我使你讨厌吗?"

矫楠的呼吸局促了,他的心似在胸膛里面烧灼、奔突和挣扎。

"不! 玉苏,只因为,只因为……只因为再呆下去,我、我……就控制不住自己……"他像嘶喊般朝着她耳语着,声气仿佛在哽咽,"控制不住……"

"什么呀?"她的问语满含着温柔。

"控制不住自己对你的感情,对你的爱,发狂似的爱。"矫楠自己也不明白自己正在说些什么似的,他感觉到她那隆起的、温暖的胸脯挨近了自己,他感觉到她柔软的头发碰着了他的脸颊。他张开了双臂,轻轻地轻轻地搁在她的背脊上,直到搁稳了,他才用尽了力气,紧紧地抱住了她,几乎把她抱离地面。

"噢,矫楠……"她幸福地低语了一声。整个脸却俯向他的肩头,"你、你还爱我?"

他"嗯"了一声、笨拙地、有力地在她额头上吻了一下,在她一偏脸的当儿,他又耸着嘴迎了上去,她微启着嘴期待着,他吻着了她温湿的、柔软的上唇,吻着了她那坚实洁白的牙齿。他还觉察到,她的眼里在滚落热泪,泪珠儿扑簌簌地落到他的脸上。

小屋子里没一点儿声响。唯有大雨在屋外倾泻,屋檐水在急骤地滴落。

娇楠和宗玉苏屏住了呼吸般紧紧地拥抱着。

雷声又轰然响起,震得屋基和瓦片都在颤动。雨哗哗啦啦地直下。

热烈地呢喃了一声,娇楠咬着宗玉苏的耳朵说:"听老乡说,响雷半夜起,大雨下不停。我回不去了……"

"你回去了,我怕。"她更紧地偎依着他。

"那……"

"别走了。"

"我怕……隔壁……"

"他们不晓得……再说也、也顾不上了……噢,楠、楠,慢点、轻点……"

他有力地抱起她来,凭着以往的记忆,朝着她睡的那张床一步、一步地走去、走去。

一道闪电伴随着惊天动地的雷鸣劈来,像雪崩、像地震,像开山巨斧的轰响。但仅仅只是眨眨眼的一瞬间,刺眼的雪亮稍纵即逝之后,又是大河泛滥般的豪雨泻下来,它冲刷着无边的黑夜,又为黑夜无情地吞噬,吞噬……

十二

门上"砰咚砰咚"响起来,我知道有人在敲门,可我无动于衷地坐着。敲门的人干脆叫起来了:

"宗玉苏,快走啊!早去早回。"

"早点去,浴室里的水热。"

"听说晚上有电影。洗完澡回来,我们还能赶上看电影哪。"

“快走，宗玉苏。”

我倾听着她们叽叽喳喳的说话声，满以为她们叫过一阵就会离去，却不料她们又敲起门来了，一帮人全在门外等着。

唉，这些一连二连的女民兵们真热情，热情得拿她们无法。我只好放声回答她们：

“你们先走吧。我一会儿去！”

“那你就得错过一场电影啦。”

我想说身体不舒服，话到嘴边，又咽下去了。记得，上星期她们喊我一道去洗澡，我已经用这个借口搪塞过了。我默了默神道：

“一会儿后勤处有人要来盘点，我得等他们。”

姑娘们嘴里发出高高低低的啧啧声，一面离去一面埋怨后勤处的干部不关心我，连洗澡的时间也不给我留出来。这真是冤枉了后勤处的财会人员。

铁路工程处的发电连，利用发电余热搭了个澡堂，每个星期天和星期三下午四点以后对女同志开放。以往，我总是个洗淋浴的积极分子，小卖部停止营业以前，就同紧挨着马哨街的一连二连女知青们约好，下了班就去洗澡。一洗一个多小时，让温暖的洁净的蓬蓬水冲刷着我的身子，快活极了。

久而久之，形成了规矩，一到这两个时辰，一连二连的姑娘们就会跑来邀我，我也把这当作一大乐事。

可是，可是自从我感觉到生理上的一点异样，对自己产生了怀疑以后，我的心头有了一种莫名的忧郁、莫名的恐惧，我不敢去发电连宽敞的澡堂子淋浴了。想到我将赤身裸体、一丝不挂地站在那么多女人面前，任凭她们用肆无忌惮的眼睛端详我、打量我，有的姑娘甚至不无妒忌地伸手来抚摸我，我就不寒而栗。

真的，起先我还不敢肯定自己的猜疑，但是一些微妙的细枝末节般的生理变化表明了这件事到底是来了，来了。

初中一年级下学期开始，在妈妈和范阿姨耐心的指点和教导下，我就逐步克服了内惧心理，学会了如何接待那位每月都将如期而至的“客人”，懂得了好些必须注意的规矩。从那时候到现在，“客人”月月都来，稍有不测，也只是早来几天或是晚到几天。

什么预感也没有，上个月，期待中的“客人”没有到来。我耐心地从月中等待到月底，还是不来。转眼这个月的中旬又即将过去，看样子，“客人”是忘记来拜访我了。

岂止“客人”避而不见啊，好些情形都在提醒我“客人”不愿来的原因。卖东西时，遇到不讲理的顾客，我会突然激动不安起来，真想朝他发泄一通。过去我不是这样的，我能把委屈忍受下来。但现在，我得用多大的毅力克制自己，才能勉强做到不同这种人吵啊。小卖部停止营业以后，好好地安安静静坐在板凳上，以往我觉得这是最好的、最舒适的休息，可这一两个月来，我稍一坐定，心头就会涌起一股强烈的、惘然若失的情绪。吃饭时，苗族房东家的酸咸菜、泡豇豆、泡茄子对我有了股特殊的诱惑力，端一只空碗，我不晓得向他们要过几回了。过去，在下脚坝寨上，老乡给我送来，我也不喜欢吃的呀。一到晚上，平时并不觉得乏，这一阵子，只要娇楠不来，我就早早地上床熄灯睡觉了，倒并不是困，只是感到疲倦、感到难耐的一种累。清晨起来，肠胃里翻腾着，随着阵阵头晕目眩，就想呕吐。还有，轻轻抚摸自己的胸脯，原本小小的结实的乳房，陡然变大了，沉甸甸的，关紧了门偷偷打量，乳晕也红了。最最要命的是肚子，它隆起来了，变圆了，虽然不是挺得老高、腆得很突出，但它确实也像急速发胖的人那样在变大。就是坐在床沿上，不经意地本能地把双手放在肚子上，我都能觉察到它在起着微妙的变化。

只是因为这，我才不敢去澡堂淋浴啊。不错，一路去的都是未婚姑娘，女知青、村寨上来的年轻姑娘，她们不一定看得出来，只会以为我在发胖，可到浴室里去的，还有团部、营部那些妇女干部，那些医务人员，还有为修铁路特意设到工地上来的邮局、银行里的女职员，她们都已三十多岁、四十几岁，不管是哪个，只要不经意地瞅我一眼，都能看出蹊跷来。

是因为这种担忧，我才不敢去舒适的浴室里洗澡啊。

随着预感的逐渐被证实，确信自己怀了孕，没有结婚怀了孕，我又添了心病。

我哪晓得，那些个沉入深渊般的夜晚，那些个和矫楠在缠绵亲热中度过的时光，那些个陶醉在欢乐里的时刻，会这么快地引出结果来。

说实在的，起先，我不是没有这方面的担忧。只是在三五个月的相安无事之后，我麻痹了，自己也放松了警惕，只顾尽情地沉浸在爱的狂涛热浪里。

是的，我爱矫楠，爱他始终如一地爱着我，爱他为了我敢于挺身而出，爱他那强健的体魄和男子汉的魅力。我想得太简单了，我只觉得，在经历了那么多波折和苦难之后，在滚落生活的基层一而再、再而三地磨炼之后，我已经没有什么大的奢望了。只盼着在铁路工程结束之后，我们俩都有个工作，能够维持起码的温饱，互相之间相亲相爱，建立一个安定的聊以度日的小家庭，那就是最大的幸福了。

我想过，在这个世界上，这一点儿希望，大概并不过分，那不存在的上帝大概多少会成全我们的。同矫楠耳鬓厮磨、相偎相依的时候，我们多少次望着后门外那条流向远方去的小河，多少次望着层峦叠嶂的群山，默默地祈祷，充满向往地憧憬过这种日子的到来呀。在我们谈及未来的时候，我们也曾喜孜孜地讲起小宝宝，讲起我们的孩子，那是个乐不可支的话题。可这会儿，这个小生命提前来临了，来得真使我惊慌失措。

铁路工地的民兵团里，曾三令五申地严禁男女民兵恋爱的。不婚而孕，那更会被视为是大逆不道的罪行，一旦让人看出来，那后果是不堪设想的。

眼看着，铁路会战工地已进入了后期扫尾阶段，土石方民兵团先后走了三批人，撤了大半；我们这些配合工程队打隧洞架桥的民兵团里，也已撤走了一批。听说，留到最后参加铺轨、架线的民工，就会被留下来安排工作。从已撤走的人员来看,似乎都证明了这一点。不论是撤去大半的土石方民兵连队,还是我们周围几个连队里,上山下乡知青一个也没撤回去。消息可多啦,说是各县都已派人送了知青的档案来,让铁路上把我们收下。知青们的情绪都很高,工作得都很积极。面临招工,即将跳出接受再教育的农村,谁都想给人一个好印象。人们估计,从现在起到铺轨通车,至多七八个月,快的话只要半年。

半年。天哪,半年之后我的肚子还瞒得住人吗?深深的绝望在我的心头向着全身扩散。我的命真苦,苦得我有口难言呀。

得想办法,得有应付的措施。我不能让这件事儿埋在自己心头了,我不能一个人默默地吞噬这个苦果了。我得把生理上的变化跟矫楠说,说!

刚刚有点儿预感时,我就忍不住地想跟他说,想知道他的态度了。有几次,话都到了嘴边,我又咽了回去。一来,我是怕自己的猜测只是一场虚惊,听人说,过度的费神劳累,女人的生理上也会起些变化的。二来,这是更主要的、最主要的原因,我是怕看到他听说这个事以后的脸色。在我们四五年的知青生活里,这类事儿听说得还少吗?男知青中有这样的无赖,事到临头了甩手而去,或是矢口否认,或是恶言相讥,说什么:你会跟我搞,你也会跟其他人搞,谁知肚子里的娃娃是哪个的?即使那些承认自己有责任的,也只会软磨硬缠地逼着或是劝着女知青去堕胎。不是有私下堕胎出了人命案的吗?

矫楠会是什么态度?

只要一朝这上头想,我的头脑就发胀,胀得一阵阵疼痛。我就会感到六神无主,仿佛整个沉重的身躯都飘飘摇摇地升到了半空中,无倚无靠,四周空旷无人。

眼前的情形逼得我非说不可了,不能再拖拉下去了。我身处的境地指明了我的前景必然是黯淡的。我不可能在铁路工地上赖到会战结束,只需两三个月,我的肚子就会将一切败露。出路只有一条,要想顾全面子,要想瞒住众人,我只有随着撤离人员回山寨去。回到那偏僻山乡再想办法。在铁路工地上，别说想什么遮掩的办法，就是下决心堕胎，民兵团、民兵师、工程处医院也不会接受，反而倒会使得名誉扫地。

前景黯淡，前路艰险。即便我有勇气硬着头皮要求回山乡去，即便我独自能熬过这一沉重的时期，我的心灵还是得不到丝毫的安宁，我仍然忧心如焚、牵肠挂肚。要是我离去了，矫楠还留在民兵连里，会战工程结束，他很可能同好多男知青一道留下来，得到一个工作，有一个归宿。而我，孤零零地生活在下脚坝那个寨子里……我不敢往下想，不愿往下想。在插队知青中，这样的事情还少吗：凡是一方被招生、招工走了的，一对恋人的结局肯定便是吹。

哦，同矫楠确定恋爱关系，同他亲密无间地相处时，我从来不曾懊悔过。这会儿，我有点悔了，但已悔之晚矣。

我拿定了主意，要把所有这一切想法统统告诉他，由他作决定，由他来作我命运的主宰。此时此刻，我还能有什么办法呢？

马哨街上喧哗起来，脚步声不停地踢踢踏踏响着，有个娃娃用满街听得到的声气在大声嚷嚷：

"去篮球场看电影的走啰！走啰！"

有一帮苗家娃崽应合着他，欢叫着跑起来。

小卖部的后屋里黑下来了，我痴呆呆地坐着，泥塑木雕般一动也不想动。吃晚饭时间过了，不管是一连还是二连的食堂，都不会再打饭了。奇怪的是我一点不觉饿，一点不想吃。

矫楠今晚上会来吗？他没说过要来，今晚上的电影是临时通知的，他会去看电影，他会猜我也要去的。可能还会在场子里找我。

我却不想去看电影，一点儿兴致也没有。

杂沓的脚步声响过那么一阵之后，马哨街上渐渐阒寂下来，什么声音都听不到了。连隔壁苗家房东屋里，都没啥声气，想必也都去看电影了。街上的路灯亮了，昏浊的灯光从小卖部的门板缝隙中透进来，一条一条又一条，斜斜的，柔淡柔淡的，依稀照射出柜子里放着的各式各样小百货，屋子里显得格外凄清。

“在吗？玉苏在屋里吗？”后门被敲了两下打开了，矫楠黑黑的身影出现在门洞里。

我跳起来扑了过去，一下子扑进他的怀里，顾不得他身后是否有人，顾不得还敞着门。我哽咽着喊起来：

“你总算来了，总算来了。”

他僵硬地站着，显然还适应不了我的突然失态，只是笨拙地抚摸着我的脸蛋。这不怪他，我还从来没向他透露一点秘密呢。

“你……玉苏，哪个欺负你了？”

“你！”我忿忿地要脾气一般朝他嚷着，泪水扑簌簌落了下来。

“我？”

“就是你，你还想赖啊？”我神经质地把他推到床沿上坐下，随即在他身旁坐了下来，“呼哧呼哧”喘着粗气，任凭泪水在脸上淌。

“啪哒”一声，他拉亮了电灯。看到了我满脸的泪，低低地惊问着：

“到底出了什么事？”

“你不要急。你听我说，听我说，听我说……”

当真要我说，我又觉得难以启齿了。迟疑了半天，我才鼓足勇气说了一句：

“矫楠，你、你真的一点没觉察出来吗？”

“觉察啥？”

“我啊！”

“你怎么啦？”

“我……矫楠，我不得不说了。”我好像在入神地倾听自己的声音，微侧着头，大睁着一对眼睛，密切留意着他的神情，“我怀了孕……”

尽管他很会掩饰自己的神情，但他那陡地伸直的颈脖，他那瞪直了的眼睛，都说明他听了这事儿非常紧张、非常不安。他的嘴唇嚅动了一下，似乎想讲话，但什么也没说出来。

小屋子里出现一阵子难堪的沉默。

屋外的小河流水低吟呜咽般淌着。

我的心在急速下沉，我忍受不了这种沉默，我直想发泄，直想嚎叫几声：

“你可以不认账，可以矢口否认，甩手而去；你也可以假惺惺地安慰我几句，离去后再也不上门。我向你保证，我绝不会来找你。你还可以……”

他猛地跳了起来，直直地站在我面前，大吼一声：“我怎么会这样无耻！你……你真小看人，玉苏，现在不是抱怨的时候……”

我使足浑身力气站了起来，瘫痪一般倒在他的怀里，让满脸泪水滴落在他胸前，哭泣着，可怜巴巴地凝望着他的双眼，哀求道：

“那……那你说怎么办？”

“我们结婚吧，玉苏。”他的一只手搂紧了我，一只手轻轻地抚摸着我微微隆起的腹部，来来回回地抚摸着，道歉般说，“怪我，太迟钝！原谅我，玉苏。连队里正在动员第二批民兵转战，听说后勤处也要精简。我们一起要求回去，回去结婚，好吗？”

我啜泣着说不出一句话来，整个身子像张树叶般在他的怀抱里颤抖。唯有一双手，将他的脖子抱得紧紧的、紧紧的。现在，只有他，才是我唯一的依靠了。

听说矫楠要同宗玉苏结婚，我们这些同他们亲近或不甚亲近的人都为此哗然。

在插队落户的知青中，谈恋爱是一股风气，是一大时髦。不过绝大多数神智清醒、精于算计的人，都把它当作是“打草稿”。这倒不是说我们玩世不恭、丧失伦理，那实在也是命运使然，是生活逼出来的。想想嘛，除了生理上的成熟不以人的意志为转移，我们一无所有，没有工作，没有工资，没有劳保福利，没有住房条件，有的只是天生的青年男女之间的互相吸引。谁能保证说他明天就跳出龙门，谁能说他即将抽调到一个理想的单位，那个单位也准能把他的对象从农村调去？接受再教育的实践告诉我们，生活中从来没有什么十全十美的天国，生活是严峻的，它一旦作弄起人来，任你有天大本事，也无能为力。于是乎，在这样的气候条件和土壤里酝酿出来的爱情，必然也带有一点苍白的色彩，带着时代的烙印。好些青年男女持的是相当实际的恋爱观。在一起时亲亲热热和睦相处，任随青春的激流冲泻而去，一旦分离，就得视分离后的具体情况而言……这绝非逢场作戏，相反，他们在恋爱的时候多半还是真挚的。但是，像郁强和余云这样从一而终的恋爱很少很少，我们所有人对他俩都有一种无可奈何的妒忌，内心深处却又另有所思。而像矫楠同宗玉苏那样，如火如荼地恋爱一阵就提出要结婚，简直可说是凤毛麟角了。他俩是因为宗玉苏怀孕而提出结婚的，好像婚姻的基础就是那个将来要出生的孩子似的。这在我们看来实在荒唐和不可理解。正如同聂洁说的：

“这孩子在怀孕期间会不会流产，这孩子生下来究竟是男是女，一切都是未知数，他们倒要为这孩子结婚了。哼！”

听得出，她是不赞同两人结婚的。作为一个像她这样的女人，她很器重矫楠这样的男子汉，甚至在心灵深处有些朦朦胧胧的欲望也说不定。谁知道呢？

而曾经同矫楠好过一阵的秦桂萍呢，背着他俩说得就更露骨了：

“结婚，为这原因结婚从来就没个好下场。等着看他俩的好戏吧。一个良心被狗吃了，一个本来就没良心。”

也不知道她究竟指的谁。她有这种情绪，看来也是情有可原的。

大家比较信服的，还是杨文河讲的话：“作为同学、作为朋友，我们至多只是劝劝而已。不过，我有话在先，多半是白劝一场。矫楠这家伙我知道，认定了的事是一定要干的，爱上了的人是非要娶的。他爱上宗玉苏，也不是一天两天了。可他太健忘，太健忘最终总要使他吃亏的。现在宗玉苏答应嫁给他，纯粹是因为他俩目前地位相等、身份相当。爱情使他昏了头，使他忘记了，他俩之间的结合，仅仅是插队落户造成的。要是宗玉苏仍在上海，要是她家不受冲击，她永远也不会嫁给矫楠。中学里,我们到他们两家都去过,差别多大啊。你们想嘛,鸡笼里怎么养得住金丝雀?”

杨文河话里的弦外之音,我们都是听得出的。是啊,他的话有道理,余云同郁强恋爱,都要遭到郁强母亲的强烈反对,直到现在,郁家像遭劫一样被毁灭性抄了家,郁强的母亲甚至还比不上每月能在服务站支几十元工资的余云母亲,郁家仍反对他俩相恋呢。矫楠家父母,仅仅是两个普通小职工,住的又是福安里这种蹩脚弄堂,想要同住在十九号大院二号楼里的宗家攀亲,怎么可能。不是上山下乡把他俩抛到农村广阔的天地里来,不是宗玉苏落到今天这个地步,只怕他俩要保持同学关系接触接触,也难上加难哩。

第三章　燃烧的野火

小　　引

刀不大，放在薄薄的棉涤裤兜里，路人谁也不会注意到。可他走在人行道上，右手总忍不住伸进裤兜里把刀柄按住，同时左右环顾一眼匆匆而过的路人，唯恐被人窥视出蹊跷来。

没有犹豫，没有迷乱，没有惶惑。

他的心头始终是坚定的。

且这一念头久久地萦绕在他的脑子里，如若不采取行动，不去砍她这一刀，他会坐卧不安、狂暴烦躁、恍恍惚惚终无宁日的。就如同闸门已开，洪水非要奔腾狂泻地冲出来一样。

“矫楠！”有人在喊他，声音非常熟悉。

他没有答应，只是站停下来循声望去，沿街楼房旁的人行道上，坐了六七个他当年的伙伴“插兄”。有男有女的，坐了一大圈。他眨了眨眼，记忆中这里原来是一家煤球店，他们这几位怎会坐到煤球店门口来乘凉呢？胃口真好。

他镇定一下，朝伙伴们走过去。走出福安里之前，他使劲在脸上按摩揉搓了一阵，放松脸部肌肉，为的是别让路人看出他一脸杀气。这会儿，想必还能掩饰过去。

“走快点啊，慢吞吞的怕踏死蚂蚁啊！”这会儿他听清了，是杨文河在催他。

他走近乘凉的伙伴们，嗬，不仅仅是乘凉，还有一张小小的四方桌子，桌上摆一把茶壶，七八只小茶杯，桌旁还有一只大号热水瓶。开起乘凉晚会来了。他插队时的伙伴差不多都在，郁强、余云、杨文河、丁萌萌、聂洁，令他吃惊的，是早在贵阳市郊小河工厂里得到归宿的秦桂萍也坐在个子高高的聂洁身侧。他不觉一愣。秦桂萍也在用不大自然的眼角瞥他。

“秦桂萍是回上海来探亲的。”郁强看出他俩在对视，故意解释，“余云把她拉来了。难得聚聚。晓得你矫楠近来不愉快，没邀你。”

他点点头，表示谅解，眼睛望着秦桂萍道：“你父母亲不都在那儿嘛，还探亲？”

“探姐姐。自费。”秦桂萍简单答着，仅勉强在嘴角挤出一丝笑纹，“你呢，同宗玉苏过得还好吧。”

他的脸色陡地沉下来，他不知道秦桂萍对他和宗玉苏的事情是一无所知还是明知故问，反正他同宗玉苏在闹离婚其他知青都已听说了，这类消息传起来是比风还快的，况且谁都愿当免费的宣传员。他不想发作也不想答理秦桂萍，管她是讽刺他还是关心他。他把脸转向郁强和余云：

“你们怎么样？”

郁强推过一只小板凳来，拍拍凳面，道：“你坐下，站着像插电线杆，碍手碍脚的。你是问我们分到工作没有，还是问我的家庭承认了我们的恋爱关系没有，不管你问啥吧，现在这两个问题变成一桩事了。”

“新鲜。”他看看表，七点一刻，从这里走到丁字口小花园，十五分钟足够了，和宗玉苏约定的是八点，还能在这里坐半个钟头，“怎么合二而一了？”

“里弄里、街道上负责分配回沪知青的老阿姨说，我们家落实民族资产阶级政策，光现款存折还了几十万，吃利息也吃不完。工作嘛，先照顾那些家庭经济困难的吧。她们真会做工作，还对我说，插队落户辛苦了，正好趁现在有钱又没工作，爽爽快快地白相一阵。哈哈哈！”

郁强在放声大笑，他却从郁强的笑声里听出了几丝辛酸。余云急得直摇郁强的手臂，裸露出的让乡下的农活锻炼出来的粗壮的手臂。

矫楠似乎猜到了什么，讷讷地问：“这么说，你们家还不愿承认你俩十多年的恋爱？”

余云那对漂亮的眼睛里，噙满了晶莹的泪水，长长的睫毛一眨一眨，泪水扑簌簌往下直落。她朝矫楠默默地点点头。

郁强笑毕道：“这回我姆妈算客气的。存折现金还到家里，她把所有的子女叫去了，说，‘文革’中儿女们受家庭牵累，吃了不少苦，每人给十张两千元的定期存折，算是补偿和安慰吧。唯独对我，她格外‘开恩’，说我插队落户当农民吃尽了苦，应该照顾，可以给三万元。不过条件是必须同旧社会‘包打听’与‘戏子’的女儿余云断绝一切往来。否则，一文不给。当然，我一气之下跑出来了。”

余云垂脸啜泣起来。

“生米煮成了熟饭，”聂洁用她特有的爽利语气道，“有朝一日，你们郁家会承认你们的。”

“我不要他们承认，我要走自己的路，闯一条生存之道。”郁强挥舞手臂，嚷嚷起来，又朝着他一指原来煤球店的店面，“看到了吧，这就是我的战场，我要在这里开办‘乐一乐’点心店，卖面条卖馄饨卖酒菜卖花式点心卖……”

郁强说得太急，一口气噎住了。余云连忙伸手拍着他的脊背。

他望着郁强，以为郁强是遭受刺激后在讲疯话，在煤球店里开点心店，这不是天大的笑话嘛，老母鸡岂能变鸭子？况且，这店面是国家的呀。

“是真的，”余云拭着泪道，“我妈妈她们那帮老越剧演员，邀约着去上海市郊、浙江各地区各县跑码头巡回演出，收入不少，老姐妹们让妈妈去客串老生角色。我和郁强商量,用我们家那间通三层的房子,和煤球店对调一间店面一间亭子间。妈妈回来睡亭子间……”

“那你们呢?”这回轮到他大为惊愕了。

“我们就睡这店堂,白天做生意,夜里打烊之后,就睡在店堂里。”

看来这是真的了。他钦佩地望着这一对苦难情侣,这才是真正的爱情,这才是高尚的情操。他们回到了上海,但他们还要为了生存、为了爱情去拼搏、去奋斗一小块属于自己的天地,闯一条新的生活之路。

“好了好了,凭这点精神,我也要向你们致敬。”杨文河高高擎起一只小茶杯,呷了两口茶道:“生意做大了,我来你们店里吃白食。店堂倒闭了,你们干脆搬到我麾下来,我保证分配你们工作……”

“别吹牛了!”聂洁一挥手打断他,“你刚刚接手盘下街道螺帽厂这个烂摊子,能不能扭亏为盈还是个未知数,倒又吹起来了。”

他也听说了,杨文河在街道里混得不错,点子多、脑子活,很讨领导欢喜。最近刚被任命为街道螺帽厂厂长,他有一番雄心壮志,立下军令状,要在三年之内扭亏为盈。只是,杨文河同丁萌萌断绝了的关系,不知是否重新接上了。

他不由得把脸转向丁萌萌。不料,丁萌萌也正盯着他,两只眼睛困惑地一眨不眨,见他抬眼瞅她,她把脸转开了。她显然不想说啥,他也没情绪询问,他自己的事儿还烦不够呢。他端起茶杯,呷了口茶,是花茶沫子泡的,竟然还有股清香。他瞅一眼聂洁,随意问:

“你呢,聂洁,日子过得可逍遥?”

“和你一样,逍遥不起来。”聂洁是晓得宗玉苏同他闹离婚一事的,说话直率坦白,“工作嘛,倒是有一个现成的,弄堂里小赖三[①]早跟我讲过,随便弄点花花,上海就能干。要赚得多、赚得快,得到广州去。可是我不行了,三十来岁,人老珠黄,正正经经想嫁人都困难,还想干那行吗?算了吧,现在我只想找个靠得住的男人,还得设法不让他晓

---

① 小赖三——女阿飞、流氓。

得我过去那些事。唉,好汉不提当年勇。”

她把这话用在这儿,不伦不类。他想笑,笑不出来,倒有点想哭了。插队知青的命,即便在回到上海之后,也是甜酸苦辣,涩得人难以启齿啊。

他又看看表,七点半。他不想坐足半小时了,坐在这里,越坐心头越烦乱。而且话题七转八转,肯定要转到他与宗玉苏的离婚这件事上来。那就难堪、那就窘迫了,这帮人个个都晓得他当初是如何结婚的,且个个差不多全参加了他的婚礼。而现在,他却又要在他们面前演一出离婚的活剧,他心头受不了,他的自尊心受不了,说到底,是宗玉苏提出离婚,是她要抛弃他呀!

他喝尽了杯子里的茶,执意地起身告辞,几个伙伴齐声挽留,也留不住他。他要走,要到丁字口小花园去,要去完成他的任务。

他离开了伙伴们,右手又习惯地伸进裤兜摸摸那把刀。是的,宗玉苏给了他太大的侮辱,宗玉苏使他男子汉的脸面丢尽,他饶不了她,他要出这口怒气。要出!

喝了一杯茶,他咽喉仍觉得干涩干涩的,难耐极了。他想去买点冷饮吃,可一摸却没带钱。他更觉干渴,舌头上啥味儿都没有。

人处于这种心境,吃啥山珍海味都不会觉得舒服的。他不看马路上的车辆来往不绝,不瞅从身旁穿梭而过的路人的脸,他完全沉浸在烦躁、苦恼、愤怒、发狂的心绪之中。和伙伴的邂逅,更刺激了他着魔般的敏感的心境。爱,会使一个人变得很残忍。这是哪本书上写过的,他记不起来了。反正他读到过这样的话。他爱宗玉苏吗,爱,现在还爱,爱得他咬牙切齿。可他现在又那么恨她,恨得要去砍她一刀,把她那张美丽的、他无数次轻柔爱抚地触摸过的脸破坏掉。连他都不相信自己要干出这样的事,但他确确实实地要去干,毫不含糊,他铁了心。

这究竟是怎么回事儿啊,这事儿怎会演变到如此不可收拾的程度啊。

仅仅才几年以前，他们那么热闹地在乡间举行了婚礼，他们满怀喜悦和兴奋地憧憬过两人共同的未来。而如今……也许那婚姻本身太仓促了吧，也许那婚姻的基础本来就不牢固吧，也许祸根就是从那时起就种下的吧。

一

婚礼好像是以后一系列急剧变化的前奏，没开始就潜伏着种种不安的迹象。

听说这消息以后，聂洁并不忌讳矫楠在男生寝室能听见，拉着宗玉苏的手道：

"你真的打定主意了？要在这穷得叮当响的山沟沟里结婚？"

宗玉苏羞怯地笑着，点了一下头。

"我搞不懂，为啥这么急？人家郁强和余云，谈了这么多年恋爱，都没露过这种意思呢。"聂洁啧啧连声，"到底有啥特殊原因呀？"

宗玉苏脸红了，怯生生的笑纹牵扯了几下，变成了苦笑。她不安地仰起脸来，正遇上秦桂萍妒恨的目光和丁萌萌探询的双眼。她垂下了眼睑，不去望她俩。她心头在埋怨聂洁，这样的话题，怎么可以敲锣打鼓地公开议论呢。她真想抽身离去，那样又太不礼貌了。

"说呀，在老阿姐面前，有啥难为情的。"聂洁的两眼睁得大大的，"说不定我还能帮你拿点主意哩！"

这话宗玉苏信。她一个女子，能在紧急关头说服吴大中带着民兵排去烽火台抓"黑鳗鱼"，就证明她有本事。可在这儿说……

秦桂萍和丁萌萌交换了一下眼色，两人招呼着，走出集体户灶屋去了。

宗玉苏听着她俩的脚步声渐轻渐远，脸涨得绯红绯红，一只手不由自主地抚摸着自己的肚皮，轻轻地颇带温情地摩挲着、摩挲着：

"呃……我……"

"我晓得了，我晓得了。"聂洁瞅她一眼，摆出一副过来人的姿势，

“有几个月了?”

“两个多月吧。”

“这就慌得你们急急忙忙要结婚啦?太沉不住气了,太沉不住气了。”

宗玉苏被她放大的嗓门惊吓得连连往灶屋门口望,生怕有人在门边听见。幸好,男生寝室里,就矫楠一个人,要不,羞死人了!

“嗳,别羞羞答答的了,有办法挽救的。”聂洁正色道,“要不要我帮忙?”

“你……能、能有啥办法呢?”宗玉苏好容易憋出一句话来,声音都抖了。

“远远地找个医院。这样的手术简单得很。”

“那……万一……”宗玉苏眼前晃过一大摊血,脸顿时变得煞白。她简直感到难以想象。

“哎呀,瞧你少见多怪的样子。老阿姐刮过两次小囡了,不说出来你们看得出?”

“不。聂洁,谢谢你的好心,我……我还是怕,我们商量定了,不想更改了。”

话刚说完,宗玉苏连瞅一眼聂洁的勇气也没有,转过身急急忙忙地回下脚坝去了。

岂止是聂洁对宗玉苏要结婚大为不解,杨文河对矫楠要在歇凉寨组织家庭,也感到莫名其妙。只不过,他是把矫楠约到寨外松林里,外人听不见的地方提起这话题的:

“老兄,主意定了?”

“就这么回事吧……”

“哼,我早就知道,早就知道。”杨文河重重地晃着手指,点着矫楠的头道,“你是心不死,魂都贴到她身上去了。那回抓‘黑鳗鱼’后,我同丁萌萌讲:你看着吧,矫楠准会同秦桂萍吹,丁萌萌还不信哩!你呀,早晚要在宗玉苏身上跌跟斗。瞧瞧吧,中学时代给她写情书,羊肉没吃着，惹来一身膻；她家被抄了，给造反派勒令搬到瑞仁里，你听说她一个人搬家，就不顾红卫兵的身份，想去帮忙，不是我当时骂你，你骨头轻非去不可……”

“这倒是句真话。”

“你要真去啦，红卫兵团不开除你才见鬼呢。”

“开除不开除，还不是你我脚碰脚，到乡下来插队。”

“这回你算是干脆彻底地达到目的了，结婚！你的脑子怎么如此糊涂，穷山旮旯是结婚过日子的地方吗？你别插我的嘴，我听说了，宗玉苏肚子里有了。有了又怎么样呢，不就是打个胎嘛！处理完了，以后要好照样好下去。”

杨文河滔滔不绝地说着，完全是一派玩世不恭的口吻。矫楠眨巴着眼睛瞅了他几眼，心里七上八下的，被他一番话说懵懂了。

“看你平时挺机灵的，这件事儿你干得怎么像个猪头三。其他人不一定跟你讲，郁强和余云的举止你总知道吧。”

“知道啥？”矫楠眨巴着困惑的双眼，简直觉得莫名其妙，他俩的举止怎么啦？

杨文河冷笑了一声：“你还以为他俩是一对纯洁无瑕的恋人啊……”

“不是恋人又是啥呢！”

“哈哈，阿木灵，标准阿木灵。”杨文河狂笑了两声，凑近矫楠的身子，压低点嗓门道，“讲给你听一点，人家早就是秘密状态下的夫妻啰！”

“别乱讲。”

“乱讲？哼，我有证据。”

“你还有证据？”

“当然啦！你们上铁路工地以前，郁强和余云向刚当上大队赤脚医生的丁萌萌要去了一大瓶维生素C……”

“维C？”

"哎呀！你真的不知道啊。大队赤脚医生都有义务向农村妇女宣传计划生育，丁萌萌害羞，把避孕的药片装在维生素C的瓶瓶里，分发给妇女的时候，也好遮遮那些说话没轻没重的男子汉的耳目。在知青中，这都是公开的秘密了。我还听她说，她放在药柜柜里的维生素C小瓶子，经常被女知青顺手牵羊拿走。"

杨文河讲得眉飞色舞，脸上满是诡秘的神情。活脱像在火堆旁讲述他同许小妹的浪漫史那样。矫楠却陷入了沉思，杨文河的话，就像给他捅开了知青生活中另一个世界的窗户，使他看到了过去许久许久都不曾见过的一些景象。他的心头交织着辛酸、无奈和怜悯、悔恨的复杂感情。沉吟了一阵子，他才镇定下来，捅了捅杨文河的腰眼道：

"这么说，你同丁萌萌，更是近水楼台先得月啰！"

从铁路工地回到歇凉寨，他听说他俩也"轧"上朋友了。

杨文河眼一瞪，正色道："不不不，跟你老兄，我真神面前不烧假香，我是不知想过多少次了，但她就是不肯。她说了，恋爱是恋爱，结婚是结婚，界限要分清，希望我不要越过楚河、汉界。你说说，我有啥办法？"

"我看，还是这样好。"矫楠以一个真正过来人的身份，庄重地说，"要不，你也得像我一样，现在得为此付出代价了。"

"你真的非同宗玉苏结婚不可了？"

矫楠皱紧眉头，眯缝起一对眼睛望着松林里针叶的尖梢梢，沉思般缓缓地道：

"我知道，在这里，成了家以后会很艰难。可我有信心挑起这副担子来。你不是不晓得，我爱她，真的，爱她不是一年两年了。深入骨髓的爱。我无法想象，她要是嫁给了别人，我将会怎么样。"

杨文河愣怔地瞪大一对眼睛，听完他的话，再没说什么，只是出声地唉叹了一会儿。

当事的双方不愿改变主意，消息就像长了翅膀似的，传遍了歇凉寨、下脚坝周围的寨子，传遍了一整个公社的知识青年集体户。到了这一九七三年的秋收时节，虽说知青中有结婚的，也有同当地农民组成家庭的，两个同来的知青办喜事，不算啥特别新鲜的事了。但在本公社的范围内，他俩的婚事毕竟还是第一宗。上头在号召鼓励扎根，乡间的婚嫁年龄，普遍要比城市里早得多。所以，矫楠同宗玉苏的结婚手续，办得很顺利。

婚礼是在“破四旧、立四新”的口号下，以“土洋”结合的方式进行的。即不像山乡里办婚事那样遍摆酒席，请两个寨子的男女老幼都来大吃大喝一顿，而是采取了简化的城市方式，在两个知青集体户准备下茶水、瓜子、花生、糖果、香烟，请寨子上的老乡们来坐一坐，玩一玩，热闹热闹。坚决不收彩礼。农民们议论起这方式未免太简单，知青们就统一口径说这是上海兴的规矩。如此一来，矫楠和宗玉苏在铁路工地近两年中积蓄起的五六百元，就可以实实在在地为他们即将组成的小家庭添置些必要的东西。而把摆酒席、兴规矩必须耗费的大笔钱省了下来。同时，也掩盖了他俩实际的贫穷。但是，他们没有拒绝下脚坝生产队出钱雇来的一个六人唢呐队，吹吹打打地把宗玉苏送到歇凉寨来。这总算给婚礼添了点喜气和色彩。

按照计划，也是照着乡间的规矩，头天晚上，下脚坝的寨邻乡亲们，都先后涌到洼地边的保管房里，喝了知青们备下的茶水，抽了烟，嗑了花生和瓜子，算是热闹过一场了。第二天早上，歇凉寨派去接亲的到了下脚坝，由下脚坝的知青和唢呐队一起，把宗玉苏前呼后拥地送了过来。自愿出力的农民，挑着宗玉苏的箱子、铺盖和旅行包，轻轻松松担了两挑，随同跟在后面。这些东西都不怎么新了，在农民们的参谋下，为了讨点喜气，箱子、旅行包上都巴了红纸，铺盖卷外头包了一条新被单，扎上一条红绸，就算替代了农民们认为绝不可缺少的嫁妆。

新房是歇凉寨一幢废弃的烤烟叶的烘房改建的。泥墙还结实，抹上石灰的竹笆壁也不漏风，只因为烟管漏了，无法再烘烤烟叶，生产队里新盖了烘房，就让它闲置在寨子边上。为了支持上山下乡知青扎根,寨上把它抹上新石灰,清扫得干干净净,让矫楠同宗玉苏当新房。

到底是原来的烘房,不是为住人盖的,房间小了一点,放进一张双人床,就占去了五分之二。余下的那点点地方,堆点东西,两个人转身都得小心撞鼻子。所以,歇凉寨庆贺婚礼的场所,仍在原先的知青茅屋里。

送宗玉苏过来的唢呐队,踏进歇凉寨的时候,六支唢呐一齐朝向晴空,个个把腮帮鼓得老大,吹响了欢腾活泼的送亲调。

早候在寨路上、朝门口、院坝里、台阶边的男男女女、老老少少,像有人发了号令似的,全涌向寨边去一睹新娘子在大喜日子里的打扮,而后簇拥着把她迎进寨来。人人的脸上挂着笑,个个都放大了嗓门,说些逗趣讨好的吉祥话。陡地,有人惊讶地大叫起来:

"哎呀,你们看,新娘子没有穿红褂褂,也不扎红头绳。"

"莫非这也是上海的规矩?"

"上海的规矩硬是怪呢!"

"怕不是唷,凡是中国人,管他上海下海,都有穿红着绿、摆酒设筵的习惯。只怕是……"

没有在结婚喜庆中喝上酒的人,说开风凉话了。好在那六支唢呐的声气曲调,越进寨子来越吹得欢,把杂沓的脚步声,把一声声大呼小叫,把你一言我一语的议论,全都淹没在喧嚣热闹的声浪里。

新郎矫楠在院坝里迎接新娘宗玉苏,两个人情不自禁手握手站在众人面前时,这一乡间少见的开放情形把婚礼推向了高潮。

调皮的小伙子们放高嗓门又羡慕又兴奋地欢叫起来,年轻的姑娘媳妇躲在人背后指指点点,抱着奶娃的妇女粗声讪笑着,连好些上了年纪的老汉,也咧开嘴手捧叶子烟杆乐了。小娃崽们更乐,围着新郎新娘又喊又叫,团团打转。帮忙的知青们端着盘子、提篮、塑料袋、烟盒、茶壶,请来人在散放的板凳上就坐,喝茶抽烟,吃糖嗑瓜子。

一切都像预先设想的那样,照着安排好的顺序进行着。陡地,众人的背后响起一阵厉喝,把六支唢呐的声音也压了下去:

“老子打死你！老子非打死你不可！”

所有的人都不约而同地转过脸去，只见吴大鼎高举着一把锄头，追赶着自己的婆娘罗湘玉。罗湘玉惊慌地朝着寨路上跑去，一边跑一边恐怖地往后张望，嘴里发出阵阵凄厉的惨叫。她的衣裳被撕烂了，乌发蓬散开来，一只脚光着脚丫，另一只脚拖着鞋片，跑也跑不快。

吴大鼎像头暴怒的猛虎样朝她扑去，一面追一面狂叫着：

“逃，你逃得到哪里去？老子挖了你脑壳，情愿去坐班房。”

参加婚礼的寨邻乡亲们为这场戏所吸引，纷纷转身跑了过去，连接亲送亲的，雇来吹唢呐的，也忍不住跟着跑去看热闹了。人们边离去边喊喊喳喳闲摆着：

“唉，这两口子，也真是的，三天两头都要打闹！”

“打闹也不看看时辰，人家这里在办喜事，他们偏偏趁这时机嚎起来。”

“依我看，相亲相爱是夫妻，打打闹闹啊，干脆就分离。”

“也难怪吴大鼎啊，结婚五年了，那婆娘硬是不替他下个崽。他咋个不恼火呢！”

“这倒真是恼火。比他们后结婚的，娃娃都在满地爬啰。”

…………

男男女女、老老少少都跑去看那两口子打闹了，只剩下新郎和新娘，孤单单地站在知青点门口，面面相觑，颇为尴尬。

“回屋里休息一会儿吧。”矫楠柔声提议着。

宗玉苏眼里噙着泪，幽怨地瞅了丈夫一眼，默然点点头。

两人先后退进知青点的灶屋。女生寝室里，秦桂萍肩上背只两用包，左手提只旅行袋，右手拿着两条新毛巾、一本塑料面日记簿，微笑着走到新郎新娘面前，道：

“刚才人那么多，我正寻思无法同你俩打招呼，把这些写张条儿留下。这会儿好了，人都走光了，我也该向你们俩道别了。原谅我不能自始至终参加你们的婚礼，今天是我进厂报到的最后一天，我得去赶长途车回贵阳。这点礼品，不成敬意，就算是我的一点心意，一点祝愿吧。祝愿你们，嗯……嗯……”

她“嗯”了两声，一双小小的眼睛灼灼地放出光来，含着揶揄和说不出是啥的神情，接着道：

“祝愿你们平安幸福，在这风景秀美的歇凉寨白头偕老，过上快活的好日子。噢，祝你们在不久的将来生个白胖儿子。”

她把毛巾和日记簿递过来，矫楠和宗玉苏都没伸手去接，他俩都有一种受到嘲弄似的感觉。近些天来忙于筹备婚礼，他俩几乎都忘记了。秦桂萍父母亲所在的贵阳市郊小河工厂招工，把她招走了。在他们紧张地为婚事操劳过程中，她也在为告别歇凉寨忙碌，一些日常用品和农具，稍好一点的，她留给了知青伙伴们，其余的，她统统都送给了老乡，包括薄板箱子、铺盖帐子和在乡间的一些替换衣裳，她全送了。她说，把一切能唤起她回忆起这段知青生活的东西，全都留在这儿，她一件都不愿带，她再也不愿重温这段噩梦似的岁月。

见矫楠和宗玉苏没伸出手来，她把毛巾和日记簿重重地往矫楠胸前一塞，勉强挤出一个笑脸，紧紧挎包带子，提着不重的旅行包，从他俩身旁擦身而过，走出了知青点茅草屋。

这一幕似乎比吴大鼎、罗湘玉夫妇吵架更扫新郎、新娘的兴。

矫楠木呆呆地拿着两条毛巾和日记簿，茫然若失地伫立着。

宗玉苏忽然从他手里夺过礼品，三把两把撕烂了日记簿，随即重重地往下一扔，两只脚忿忿地踩了上去，使劲地践踏着。嘴里恼怒地说：

“不要她的东西！她在取笑我们，什么稀奇，不就是仗着父母给招去当个工人嘛！”

说着说着，她哭了起来。

知青屋里静得出奇，唯有新娘子的啜泣在空气中飘荡着、飘荡着，久久不散。

想坐下休息一会儿，显然是不行了。矫楠蹙了一下眉头，扳着宗玉苏的肩膀，劝慰道：

“把她忘记吧。走，我们也去看看，看吴大鼎和罗湘玉闹成个啥局面了。”

宗玉苏拭着眼泪，瞥了矫楠一眼。她领会他的意思，随他走了出去。

前后街交叉的几株梓木树下，寨上的男女老幼差不多把路全给堵住了。从人堆的中央，隐隐传来罗湘玉的嘶声哭泣和吴大鼎悍然不顾的吼叫：

“她不肯离，老子就打！”

“打伤了你要负责的。”这是当年这对夫妇的媒人罗兴善浑厚的声气。

“那她为啥不愿离婚？罗大叔，莫以为我不晓得，她不愿离婚，就是你家在背后撑她的腰。”

“你以为离婚就这么简单吗？”

“有啥条件，老子都答应。只要离，离了老子好另外娶个来下崽崽。”

“好嘛！只要你答应条件，我同意你们扯离婚书去。你相信好了，吴大鼎，条件不会苛刻的……”

“什么条件，老子都认了。只要能把这不会生娃娃的婆娘离了，老子给你家烧高香。”

刚刚走拢人群外头的矫楠和宗玉苏，听到这番扯直了喉咙的对话，不由得相对望了一眼。两人的眼里都露出哭笑不得的神情。天哪，这算个什么事儿，他们在结婚，而另外一对，却在闹离婚；他们是为怀孕无奈而结婚，而这一对，却又是因婚后五年没娃娃而离婚。对今天的婚礼来说，这究竟是个什么样的预兆呢……

当天夜里。

来祝贺和闹新房的知青伙伴及寨邻乡亲们离去之后，由烘房改成的小小的新房里终于安静下来。不远的邻家院坝里有狗在叫，有猪儿在拱槽板,有大牯牛在反刍,有隆隆的磨干包谷的声音隐隐传来。好静谧的山寨之夜。

一灯如豆。

瞅着那一悠一晃的灯焰儿,矫楠和宗玉苏紧紧地偎依在一起,油灯的光把他俩搂在一起的巨大身影,映射在刷得雪白的墙上。

哦,喜事纷扰,命运莫测。是呵,在这广漠的山野里,在这由大山组成的世界里,他俩终于为自己找到了一个小小的角落,为他俩的未来寻到了可怜的一隅。即使是那么小,那么简陋,简陋到连偏僻山寨的老乡都觉得寒伧。但他俩此时却感到一种满足,一点宽慰,一丝难得的安宁。

矫楠想起身去把油灯吹熄,灯油贵呢,虽然由五角三降到四角一斤,也还贵呢!在歇凉寨上,一个劳动日打不到一斤煤油啊。

宗玉苏扯了扯他的袖子,阻止了他吹熄油灯。她从衣袋里掏出一封信,交到困惑不解的矫楠手里,耳语般轻柔地说:

“爸爸来的……”

矫楠分明从妻子的眼睛里窥见了泪光,他展开信笺,借着油灯淡弱跳跃的光焰,读了起来。

这是一封父亲反对女儿婚事的来信。信上说,他做梦也不会想到女儿做出如此荒唐、如此失去理智的决定,他不理解女儿为什么突然要结婚,他谴责女儿做了件大逆不道的事,他讲了很多道理,他做了很多分析,他说女儿还年轻,来日方长,他还说……他说了很多很多,写了好几页信纸,有悲叹、有恼怒、有刺激性的字眼。矫楠读完以后,什么都记不住,他只得出了一个强烈的印象,宗玉苏的爸爸坚决反对这桩婚事。他只记住了两句话:……我不能同意你在农村结婚……你若不听劝告,那我就不认你这个女儿……

信纸从矫楠的手里垂落下去,他噙着感动的热泪,凝视着双眼一眨不眨盯着他的妻子,讷讷地道:

“信来好几天了,你……你为啥这会儿才拿给我看……”

“我想,这样好一些。”宗玉苏以一个热烈的动作搂住了丈夫,含泪笑着,“爸爸也太专制了。他倒可以在农村找对象,却反对女儿在农村结婚。难道,这不荒唐?”

矫楠俯下脸温存地亲着妻子的嘴唇,宗玉苏回避着,轻柔地不好意思地一笑:

“有股皮蛋味儿,是么?皮蛋放在我面前,我一个劲儿吃了好几筷。”

她低垂下头,抓过矫楠一只手,放在隆起的肚皮上,满含着深情和忧郁道:

“有三个月了。也不知是男是女。唉,我真愁,歇凉寨这么穷,我们怎么把他生下来,怎么把他养大啊?”

“别愁,玉苏,我想好了。”矫楠轻轻抚摸着妻子的肚皮,一点儿也不敢用力气,他以宽慰的胸有成竹的语气道,“临产了,到上海住在我家生,我爸爸妈妈会欢喜的。”

宗玉苏冷不防“噗”一声吹熄了油灯,一头扎进了矫楠的怀里。

二

门关上了,门后还顶了一把椅子。竹帘子拉上了,明亮晃人的阳光透过细篾片之间的缝隙,随着风吹竹帘的轻摇慢曳,流泻进前楼里来。

我瞅瞅自己,将最后一件贴身的内衣脱了下来,裸露着洁白的躯体,惶惶地一步跨进木浴盆。

舀起桶里的温水之前,我又警觉而略显惶惑地瞅瞅隔窗的窗帘,窗帘布把后屋的一切全遮住了,我仍有点儿不放心。

在矫家住着,每次穿内衣、换衣裳、洗澡啥的,我都有点神经质地提心吊胆。

妇科医生一再关照,要注意产后卫生。产褥期洗澡,一定要洗淋浴,切忌坐浴或盆浴,免得污水浸入体内引起发炎。矫家福安里这种老式住房，根本没有卫生设备，更别提淋浴了。去浴室嘛，又太远，我怕小玉醒过来又吵又闹，没人守着她，万一从床上滚下来，那还得了。

这已经是产后第六个星期了，医生预约的，今天下午去妇幼保健院进行产后检查。上海这么热，气温高至三十六七度，我满身的汗酸气，怎能不洗个澡跑到医生跟前去呢。衣裳脱下来，医生会把脸车转一边去的。还是婆婆好，她仿佛看透了我的心思，悄声叮嘱着，让我备好两满桶温水，站在木盆里淋浴。这办法虽然笨拙，却能解决问题。我在心中暗忖，婆婆在福安里住了几十年，年轻时代生矫楠他们时，她大概也是用的这种方法洗的吧。

我俯身舀起明亮洁净的温水，抬得高高的，从自己的颈部倒下去，哦，虽是土法上马的人工操作，还是照样舒服。

清亮亮的水珠顺着我的身体往脚下的盆里淌去。在阳光里闪着银色斑点的水珠，有的急速地往下滚落，有的停歇在我鼓起的乳房和收缩的腰眼里，闪闪烁烁。

淋湿了身子，我手忙脚乱地抹着香皂，揉搓着自己软软的、富有弹性的躯体上的每一个部位。

随即我又舀水冲洗着我的肩膀、胸脯、脊背，我的四肢还灵活，由于哺乳，我的一对乳房鼓得高高的，胀得大大的，很饱满。

大立柜镜子里映出了我白皙的身子，仰起脸的那一阵，我不由得定睛对浑身水淋淋的形象瞅了一眼。除了我的乌发，我的一对乌溜溜发亮的眼睛和……我全身的皮肤多么白净啊，简直可以说是奶油色的。人都说，分娩以后，产妇的腹壁要变松，皱成老奶奶的脸似的，可我，瞧嘛，我的腹壁恢复得那么快，光滑溜平，一点没松弛的痕迹。我抚摸着自己的腹部，容光焕发地端详着自己的形象，沉醉在浴后的惬意和欢爽之中。此时此刻，我头一次觉得自己非常美，脸啊、蓬松濡湿的头发啊、眼睛啊、身体的曲线啊。哦，我真是大大地落伍了，直到生下了小玉，我的可爱的女儿，我才意识到，我才隐隐约约地懂得，走在马路上，为啥会有那么多异性的目光朝我身上射来。我毫不躲闪地瞅着镜子里的自己,内心里流露出以往从未体验过的一阵喜悦和满足……

“噔噔噔——”楼梯上响起了重而急促的脚步声。

我顿时紧张起来,这不是小妹妹矫冰的脚步声,她上楼梯时轻巧而又快速,声音不会这么大,有点像蜻蜓点水,真正的妙龄少女的脚步。不是她,会是谁呢?她不是同我说好,两点钟一定赶回来,替我照看小玉的嘛!

我抓过一条预先备好的干毛巾,朝自己的身上胡乱地抹拭着,心头怦怦作跳。

脚步声上了二楼。

我听出来了,这是姐夫冯英华的皮鞋踩得楼板直响。矫楠的这个姐夫,我可对他没好感。孩子都五岁多了,他瞅起人来,两只眼睛还是那么色迷迷的,死不正经。

哎呀,脚步声响到前楼门口来了。这可怎么办好?忙乱之中,我抓过一条大浴巾,把自己的身子遮了起来,躲得离窗远远的。

婚后,冯英华同矫静占据了矫家的三层阁,爸爸妈妈只好把十六平方米的前楼用木屑板再一分为二隔开,中间装上透光的玻璃窗。我没住进他家之前,老俩口住八平方米的前半间,弟弟矫光和小妹矫冰就只好委屈一人搭一张床住在后半间。那已经够难过的了,矫光、矫冰也都是小伙子和大姑娘了,睡在一间小小的房间里,干什么都别扭。等我为生小玉一住进他家,爸爸妈妈将前半间房让给我住,矫冰把床搭进来,矫光到三层阁去摊地铺,爸爸妈妈就住后半间。平时,一大家子人,螺蛳壳里做道场,出来进去的,随便惯了,也不兴敲个门假咳一声打招呼。冯英华要是走到玻璃窗边,捅开窗户怎么办?

我躲得离窗远远的,浑身起了鸡皮疙瘩,心头跳得一阵比一阵急。

果然,这家伙走到窗户边了,他朝玻璃上轻轻叩了几下:

“家里有人吗?”

幸好他没贸然顺手捅开窗户。我连忙结结巴巴地道:“我在家。

你有啥事儿?”

“矫静回来了吗?”

“没有。”

“你在干啥呀,门和窗户关得紧紧的?”

“我……我正换衣服,准备去医院检查。”

冯英华“嗯”了一声,退出后房间,脚步声响到三层阁上去了。这人,今天下班怎么这样早呢?真会混。不知为啥,我答话的时候,不愿说自己在洗澡。上海人的习惯,暑天里,在家的人往往要到四五点钟洗澡,谁也想不到我会在午后洗的。我不愿把真相告诉他,我总觉得,矫静的这个丈夫不但对老婆凶,操起双手啥家务活儿都不干,他的眼光也有毒,得提防着他一点。

趁他上楼去的那当儿,我赶紧揩干身子,穿上一条蓝底白点子的连衫裙。洗澡带给我的一点点喜气,全给冯英华的归来冲得无影无踪了。

收拾停当,矫冰还没回家。我坐在床沿上,边梳理着头发,边俯首端详着宝贝女儿小玉。

天气热,我把乌发三把两把扎起来,盘上后脑勺,梳了个如意髻,用发夹夹了起来。这么一梳,后颈窝顿时凉爽多了。

小玉躺在草席上,睡得很沉。两扇小小的鼻翼随着她自然的呼吸一扇一翕的,可爱极了。七八斤重的肉滚滚的小身子,随着呼吸的一张一弛,也在舒缓地起伏波动。我不由得低下头去,轻轻地吻了吻她的额头。

人们都说,女儿像父亲,可小玉除却眉宇之间和矫楠稍有些近似之外,活脱脱像我。他们都说,小玉像妈妈,长大了一定也非常漂亮。我听了心头总是喜孜孜的。

只是,随着小玉满月以后,我的这份喜悦和忧心在一道增长。

妊娠后期,脑子里总在想着即将面临的分娩,想着生下的娃娃是男还是女,想着娃娃的衣服、尿布和摇篮,在小玉出世前,我几乎把生活中的一切都置之脑后、忘在一边了。

现在,小玉健康地生下来了,来到人世间三十几天里,她还没生过病,没出现过什么意外,连伤风咳嗽都还没染上。像所有的新生婴儿一样,她无忧无虑地来到了世上。她吃得那么欢,成长得那么顺当。她有没有想到过生育她的爸爸妈妈都还是知青,都还没正常的收入,都还没有严格的当父母的权利。

随着我体质的逐渐恢复,随着日子的流逝,想到我早晚还得回到偏远的歇凉寨,和女儿分离,去过那种清贫的、枯燥乏味的、由繁重的劳动打发时光的日子,我不由得黯然神伤,心事重重。

但要是不回去,我又能怎么办呢?总不能永远过这种依赖父母的日子,永远寄人篱下,瞅人的脸色。

我不由自主地对着女儿叹息起来。

矫冰回来了,她答应一步也不离开前房间,照顾好小玉,我才放心地腾出身来,去医院作产后检查。

检查的结果,同我预料中的一样,不论是子宫的收缩,还是全身的复原情况都很良好。医生瞅着我的脸还连声说:"好,好!恢复得比一般人都好。"

从妇幼保健院出来,撑着阳伞,遮着暑天里火辣辣的太阳光,我走得很慢、很慢。

身心的健康、体质的恢复并没使我愉快起来。目前的处境和黯淡的前景,使我愁肠百结,简直不知如何是好。肩上又添了抚养小玉的责任,可我们用啥来养活她。就用连我们自己都养不活的工分收入,或是把小玉带回乡间去,让她过山寨娃娃那种贫寒生活,在满地爬的日子里一天一天长大,长成个乡下姑娘。

"这不是宗玉苏吗?宗玉苏!"有人喊着,朝我跑了过来。

我移开了阳伞,在下午偏西的日头下,站着一表堂堂、风度翩翩的陈谷康。和那年我狼狈地逃回上海,他到瑞仁里看我时相比,他简直大变样了。雪白的的确良短袖衬衫,翻起一道贴边,笔挺的派力司裤子,白皙的脸上挂着意得志满的微笑。哪里还有一点儿农场知青的味儿啊!

“真没想到,你也在上海。我还以为你们外地知青,总要到秋收以后才回沪呢!”他热情洋溢地道,“碰见你高兴极了。你真白,一点也不像个在农村出工干活的知青。你肯定不怎么出工吧?”

“不。在乡下天天都出工。”

“那你回来探亲,有一些日子了。”

“是的。你呢,”我不想给他讲自己的近况,更不想把结婚生孩子的事告诉他,免得他笑话我和矫楠,“近来好吗?”

“还可以,我已经被推荐回上海读大学了。上海师大,就是原来的华东师大。”他颇为自得地说着,忽又像想起了什么似的,“哦,你不到秋收就回来,是不是赶来办回沪手续的?”

我只觉得莫名其妙:“什么回沪手续?”

“你真不知道啊?”他似有些不相信。

我只顾着分娩,知道什么呀。我慢慢地摇摇头。他疑惑地盯了我两眼,似乎相信了我的孤陋寡闻。

“是这样。最近有个关于上山下乡知青的三十号文件,规定了几条东西,凡是符合这几条的,就可以把户口迁回上海,由街道、里弄统一安排工作……”

“哪几条呢?”

“独生子女可以回来。多子女都不在父母身边的,也可以回来一个。你就符合这一条啊!你哥哥在崇明农场,你在贵州乡下,你们就两兄妹,可以回来一个。你哥哥一定会让你的。崇明离上海近,年年有抽回上海的名额,他推迟个一两年,你不就办完手续了。”

陈谷康喋喋不休地说着,后半截话说了些什么,我一句都没听清楚。听了他前头几句,我的脑子就“轰”一声炸了,耳管里充塞着嗡嗡的响声,啥也听不到了。噢,三十号文件,三十号文件,你为啥不早点传到我的耳朵里,为啥不早点发下来?我生小玉刚刚六个星期,我结婚才半年多。早知道会有这么个文件，我不会生下小玉来，我不会匆匆忙忙为顾全面子结婚，我会听从聂洁的话，请她帮忙。天哪，命运，你真会开我的玩笑，你真会耍弄人哪……

“宗玉苏，你……”陈谷康双眼瞪得老大盯着我，疑惑不解地问，“你怎么啦？脸色惨白，身体不好么？”

我凄然一笑，虚弱无力地道：“谢谢你告诉了我这个好消息。可……可我想，我爸爸还在干校，他的问题还没彻底解决，能……能行吗？”

“行！”他肯定地道，“文件上没说出身不好的子女不能回，只说凡是符合条件的，都可以办回。地、富、反、坏、右、叛徒、特务、走资派的子女，没有给予限制。手脚快的，都已经在迁户口了。我不骗你，我爸爸恢复工作后，没啥实权，就在协助人家管这个口子。你要办，就要抓紧。先找你家住的瑞仁里委会，再找街道，街道‘乡办’报给区里，区‘乡办’一批准，就可以往你们那儿县‘乡办’发调令了。好多知青怕事儿拖，都是在调令发出的同时，自己跑回去办的手续。我看，你也动起来吧，哪个部门卡你，你来找我，我对爸爸说，他在经管这事儿，又在市里，往下说个话还顶用。还记得我家么？”

“你家仍住老地方？”我瞅着他眉飞色舞、一心相助的神情，不由问了一句。

“是啊，老地方。抄家的时候，封了两间屋，老头子一出来工作，封条也撕了。”陈谷康又露出了自得之色，“有空，你来玩玩。星期六晚上，星期天一整日，我都在，家里有电话，来之前打个电话，我好等你。”

他从上衣袋里抽出圆珠笔，摸出一张公共汽车票，写下一个电话号码，递到我的手里。

“谢谢。”看得出他是衷心愿意帮助我，我接过车票的时候，低低地道了声谢。

潇洒地挥挥手，他走了。不知是去图书馆，还是去什么书店。

我仍撑着伞，慢吞吞地走回家去。马路边一家缝纫工场间里，在播放音调高亢的京剧样板戏，听不清唱些什么。不过，那锐声拉拉的京胡和“咚锵咚锵”的锣鼓，倒使我想起一句收音机里常播的唱词：

一石激起千层浪……

陈谷康无意间告诉我的这一信息，把我原本烦躁、闷愁的心情搅得更为纷乱了。我不便问他，结了婚的知青能不能办回来，凭空想想，大约也是不允许的吧。结过婚的知青，连招生、招工都不收呢。先得问问清楚，我自己可以打听到的。幸好，回上海以后，我一直住在矫楠家里，虽是同一个区，福安里离我家所在的瑞仁里，还远着哪。瑞仁里那头的街道里弄，并不知道我结了婚，也不知道我生孩子。产褥期满以后，我得抽个空去问问。把一切都打听个水落石出。这些事儿，要不要和矫家的人透露个口风呢？暂时不讲，啥都不说。矫家的人都对我挺好的，从未歧视过我，矫光、矫冰还“嫂嫂、嫂嫂”地叫得很亲热。他俩心头都明白，之所以能分在上海，一个当售票员，一个当饭店服务员，都因为他们的哥哥去了外地农村，要不，他两人中总有一个也得下农村的。矫静待我更是关切，她把自己的孩子穿过的那些婴儿衣服，全部都从箱子里找出来给了我。一有空，就同我说这说那的。还有爸爸妈妈，真正地把我当一个儿媳对待，我心头是感恩的。可是，要我正正经经同他们谈一件涉及自己命运的事，我还是不习惯，还是鼓不起勇气来。就像这次回来生小玉，要住在他家，我一定要矫楠先写封信回来，把一切详详细细地给家里讲明白，直到收到他父母的回信，热诚欢迎我回来生孩子，我才动身。是的，有什么话，还是让矫楠给家里讲吧。

走进弄堂，福安里已坐了半弄堂乘凉的居民，乍一眼望去，凉榻上、竹椅上、小板凳上，坐满了摇着蒲扇、折扇，裸露着光光的胳膊和大腿的人。所有人的目光都朝我扫来。

小市民的目光，审视般的、猜度的、挑剔的目光。

我浑身的汗毛在这一瞬间全竖了起来。我几乎可以想象，他们在背后怎样议论我。虽然我从未同他们有过交往、讲过话，在弄堂里进出都是低着头，垂着眼睑，但他们是绝不会放过尽情议论我的那份权利的。

我逃遁般地走进了后门。

信箱里有信，是矫楠写来的。狭窄的楼梯上光线淡弱幽暗，我急急地走上楼去，矫冰正在逗着小玉“格格”地笑，见我进屋，她乐呵呵地道：

“小玉真乖。睡着没尿湿尿布，一醒过来，我把着她撒尿，她撒了一大泡。乖，真乖。哦，嫂嫂，有哥哥的汇款，五十元，真不少哩！”

她指着桌上的玻璃板下，转身又逗起小玉来。

我瞅了一眼玻璃板下的汇款单，果然，伍拾元整，是他的字迹。在那么穷得滴水的山旮旯里，他到哪儿找来的钱呀?!

我迫不及待地展开了信笺。他吻我，这人，都生下小玉了，写信还这个腔调。他吻还没见过面的女儿小玉，要我替他代吻。亏他想得出来。他接管了大队的米机房，这事儿我是知道的。歇凉寨大队建了一个打米机房，一年到头都在给四乡八寨的老百姓打米，到年终了，却年年都没收入，反而还要几个生产队摊交电费，群众都有意见，但只敢在背后说，只因为经管米机房的是大队主任吴大中的小舅子，众人敢怒不敢言。我结婚到了歇凉寨，国家电力部门下来追查大队里为啥接连几年不交电费，要各家各户自愿交齐。这一来才把那小舅子的问题捅开，老百姓的电费交到他手里，他全贪污挪用了，数额特别大，好几千。公社、区里、县上都很重视，下来了工作组专门处理这事儿。把小舅子家的肥猪折了钱，把他新盖的两间厢房没收折了钱，把他的手表、家里的收音机折了钱，连同从他家抄出的一千多现金，一齐搜来交国家电力部门，还差着一个尾数。这么一个贪污分子，当然不能再让他经管打米机房了，工作组让群众推选新的米机管理员，选到哪个都不愿干，都怕得罪吴大中这尊菩萨。公社里的干部指名要矫楠干，说他抓过杀人逃犯“黑鳗鱼”，群众信得过。吴大中提出，为吸取教训，米机房实行“干包”，每年交大队八百块钱。几个生产队的干部群众都说这办法好。电费、修理费、添置新米筛，统统由管理员自己承担。超出八百的部分，归管理员所有。当时，我替矫楠担忧，劝他别干，他硬是不听，接管下了米机房。没想到，仅仅半年工夫，他已交齐了八百块。寄来的五十块，是超额收入的第一笔钱……

读着信，我的心头酸甜苦辣一齐翻腾起来。当初我就看出他硬着头皮接管米机房，是认定了米机房是有收入的，是为了我、为了即将出生的孩子。他默默地在尽着丈夫的责任，尽着父亲的责任。在上海住着，我是多么需要一点钱啊！小玉的一切开销，都是他家拿出来的，我的一切开销，住院费、坐月子的营养费，全是他家掏的。我感激不尽。婆婆有时在我的枕头底下塞个五块十块，我明知不该收，但有时候确实需要啊。这下好了，矫楠寄钱来了，我能松口气了。出去办个事，逛一次马路，也不至于遇到那种窘迫的场面了。

只是，捧着信纸，我总还有些不踏实，为啥吴大中那小舅子管米机房连电费还要众人摊，而矫楠却能在短短半年时间里，得到这么大效益呢？会不会是他为了安慰我，为了让我安心用这钱，故意写来哄我的？

不过，我总还是甚感宽慰、甚感快活的。

三

“嘭咚嘭咚”的打米机和“隆隆隆”飞转的打面机，把一间不大的米机房震得像要坍塌似的。这机械得震耳欲聋的声音，曾给矫楠带来过欢欣和喜悦。听着这两部机子开动起来的噪音，矫楠曾觉得像在听着人们欢唱。不是嘛，米机掌握得好，出米率高，打出来的米颗粒饱满，又扇又筛，也不见多少碎米。矫楠的好名声一下传到四乡八寨去了。加上他无牵无挂，一天到黑守在米机房里，服务态度又好，歇凉寨米机房等着打的谷子，总是从房间里一直排到机房外的院坝里，打米机日夜在响着。满寨上的人都看到，换了个人，集体干包出去的打米机房兴旺起来了。

打一百斤谷三角钱,忙闲扯平,平均每天打个千多斤谷子,收入三块钱。扣去电费、米筛钱和机子损耗,一天实际有两块几角钱收入。一年三百六十五天,守着米机房,也就是千把块钱的进款。上交给大队八百,矫楠能有多少实际收入呢,一两百块钱顶破天了。为这一两百块钱,他得一年到头守在机声隆隆的米房里,一天到黑等着挑谷子来。从早到晚,头发上、脸上、肩上、身上,全都蒙着一层细蒙蒙的米灰,去到哪儿都带去一股谷米气息。

矫楠这才晓得在乡间要靠劳动赚钱也不容易,这才晓得吴大中要他上交八百元的厉害之处。他的小舅子多年经管着米机房,想必他心头是有个数目的。

不过这没把矫楠难倒,进米机房不到一个月,他就摸熟了打米机的习性,熟悉了打米的几道程序。把出米率由多年来的百斤谷子出米六十八斤到七十斤,提到七十二三斤,晒得脆、回得适宜的谷子,他甚至能打出七十四五斤米来。

这年头,赶场天粮市上的议价米,卖到五六角钱一斤,哪个农民不珍视这二三斤米的差别啊！歇凉寨米机房的好名声传得团团转转都晓得,连离得六七里、八九里之外的山寨上,都有人挑着谷子来打。原先平均每天来个千把斤谷子,一下子提高到一千五六百斤谷。

矫楠的收入相应地增加了,他心头很清楚,这就差不多到顶了。每天的谷子来得再多点,他辛苦点还能撑得住,米机受不了呀,电动机受不了呀。他坚持停机的办法,接连打三四个小时,就让电动机停歇半小时,免得机器出故障。

米机开动起来,把出米口的大小调适当,打米师傅实在也没多少事儿。自有来打米的人将谷子倒进斗里,打完后关熄机子,来人自会把米糠扫得干干净净,矫楠只需守在一边瞧着就行了。

米机房是山乡里一个传播信息的好地方。背着背篼、挑着箩筐、赶着川马驮谷子来的农民们,在等待打米的时间里,有的坐在门槛上,有的将扁担放平在箩筐上坐下,有的就势半蹲下,咂着叶子烟,天南海北地啥都扯:工厂里把汽车开到墟场上收购洋芋啰;商店里又没酱油卖啰;步云寨一个姑娘出嫁,娘家这头办酒,光礼金收了一千零几十啰;猪崽的价格又上涨啰……什么消息都有人摆,批斗游街、小偷强盗、民俗民风、婚丧嫁娶。小季麦子大丰收,国家减免了小季的公余粮,让农民们将就收上来的这一季麦子对付青黄不接的五荒六月这一信息,矫楠就是听来打米的老乡讲的。寨邻乡亲们摆起这件事,一边喊好,说饿不到肚皮了;一边又嚷嚷恼火。原来,贵州偏僻山乡的农民们,吃惯了包谷,却吃不惯麦子。收回麦子,拿到磨包谷的大磨盘上磨碎,连麦麸带面粉,搅和在一起,放在甑子里蒸、下在汤锅里煮,咋个吃都不舒服。了解到这一情况,再去农民家灶台上一望,矫楠心头明白了,山乡里缺一架打面粉的机器。把麦子打成面粉,蒸馒头、做包子、擀面条,他们准定喜欢吃。他暗暗算了一笔账,做了一番调查研究,光歇凉寨大队,今年收上来的麦子就有十几万斤,每斤麦子打成面粉,照国家规定的价收二分钱,就可以收两千多元。一台打面机连带附件,只要近千元。算上运费,也只不过一千出头。他去找队长,给队长算了这笔账,要求队里出钱买打面机,方便群众。机子买回来,他愿意经管,实报实销、干包交钱,他都愿意干。队长说他纸上谈兵、异想天开,还连发几个问题:停电怎么办?机子坏了怎么办?群众舍不得付二分钱来打面粉,没生意怎么办?再说,花那么多现金,买回一台机子,只管一年,明年没那么多麦子了,那这么大台机子不成了一堆废铁?矫楠试图说服不识一字的队长,队长一句话堵死了他的路,就算一切都能像他说的那么顺当,歇凉寨生产队也没这么大一笔现金。一千块现金,集体那张折子上,要有这么多钱,早就给社员支走了。

矫楠不甘心,又跑公社去找主管知青的副书记,找主任。两个农民出身的公社干部听他详详尽尽、翻来覆去讲了两个小时,认定了这是件好事。批了一张条子,要信用社借给智擒杀人犯、结婚扎根的知青矫楠一千元现金,一年之内归还,不收利息。到期还不出,信用社就守着他的米机房去收打米款。

矫楠对他俩千恩万谢,只差跪下磕头了。

打面机买回来,矫楠用他和宗玉苏分到的一百多斤麦子做试验。当褐色的麦子打成雪白的面粉,当他和几个知青亲自动手将面粉发酵做成馒头、菜包蒸出来,分送给歇凉寨老少社员尝的时候,歇凉寨上轰起来了,人们都涌到知青点来看咋个做馒头,都围到米机房来看比打米机高大宽胖的打面机,连声喊奇。

一斤麦子打成惹人眼红、诱人食欲的面粉,只收二分钱,付不出钱,可以先挂在账上,待秋收后年终结算时,在各家的工分账里扣还。

人们都把分到的麦子送来了。

岂止是歇凉寨一个大队有麦子,方圆一二十里之内大大小小的村寨上,今年都是麦子大丰收,都在愁怎样把这些麦子吃下去。

矫楠一天只睡五六个小时,连日连夜地替远远近近的农民们打米、打面。有时困得受不了,他把头埋在臂弯里都会打瞌睡。可他不觉累,不觉苦,他有钱了。人人都说插队落户养活不了自己,他不但养活了自己,他还能养活亲爱的妻子,还能养活他那尚未见过一面的女儿小玉。一想到女儿娇嫩的脸蛋儿,他的心尖儿都会激动得发颤。哦,他还有好多好多想法,还有一些计划,他要等玉苏回来给她讲,他还希望能得到她的帮助,她能成为他真正的帮手。

杨文河说他是发了"国难财"。没有去年的大季歉收,没有今年减免小季的公余粮,他就发不成这笔财。他心头是默认的,但他问心无愧,他做得光明磊落,他方便了群众,他得到了公社干部的支持。他的钱不是投机倒把、贪污盗窃来的,他是用智慧和汗水赚的钱。

"嘭咚嘭咚"的米机声,"隆隆隆"的打面机声,连续好几个月对他来说,都是最动听的音乐,那带一点儿啸声的面机的轰鸣,听来更为亲切,更为悦耳。

可这几天,还是同样的声音,却仿佛变了调。米面机交织在一起的轰响,每一下都像砸在他脆弱的心上,每一飞转都像绞着他的心。

尤其是今天,才开机,机声刚有节奏地响动起来、轰转起来,矫楠就觉得头晕目眩，恶心得直想呕吐。还没给主动来帮忙的郁强和杨文河交代完，他就跌跌撞撞跑出了米面机房，一直跑到听不见机声的吴大鼎家山墙旁边。

他一站停下来，憋不住还是吐了，吐净了以后他才好受一些。他走到沟渠边，捧起清凉沁人的沟渠水漱着口，不时地朝集体户那头瞅一眼。

宗玉苏在那里跟几个知青告别，纯粹是礼节性的，一会儿她就要走了，永远地走了。离开生活了几个月的歇凉寨，离开这块她生活了几年的山野土地。她把户口迁回了上海，一切都办得很顺利，连头搭尾，她仅仅在寨上只住了八天，盖章、迁户口、转粮油关系，跑公社、去区里、上县城，只因为公社粮店休息、盘仓，三天不办公，她才多耽搁了几天，要不，她也许还住不上一个星期。是啊，她回上海了，作为丈夫，矫楠应该替她高兴，向她祝贺，他也确实是这么对她说的，在她面前，他也总显得乐呵呵的，好像真替她高兴。

可他的心却在滴血。

他实在高兴不起来。

好大的雾呀！这是潮湿多雨的贵州山乡里初冬时节的大雾。团团缕缕棉絮般的雾气从河谷里、从山岭上、从四面八方飘悠进寨来，浪涌般簇拥着一家家的房屋，围裹着牛栏猪圈马厩，无孔不入地飘荡进堂屋、灶房里来。放眼望去，十来步外就看不见人影。只见雾、雾、雾，米色的稠雾。雾气似在窒息矫楠的呼吸，似无形的石头般压在矫楠的心口。

“祝你一路顺风啊！”丁萌萌说话的声音传了过来。

“回到上海，祝你早日得个工作。”这是余云的嗓门。

“我回去探亲，你可得请客。”聂洁一点不饶人地说。

她们送出来了。

宗玉苏柔声一一答应着，声调里透出她的愉悦和欢欣。她是应该高兴，应该感到轻松，这块土地没有给她留下什么好的印象。唯一留给她的，是一系列苦涩的回忆，是艰难困苦的跋涉，是不合时宜的婚姻。

姑娘们送过来了。她们看见了伫立在山墙边的脸色苍白的矫楠，都收住了脚步，和宗玉苏拉拉手，最后一次地告了别。

宗玉苏走近矫楠身旁，紧紧挎包的带子道："走吧！"

矫楠接过她手里那只小巧的旅行包，很轻。她坚持什么东西都不带，都要留给丈夫。矫楠一定要她带，她才拆了一条被里子，带走两条垫单，说是可以给小玉做尿布，小旅行包里，装的就是被里子和垫单，好像还有一件毛衣。

矫楠伸手去接她的挎包，她摆摆手："不重，一人拿一只吧，走远路呢！"

这挎包里装着她的户口迁移单、粮油关系及一点旅途上的漱洗用品，确实很轻。但几乎是一个知青的命根子。

他们走出了寨子，她走得很轻快，他的脚步很沉重，但他掩饰着。他要掩饰自己的沉重心情，掩饰他的不快和忧虑，要不，他就显得太自私了。难道因为她是妻子，就应该在有机会的时候，也让她硬留在自己身边嘛！这未免太不合情理、太霸道了。

走出了一百来步，宗玉苏忽然想回头望寨子一眼。可是歇凉寨上的青砖瓦、泥墙瓦舍、低矮的茅草屋，耸立得高高的柏枝树、槐树、沙塘树，全被雾岚笼罩着，啥也看不见。至于远在三里地外的下脚坝寨子，那幢低洼地边的保管房，更是埋葬在浩浩茫茫的雾气之中，一点痕迹也不露。宗玉苏以往生活里的一切，全掩埋在稠雾里了。

她眨动着眼睛，睫毛上沾着一颗泪珠，瞅着矫楠的脸说："瞧，走了，啥都看不见了。"

"真不巧。"

她听出了他干涩的嗓音，定睛望他一眼："你不舒服吗？脸色很憔悴。"

"嗯。昨晚上没睡好。"

“这些天，你太累了。我走以后，你要好好睡两天，恢复一下。”

矫楠连“嗯”一声的力气都没有了，他只是点点头，机械地提着包随她走去。

昨晚上是个别离之夜。照理说他有所要求，他们躺着，那间小小的烘房把他们与世界隔离开来。他只闻到烘房里的一股呛鼻的石灰味，一股和石灰味交织在一起的霉味，那么浓烈。后来什么味儿都闻不到了，整个世界只剩下了他们两个人。风在寨路上吼啸，狗在此起彼落地吠着，他们都听不到了。矫楠只觉得整个身子像躺在软绵绵的沙滩上，海浪一阵一阵拍击着沙滩，淹没了他的身子，又缓缓地退下去，退下去。他又感到自己仿佛腾空而起，在灿烂的星空里遨游，在广漠的宇宙间腾飞，那么惬意，那么心醉神迷，又那么灼热亢奋……

“慢一点。可不能再怀孕了。”这声音好像是从遥远的地方传来的。

矫楠感到自己一下子从星空里沉落下来，浑身燥热，有点儿烦恼和不悦。他顿时变得兴味索然了。

这次玉苏回到歇凉寨以后，差不多每个晚上都这样，他能感觉出来她在敷衍他、应付他、勉强接受他；她和过去不一样了，甚至还不如婚前在铁路工地的小卖部后屋里热情。什么东西压抑着他们之间的情爱。

矫楠明显地感觉得出来，但他没对宗玉苏说。说出来有什么好处呢。他们很快又要分离了，说了只会给分离后的生活投下阴影。

“你要保重身体。我走了，你的日子仍会很艰难。”玉苏还在叮嘱他。

矫楠苦笑了，极力跟上她轻捷的脚步。真怪，生下小玉以后，她变得更健朗、更美了。在上海住了半年，她的肤色比任何时候都白皙。不是听人说，生过孩子的女人，会衰老得很快吗，她是怎么回事。矫楠怀着深切的爱对她说：

“常在盼你回来。我想过，你来了，做我的帮手，我们把米面机房的活儿再扩大一点，买一台擀面的机器，加工面条。你也不用下田上坡干农活了，经营这副业，我们能自己养活自己。山寨上也真需要……”

“我真愿意帮你一把，娇楠，不过，回上海的事儿来得太突然了。对不起了。”

“我懂得，玉苏，不必抱歉。照理，这次，我该送你回去，看看女儿，好好为你庆贺一下。可米面机房实在丢不下，我得交队里八百块钱，还得还一千块贷款。肩上有责任……”

“我能谅解的，娇楠。”她辛酸地垂着泪，“我舍不得你……”

“别哭。”娇楠瞥了她一眼，佯笑着故作轻松，“过去愁没钱。现在么，钱是有一点了，却又给钱绊住脚了。”

宗玉苏低垂着头，不停地啜泣着，身子由于痛苦摇摇晃晃。

娇楠扶着她，慢吞吞地朝着雾的氛围里走去。他说的是真话，上次她回去生小玉，要求他陪她一道回去，他也愿意伴着她回家，把一切安排好。就是因为钱不够，到了贵阳，他给她买了一张卧铺，让她一个人回去了。他们的钱只够买两张硬座票，她腆着大肚子，火车又挤得水泄不通，他临时改变了主意，买了卧铺，还让她带上一张《贵州日报》，作为和娇家人相认的标记。接她的人，会带上一张《文汇报》的。这都是他事先怕自己回不去，写信给家里说好的。想想，没有钱的时候，真有些可怜。

宗玉苏不再哭泣了，娇楠从贴身的衣兜里，掏摸了一阵，摸出一只塞得鼓鼓的信封，递给妻子：

“这……你拿着。”

“什么?”宗玉苏没有接，像害怕烫着自己似的，扬起了两道眉毛。

“三百块钱，你收着。”

“不！我不能拿，你要交队，又要还借贷，我……”

“你更需要。玉苏，别为我担心，我算过了。到春节，我能还上贷款，还能交足队里八百块。春节后的收入，是多是少，都归我了。”娇楠微笑着，“你想想，没日没夜扑在米面机房里，我把一台打面机赚出来了。拿着吧。”

玉苏接过钱，一头扎进矫楠怀里。两人站在山路上，旁若无人地拥抱起来。有人也没关系，雾把几步开外的一切，都同他俩隔开了。不会有闪动的眼睛盯着他俩，不会有大惊小怪的咋呼嚷叫干扰他们。哦，分离，是惆怅和痛苦的，这令人辛酸的时候，不也有一点儿甜美嘛，爱情在不知不觉间加温，相互的依恋迸发着奇异的光彩。人生有时候就是这样，它让人体验种种难以忘怀的瞬间。珍惜这不常有的时刻罢。

“我对你讲什么呢，矫楠，”宗玉苏把泪眼在矫楠脸颊上蹭着，喃喃地道，“你对我太好了。盼着你，早点调回上海来。那时候，我有了工作，我们会生活得很幸福。你说是吗，会吗?”

矫楠没把握地点着头。

“米面机房，干足了一年，就交吧。看到你赚钱，人家会眼红的。”

“我也想到了。”

两人又接着往前走。稠雾弥漫，山路弯弯，在雾气里走久了，两人的衣裳都泛了潮。

宗玉苏挽着矫楠的手，想起了什么似地侧转脸道：“噢，有件事，忘记跟你说了。办回沪手续的时候，我始终没讲自己结了婚，上海的‘乡办’也没问。我在想，不瞒已经瞒了，干脆等分配了工作再讲吧。只是……只是要你给家里去个信，说明一下情况，别让他们误会，也别让他们……”

矫楠心头那个不祥的预兆又升了起来。玉苏一回山寨，他就想到过这个问题，已婚知青也能回上海吗?他很想问，但他克制着，耐心等待着，玉苏要是不说，他绝不主动问起。他不能让她看出来，她回了上海他心中不悦，他始终在维持自己男子汉的尊严。这会儿玉苏主动讲了，事实不出他所料，他的心头愈加刷子撩着似的烦恼，但他还在抑制着自己，不在脸上流露出来。她的户口已经迁了，她的去心已决，他还能说啥呢？说了会留给她一个自私的、卑鄙的印象。他点着头，用比平时更镇定的语气答应着：

“好，我来给他们写信，你放心吧。”

二十八里山路，总算在大雾里走完了。也是因为雾气太重吧，长途客车晚点一个多小时才开来。客车慢悠慢晃地停下了。宗玉苏上了车，竟然还有临窗的位置，她把上半个身子全从窗户里探出来，微微笑着，向矫楠挥着手。车子启动的时候，她放亮嗓门嚷着：

“记住，矫楠，千方百计、想尽办法回上海来！我同小玉等着你……”

她的两个眼角都挂着晶莹的泪。

矫楠不顾车轮溅起的泥泞，追着客车跑了几步，朝妻子挥着手，张着嘴想说什么，喉咙里一阵灼热一阵干涩，一点声音也发不出来。

客车一忽儿工夫被满山满谷的大雾吞没了。当矫楠离开公社所在地，沿着雨雾浓重的来时的路走回去时，他怎么也控制不住翻腾般涌上来的悲恸，放声哭了起来。

雾像柔纱似的从他身旁擦过，雾把看不见的雨丝儿拂上他的脸，雾在层峦叠嶂、千峰万谷之间缭绕飘浮，雾如浪似涛般的在涌、在涌……

四

算虚岁，小玉三岁了。

我心挂两头，人住在瑞仁里，心却惦记着福安里。为了尽快地得到个正式的工作，我必须以未婚姑娘的身份住在瑞仁里。在这里，没有人知道我结了婚，没有人晓得我已是个女孩子的母亲。我在里弄生产组做横机，每天绕着绒线、腈纶线，摇着手柄，在“咯哒嘀哒”的横机编织声中，织出一件件统一规格的绒线衫、腈纶衫。每天的工价是一块一，做一天算一天，每月可以拿到三十来块钱。没有劳保，没有福利，低廉的劳动力。但比起插队落户当知青，那简直是天堂了。

但我的心,无时无刻不在福安里矫家的前楼上。小玉生活在那里,论虚岁,她是三岁,可实足年龄,她两岁还没到。她那么小,就要离开妈妈,非要同妈妈生活在两处,晚上也不能睡在一张床上。刚分开那两个星期,听婆婆说她一晚哭到亮,我听了心里就像有刀在绞着。我也失眠,身旁没有小玉陪伴着,床上像缺少什么似的。开初,我天天晚上到福安里去,逗一逗小玉,给她洗掉脏衣裳和尿布,洗净围兜,冲刷奶瓶,直到陪着她入睡,才蹑手蹑脚下床,离开矫家回瑞仁里。我不能住在福安里,我怕晚上不在家睡,惹起瑞仁里邻居和里委会干部的注意,影响我的分配。婆婆劝我,别天天晚上来了,为了让小玉习惯于离开妈妈生活,婆婆让我隔几日去看一回孩子。我心中不忍,可婆婆的话显然是对的。再说,再说晚上去福安里,我也怕瞅矫家人的脸色。

说不清是从什么时候开始的,我估计就是矫楠给家里写信,叮嘱家里不要张扬我们的婚事以后吧,他们一家人对我的态度就变了。有一回,小妹矫冰在晚饭桌上,睁圆了眼睛问我:

“嫂嫂,你回了上海,把哥哥一个人扔在乡下,哥哥怎么办呢?”

平时对我那么尊重、那么客气的小妹问出这句话来,我是掂得出话中的分量的。她是在责备我呢。可我,我又能说啥呢,同她争吵嘛,我过的是寄人篱下的生活,小玉还得靠他们一家人抚养照顾,吵翻了我怎么办。我只有忍气吞声。

“怎么办,车到山前必有路嘛!”冯英华脸对着小妹,眼角却斜着我,嗓门吊得高高地说,“总不能永远过牛郎织女的生活。对吗?矫静。”

“我在想,”姐姐望也不望丈夫一眼,温顺地说,“矫楠总该想个法回来才成。”

“可哥哥凭啥回来呢?”矫光也发言了,“他不是独子,我们家就他一个在外地。难啦!”

这些话难道还需他们来说嘛。作为妻子,我想得远比他们多得多,远比他们更深沉呢。他们责备我,好像我做了什么亏心事儿。瞒着婚姻事实，瞒着我已有了女儿，仿佛我这全是为了自己似的。我还不是为了小玉，为了以后有个安定的、幸福的小家庭生活。和丈夫远隔千山万水，和女儿同在上海却非要分开住，我心里就不苦闷、就不难受吗。我比谁都烦恼啊。如果不是为了尽快得个正式工作，我真愿意带小玉回瑞仁里去住。每月有三十来块钱收入，矫楠常有些钱寄来，苦一点，母女俩经济上也撑得下去的。可不成啊，一旦让瑞仁里的人知道我已结婚，我已有了个女儿，只怕连里弄生产组也要把我辞退呢。小玉，妈妈对不起你，妈妈也是为了你呀！妈妈的心中有个三部曲。第一部，户口迁回上海；第二部，在里弄生产组混上个饭碗，干满一年；第三部，正式分配工作。要圆满地达到目的，就得瞒着我已结婚、已有孩子的真相。现在，三部已经完成了两部，眼看我就将在里弄生产组干满一年了。等我有了正式工作，捧上了铁饭碗，我再说出事实真相，生米煮成了熟饭，厂里还能把我开除么？还能不同情我们孤苦伶仃的母女俩嘛。厂里承认了我们，小玉也就能正式登上户口啦！现在，小玉在婆婆家里，上的还是临时户口，还不是道道地地的上海人哪。

要在几年前，听到这类事儿，我都会大惊失色。有时候，我也扪心自问，这些念头都是我想出来的吗，我都不敢相信。可我又有什么办法呢，我也是让命运给逼的呀！是生活逼得我一步一步走到今天这个田地的呀！

我并不怨恨矫楠的家人，他们内心的担忧不是没有道理的。

上海滩一千多万人口，什么事儿都有。人世间千奇百怪的现象，可说是无所不包。但要找个漂亮的妙龄少女，自愿嫁给内地农村的小伙子，那是绝对找不到的。你要提一下，不给人骂声神经病，也得被骂一声"十三点"。

现在我已回到了上海，有政策规定，独生子女、多子女全在外地办回上海的知青，在里弄生产组干满一年，都能重新分配工作。这一条是要比病退回来的优越多了。在矫家人的眼里，我的身份和地位都将要有明显的变化，而矫楠，还远在贫困落后的乡下。他们担忧，随着境遇的改变和时光的流逝，我会挣脱婚姻的羁绊的。他们要这么想，我又有什么办法呢？

真喜欢白操心。

里弄生产组里，清一色的老阿姨、老处女、老小姐，其他话题天天翻花样，唯独逛马路、轧朋友，恋爱婚姻这个话题，像冷饭要热一样天天炒，百炒不厌。我进生产组之后，不晓得有多少人，有的拐弯抹角，有的自远而近，有的直截了当，向我提及介绍朋友的事，每一回我都是笑而不答，敷衍了事。结果弄得这帮子热心人，一个个认定了，我要等正式分配工作之后，找个更好的。我要是心猿意马，会这样么？生产组里现成就有一个，明明宁波乡下有个丈夫带着两个小孩生活着，还来上海探过亲，她却像黄花闺女一样，出去和人家逛马路、进馆子，被人撞见还若无其事哩。

尽管我能谅解矫家的人，可老要我看他们的脸色，我的心头实在也不是滋味。我听从了婆婆的劝告，不在晚上到矫家去了。好在生产组休息的是星期二，逢到休息天，我就带着小玉在矫家呆一整天，或者，干脆带她到公园里去玩个畅快。我想好了，万一碰到瑞仁里周围的人，我就说小玉是亲戚家的孩子。好在也从未遇到过。上海的人太多太多了。

这么一来，我是轻松多了。倒是苦了婆婆，她每天去邮局上班，把小玉带到邮局后门弄堂里的托儿所，下班后又带回来。晚上，她还要陪伴小玉睡觉，照料她撒尿，为小玉盖被子。是婆婆替我在尽着一个母亲的责任。

近来，生产组正为羊毛衫厂试织一批兔羊毛新产品。样品织出来了，大组长康阿姨要我坐黄鱼车把一百件新式兔羊毛衫送到厂里去检验，算我半天工。

我开心极了。兔羊毛衫送到厂里检验科，清点个数字，填张表格，拿回一张收据，至多一个小时就能完成任务。羊毛衫厂离福安里很近，我随便找个借口，就能到矫家去，和小玉呆一下午。这个星期婆婆上早班，午后两点钟就回家了。

踏黄鱼车的“戆大阿四”力气很大，把车踏得飞一样快。黄鱼车左冲右钻，二十来分钟就到了羊毛衫厂。

把一大纸箱兔羊毛衫样品搬进检验科，我对“戆大阿四”说：

“你不要等我了。先把黄鱼车踏回工场间去吧。”

“你不回去了？”“戆大阿四”脸上有副蠢相，人们都说他神经搭错一根，有点痴呆。二十好几岁了，也没个工作。更无法上山下乡闹革命了。是他妈妈跑到街道里，央求了多少次，要求照顾，生产组才收下他来，让他专门踏黄鱼车，兼当搬运工。平心而论，他虽然有点“傻”，但从无越轨的举动，更没发过神经病。相反，对分配给他的每一件事，都一板一眼干得极其认真。待人也挺诚恳：“康阿姨关照，让我送你回家呢。”

“不用了。”我耐心给他解释，“在羊毛衫厂办完手续，我要去看一个同学，你先回去吧。”

知道他回去要把每一句话如实讲给康阿姨听，我说话很小心。

“戆大阿四”相信地走了。我去检验科办完手续，带着一张盖了章的收据，离开羊毛衫厂，就直奔福安里。

小玉已随婆婆回到家里，看见我去了，她在床上一边爬一边扬起手来，连声叫我：

“姆妈，姆妈。”

我招呼了婆婆，抱起小玉来，重重地亲了两下，小玉乐得一个劲地笑。孩子虽小，可也懂得亲妈妈了。

我放下小玉，寻找痰盂。婆婆家里没卫生设备，合家老小拉屎撒尿，用的都是马桶。马桶置放在前楼的门背后，用起来臭不说，我还总是提心吊胆的。生怕什么人突然之间闯了进来。刚坐完月子那天，我正在马桶上解大便，亭子间里在菜场开卡车的司机“大好佬”把地板踏得“咚咚”响闯进前楼来，一边进门一边问：

“你们家的秤呢？借我用一用！”

吓得我几乎惊叫起来。

此后我再也不敢在矫家用马桶了。可矫家老少，却对此司空见惯，他们坐在马桶上，有人走进门，竟然还能同人谈山海经呢。我呢，一见人坐马桶，就浑身坐立不安，只觉得满屋都是臭气，做什么事都没了灵魂。

回想文化大革命之前，我家住在十九号大院的二号楼里，楼上楼下，大小卫生设备齐全，六角形的小瓷砖铺地，洁白清爽。哦，那已经是非常非常遥远的事了。

找出痰盂，我先去把前楼大门关上，又进屋把里半间的门关上，再拉上半边窗帘，才坐下去小便。解裤子的时候，我还怕有人突然敲门哩！那样，我准定解不下来。

瑞仁里的条件虽差，房间也比矫家小，但毕竟还有公用的卫生间和浴缸呢。我一定要尽快得到工作，公开我和小玉的母女关系，让她搬去同我住在一起。绝不能让她在福安里这种环境中长大。那样，她也会不知不觉成为一个可怜的小市民的。

婆婆总是用谅解的目光瞅着我的一举一动，并不责怪我。更不会像其他几个人那样认为我看不起他们家。我解了小便，婆婆就说：

“把痰盂放床底下罢，一会儿我去倒。”

这怎么好意思呢。生小玉前前后后四五个月的日子里，先是挺着大肚子，后来是坐月子，我解在痰盂里的大小便，全都是婆婆下班后回家倒涮的。她不嫌脏，也不怕臭。家里其他人，愿意替我办更多的事，跑很远的路，但是倒痰盂，没人愿干。现在，我身体健朗，怎能还让婆婆为我做这类事。

我盖上痰盂，端着它，下楼，穿弄堂，走去倒痰盂。

从矫楠家走到弄堂口粪池，几乎要穿过大半条弄堂。每次端着痰盂走去，我总觉得弄堂里所有人的目光全刺到了自己脸上，我的脸涨红了，手脚僵笨了，眼睛也不敢朝任何人望。这真是件可怕的事情。虽然差不多全弄堂的人，不管是老是少，是男是女，每个人都要干这件事。而我呢，由于小玉总要撒尿拉屎，倒痰盂的次数也不少了。但我仍然不能适应。简直是无法适应，永远也无法适应。每体验这么一次，我总要对自己说，日子过得快些吧，再快些吧，让我快快熬过这一年，快快分配工作，把小玉带到自己身边去。不能让她在福安里生活下去了。

五

矫楠在酒席宴上刚一坐下，歇凉寨上一帮老乡，擎着酒盅就朝他围了上来。那阵势，真有点使他招架不住了。

矫楠连忙端起了小酒盅，推辞道："今天是罗幺公的八十大寿，你们应该多敬他，找到我头上来干啥呀？"

"罗幺公的酒，我们敬过三巡啦！"

"这回该轮到你了。"

"喝，矫楠，男子汉大丈夫，拿出点气魄来！"

"实话跟你说，这酒，就是专等你来喝的。"

"是啊！不是你说话算话，照交米机房的现金款，今年这年终分配，硬是搞不下去。就凭这一条，你也应该干三杯！"

五六只小酒盅，一张张被酒催红了的胡子拉碴、爬满皱纹的脸，一双双闪烁着点酒意的兴奋的眼睛，透出的是农家质朴的豪迈性格。矫楠心头滚过一阵热流，他给寨邻乡亲们干了些啥呀，微不足道，可寨邻乡亲们把他当成一个男子汉大丈夫看待。他头一次在这帮农民中间看到了自己的地位。来插队六七年啦，在寨上喝农家的婚酒、寿酒、白喜酒，也不是一回二回了，从来没有一回，有这么多老乡诚心诚意走到他跟前来敬过酒。

"好，喝！"他提高了嗓门，把小小的酒盅高高擎起，同五六只小酒盅挨个地轻碰一下，一仰脖子，酒盅里的酒液全喝进嘴里。

"好，再来一杯！"他的豪爽逗起了农民汉子们的兴致，人们哄嚷起来。

他一连干了三杯，这一茬人才余兴未尽地退去。

酒是包谷酒，下伸店里廉价买来的，七角八分一斤。据说还被供销社掺了水。但那酒劲儿仍然很大，辣得呛喉咙，进了肠胃里直发热。矫楠坐下后，连忙挟了几筷菜，解解嘴里的酒味。人生七十古来稀，八十大寿的宴席，在矫楠的想象中该是菜肴满桌，丰盛得非同寻常的。谁知还是跟往常的红白喜事一样，豆芽、豆腐块都上了桌，大碗大碗的回锅肉、腊肉下头还铺垫着萝卜条、酸咸菜。偏僻山乡的贫穷清苦，就是在宴席上都能体现出来。即便如此，众人还是吃得很欢。与平时素白菜、南瓜片蘸辣椒水、酸菜豆汤下饭的日子比起来，这总还是酒席啊。

矫楠还没坐稳，第二茬敬酒的人又上来了，一吆喝又是一大帮，七八个。人家七八杯酒拼你一杯，你能不喝？

矫楠又把酒杯举了起来。

他很兴奋，这酒难喝，他还是一仰脖，下去了。近来他从没这样高兴过。前不久，他回过一次上海，对众人说的，是探望女儿，去看还没见上一面的女儿小玉。这也是真的，看见小玉长得那么漂亮、那么逗人，他的四肢都发颤了。妹妹说他，哥哥好怪唷，小玉睡着，他在摇篮边瞅着，都会傻痴痴地对着女儿笑。矫楠只是乐，不回答。矫冰懂啥呀，她永远也无法理解矫楠当父亲的心情。但是他心头，更多的却是为了见宗玉苏而回去的。他想女儿，更想念妻子。他把久别重逢想象得十分美妙，充满了诗意，他要去陪她逛马路，买一些她必须的替换衣裳，他还要同她一道抱着女儿去玩西郊公园，去黄浦江上坐摆渡船，去老城隍庙吃点心，去……他有一点钱了，虽然不多，但在探亲假期中花一点，他还花得起。就是做梦，他也梦见同妻子、女儿一道在南京路上的中国照相馆里拍照片，有意义的照片。他踌躇满志地到了上海，他兴冲冲地见到了变得愈发美丽了的妻子和可爱的女儿，可他失望了。他没有如愿。

玉苏怕同他一道出去，更怕抱着女儿和他一起在马路上走。他们没有拍合家欢，没有去逛商店，也没有去任何地方玩，连一场电影也没去看。玉苏的理由极简单，她在里弄生产组横机工场快干满一年了，马上就要分配工作了，她处处都得小心留神。她是瞒着自己已结婚、已有孩子的事实的，不能因为一次逛马路、一次游玩露了馅，更不能只贪图眼前一时痛快坏了事。她是对的，她若得不到正式工作，只得继续把婚姻瞒下去，那样小玉在上海还是临时户口，还是一个小“黑人”。矫楠谅解她。她当然不能住到福安里来，她天天晚上还得在瑞仁里自己家里睡，她怕里委会干部找，她更怕邻居看出破绽。她也不让矫楠住到瑞仁里去，照理那儿比矫家清静，他们完全可以像亲亲密密的小夫妇那样过上一两个月、两三个月，愿住多久住多久，插队知青没啥假期限制，况且他们还是合法的夫妻，光明正大。但他们却只能瞒着人偷欢，似乎他们的行为很不正当。刚回上海，矫楠要求她，哪怕在福安里住三五天也好，家里房子腾出来了，床也腾出来了，她没同意。有几次，矫楠去了瑞仁里，他确信走进玉苏小屋的时候，弄堂里没人注意，灶屋里也没有人注意他，世界上哪有那么多关心他的人？他要求在她那儿留宿，宗玉苏仍是不答应，她什么都依他，就是不同意他住下。她怕事情败露。接连几回矫楠心头都很不痛快，两人都觉得有点儿别扭，但矫楠始终忍耐着，没有发作。他知道宗玉苏为此也同样痛苦。有什么办法呢？人这一辈子，永远也别想有彻底的无拘无束，永远得受一点这样那样的限制。谁叫他们都是处在生活最底层的知识青年呢。在上海的日子里，矫楠苦闷极了，烦躁极了，他又没个人可以去叙说。他第一次发觉，他回上海探亲，对宗玉苏来说，他是多余的负担、是累赘，对家庭来说，他也是个负担，是个累赘。不是嘛，小玉住在家里，一切都得靠妈妈照料。他感到家人们虽然都对他很好，饭桌上好菜尽他吃，有了电影票尽他先去看，姐姐、弟弟、妹妹每人都以个人名义送他东西，毛衣、衬衫、围巾，爸爸妈妈还塞给他零用钱。还像上回来探亲一样，他们总把他看成需要照顾、需要体谅、需要人资助的对象。在这个家庭里，在妻子和女儿面前，没有他的地位。因为他还在山乡插队,户口还在外地。

他受不了这一发现,受不了这样的精神压力和负担,他住上一个多月,就回歇凉寨来了。

玉苏送他上火车时,流着泪对他道,千万千万要设法回上海来。回到了上海,一切都好了。

他也知道这一点,他四处都探听了。是的,一九七四年,闹“批林批孔”运动;一九七五年,又搞什么“评法批儒”;到了这一九七六年,总理逝世了,黄浦江上的大轮船拉汽笛致哀,听说还被禁止和追查。人们都在纷纷议论,一九七六年又要搞更大的运动了,是什么“反击右倾翻案风”。国家有那么大事,一个知识青年算啥呢,回到乡下去,好好接受再教育,就有广阔的前程。矫楠听说,随着回沪口子开大,不但独生子女能回,多子女可以照顾回一个。现在还有不少人千方百计想办法让自己生病,为啥呢,可以搞“病退”。你有病,有病不能参加农村的“抓革命、促生产”,不能成为贫下中农的负担,就可以退回上海。天生有病的,跛子啊、残缺啊,理所当然可以回来。原来去下乡时没病的,到了农村折腾出了病,胃下垂啊、低血压啊、心动过速啊,只要想得出名目,有医院公章,也能回。矫楠有什么病啊,他壮得像条牛,啥病也没有。杀人逃犯“黑鳗鱼”,还不是他的对手呢。他要装病都无法装,他只有回歇凉寨继续接受再教育。

苦恼至极地回到山寨,大队主任吴大中又给了他迎头一棒,在群众会上宣布:矫楠经管的米面机房,每年必须向队里交两千块钱。愿干就干下去,不愿干队里另外安排人。

这不是欺负人嘛,吴大中他小舅子经管的时候,一分钱不交集体,队里还得给他开工分、开出差费、开电费。自从矫楠经管以后,两年里每年交队八百元,一分不少,一切杂支还自己承担。况且,队里原先只一台打米机,那台打面机是他去争来无息贷款买的,是他把钱还清的,这台打面机的所有权该属于他,凭啥要交二千。

吴大中才不管他呢,不错,打面机是你矫楠的,你扛走好了,我们照样能买回一台。再说,电线是谁拉的?贫下中农!电线杆子是谁安的?贫下中农!矫楠你赚尽便宜了,这两年让你赚够钱了。我们绝不允许在知识青年中培养“新富农”,出现“暴发户”。

矫楠有嘴,还占着理,可以争。但你争得过权吗?他不但争不过,还得瞅吴大中的脸色过日子呢,以后真有回上海的机会,比如说上海哪个大学招生的来了,他还得靠吴大中推荐呢!

不过一句话不说,那又显得太软弱了。矫楠冷静下来,权衡再三,平心静气表了态:既然是广大贫下中农的愿望,既然是生产队、大队两级领导作了决定,他服从,他赞成。他愿意负责干下去。这年麦子收成不如买面机那年了,为确保年终能交出二千块,他想请集体再花点钱,安装一台面条机。这样一来,米面机房三台机器,他一个人应付不过来,请增加两个强劳力,和他一起干。

老少社员都喊叫说矫楠讲得合道理,可以同意他的要求。吴大中倒也爽快,转身同歇凉寨的生产队长、会计、保管员一核计,马上答复道:可以,就让三个女知青协助你经管米面机房。

这又是奸猾的一步棋。歇凉寨生产队里,挖煤、烧砖瓦、撵马车、打米等副业劳力,评工分的时候都是比照着同等劳动力算。而一个女劳力,在山寨上每年的工分,最多是一千多分,三个女劳力加起来,队里也只要支付三千多分,只相当一个男劳力的工分。名义上给他加了三个人,实则只付一个男劳力的酬劳,多精明的算计。

矫楠是晓得这点微妙的,但他不吭气了。只觉得一句话为三个女知青争来进米面机房干活的权利,该满足了。这样一来,丁萌萌、佘云、聂洁三个人,至少能不去田土挥锄薅土、背灰背粪,干那些她们始终胜任不了的农活了,至少她们能在室内混混日子了。米面机房的活,再重也比日晒雨淋轻巧啊。

尽管如此,他的心头还是极不痛快,整天阴沉着脸,闷闷不乐的。只要一想到他的境遇,想到远在上海的妻子、女儿,他心头就不是个滋味儿。

今天罗兴善的老父亲罗幺公八十大寿办宴席，寨邻乡亲们如此抬举他、器重他，使他陡然察觉，原来众人心头还是雪亮的，大伙儿明知他个人吃了亏，资助了集体，人们是尊重他的。

一旦明了这点，他心头的愁云吹开不少，喝起酒来，也就无甚节制了。瞧，敬酒的又来了。

这回来的是宴席的主人，罗幺公的儿子罗兴善，一个歇凉寨上出名的庄稼把式，威信极高的人物。

“来，矫楠，满上满上。”罗兴善给酒染得红润红润的脸上，一双眼睛笑得眯成缝，“多承你来替我爹拜寿，这是给我罗家人赏脸啊！来，我们干一杯！”

“唷，罗老伯，你过奖、过奖了。”矫楠听五十多岁的罗兴善这么说，受宠若惊，急急忙忙端起酒盅，同罗兴善脆脆地碰一响，一饮而尽。

人还未落座，一帮罗家族中的年轻小伙，再次把矫楠团团围了起来，矫楠无奈，又是一满盅。

山寨里小小的酒盅，一杯六钱，矫楠连干了六七杯，喝进肚去已有三四两。他久不喝酒，来之前肚皮又是空的，酒很快上了脸，一双眼睛都喝红了。他觉得后颈窝里发热，太阳穴边的神经在跳，心仿佛紧挨着胸廓在激烈地擂鼓样跳动。他总觉得自己胸大肌发达，此时却忽然感到，自己的身板单薄得很。

幸好桌上的包谷烧酒已见了底，只剩下一瓶老乡也嫌弃的青㭎子酒了。矫楠趁这当儿，连喝了几匙解酒的酸菜豆汤。他的脑壳有点晕，心头却是清清楚楚的，有人在邻桌上猜拳喝令，有人在喊汤来了，有人在吆赶抢骨头的狗。刚安静地吃了几筷菜，“小鸭儿”、“小母狗”为首的一帮调皮蛋，一人手里一杯酒，又朝矫楠走来了。他们嘻嘻哈哈嚷着：

“矫哥，给我们个面子，再干一杯！”

矫楠站起身来，手盖着小酒盅道：“今天喝多了，改日一定陪你们。瞧，白酒都让我一人干了。”

他指着倒尽了的烧酒瓶道。

“不喝白酒也可以,用青枫子酒代替。”

“你喝青枫子酒,我们喝白的,这下总可以了吧!”

“给他满上啊,‘小鸭儿’,快夺杯子!”

……

众人七嘴八舌嚷嚷起来。

矫楠拗不过他们,只好松了手。

青枫子酒是采集了秋后山坡上的青枫子酿的,据说是为了节约粮食。但上口那股涩味儿,实在难受。酒劲要比包谷烧酒差多了。

酒盅斟满了,搁在桌面上。

“喝啊,喝啊!”山寨上爱欢爱闹的小伙们再次喧喊起来。

“来,矫楠,我也敬你一杯,喝白的。”吴大鼎原先的婆娘罗湘玉,眼下离了婚借住在罗兴善家,一阵风般挤了上来,把一杯白酒塞到矫楠手里,自己抓起桌上那杯青枫子酒,高高擎起道,“男子汉大丈夫,喝青枫子酒算啥稀奇,这是我们女人喝的,你得喝白的。”

说着,酒杯跟矫楠手中的白酒一碰,发出“哨”一声脆响,继而一口把青枫子酒干尽了。

小伙子们更来劲地起哄起来:“喝啊,矫楠,不喝就输给人家女子了!”

“不要丢我们脸啊,矫哥。”

“你看人家挑战哩!”

罗湘玉一对妩媚的眼睛眨巴眨巴,也在催:“快喝,快喝。不喝我硬捺着灌啰!”

矫楠在众人的嘻哈哄笑声中,张嘴就喝。

酒进了嘴巴,直向喉咙里咽去,他这才咂巴出来,盅里的不是白酒,而是水。他禁不住斜瞅了罗湘玉一眼,罗湘玉瞪他两眼,嘻嘻笑着,手背掩着嘴,钻出人群去了。

……

尽管无甚交往的罗湘玉掩护了他，但在席散的时候，矫楠的头还是痛得难受，走路也有点花八步了。顺着幽暗的寨路摸黑回烘房去时，他几次撞在路边坚硬冰冷的坝墙石头上。农家窗户上的灯光，全在他眼睛里剧烈地摇曳晃荡。他的双脚软绵绵的，几次险些倒在路上。

"你就看不出，阿乡和你来车轮大战，要灌醉你。"一双手及时地扶住了他，托着他的腰往前边走边道，"他们都想看你醉后的笑话呢！真傻。"

矫楠听得出，扶住他说话的，是集体户里的聂洁。他觉得难为情，手一甩，挣脱了她的双手道：

"我……我没醉，我能走……"

话没说完，整个身子歪歪斜斜地往坝墙上靠过去。聂洁跑了过来，又一把将他扶起来道：

"还没醉呢！我看你呀，一喝酒就醉。走，我扶你回去。"

矫楠沉重的身子歪在聂洁臂膀上，聂洁半扶半搂地，费了好大劲儿，搀他向烘房走去。

烘房孤零零地建在寨子边干燥的黄土坡上，屋后十几步远是慈竹林子，晦暗幽深，在风声里还发出低低的飒飒之吟。夜间，寨上人是很少到这里来的。

聂洁从矫楠衣袋里摸出钥匙，开了烘房低矮的门，几乎是半拖半拉地把矫楠送进了小小的曾作过新房的屋里。

聂洁点亮了小油灯。

油灯的光影里，当年作新房时糊上的报纸已从墙上剥落下来，有的已不见踪影，有的还垂吊在那里，一晃一晃的。小屋里十分零乱，到处放着日常生活用品，到处都乱糟糟的。是一副缺少一双女人的手收拾的局面。

矫楠一进了屋子就倒在床上，他的眼皮耷拉下来，脑子里嗡嗡作响，晕晕乎乎，身子轻飘飘的。晃悠晃悠的油灯光影里，更显出夜的安宁静谧。他感到一只轻柔的女性的手在抚摸他滚烫的面颊，手掌心有点儿凉，有点儿干燥，很舒服。他喃喃唤着：

“水……玉苏，我要水……”

手又在他发热的额头上安抚般摸了两下，移去了。一会儿工夫，一杯温水送到他嘴边，他喝了一口，又喝了一口。好凉爽好甜美的水呀，真像是甘露、是蜜汁。他又贪婪地喝了几口。他的神智清醒些了，他觉得自己的头枕在被窝上，不，不是被窝，是一个人身上，异性身上，玉苏身上，有人在喂他喝水。他又喝了一口，睁开了眼睛，一张脸正俯首凝望着他。啊，不是玉苏的脸，他的眼里露出惨然之色，这不是玉苏美丽动人的脸，这是另一张女人的脸，椭圆形的脸上红黑红黑地泛着光，微鼓的厚厚的嘴唇嚅动着，微泡的眼睑下一对大眼睛里，发射出火辣辣的光芒，圆圆的鼻头呈现好看的曲线，鼻尖是圆的，两侧的鼻珠是圆的。她见矫楠陡地睁大了一双眼睛，眼里顿时露出惶悚之色。

矫楠清醒过来了，他把身子从她高高隆起的胸前挣脱出来，坐在床沿上，讷讷自语道：

“我……我喝醉了吗?”

“好汉，你还没醉呢!”聂洁镇定着自己，嗓音微微发抖地道，“不是我扶你，今晚上你会睡在寨路上，脚被狗咬断都不知道。”

“噢，”矫楠手扶着隐隐发痛的头，眼睛注意到聂洁手里的杯子，说，“谢谢你，聂洁。”

“谁要你谢。”聂洁往他身边一靠，嗔怪道，“真不会控制自己。还算是个堂堂男子呢，见了酒馋成那样。连我都不如，这种蹩脚酒，闻闻都恶心，我一口也不想喝。”

“你一口也没喝?”矫楠不解了，听说她很会喝酒。

“不喝。”聂洁赌气似的道。

“怎么呢?”

“一喝我准醉。”

“为啥?”

“为啥,你又不是不晓得。这是人过的日子吗?干的是牛马般的活,吃得那么差。生活中没点儿刺激,眼看着,人倒是一年一年地老了,脸上爬出了皱纹。我是个女人哪,可哪个要我?”说着说着,聂洁嘶声哭了起来,脸靠着矫楠的肩膀,双脚往地上直跺,“你结了婚。郁强和余云,杨文河同丁萌萌,都配了对。唯独我,我的名声那么臭,哪个都晓得我的过去。我……”

平心而论,这些年在山寨上,聂洁倒是循规蹈矩的,没出过啥丑事。矫楠听着她喊出这番话来,陡感震惊地扶住了她的双臂道:

“不要哭。聂洁,你……你能找到的……”

“到哪儿去找?找块石头!”聂洁赌气一般打断了他无力的安慰,两眼里火辣辣的光直扫到他的脸上,完全没了理性和克制,“我喜欢你,喜欢像你这样的男人。可你……你先同秦桂萍好了。秦桂萍同你闹开吵翻,我心里好欢喜啊。她那种小家败气的人,怎么配得上你啊!我正在打主意,差不多同时,你又同宗玉苏好起来了。老实说,我晓得这回遇上劲敌了。不论从相貌、从气质,我都是无法同她比的。我只有退避三舍。我知道只好认输了。可你晓得不,我的心……我的心一想到这,就像在油锅里煎熬。我的心难受啊……”

矫楠万没想到,近些年来,聂洁这样一个人,在身旁那么强烈地爱着自己。平时,他连眼角也很少斜她一下的呀!他抱歉而又惨然地望着她,酒力直往他头上冲,嘴微微一启,什么话也说不出来。

聂洁把手里的茶杯忿忿地扔了出去,茶杯落在小桌上,杯里剩余的水泼出来,打熄了油灯,烘房小屋里顿时漆黑一团,啥也看不见了。

矫楠正在惶惑,聂洁啜泣着,一头扎到他的怀里,哀哭着道:

“矫楠,我晓得你心里也烦闷,也痛苦,老婆带着女儿回了上海,你回不去。我知道这是种啥滋味,我不是要使坏,我只是喜欢你,只想在你身旁无人的时候厮守着你,我……我愿意……我不缠你,我爱陪着你……”

她一边语无伦次地说着,一边用双手抚摸着矫楠的肩膀,摩挲着他的颈子。她的高高隆起的胸脯向他贴过来。

矫楠浑身像火烧似的,手脚都因惊悸而发着颤,由于酒液沸腾而骤跳的心,就如同顷刻要破碎了似的。他感觉到她的温存,感觉到她的发梢在撩着他的脸,感觉到她柔软的胸部结结实实地压迫着他。他微翕眼睑,真愿意听凭感情和欲火的驱使。聂洁双手扳住了他的头颅,双眼里闪着寒光,呼吸局促地微喘着。矫楠几乎眩晕了,他费劲地睁大了双眼,这一瞬间,他的眼前那么清晰地看见了玉苏的脸,妻子正大瞪着一对惊恐的眼睛盯着他,怀里抱着小玉……酒力在矫楠的头脑里散开,他把聂洁往边上一推,自己脱身站了起来,陡然粗声说道:

"聂洁,你冷静些。我好像记得,你有两年没回上海了。是吗?"

聂洁捂着脸哭了:"快三年了。家里不欢迎我回去,不寄钱来。我……在山旮旯里,我靠啥赚钱哪,唔唔……"

"你回去一次吧,我给你钱,回去探一次亲。我想你是太孤独了,太孤独了。"矫楠说完,从衣袋里掏出一叠钱来,黑暗中数也没数,塞到她的手里。

聂洁先是把他的手打开,继而见他硬递过来,抓过钱去,猛地跳起来,拉开烘房的门,跑了出去。

矫楠的头像裂开般疼痛起来,他的身子整个儿一软,重重地瘫倒在床上。

烘房被拉开的那扇低矮的板门,他都忘了去关。从寨路上,风一阵一阵吹过来。

六

刚刚下班,身上还带着工场间里针织横机的机油味儿,六十四号门外头就有人喊我的名字:

"宗玉苏,你的电话,要打回电的。"

我一面伸手掏传呼费,一面穿过灶披间迎出去,送传呼电话单的老阿姨接过三分钱,把小小的单子递了过来。

打电话的人姓陈，我再仔细一看回电号码，确认这是陈谷康打来的。

在这初夏的傍晚，他来电话干啥呢？我忐忑不宁地朝后弄堂口的传呼电话亭走去。

他家里的电话，一拨就通："我找陈谷康。"

"我就是啊。"他的声音在电话里有点儿变样，但挺热情："是宗玉苏吗？我想问你，晚上有空吗？"

这不是约会的口气嘛。我淡淡地道："有什么事儿？"

"你托我的事，有眉目了。"

"真的吗？"我顿时兴奋起来，在里弄生产组针织横机工场，我已干满一年多了，始终没给我分配工作，上一次，陈谷康来我家，我托他给他父亲讲一下，想不到才一个多星期，就有回音了，"你快讲给我听听，什么时候分？"

"电话里不好讲。我们在外头约个地方罢。"

电话里有什么不好讲的呢？他在家里打电话，讲什么都不碍事。他这明明是借此想同我逛马路。我不是木头人，他对我的意思，我心里完全是有数的。可我是矫楠的妻子，是小玉的妈呀。我怎能同他去逛马路呢。

我沉默着，他的声音又传过来了："怎么样啊？"

看来，不同他见一面，他是不会把消息告诉我的了。我抿紧了嘴，断然道：

"这样罢，晚上我到你家去。"

"欢迎啊。几点来？"

"七点左右。"

"好，我等你。"

我搁下电话，付话费的时候，才察觉手掌心里都起汗了。为工作的事，去老同学家拜访，总比两个人在马路上并肩走好些。对了，一旦分配好工作，我得尽快告诉他，我早已是矫楠的妻子了。省得他傻乎乎地犯单相思。

还得感谢中学里“死猫儿”老师呢，他提倡同学之间互访互助，增进友谊，增强全班学生之间的团结，那时候去过陈谷康家一次，现在我还有记忆。

晚饭后，我牺牲了去看望小玉的时间，换上一件无领连衫裙，到陈谷康家去。

还没走到他家那条弄堂口，他就朝着我迎过来了。

我不由一怔，故意道：“不让我上你家去啊。”

“哦不，”他连忙笑盈盈地作解释，“吃完晚饭，家里突然来了一大帮人，找爸爸妈妈的，看样子又是传啥消息。你不知道吗？现在风紧得很，又要追查啥去年七、八、九三个月的谣言啦！”

我脑子里只有尽快分配工作这一个念头，哪管这么多啊。下班回来，整个心都贴在小玉身上，要不，就为远在山乡的娇楠发愁。我还有闲心听啥小道消息哩！我朝陈谷康摇摇头：

“我心里急坏了，安排工作的事……”

“走，我们边走边聊吧。”他挺潇洒地把手朝前一指。

看来，只有陪他在马路上走一段了，我默默地转过身，随他沿着马路走去。

人行道上熙来攘往的都是人，街沿边，已有端出竹椅、小凳出来乘凉、打扑克的人了。我的心里极不自在，这算啥呢，我一个有夫之妇，同过去的男同学……

“爸爸听我讲了你的情况，找区里的同志做了工作。”幸好陈谷康没再吊我的胃口，稍走出几步，就谈正题了，“问题解决了。不几天就给你发通知……”

我乐得几乎控制不住自己：“几天？究竟几天呢？”

“一个星期之内吧。”

“分到啥单位，你听说了吗？”

“和你现在干的工作是对口的，羊毛衫厂。”

“哎呀，太好了。”

“我也为你高兴，宗玉苏。”

“真要好好谢谢你爸爸。”我由衷地道。

“这有啥可谢的，我们是老同学，应该的嘛。再说，老同学现在还互相联系的，也不多。你说是吗？”陈谷康说着，双眼脉脉含情地望着我，手从衬衫上衣袋里，掏出了两张粉红色的电影票，“瞧，这是我为今晚上安排的节目，看电影去。”

不出我所料，他是有意要约我出来。光是通个信息，那几句话，电话里三言两语就讲完了，哪须非得当面讲清呢。我在忖度，什么家里来了好多客人之类，也许都是他信口扯出来的吧。

我为难地摆了摆手：“这怎么成呢，看电影……”

“怎么不能看电影？告诉你，这是内部参考片，美国电影《插曲》，听说非常好看，票子紧张极了。为这两张票，我跟姐姐磨了好半天，她才答应把自己那张让给我。”陈谷康有点急了，身子凑近我，局促地解释着，最后双眼哀求般瞅着我，“你不去看，那就太遗憾了。”

这会儿我才留神到他今晚上作了一番打扮，头发梳理得光顺熨贴，乌闪闪的，似擦了油。新衬衣，飘逸挺直的裤缝，一双凉皮鞋。身上还抹了点香水。我站在他身旁，能感受到他那股男性的殷勤和豪气。但我摇了摇头：

“我不能去看了。”

“为什么？”他一定注意到了我颓然的语气，“晚上有事儿吗？”

要答有事儿，他一定会追问什么事儿，而一时，我又编不出个话来。我只能轻叹一声：

“我没心思。年龄这么大了，工作……”

“不是有眉目了嘛。”

“再说，一天干下来，我很疲乏……”

“看场电影，不会累的。宗玉苏，去吧。”陈谷康又苦口婆心哀求起来，“早知这样，我就把看电影安排在你休息的日子了。怪我，只想到你有了工作,该庆贺庆贺。再有、再有……我也是光图自己一时高兴,你知道吗,学校已找我谈了,要我留校,搞团的工作,当副书记。这样,我就能一边攻读研究生,一边工作。前程基本上已定了下来。联想到你的工作很快也将落实,我兴奋极了。就……就……宗玉苏,去看场电影吧。看完了,我送你回家。”他手中拈着两张票子,耐心地劝说着。

我一抬头,看见他的眼里浮起了泪光,心顿时软下来了。也真难为他了,请他父亲帮忙,有了结果,他还找来两张社会上热门的票子。若不去,太伤他心了。好在,仅仅只是看场电影,不是啥大不了的事。待工作落实以后,我把小玉公开带来住在身旁,他还来找我,我就把实情告诉他。眼下还不行,假如现在对他一说实话,他拂袖而去,把我已结婚生了孩子的情况告诉了他爸爸,那我的工作……工作,工作,这年头有个正式的工作,该有多么重要啊。

我低下头,沿着梧桐树茂密的树阴,缓步走去。

陈谷康一步跃到我身边,满脸荡开了笑纹,他看出我愿去看电影了,快活得什么似的:

“玉苏,我们走对面,坐十五路电车。”

连称呼都变了。我斜他一眼,冷冷地岔开话题:“你不是说,今年毕业,你要抓紧时间温课报考研究生嘛,咋有时间看电影?”

他胸有成竹地淡淡一笑:“你不知道,我的成绩,在班上算得是佼佼者,考研究生,不须费多大力气。再说,指导我的老教授,已经点了名,有把握!”

他又流露出了自得之态。

我联想到他在中学里的学习成绩并不是十分理想的,在班上,至多算中等吧。便不由问道:

“从什么时候起,你懂得用功了呢?”

“什么时候呀,从远说起吧,文化大革命革到我们家头上,把爸爸打成了走资派,把我革到了崇明农场那时起,我开始反省和清醒了。你一定记得,我还在红卫兵团负过责。到了农场以后,运动一个接一个,‘清理阶级队伍’啊,‘一打三反’啊,‘九一三’事件啊,更使我觉得,政治形势难以预测。感到自己运动初期的盲目和虔诚,原来都是在为人所用。我分析了自己所处的环境和农场的实际,重新制定了可行的努力方向。那便是,潜心在农场奋斗几年,首先得入党。事实证明我是对的,随着爸爸出了牛棚进干校,我很快入了党。然后便把我推荐进了大学。入学以后,又是一系列的运动,什么‘批林批孔’、‘评法批儒’、‘反击右倾翻案风’,最近又追查什么谣言,我一如既往地持随大流的敷衍态度,而把真正的心思,用在读书上。大学里的政治空气浓,但真要想读书,还是能觅到知音的,老师也好,教授也好,还是喜欢用功的学生啊。我有这么个感觉,得趁着近年来颠来倒去没个安稳的局势,好好躲在一边读点书。等太平下来,会有用处的。”

“你倒真会打算盘。”

“这也是形势逼出来的嘛!哎呀,十五路来了,我们快跑,上车去。”

内部参考片在新光剧场放映。陈谷康拿到的票子位置不大好,是楼上二排最边上的两个座位。开映以前,他买来两块冰砖,我慢慢地咀嚼着,这样好省却找些话来聊。电影开映了,我手上的冰砖还没吃完,便赶紧把融化酥了的冰砖一古脑儿塞进嘴,掏出手绢来拭着嘴和发黏的手指。

场子里黑下来,随着小提琴乐曲和声声钢琴伴奏响起来,陈谷康俯身向我,在耳畔热心地介绍着:

“这是著名影星英格丽·褒曼主演的片子,演提琴家的也是名演员,叫李斯廉·霍华德。看,就是从楼梯上下来的那位……这是褒曼第二次演这部电影,头一次是瑞典拍的。”

我不愿和他显得过分亲昵,悄悄提醒他:“别讲话了,让我专心看。”

这场电影真好看。瞧,人家一九三九年拍的片子,竟然有那么大的感染力,影片一开头就把我深深地吸引住了。说真的,自从文化大革命的狂飙掀起至今，整整十年了，我还是头一次看到这么部打动我心灵的片子。我简直是凝神屏息地看着剧情的发展，著名提琴家和家庭女教师婚外恋的故事，搅得我心神阵阵不安，但又紧紧揪住了我敏感的心。

冰砖融化的奶油冰水抹不干净，手指上腻乎乎的，我不由自主展开手，搁在扶手上。哦，寂寞可爱、多才多艺的家庭女教师真可怜，她终于同那个名震全球的、有了妻子和两个子女的小提琴家恋爱了。这样的爱情会幸福吗？

我惴惴不安地瞧着银幕，急切地想知道故事的结局。他们俩是在不知不觉当中为对方所吸引，堕入了热烈的而无法自拔的情网的，我的心弦被深深地触动了，产生了一股说不出来的共鸣。

我觉得全身像触了电一样紧张起来。

我放在扶手上的手，因冰水抹不干净的手，被陈谷康的手抓住了。

银幕上的男女主角在接吻、拥抱。

我躁动不安而急切地要抽回自己的手，但陈谷康的手把我的手紧紧地抓在他的掌心中。我真想嘶喊，真想站起来抽身而去，可我动弹不得，喊不出声。我的手在他的掌心里挣扎，急于摆脱他的抓挠，可他的大手有力而悍然不顾地压着我，五个手指扭缠着我的纤指，我几次试图抽出手来，几次试图狠狠掐他一下后断然起身，但他总及时地揪扭住我，以至我们两只手的对搏最终以我的屈服而无力地瘫搁在扶手上。这会儿，他的手掌一边重重地压住我的手背，一边又用手指尖轻轻摩挲抚慰我的手指。我的手简直没了一点儿力气，瘫痪般在那儿抽搐着、痉挛着，沁出满掌的汗。头脑也随之眩晕起来。血液在皮肤下沸腾。

电影的后半部分演了些什么，我啥都视而不见。滑爽轻柔的小提琴声和激越浪漫的钢琴声一齐响起来时，灯亮了，场子里的观众全都纷纷站了起来。

我猛地抽回手，冲动地离座而起，忿然沿着走廊往太平门跑去。

我的眼角看得到，陈谷康急急地随我追了出来。我再没望他，抢在所有的观众前面，下了楼梯，出了剧场门，在马路上小跑起来。

跑啊，快跑，尽快甩脱他，离他越远越好。一旦有了工作，再也不同他接触，再也不理他了。

心在狂跳，情绪在剧烈地波动起伏，稀里糊涂的，我跑到幽暗僻静的菜场上来了。是鱼肉家禽的臊腥味，是菜皮烂叶的腐蚀味，是咸菜腌货的臭味，混浊地交织在一起吧？这条菜场街上人影寥寥。鱼摊海味肉案前头的地上，排列着一些破篮子、石头、砖块，代替着第二天清晨每个想买点好菜的人。我看了看路牌，这是牛庄路。

身后传来急促的脚步声，我情不自禁转身一望，陈谷康气喘吁吁地跑到我身边，他双手紧紧抓着我的双肩，惶恐不安地申辩着，额头上全是一颗颗豆大的汗珠：

“玉苏，我……我没有恶意。真的，我爱你，我只是爱你呀，难道这也是过失吗?”

他悲伤地哽咽出了声。

我惶惶地瞪着他，是啊，难道这能怪他吗？他并不知道我结了婚啊。

他见我愣住了，又疯了似地把我搂向他的怀抱，同时不顾我反抗地在我的脸颊上吻了一下。

我狂暴地推开了他，把他重重地推到肉案边，险些跌倒。随后我一个转身，就飞跑起来。跑出了牛庄路，又朝北京路方向奔去。

“玉苏，玉苏!”陈谷康在后头追我。

我不顾一切地跑到北京路西藏路口，正好一辆电车驰进站，我连是几路车都没搞清楚，就跳上电车，看着电车关上门，驰离站头，才如释重负地吁出了一口气。

透过后车窗玻璃，看得到陈谷康在追着电车飞跑、飞跑，拼命地赶来，可怜巴巴地招着手。

电车一开快，到底还是把他远远地甩在后面了。

坐过两站,我才弄清楚这是十六路电车,完全是朝福安里相反方向驶的。我默忖了片刻,干脆一直坐到延安东路,在那里下车换乘七十一路回家。

当我带着满身疲倦回到瑞仁里六十四号时,意外地发现家里的灯雪亮,离家时锁上的门敞开着,我疑惑地走进屋去。只见让崇明农场的海风和烈日吹晒得黝黑的哥哥迎着我站了起来,他身旁还有一位温顺的和他一样黑的姑娘,哥哥乐呵呵地笑着道:

“没想到吧,玉苏。我上调了,我们俩双双一同上调了,分在机电一局。半个月以后报到,再由局里面具体分配到市区下属的工厂去。这是蔚烨,我的女朋友,未婚妻。你一定感到突然吧,船误了班,我们刚到,休息一会儿,我还得送她回家去。”

“太好了,哥哥!”我的疲乏和郁闷顿时一扫而光,欢喜地叫起来,“你们没吃晚饭吧。我给你们下面条,简单一点,一会儿就能吃,蔚烨姐,你吃点儿再走。”

七

夜雨又下大了,还夹杂着骇人的雷声。闪电一下接一下地扯起雪亮的帷幕,又在瞬间即逝。

米面机房的电灯泡忽亮忽灭。

趁着电闪雷鸣的间歇,矫楠拉开了米机、面机的闸刀。隆隆飞转的米面机渐渐停歇下来。

矫楠环顾一下挨墙放在那儿的箩筐、背篼,无奈地叹息了一声,闷愁地从衣袋里摸出一支烟。

今晚上,邻近村寨上拿来的这些谷子、麦子,又不能打完了。

矫楠擦火柴点烟,狠狠地吸了一口,徐徐地将烟吐出来。下乡这么多年,他都没学抽烟。但近来,他竟然也学会抽烟了,抽得还挺凶。

他习惯地环视一遍铺着层麦灰、谷灰的米面机房,转身朝门口走去。

拉上门，下了锁，他才发现雨下得真是大。雨点子像石子般砸在大院坝里，而他，没带任何雨具。

再让他开了门回进米面机房，静候雨势减弱，他没那个耐性了。一扔抽了半根的烟，他甩开双手，就往罗兴善家飞跑过去。

“哎呀！你又不披蓑衣、斗篷跑回来了。”听到厢房门被推开的声音，灶屋里的罗湘玉迎了过来，大惊小怪地道，“我还说马上替你送过去呢！”

“不用。”

“看啊，你那衣裳全淋透了，快脱下、脱下，脱下我给你烤烤。”说着罗湘玉伸手过来。

矫楠脱下了咔叽布学生装，幸好路短，里头的衬衣没湿。

罗湘玉转身递过一盆温水来：“快洗洗呀！瞧，你的脑壳上全打湿了，要着凉的。劝你白天干了，晚上就不要去，非要去、非要去！”

矫楠似乎习惯了她的唠叨，他洗了脸，使劲地抹过头发，还将就擦着肥皂洗了手。刚把洗脸水泼到门外院坝里，罗湘玉又端过脚盆来，道：

“把脚也洗了吧。”

矫楠不好意思了：“我会舀水的。你这样，我心头太过意不去了。”

“这有啥呀，你忙，不也是为大伙儿嘛。”罗湘玉坐在灶孔边，展开矫楠的咔叽布上装，将就灶孔里头燃得红红亮亮的火光，替他烘烤着道，“兴善大叔一家子都睡得早。他喊我招呼你一下。嗳，饿了吧，饿了我下糖水蛋给你吃，火和水都是现成的。”

“不饿。”

“不要客气啊。”

“我哪会客气。倒是你太客气了。”

“我客气啥？兴善大叔同好些寨邻都说，要把你照顾得好好的，要不，你会跑的。”

“我不会跑。”

“不会？你们那个集体户，不是跑得一个不剩了嘛。”

矫楠的双脚浸泡在温热的水里，唉叹了一声。是的，“四人帮”倒台之后，先是杨文河说要探亲，回去了。跟着，聂洁走了。临近春节时，插队落户岁月中只回过一次上海的郁强和余云，也走了。最后走的是丁萌萌，她是在乡间过了春节走的，请假的理由还是探亲，但没有人相信。要探亲，她该在节前走，为何过了节忽然要走呢。而且，而且先走的那些人写来信，都寻找种种理由说不再来了。杨文河说在搞“病退”，聂洁说她在等待“知青办”的态度，什么态度，信上没写。郁强和余云的信中说，余云的妈妈病卧在床，需要人照顾，他俩一时来不了。不论他们找的是何种借口，用的是啥措词，寨邻乡亲们一针见血地道：“不会来了，哪个还愿来钻这山旮旯啊！”

丁萌萌是在面机旁跟矫楠说的：“矫楠，他们都走了。原谅我，不能在这里继续当你助手了。”

三个助手走了两个，剩下最后一个，米面机房的担子已够重的了。丁萌萌一走，矫楠只好请歇凉寨上再给他派人。他装作无动于衷地道：

“是想回上海去追杨文河？”

他知道杨文河回沪之后，没给丁萌萌来过信。她是又伤心又忿然的。

“我才不会去找他呢。这种人，我算看透了。幸好我啥也不曾答应他，啥也没有给他。不欠他任何东西。”丁萌萌气恼地道。

“那你咋突然说走？”

“矫楠，跟你我不说假话。爸爸妈妈来信，说上海有新的消息，凡是知青，没结婚的、没在当地安排工作的，陆陆续续都能在一两年内办回上海。妈妈在信上说，回来吧，受了那么多年苦，在家等一两年，家里养得起。”

“那你走吧。”

“那你呢？”

“我……”

丁萌萌叹气了，一双灼灼放光的眼睛里含着泪，悄声低语般道：

“我知道，你有难处……我，愿你幸福吧。”

矫楠真是有难处。“四人帮”刚垮台，老百姓就像有直觉似的，重又提起了吴大中小舅子的问题，说他不仅有贪污挪用人们交的电费之罪，他肯定还侵吞了大量打米的钱。有何证据，矫楠接管米机房这几年，年年交队八百块这一事实就是证据。群众呼声反映到公社，还真起作用。公社又下干部来了，一个副书记，带了三个随员，信用社的、供销社的，还有一个办公室的，四个人找到小舅子，要他坦白交代。小舅子一看这阵势比上次更厉害，拖了几天，交代了，打米机房赚的钱，一大半交给了吴大中。歇凉寨群众愤怒了，要吴大中退赔赃款，要吴大中这样的干部滚下茅屎坑去。处理决定是公社下的。撤销吴大中党内外一切职务，给留党察看处分，退赔赃款。大队主任下了台，还得群众选一个。选哪个呢，公社副书记召开了全大队社员会，怪得很，老老少少都喊选矫楠。大伙儿都说，米面机房是他一个人搞兴旺起来的，吴大中拿那么苛刻的条件压他，他明知吃亏，但想到赚来的钱反正是交集体，照样埋头苦干。在这年头，见钱不眼红、不贪污挪用、不多吃多占的干部，就是好干部。民心所向，众愿所归，公社党委竟然批准了。那位带工作组下来的副书记，临离开前还找矫楠谈了一次话，鼓励他好好干，莫辜负一千多乡亲的期望。当知道他还不是党员，副书记对他至今还未主动靠拢组织，甚至表示不满哩。

就这个样子，矫楠由一个普通知青，成了大队主任，肩头担着责任呢！他能随便走吗？

春天来了，一阵狂风挟着暴雨，冲垮了烘房半边山墙，矫楠无法在那里住下去。想搬回原先的集体户嘛，集体户茅屋顶的草十几年没翻，漏得很凶，况且自从丁萌萌走后，队里见房子空着，就把好些篾席、风车、掼斗之类，统统搬了进去。矫楠成了无家可归之人。

罗兴善邀他住进罗家院坝去。他家的厢房上下两层，下边两间，一间堆石灰、碎砖之类，一间吃饭。楼上两间呢，里头那间睡着罗湘玉，外面那间是罗兴善的小儿子罗振发睡。两间房不相通，各有各的门。矫楠可以同小振发睡一间屋。

矫楠去看了，房间不但宽敞整洁，还是木瓦结构的，他下乡这么多年，还没住过如此舒适的房间呢。况且，罗兴善是出了名的庄稼把式，他这个新上任的大队主任，农活上啥事儿都可以向他请教。

就这样，他由烘房搬进了罗兴善家。

“嗳，跟你说话，你咋不吭气啊？”罗湘玉的声音脆脆地传过来。

“啊？”矫楠光顾默神忖度，啥也没听见，他茫然地，“你说啥？”

“过了这春天雨季，我就搬出去住了。”

“住哪里？”

“寨子南边，靠砖瓦场那里。”

“门窗全安好了？”

“都安好了。”

“你还满意么？”

“满意是满意。只是，唉……”

“咋个呢？”

“你真不晓得？”罗湘玉的脸被通红的火光映得红润润泛着光，一双眼睛郁怨地瞥了矫楠一眼，哀声道，“三大间屋，空落落的……”

她没讲下去，矫楠也不指望她讲下去。他晓得她会讲些啥的。住到罗兴善家这些天来，他看得出，罗湘玉处处都在悉心照顾他。表面上的理由，当然是说得过去的，她借住在叔家，应该主动多操持一些家务，大叔家的人睡得早，她理该把屋收拾理抹干净再睡。但是矫楠看得出，从她不时窥视他的目光，从她天天晚上在灶屋里等着他归来，不论他忙到多晚，不论是刮风下雨，像今天这样，她都等他。为的是替他送上洗脸洗脚水，为的是问他一声饿不饿，要不要煮蛋吃、下面条吃。有那么两三回，他当真饿了，她一忽儿工夫就替他煮好端了来，坐在他旁边，眨巴眨巴睁大着双眼，瞅着他吃。最初矫楠以为她是想在米面机房谋一个活路,那毕竟是轻巧活呀。自从帮着他的三个女知青先后离去,歇凉寨不知有多少人找他,悄悄地向他提出、向他要求、向他哀求,希望能进米面机房擀面条、打米、打面粉。但天天见着他的罗湘玉,从未向他提过这种要求。矫楠不是木头人,他是结过婚的男子呀,从罗湘玉倾慕的眼神中,他看得出些道道来。他害怕她那温存的关照和体贴,害怕她单独同他在一起。罗兴善家是木瓦结构的房子,想到一家人都睡了,他们说话时都会不由自主压低了嗓门、放柔了声气,这当儿,灯光昏浊晦暗,灶屋、厢房会显得空廓幽深。那情景,那互相对视的目光,都使矫楠觉得怦然心跳。她若过一阵子搬出去住,那就好了。同吴大鼎离婚的时候,罗兴善出面,同吴大鼎讲好了条件,罗湘玉不可能回她娘家去,离婚后仍住在歇凉寨。吴大鼎要离婚,就得替她盖起一幢泥墙茅屋,人力物力由吴大鼎同罗家两头分摊。吴大鼎爽快地答应了,两人去办了协议离婚手续。离婚证书一到手,吴大鼎先是拖,后来干脆就赖账,不愿出力替罗湘玉盖房。直到这家伙重新说上了婆娘,又去办理结婚手续时,罗家人告他一状,公社民政助理员断然对他道,你又要结婚吗,那好,把协议离婚时的条款落实了再来,否则不予办理。出于无奈,为了尽快重新结婚抱上娃娃,他只好上门来找罗兴善商量,在寨子南头砖瓦场边贫瘠的自留土上,给罗湘玉盖起了一幢泥墙茅屋。

下乡多年了,矫楠也懂,黄泥巴冲起的土墙茅屋,刚建好太潮湿,住不得人,需晒过一两个月,挨过两三场雨,人才能往里搬。春天里雨水多,罗湘玉一时还不能住过去,但无论咋个说,她不会在罗兴善家长住了。

“衣裳烤干了。”罗湘玉抖着矫楠的咔叽布学生装,把灶孔口口上的干柴往灶孔灰堆里塞熄了,离座朝矫楠走过来。

脚盆里的水都凉下来了,矫楠赶紧抹干脚,趿上鞋子,俯身去倒脚盆水。

罗湘玉把衣裳朝矫楠肩头一放,抢先抓住脚盆道:“我来倒呗,你歇息。”

四只手差不多同时抓着脚盆,两人的手指挨着手指,又都俯着身,脑壳几乎贴近了脑壳。

矫楠手足无措地着了慌:“脏水,这……这咋个可以。我自己倒。”

罗湘玉的手将脚盆抓得紧紧的,仰起脸来,朝矫楠嫣然一笑:

“咋个不可以?放手吧,矫楠。瞧,肩头上的衣裳要落下来了。”

罗湘玉的头发撩着矫楠的脸。离婚后她一直学着女知青剪一头不梳辫子的短发。她那五官端雅的脸上闪烁着绯红的光,两眼温顺地瞅着矫楠,声气是诚挚的、柔柔的。

矫楠松了手,她说:“这才像个话。”欢欢喜喜端起盆,走到门口去。

矫楠展开她烘干的衣裳,闻到一股柴火气。他把衣服抖开,披在身上,准备上楼睡觉。欲行又停下脚步,他觉得甩她一人在下头收拾,有些过意不去。

罗湘玉泼了水,在墙角搁下脚盆,又晾起洗脚帕,转过身来,正要去捂火,见他呆痴痴站着,嗔怪般问:

“咋还不去睡?”

“呃……”

“要不要坐着烤火?”

想到两人挨坐在灶孔边烤火的情景,矫楠不由摇摇头,简短说了一句:

“你也早点睡。”

便摸黑朝楼梯口走去。

“点个火嘛。”她在他身后追来。

他头也不回地说:“不用,走熟了。”

屋外的雨还下得很凶,屋檐水“哗哗啦啦”倾洒到青岗石铺砌的院坝里。阴沟下头的水急漩着发出“咕嘟咕嘟”的响声,风不时把雨丝吹到走廊上来。

罗振发才十四岁,但在罗兴善影响下,从小就养成了早睡早起的农家习惯。每晚上，矫楠进屋去，他都已睡着了，有时候还在梦中惊叫："耗子、耗子，黄鼠狼追山耗子！"

矫楠闩上门，摸到自己床头，划一根火柴点上烟，拉开被子睡上床去。

听着屋外喧嘈的风雨，静静地抽完一支香烟，矫楠钻进被窝，头靠在枕上睡去。起先他还想一些事，米面机房的，大队所属各个寨子的，继而他思念着妻子和女儿，听到楼下一些响动，他也会想到罗湘玉还在收拾潲桶、饭甑，或是往大锅里舀水，一个农家妇女，一天忙到黑，还有事儿做……再后来他就啥也不想，啥也想不成了，他从早到晚，太忙太累，太需要翕上眼睡一觉了。

…………

据说这是身体健康的标志，矫楠睡得很熟很沉，常常是一睡着便啥都惊扰不了他，一觉能睡到天亮。

每天清晨，天蒙蒙亮，就有一双脚踏得楼板机械地响起，不急不缓，不重不轻，上了楼，脚步声响到矫楠屋门口，轻轻喊：

"振发，振发，起得了，起来割草去！"

贪睡的小振发经常不情愿地"咽唔"几声表示疲倦，表示没睡醒，继而便一骨碌起了床，趿上鞋拉开门就走了。屋里仍是出奇的安宁静谧，矫楠即使被吵醒，翻个身还能睡到天亮。他是知青，不需割草垫牛圈、猪圈，不需积肥沤粪。

春眠更甜。振发睡得太熟，这天清早，罗兴善老汉提高了点声气，才把小儿子唤醒。振发起床时有点慌张，踩得楼板"咚咚"响，矫楠被吵醒了。像往常一样，只一忽儿工夫，小振发拉开门往楼下跑去，边跑边解释般对爹说：

"哎呀，我正在做梦，梦见一大堆雪白雪白的菌子哩……"

他还算细心，顺手拉上了门。有时候他跑得急，还会让门就那么半敞着呢。

矫楠翻个身还想睡，但他却睡不着了。他听见罗兴善父子的脚步从院坝里响出去，听见父子俩打开朝门，还听见寨路上有马蹄声响过。

他也想起床，人还没起，随而又想到，昨夜一场大雨，山路溜滑难行，不会有人来打米擀面条，起来也没事儿。他又翕上眼，想眯一会儿也好。

这是春天，春汛泛滥的草丰水涨时节。

是昨夜那场风雨太大了吧，连平时拂晓时分经常听到的鸣啭的鸟语，今天也听不到。光线幽暗淡弱的厢房里，安谧悄静，啥声息儿也没有。

要入神细听，才能听到屋檐水隔好长好长时落下一滴来。

矫楠休息足了的躯体泛滥着青春的洪流。

他平静着自己的心绪，切盼自己再睡一会儿。

陡地，他在这一片寂静中听到了什么声音，门“吱呀”一声轻轻地开了。不是他这间屋的门，是楼下那间房的门，要在往常，他是不会听见的。

他没留神，还想睡。

又有一种声音响了起来，低低的，微微的，一件衣服落在地板上的声音。起先矫楠以为是偷食包谷的大耗子，吃饱了慢吞吞地在楼板上跑过。当那声音响到他门前的时候，他确准了，那不是耗子，更不是衣服丢落，而是人的脚步。当他的门被急速地推开，又迅疾地关上，并随手摸索着拉上门闩时，他联想起了刚才那极轻极轻的开门声，那不是楼下的门，而是隔壁走廊尽头那扇门，罗湘玉睡觉那间屋的门。

脚步声在一下一下比起初更轻微地朝他响来。

矫楠的心跳得像马蹄疾奔。

脚步声来得很慢，很慢。迟疑着，犹豫着，停顿着。

矫楠听得到她那低柔清晰的喘息。他想坐起身来，瞪眼责问她：“你来干什么？”他又怕这样断然决然的动作吓得她惊呼起来，那她会下不来台，抽身跑出去的，那她以后会怨他、恨他，感到在寨上无脸见人的。

矫楠一动不动躺着，浑身紧张得发抖。他不敢动一动，不敢睁一下眼睛。他的让春天唤醒的强健的躯体，在无声地朝他的灵魂呼喊：让她来，让她来，要来就快来，快来吧，快来吧！

青春泛滥的洪流淌过他那富有弹性的躯体，体内那些浮涌而来的暧昧而野性的骚动，一阵比一阵强烈地激起他心中那些颠来倒去却又说不出口的清晰可辨的幻境。

他迷醉般地躺着，自己都没觉得，他的壮实发达的胸脯在被窝下起伏波动。

他感觉到一阵遍洒而下的春雨，惬意地落在他的脸上，那股舒适和快感瞬间袭遍了他的全身。他任凭春雨洒下来，洒下来，把他整个地围裹起来。

他凝神屏息地领略着雨露的滋润。

哦，那不是春雨，那是她的手，罗湘玉的凉凉的手，正从他的额头到他的眉骨，到他的脸颊、腮帮，抚慰地摩挲着、摩挲着。

他能听到她带点局促的喘息，恐惧而慌乱的呼吸，他甚至听到她俯向他的胸部的一颗狂跳着的心。

一股烘热烧灼似的在他床上升起。他感到温热柔软的异性的肉体紧挨着他。他不由得睁开了眼睛，看到了罗湘玉只穿着一件白漂布的无领无袖的贴身褂子。

罗湘玉见矫楠大睁一对眼睛望着她，她的眼里顿时掠过一道惊慌羞怯的神色，一刹那间涌起满眶的哀求的泪水，嘴唇寒颤般嚅动着，嗫嗫嚅嚅地低语着：

“我、我都不要，啥都不要，只求、求你、求你……”

她啜泣出了声，头上披散的柔发全倾泻下来。

如同喷射着烈焰的太阳的全部光芒都映到了矫楠的眼睛里，他一翕眼，啥都没说，张开有力的双臂，紧紧地、紧紧地把她搂在怀抱里。

他过去意识到的血液中的妖魔又兴风作浪起来。他只感到自己躺在潮汐过后的让太阳晒过一早晨的柔软的沙滩上，他在嬉戏，在翻滚,在不顾一切地由沙滩滚向波浪拍岸的大海,浩瀚无际的大海……

晨曦抖出片片光晕。

东方的山野田坝笑出光辉。

风雨之夜过去了。

黎明时分的歇凉寨还是那么安宁、那么静寂,仿佛这世界无论发生些什么都与其无关似的。静幽幽的寨子还是同往常一样,迎来了又一个平平常常的白天。

八

…………

眼前我在邠州千里迢迢,
要想回去不能转,
欲望娇妻成空想。
三娘呵,
你我何日再见面?
……

一走进福安里,我就听到弄堂里传来空谷回音一般的沪剧调头。这几句思念家室、怨忿世态炎凉的唱词,旋荡着、起伏着直落到我的心上。

哦,娇楠,我的孤苦伶仃生活在偏远山乡里的丈夫,你是否也有戏中人物一样的情怀,你是否也在思念着我,思念着你唯一的女儿小玉?

弄堂裏满灰尘的路灯洒下昏暗的光影,一只只挨墙砌向弄堂深处的自来水斗旁,有人还在洗晚饭碗。另外一侧的墙边,一辆辆锃光闪亮的自行车,也挨着顺序排向弄堂里面。上海条条马路上都有自行车的洪流,谁能料想这些自行车晚间都锁放在弄堂露天下呢。

人口的膨胀,住户的高度拥挤,迫使着每一个栖息在这座东方大都市里的人,时时处处都必须精打细算地考虑实际的利益。

听着沪剧余音缭绕的唱词，一路走向矫家，我的心头不由涌起一丝悲凉，缕缕凄清。人家住得再拥挤，生活境遇再困苦，是夫妻成双成对住在一起。而我呢，还是孑然一身住在瑞仁里，丈夫远在数千里之遥，亲生女儿住在婆家。想起来我真恼火，“四人帮”垮了台，歇凉寨上所有的知青全回来了，唯独矫楠还留在那儿。给他当个大队长，他就留下来了，这山旮旯里的大队长到底有啥当头，到底有啥可依恋的。我真不能理解，不能理解！难道大队长的职务能比妻室女儿更要紧？早知他对我们母女如此不负责任、不放在心上，当初还不如……我的心头不知是股啥滋味。是的，我的工作是落实了，进了羊毛衫厂。但生活一点儿不尽如人意。哥哥抽调回市区了，来家没有几天，他就告诉我，他准备尽快结婚，尽快！他和蔚烨在农场恋爱了整整六年，他也该结婚了。在上海滩要结婚，当务之急就是房子。哥哥到哪儿去找房子，言下之意我全然明白，瑞仁里的这间房子，他要用。明知哥哥要结婚，我当然不能再把小玉带到身边来，一带过来，哥哥会认为我试图同他争房子。再说，羊毛衫厂的工作是早中两班倒，客观情况也不允许我把小玉带过来。我只好把小玉仍然放在福安里，由婆婆日夜照料她，得点空，我就往福安里跑。好在眼下到这儿来不必再躲躲闪闪的了，福安里的人都知道我是小玉的妈妈，羊毛衫厂的职工，也都晓得了我有个女儿。

刚刚走进矫家后门口，就听到楼梯上在吵架。弟弟矫光的喉咙又粗又大：

“有种，你给我滚出去！这是矫家，你姓冯的住进来干什么？”

“你以为我喜欢这里啊！告诉你，老子不用你赶就会走！”

“快滚！”

“你有什么权利来赶我？咹！等老子真走了，你们不要来求我。”

我轻捷地跳上楼梯跑去，只见姐夫冯英华站在三层阁门口，手叉着腰，脸朝下撇着嘴威胁着。矫光站在二楼至三楼的扶梯上，一手抓住扶把，一手指着冯英华，怒不可遏地吼着：

“我就是赶你！你吃里扒外，轧姘头，欺负姐姐，你这猪头三，小心我……”

“矫光，矫光！”矫静哀求般的声音伴随着啜泣传出来，“你……你少说几句，少说几句吧！”

冯英华昂着脸，傲然地发出了一声鼻腔：“哼！”

我看见他这张脸就恶心，三脚并作两步走进了前楼。房间里，婆婆搂着吓得两眼瞪老大的小玉在叹息，公公睁大了一对血红的眼珠子，侧耳倾听着屋外每一声动静。矫冰气得呼呼出粗气，站在屋中央，随时准备冲出去帮助矫光。

轻轻同他们打了声招呼，我就走向小玉，伸手去抚摸她那漂亮白净的小脸蛋：

“小玉，叫我。”

这孩子随婆婆生活久了，对我日渐生疏，每次我来，都要喊她叫我，她才开口。今天，家庭里的风波吓得她更是怯生生的，双眼盯着我瞅了片刻，她才低低地叫了我一声：

“妈妈……”

她好像要说啥，没待她说出口来，楼梯就像倾倒下来般发出一片震响，随即楼板上的脚步沉重而混乱地践踏着，也似坍塌般发出阵阵喧响。

矫冰受惊地冲到门口，陡然尖声嚷道：“矫光，掀他下去！也让这流氓尝尝滋味儿！”

楼梯上像有木桶滚下去那样轰响起来，我走到门口望去，冯英华狼狈地耷拉着一绺头发，歪着脸朝上咒骂道：

“矫光，你小子等着瞧……”

话不及说完，愤怒得发了疯的矫光抓起墙边一只热水瓶，居高临下，忿忿地朝冯英华掷去。

冯英华哀嚎一声，连滚带跑地逃出了后门。

热水瓶摔下了楼梯，炸弹爆炸般一声轰响。

幸好冯英华溜得快,否则那一瓶开水,溅到他一点也尽够受的了。

轰然巨响吓得小玉惊叫起来,她那骇然而变色的脸上布满恐惧的神情。矫家前楼和三层阁上,随着热水瓶炸响之后,倒安静下来。唯独矫静躲在三层阁屋里,嘤嘤地低泣着。

我看看表,八点差十分,时间不允许我耽搁了。我拉起小玉的手,对妈妈说出了来意:

"妈妈,上次为我分配工作帮忙的人,几次请我去他家玩。我想,再不去太欠礼了,今晚想带小玉一道去……"

不等我说完话,小玉就拼命挣脱我的手,整个身子往后缩,连声说:

"我不去,我不去!我要跟着婆婆,我要同婆婆一道睡。"

说着,挣脱了我的手,钻进桌子底下躲了起来。

这孩子,对我这当妈妈的,越来越疏远了。

婆婆瞅小玉一眼,叹口气道:"小玉不愿去,你就一个人去吧。人家帮了忙,谢总要谢的,礼仪尽到,就可以了。带不带小玉没关系。"

我无奈地轻叹一声。婆婆啊,你何曾晓得我心头的苦衷哪。自从我分配进了羊毛衫厂,陈谷康三番五次地来纠缠我,写信、打电话、寄电影票,察觉到我在冷淡他之后,他把所有追求女性的办法都用上了。最近干脆发展到来羊毛衫厂门口等我下班了。厂里同事全都知道我结了婚,他这样公然来候我,我怎么受得了。被他缠得没法,我答应了他,去他家玩一次。我想好了,去玩的时候带上小玉,给他介绍,这是我和矫楠的女儿,向他摊牌。以后我们仍是正常的老同学关系。谁料想,小玉不肯跟我去,婆婆又帮着小玉说话。我怎么办,想说明实情,又讲不出口,难道这种事能当着婆家人说吗。

五斗橱上的台钟敲响了八点。

时间不允许我磨蹭了。我道了别,朝桌子底下摆摆手:"小玉,跟妈妈再见!"

"妈妈再见!"小玉道别倒很爽快。

忧郁地走出福安里,我的胸口像堵着啥似的,怎么也提不起兴致来。小玉不去陈谷康家,我该怎么对他说?怎样提起话题?他听了之后,会是啥态度?骂我骗子,斥我故意要弄他的感情?哦,这类事儿真难启齿呵。

我的脚步越走越慢,越走越滞重。

“宗玉苏!”一声熟悉的呼唤传进我耳里。我仰起脸来,歇凉寨集体户的聂洁,挺着高高的胸脯朝我走来。她同在乡下时判若两人,打扮得漂亮极了。西服领雪青色两用衫,里面是荷叶领绒线衫,绷紧了下身的牛仔裤,使得她的身躯愈加挺拔。乍一眼望去,她那样儿真像朵艳丽的野菊。她拉起我的双手,头一句话便问:“矫楠回来了吗?”

我抑郁地摇摇头。

“还不回来,他真想在那个鬼地方扎根啊!”聂洁的双眼瞪得溜圆,“我回来都快一年了。最晚离开歇凉寨的丁萌萌,都有半年多了。他一个人守在歇凉寨,真有耐性。当个大队长,吸引力就那么大吗?”

除了苦笑,我还能说什么呢。信上,他倒是说了,他在乡间当大队主任这一年中,集中主要精力抓好两件事,一是经营好已有的米面机房;一是扩大砖瓦窑,烧砖烧瓦,增加收入。管理得法的话,即使农业田土上的收成与往年一样,每个劳动日工值也要比过去年头增加一二角。

一二角钱,我的天哪,他就为这一二角钱,心甘情愿守在那深山沟里。我都羞于说出口来,要让上海的同事们听说了,不笑落大牙才有鬼呢。我对聂洁道:

“不提他罢。你现在怎样,调回的手续办了吗?”

“轮到我这种人,还早呢!我们集体户几个人,杨文河钻得凶,户口回来了。郁强、余云、丁萌萌和我,不知拖到什么时候。不过,听说早晚都能回来的。你写封信让矫楠也回来吧,像他这样聪明的男人,在上海学一手做沙发技术,说什么也比在歇凉寨能赚钱。你得跟他讲,现在回来吃老米饭的知青多着呢,不要难为情。”

她倒也挺关心矫楠的，一讲就讲到点子上了。我皱起眉头道：

“什么话我没说啊！他……唉，不说了。你们在上海，都怎么消磨光阴啊？”

“做做家务，有空互相走动走动。要不就去街道‘乡办’、区‘乡办’混，一混就是大半天。你没去过吧，区‘乡办’接待处，天天排满了我们这类人物。哭的笑的，吵的闹的，什么怪事儿都有。听听有的知青哭诉起来，莫名其妙的，互不相识的知青都会跟着哭。”

和他们比起来，我该满足了。可我满足得起来吗？

“你往哪儿走？”聂洁问我。

我抬头一看，到十字路口了，想必她要拐弯。我的手往前一指：

“去看一个同学。”

“我往这边走，”她指了与我不同的方向，却并不道别，反而郑重其事拉住了我的手道，“宗玉苏，不知你心变了没有？如果没变，还想着矫楠，我劝你一定要让他回来。”

我的心异样地跳起来，她说这话似有弦外之音。我一把抓住她：

“你……你听说什么了？”

“没啥。”她坦然一笑，避开我的目光道，“像矫楠这样的男人，是不会缺少女人爱的。你要抓，就要抓得紧一点，哪能放这么远呀。”

她说完，“格格”笑着，拍拍我的肩膀，拐弯走去了。

我的心里更乱了，矫楠在乡间，能同什么人接近呢。知青们全回来了，像他这种傻瓜，只怕是凤毛麟角，还有什么女知青会在乡下呆着？聂洁的嘴巴，“呱呱呱”说惯了，她是在信口胡诌吧。只是，只是……只是他孤零零留在那遥远和闭塞的地方，究竟是啥吸引着他呢？仅仅是一年当中劳动日工值增加一二角钱吗？

疑窦悠悠地升上心头，我的脑子烦乱极了。

到陈谷康家门口时，已经八点四十分了。

他家住的是那种带天井式小花园的二层楼弄堂房子，煤气和大小卫生设备齐全。像上海成千上万弄堂房子一样，前头小花园的铁门难得开启，进出走后门。我找到五号，在门框上找到一只电铃，连按了两下。

玻璃窗内的灯亮了，穿件绒线衫的陈谷康疾步赶出来，打开了门。

“哎呀，我以为你又不来了呢！”

“对不起，来的路上碰到个一道插队的女知青，迟到了。”临近九点了还上门拜访，我也觉得不好意思。

“请进、请进。”陈谷康笑容满面地道。

一进门便是他家的厨房，厨房左边有个小小的天井，天井里有间单装抽水马桶的小房。过了厨房，是走廊及楼梯间。走廊左侧，有两大间屋子。前面一大间足有三十平方米，布置成客厅模样。后面一间卧室，也有二十平方米，窗临着前头小花园，这算是正间罢。

简单领我参观了一下，陈谷康朝走廊里的楼梯一指道：“楼上的格局同楼下基本相仿。就是走廊上没楼梯，更宽敞惬意一些。走，去客厅里坐吧。”

客厅的布置雅致而又富丽，两套大小沙发对称着置放，靠近小天井的玻璃窗边是一只特大号九抽书桌，桌上放置着文房四宝。两套小沙发边的墙上，从画镜线上垂吊下两幅装裱一新的名家书法。客厅的两个角落，一头是只玻璃酒柜，一头是只双门书橱。地板蜡打得光可鉴人，一走进来，就给人耳目一新的感觉。

坐在沙发上，我的心头涌起股酸溜溜的滋味，和他家比起来，不论是我现在住的瑞仁里六十四号小屋，还是福安里娇家，未免太寒伧了。小时候住在十九号大院的二号小楼里，我从未有过啥优越感。事隔十几年后的今天，生活几乎有了翻天覆地般的变化，我才那么强烈地意识到，在十九号大院里度过的青少年时代，是多么值得留恋啊。

我能感觉得到，陈谷康给我倒麦乳精、端糖盒、拿巧克力豆的时候，有人在门口晃了一下，继而楼梯上响起拖鞋的“踢踏踢踏”声，跟着，便是他全家人出场了。爸爸、妈妈、姐姐、妹妹，还有一位系着围腰的，是保姆，连陈谷康一共是六个人。我叫了声陈伯伯、陈伯母，又对其他人点个头,不卑不亢微微一笑。在长沙发的一角坐下时,我只觉得这一家人的每双目光都扫着我,我极不自在,脸朝哪儿偏都有人盯着,眼往哪儿瞧都要同射来的目光相遇。这些目光都是亲切的、柔和的、赞赏的、微笑着的,甚至还有些讨好的成分。可我被他们盯得浑身直痒痒,我看出他们是在替陈谷康相对象,是把我当作他们家庭的未来一分子。这一念头刚冒出来,我就更加忐忑不安,更觉得如坐针毡。

不过全家人在场有个好处,陈谷康不会有贸然之举,不敢做出过分的行动了。我感谢了陈伯伯对我分配工作的关心,我吃了两颗巧克力豆,我一口接一口地喝着杯子里的麦乳精,我打定了主意,稍坐片刻,我要当着他们全家人的面告辞,不能让陈谷康有可乘之机。

一切顺利,他们全家一时都没马上离去的表示,我也便在众目睽睽之下坐了约摸一刻钟。在他们想到让儿子和我单独呆一会儿之前,我彬彬有礼地起身道别了。理由是明天清晨要上早班。

这理由是无可辩驳的。

在一番客气的挽留和表示遗憾的啧啧声中,他们把我送到厨房门口。陈谷康坚持要送我到公共汽车站,他显得谦恭而又殷勤。但我们俩的身影刚在弄堂里拐过弯,他便一把抓紧了我的臂膀,推我到路灯照不到的阴影底下,执拗地要吻我。气喘吁吁的脸直往我跟前探来。

我用手抵挡着他的进攻,五个手指并拢使劲地推开了他耸起的嘴唇:

“慢着,听我说一句话。”

连我自己都奇怪,在这样的时刻我怎么会如此镇定沉着,也许我是在人生的道路上走向成熟呗。

他以往从未听我用冷峻的腔调说过话,不觉收敛了一下自己的举止,愣怔地盯着我。

我向他竖起了一根食指:“我要对你讲一件事儿。听过这件事,你就会明了一切的。不过,今天我不对你讲,更不许你无礼……”

“我要你现在就讲。”

“那做不到。”

“你不讲，我不放你走。”

“我真要怀疑你的为人了。至少，你应该懂得尊重我，如果你确实对我存有感情的话。”

陈谷康微显惊愕，他显然被我的话镇住了。趁他摸不着头脑之际，我转过身朝弄堂口走去。

他疾步追了上来，解释般表白着：“玉苏，我接受你的忠告。我那样……只是心中无底，只是怕你不搭理我。我想，我是有耐心等待你对我推心置腹的。”

“那才像个男子汉。”我淡淡一笑，照样不急不缓信步走去。

“我送你到车站，你、你不会反对吧。”

“那我们好好走吧。”

我们走出了弄堂，在梧桐树叶密密簇簇包围着的路灯光影下，我们并肩朝车站走去。

第一次，我利用自己的魅力和内在的坚韧，征服了一个躁动不安的男子。

不错，我们都参加了娇楠和宗玉苏的婚礼。尽管我们纷纷端起酒杯酒碗，喧嘈地嚷嚷着祝他俩白头偕老，祝他们的小家庭幸福美满，但那仅仅是热闹场合的一种雅兴，或者只是插队生涯里发泄烦闷的一种方式。

从心底深处来说，从我们私下的议论来看，我们这些人从一开始就对他俩的婚姻持保留的态度，或者说是持观望的态度。

我们的心头都有一种预感。

事情的发展证实了我们不祥的预感。

为生小玉，宗玉苏回上海去了；生下小玉后不久，她回到歇凉寨把户口迁走了；并且很快在上海得到了维持生计的安置；而娇楠呢，仍然留在山寨上，孤独地、寂寞地度着他那婚后的单身汉生活，难以忍受的单身汉生活。

这种客观上造成的夫妻之间的差距,使得我们自然而然联想到了他们两家原来的巨大差别。人的观念中有一种潜伏着的根深蒂固的想法,这些想法使得我们的预感渐渐变成了对他俩婚姻的担忧。

消息终于一个接一个传来了。

宗玉苏的顺利回沪和分配工作,都是得到陈谷康暗中相助的。陈谷康在追求她,有人看到他俩在马路上并肩散步,有说有笑。和远在乡下务农的矫楠相比,陈谷康几乎占了绝对的优势。

而更要命的消息则来自歇凉寨。继杨文河之后,丁萌萌很快地办妥了调回手续。她回山寨去迁移户口和处理琐事时,听说留在乡间的矫楠同罗湘玉关系暧昧,这消息,据说还是罗湘玉自家传出来的。当丁萌萌带回这一令人震惊的消息时,我们还将信将疑,尤其是聂洁,坚决不信,她说:

“这怕是那离婚婆娘的一厢情愿。矫楠绝不会要她的,他连一般女知青都瞧不上眼呢。”

恰恰又是这个聂洁,在回去迁户口时,亲眼看见没结婚的罗湘玉,腆着大肚子住在区粮管所她平反恢复工作的爸爸那儿,罗湘玉对她承认,她怀的是矫楠的孩子。

我们还能说什么呢。

我们看到了矫楠和宗玉苏的婚姻岌岌可危。

第四章　飘散的灰烬

小　引

他在向丁字口小花园慢吞吞地走去。

商店橱窗里早亮的灯光映在他脸上，使得他脸上显出股呆板的、峻厉的神色。

下班的高峰时间早已过去，但马路上的车还是那么多，人行道上的人还是那么多。上海就是人多，多得到处都是眼睛，到处都难以掩饰你在公共场所的行为。不晓得到八点钟时，天会不会黑下来。他盼着天黑下来，那时小花园里人会少些，除了一些只顾自己的情侣，不会像白天那样有很多闲杂人。他想象中八点来钟，丁字口小花园应该隐在日暮的薄暗里，有一种迷离恍惚的令人难忘的意境，这样才会便于他下手，便于他报复，便于他泄愤。

"矫楠，你到哪里去？"

一个尖脆的声音陡然从身后追来，他不由得吓了一跳，这会儿还有谁会注意他。他转过脸去，刚才也坐在伙伴们那儿的丁萌萌疾步赶了上来，一双晶莹放光的眼睛紧紧盯着他，并不掩饰她对他的倾慕和关切。她穿件淡黄色开领衫，芙蓉式短发使她看去比原来年轻多了。黄昏时分的日光暗淡下来，可能也是个原因，她眼角的细纹全被遮掩了。

这当儿他不愿意有人横插进来打扰自己，他淡漠地道："我嘛，随便走走。"

"仅是随便走走？"她的睫毛一眨一眨，眼里灼灼放光，不怎么相信。

"还能干什么呢？"他有点不大情愿地回答。

她和他走一个并肩，一语道破他的心思："可我感到你今天神色有点不对。"

"我……"他暗自吃惊，故意掩饰地笑了，"不会吧。"

"笑得也不自然。"

他不由得盯了她一眼。

她坦然地回望着他，直率地道："矫楠，宗玉苏要和你离婚的事，我们都听说了，我也听说了。她不能够谅解你一时的过失，她不理解你，我晓得你心里不好受，沉重、憋闷、苦恼、愤恨，都是自然的。可我不希望你在这种心情支配之下，做出啥过火行为，导致、导致……你应该看得远一些，应该……生活正在我们面前展开，可能还会有其他人谅解你的过失，理解你的行为，我、你……"

她越说声音越轻，最后几几乎听不大清晰了。他费劲地听见了她最后吞吞吐吐说出的那句话：

"我只希望你自重。"

他很受感动，不由得凝目瞅着她："谢谢……"

她大睁双眼，毫无畏惧地瞪着他："没听说吧，和杨文河吹了之后，我的恋爱也不顺利。户口办回上海前后，有人替我介绍了一个新加坡华侨，一家公司的职员，年轻有为，风度翩翩，只比我大两岁。我是中意的，通信，互寄照片，见面，还随他住了上海、北京、广州几家大饭店。我总以为这下算找到归宿了，我能走一条和好些中国姑娘不一样的生活道路了。正计划着在户口办回之后，和他一起去香港、新加坡一趟，然后就……谁料想，恰在这时候，他供职的那家公司倒闭了，他奉召匆匆离去，前不久来了信，他也面临着失业的威胁，急于抉择新的职业。当然，我们的事只好……”

他机械地迈着步子，麻木地听着她的叙述，他久处乡间，对丁萌萌的近况毫无所闻，也激不起更大的兴趣，仿佛完全是在听一个漠不相关者的故事。对她辛酸的苦笑他也只能报之以无奈地一笑：

“噢，那真是意想不到的。”

她好像没听出他的敷衍语气，双眼倏地一亮：“这么说你能谅解我。”

“当然。”他不由得看了一下表，七点三刻，他怕误了时间。

她瞥了他一眼：“看来，你没谈话的情绪。我们另外约个时间吧？”

她征询地盯着他。

“事情了结以后，可以的。”他既像是对她，又像是喃喃自语般道。

“好的。”她莞尔一笑，脸上放出光辉，显出相当满意的神态，“那么，我等着。再会。”

他的嘴里也咕哝了一句含糊不清的“再会”，便继续朝前走去。他知道她误解了他的话，要是她听说了他正要去做的这件事，她是一定会听说的，她准会彻底地改变对他存有的那一丝好感。

他朝前走去，神经质地傻笑起来。

她是提前来到丁字口小花园的，到了以后她看看表，才七点二十五。水泥凳面的座椅上，早早约会的对对情侣，差不多双双对对地都已占据了位置。她知道，不等夜幕降临，那长长的水泥座椅，就会由一对情侣增为两对，两对互不相识的情侣各管各相搂相抱，喁喁细语，时不时偷偷接一个吻，如若无人之境般自然、大方。

这恐怕也是唯独上海才有的街头奇景之一。

有六七个十八九岁的小伙子，倚着铁栏杆，脚跷在座椅上，嘴里叼着烟，正在那儿瞄野眼，嘻哈谈笑，不时把一缕缕淡蓝色的烟气吐出来。时不时地吹几声尖脆的口哨聊以自得。

她不愿呆站着等待，她听说过，如若一个女人久久地站在一处不动，会有不三不四的人走上来油头滑脑搭腔的。她沿着丁字口小花园弧形的甬道款款而行，两眼不时朝花园外的人行道上张望。

明知时间不到，矫楠不会来，她还忍不住要仰起脸来，透过夹竹桃的叶梢梢往外望。不论是谁，瞅她那焦虑急切的模样儿，一定会认准她是在等待一位迟到的恋人。有哪个会想到，她等待的会是即将离婚的丈夫呢！

她过去爱过他，现在想起逝去的那些岁月，她还隐隐地会浮起些柔情和依恋之感，但她现在不爱他了。她不敢想象能随他在福安里那种环境里生活，不敢想象同他凑合下去的婚姻会幸福。人在一年一年长大，变老，人的感情随着岁月的流逝也会在不知不觉之中起变化。她原来也相信从一而终的婚姻的幸福，她也从书本上读到过许许多多讴歌忠贞的爱情的诗歌和小说，那确实很美、很美，但她如今不怎么相信了。她有了自己的经历，有了自己的一些看法。有人同她讲起这类话题，她能毫不费劲地道：书本总是书本……

对她今天怎么会在人生的道路上走到这一步的，她看得很清楚，她甚至讲得出，是从什么时候，在什么情况下，她的心灵深处陡然萌生离婚的念头的，她太清楚了，太清楚了……

一

“回上海来看看，我想你该下决心了。下决心把户口办回来，下决心来同我和小玉一道生活。”

“用啥理由要求回来呢？”

“那我不知道！”

“主意不是你出的嘛！”

“主意是我出的。可手续还得你出面办，你是男子汉，你应该有主见，你应该想得出办法来。亏你说得出口，问我。哼！”

矫楠沉默了，十个指头交叉在一起，搁在桌面上。这张桌子是他熟悉的，桌面上剥落的油漆，裸露出的木质纹理，都是老朋友般久违了的。这是他小时候家中的饭桌，自从弟弟妹妹走上工作岗位，家庭经济状况改观以后，又新添了方桌，桌子上铺了镂空花纹的桌布，桌布上还压着玻璃，这张桌子便退居到前楼临街的窗户边放着，桌面上随意地搁着些药瓶、面霜、梳子、墨水瓶之类。矫楠低垂着头，找不出话来回答妻子的责备。他知道，谈话是严峻的。这次回上海来以后，同宗玉苏的每一次谈话都是严峻的。而眼前在他家里进行的这一次，几乎是严峻到谈判的地步了。

马路上驰过的电车辫子撞击出道道炫目的火花，自行车的铃声没有间歇地落进矫楠的耳膜。对久居宁静的乡间的矫楠来说，这一切都显得太喧闹、太嘈杂。尽管回来几天了，他还没对大上海的纷扰习惯。

"不要一味地责怪我，玉苏。"矫楠思忖着抬起头来，望着在他眼里比在歇凉寨时美丽百倍的妻子道，"我打听过了，那些闲居在上海的知青，多半都不曾把户口迁回来。郁强、余云、聂洁、丁萌萌……"

"你为什么不提杨文河呢?"

"我不善于像他那样钻营。"

"那另外几个呢，他们至少在努力，在千方百计地想办法调回来。他们都还不曾成家，没什么负担，谁像你，成了家，有了女儿，却仍钻在深山沟里一动不动。"

矫楠叹了口气："我只是不想浪费光阴，不想让青春白白虚度……"

"别说大话了，这年头，还有谁像你这样傻呵呵地一个劲儿讲大话。"宗玉苏不客气地打断了他的话头，"在歇凉寨那地方，你还能让青春怎么闪光啊？你遭受的罪还不够多吗?"

矫楠唉声叹息起来。从玉苏的神色，从她说出的每一句话，都能感觉得到，今天的妻子，对他的所作所为，完全已经不理解了。岂止是不理解，随着她离他而回上海，随着她在上海居住的日子越来越长，随着繁华喧闹的大上海和遥远贫穷的歇凉寨两种生活环境的骤然悬殊的变化,不知不觉地带来了他们夫妇之间感情上的隔膜和思想上的差别。矫楠看到了这一无形的裂痕,他为此遗憾,亦为此无可奈何。家中所有的人似也觉察到了他们夫妻之间笼罩着的阴影,在宗玉苏同矫楠正经谈话之前,他们都回避开了,都退避到三层阁上去了。五六个人在楼上,一点儿动静也没有,想必也在关切地倾听吧。

“我真搞不懂,歇凉寨上什么东西吸引着你?”

矫楠不吭气儿,宗玉苏又怨气十足地补充了一句。

什么东西吸引着他呢?矫楠咬紧了牙关,两眼里显出股迷茫的神情。歇凉寨上的一切又那么清晰而晃悠悠地浮现在他的眼前。对于旁人来说,歇凉寨留给他们的,也许是一连串不愉快的回忆,一提起来便是大堆大堆的牢骚怪话。而对矫楠来说,那里留下了他青春的脚印,那里有他美好的憧憬和踏实的追求,那里还有温馨的柔情,割不断的难以忘怀的柔情……

“听说你要走?”

那晚上已是夜深人静,打米机、打面机一停下来,这种静寂在歇凉寨上就显得更为突出。矫楠收拾停当,熄了米面机房里的灯,正拉上门把锁往铁环孔里套,罗湘玉从屋檐下的阴影里闪出来,站在他身旁,低低地但又是急不可耐地问。

“是的。”他锁上了门,同样低低地回答,他接二连三地收到妻子的来信,信中的措词一封比一封冷漠严厉,催促他回去的语调也一封比一封急迫。他思念小玉,他也想念妻子,他给大队里的会计和保管提出来,请假回上海一趟。消息显然传开了。

罗湘玉的呼吸局促了:“去后不再回来了?”

“要回来的。”不是安慰她,是说的真心话。矫楠还没想过死皮赖脸留在上海的办法。

“哄娃娃去吧。”

“我不骗人。”

"那你为啥不上我那里去?"

矫楠轻叹一声。这话就不好作答了。初夏天,出过几个大太阳,新修起的泥墙茅屋里刷过一道石灰,晾干之后,借住在罗兴善家的湘玉,就搬到寨南砖瓦场边的屋子里去住了。临搬之前,湘玉倒在矫楠怀里,央求过他,有空常去她屋头坐。矫楠当初也答应了。但他没去过她的新居,晚上没去过,白天也没去过,一回都没去过。他沉吟片刻,道:

"你看到了,我忙不过来。找不到时间。"

"再忙,走这几步路,脚杆就会断了?"罗湘玉怨气十足地责备着,"一整个夏天过去了,你一回都不上门。"

"你想嘛,我同罗振发睡一间屋,晚上去了你那里,他听到米面机停了不见人回,会满寨找,挨家挨户打听。风声传开去……"

"尽找些理来扯!"罗湘玉不耐烦地打断了他的话头,"满以为你是个多情人,哪晓得你的心好硬,是个薄情人。你……你就只顾自家,就不想想,我每晚上为你守着门。亮着灯罢,怕那些下流鬼到门前窗口来缠,缠得我好怕唷!熄了灯呢,又怕你当真来了退回去。我就只好搬条板凳,摸黑坐在窗边,瞪圆一对眼睛,眨动着盼你来,一坐就是几个小时,竖起耳朵,听着风声,听着狗叫,听着脚步声。你……你硬是不来,你好坏哟……"

湘玉空心拳举起来,无力地捶在矫楠肩窝里,脑壳朝他胸口一抵,嘤嘤出声地哭起来了。

矫楠双手扶着她肩膀,她怕冷一般偎紧了他。她说对了,他嘴上讲的仅仅是找些话来搪塞,最最根本的,不是没有时间,不是他同罗振发睡一间屋难脱身,而是他心上载了重负无法摆脱。他晓得同湘玉在一起能得到她的抚慰体贴,能使饥渴的躯体得到满足和欢乐,他甚至深切地感受到湘玉对他的出自肺腑的热烈的爱和依恋。但他的脑子里无法驱除掉远方的妻子和女儿小玉,理智告诉他这类行为是多么卑鄙无耻,是多么下贱而让人唾弃。良知在谴责他的灵魂,灵魂在遭受酷刑和煎熬，尽管他的眼前时时浮现出罗湘玉那张姣好的、温顺柔和的脸，尽管他好几次都已走近了砖瓦场，他终于还是没走近湘玉的门，没踏进她的新居里去。在嘴上，他怎能把心灵深处的这一切对罗湘玉讲清楚呢，说到底她是山乡里一个离了婚的妇女，她无牵无挂，她可以大胆地追求她没得到的一切。而他呢，他的灵魂和现有的身份地位都是他的羁绊。

他这么伫立着凝思时，不防湘玉出其不意地张开双臂，牢牢地搂住了他，泪脸仰起来哽咽着道：

“现在随我去。”

他一怔：“这……”

“都要走了，你还怕？还不愿陪我？还……”

“呃……”

“走吧。你要不去，我不放你。”

她搂紧了他，像一条藤子，死死地缠住了一棵粗壮的树。她的泪脸贴上他的脸。他说不出话来，他感到迷醉，感到亢奋和惶恐。她的哀怨，她的柔情像浪涛似的包围了他。他那原先就筑得不够坚固的堤岸，被她一阵一阵的激浪冲垮了，崩溃了……

“嗳，你说话呀！木呆呆地想啥心事啊？为回上海，你到底作了啥打算，有些啥步骤？”宗玉苏的嗓音提得高高地道，“我可没闲工夫陪你呆坐。一来我就说了，今晚上我还要去加夜班。”

妻子的话把矫楠从酸涩的回忆中拽了回来。他仰起脸来，宗玉苏正用炯炯放光的双眼瞪着他。上海把她养白净了，乍一眼看去，她甚至比在乡间那些年中还年轻些，上海也把她养得使他感到陌生了，他在她身上，已经感受不到像湘玉给予他的那种安慰和男女之间的和睦交融。他瞅了她一眼，才意识到她在等待自己开口。他舔了舔嘴唇，其实嘴唇并不干：

“我不是没去。街道‘乡办’、区‘乡办’，我都去过了。都在说，独生子女、多子女身边无人、伤残知青，可以优先办回来。这几个月的时间，在集中办理一家两个知青先回一个的手续。光是一个人务农的，至少要三五个月之后才能办……”

“听了这些，你就不想作努力了？”宗玉苏不屑地问。

矫楠为难地摊开双手，皱起了眉头：“玉苏，我……我跑到‘乡办’里去，也有难言之苦。光是填那张接待登记表，我都拿来无法。那‘婚否’一栏，你说怎么填？”

“怎么填都可以。”

“可一填已结婚，接待人员就说不予办理，原则上要求当地解决。”

“你不会说自己妻子已经回来了。”

“你当初是瞒着瑞仁里委的，玉苏。而我，我结了婚，福安里什么人都知道，小玉天天跟着妈妈走进走出……”

宗玉苏“呼”地一下站起来：“你是不是对我们的婚姻懊悔了？矫楠。”

“我没这个意思。”

“话已说到这个地步，我干脆和你摊牌吧，矫楠。”宗玉苏的巴掌放在桌上，五根纤长的手指微微摊开，“该讲的话，苦口婆心我已给你讲了多遍。我不想再啰嗦了。你不回上海，不管是你不想回来还是你回不了，只要你不回来，我们就只有‘死路一条’。”

“死路一条？”

“离婚。”

是啊，感情走进了死胡同转不出来，那不等于“死路一条”！

矫楠的嘴唇在哆嗦，两眼里凝聚起灼灼放光的愤怒之焰。怪不得这次他回来，他们的婚姻关系已在社会上公开，她仍不愿同他住在一起。她宁愿同哥哥挤在瑞仁里，也不愿住到福安里来。她有了工作也不把小玉带到身边去，仍让小玉跟着婆婆。原来，原来她早就存了这颗心！

矫楠只觉得遭了妻子一耳光那样地恼怒，他想发作，他拼命抑制着自己，现在他处于劣势，他的地位过于低下，他是知青，无职业无工资无粮食供应的知青，而她不但有职业有工资收入有定粮，她的户口还在上海。她对他来说，是处在绝对优势地位。他一旦发作，一时间也许能占上风，但很可能就会因图一时之快而悔恨一辈子。他的牙齿咬着舌尖，以此来抑制自己周身沸腾起来的怒焰。第一次，他感到在妻子的面前成了一个懦夫，一个有怒有恼也不敢迸射发泄的可怜虫。

楼梯上响起一阵打雷般的脚步声，呆在三层阁上倾听的一大家子人全下楼了。妈妈一阵风似的冲了进来，连连向儿子媳妇摇手，气喘吁吁地道：

"提不得，万万提不得，玉苏，我的好媳妇。'离婚'两个字，千万提不得呀！矫静在同冯英华闹离婚，一波未平，你们怎能又起一波，再闹离婚呢！这叫我们矫家人的脸往哪里放啊？唉！"

矫楠垂下了头。

宗玉苏双眼噙满了泪望着妈妈："妈妈，你听听他说些啥嘛……"

家里其他人都拥在前楼门口，默默地站着，望着屋里的一对年轻夫妇。小玉拼命从叔叔矫光的大腿边挤出梳着童花头的脸来，一双恐怖的眼睛睁得老大。

"不要吵了，有话好好讲嘛。玉苏，矫楠，我听说，即便是结了婚的知青，只要上海的父母到了退休年龄，退下来，子女也能回来顶替。你们爸爸今年五十七，离退休还有三年，我五十四岁，离退休只有一年了。"妈妈拉了张方凳，坐在桌边，双手搁上桌沿，一会儿瞧瞧儿媳，一会儿看看儿子，放缓了语气道，"是不是这样，仗着我这张老职工的脸皮，去向单位领导要求，提前一年退休，让矫楠回来顶我。玉苏，你看好吗？"

妈妈这一出场、一说话，玉苏的气显然已消了大半，她赌气般一指矫楠：

"这么好的事情，我还有啥话讲，你问他罢。"

"矫楠，"妈妈的语气更为温和了，"你说呢？"

"我要想想,我要好好想想。"矫楠出人意料地嚎叫起来,双手高高地举过头顶,紧握一对拳头,狠狠地砸向桌面,发出"嘭"一声震响,"好好想一想!"

他踢倒椅子跳起来,疯了似的冲开门口的家人,跑下楼梯,跑出弄堂,漫无目的地在人行道上狂步疾行……

汽车的尾灯在一亮一灭,霓虹灯的广告在跳跃闪烁,商店的活动橱窗在变幻色彩,黄浦江、苏州河的流水在抖散灯影。哦,上海的夜眨着眼睛,俯视着这一千多万人口的大城市里发生的形形色色的事件。

矫楠在大大小小的马路上转了整整三四个小时,这是初秋的夜,并不冷,无风无雨,他尽可以转下去,转下去,没人会跑来干涉他,没人看得出他心头掀起的狂风巨浪,他无奈而惆怅地发现,玉苏与他的感情越来越疏远了。他骇然而震惊地预见到,即使由于妈妈的好心提前退休,他得便回到上海,他同玉苏之间的裂痕也很难弥补恢复。为此他感到痛苦。可他又一筹莫展,为了维系曾经有过的艰辛岁月里的爱情,更是为了他倾心相爱的小玉,他必须得向命运妥协,必须回上海来。而这一归返,势所必然地又要刺伤另一个人的心,又要舍弃他在歇凉寨刚刚开始的事业。尽管这偏僻山旮旯里的事业,让上海人听来简直要笑掉大牙或是不可理解。他的心在两条锯片之间拉扯着,受着难言的折磨。

十二点过了,马路上已阒寂无人。白天看去都是那么拥塞狭窄的马路和人行道,这会儿给人一种坦荡宽阔的快感。走过一家日夜商店,矫楠抓起了公用电话,拨了妻子车间里的号码。

宗玉苏的声音刚从话筒里传来,矫楠就简短地对她道:"你赢了。我同意妈妈的方案。不过,我仍想尽快回去,把大队里的事作一交代。"

没等妻子作出任何表示,矫楠挂断了电话。

二

电话。

电话。

电话。

只要我休息在家,传呼电话就像叫魂似的打过来。要想回避也避不了。送传呼单的阿姨一再说,要打回电,要打回电,我一次都不去打,电话还是固执地打来。

这个陈谷康,简直是发了疯。他家里有电话,一天打二三十次电话,也无所谓,可我,桌上已放着四张传呼单了,光是传呼费,我都掏了四次。

有一回哥哥看见这么多传呼单,问我:"陈谷康给你打来这么多电话,你为啥不去打回电?"

"我能去打吗? 哥哥。"

"怎么不能。老同学嘛。"

"你还不知他打电话来的意图呢。我得给他来个一概不回……"

"那又何必。"

哥哥要同蔚烨结婚了,婚礼就定在"十·一"。如果宴席定不到国庆节那天的,他就把喜期定在"十·一"前后,哪天定准了酒席,就算那天结婚。

"为啥这么急呢?"我问他,"结了婚,一切可并不理想。"我说的是真心话,完全出自我过来之人一片好心。

"不急不行啊。"哥哥郑重其事给我讲了件事,他所在的崇明农场里有一对恋人,一九六八年秋天下乡就开始偷偷摸摸谈恋爱,一直谈到一九七六年抽调回上海,在农场里,两人好极了。后面四五年,除了各在男女生宿舍住以外,他们的一切都合在一块儿,一道打饭吃,一道回上海探亲,看电影看节目坐在一道,只要是男女劳动力一起干活,他俩也是形影不离。人们都说,他们这种互敬互爱的好日子,过得真让人羡慕。况且,那男的多才多艺,会吹口琴、会拉手风琴、会打乒乓,各方面都比女的高出一头。双双被抽调回上海之后,他们的首要任务,便是完婚。据消息灵通人士透露,在九年恋爱期间,女方回沪探亲时作过流产手术。结婚成了他俩的当务之急,但他们没有一间好好的房子。也不是绝对没有。男方家里六口人,住着一间十三平方米、一间六平方米的房子。为了他俩结婚,男方老少五个人,心甘情愿地挤在十三平方米那间屋里住,把六平方米那间让出来给儿子当新房。说起来也真可怜,六平方米的小屋怎能当新房啊。这间六平方米的小屋,还不是正房,而是直不起腰的阁楼。女方死也不同意盼望了多年的幸福小家庭安在这间白天也要开灯的小屋里。婚事就此搁了浅,拖了下来。不到一年,女方哭着同男方断绝了关系,她等不及了,她不愿做一个久等无望的老姑娘,嫁给了一个家庭能提供住房的男人。

听了这件事,我留神地瞅了哥哥两眼,半开玩笑地问:“你忙着结婚,是不是也想同我抢这间房子?”

哥哥惊愕地朝我瞅了一眼,他显然不防我提出这个问题,他坦然地笑了:

“我没必要和你抢嘛!你是结了婚的人,早晚要搬出去。况且,况且……”

“况且啥?”

“我听说,爸爸的政策正在落实之中。冤死的妈妈也正准备平反昭雪。他分到了房子,总有你一份的。”

“你为啥不等爸爸的房子呢,那一定是煤卫设备齐全的。”我诧异道,“瑞仁里的房子这么差……”

“为了爸爸重新结婚,我从崇明赶回来同他大吵大闹过。现在他有了房子,我就低三下四去求他。我还不是这样的人。”哥哥讲得很直率,“玉苏,你和我不一样,你没同他闹翻过。他还不至于做得那么绝情,眼睁睁看你借住在我这里。”

哥哥的话倒是给了我一线希望,爸爸重新出来工作以后,即便分不到过去十九号大院二号楼那种房子,反正也不至于差到哪里去。给亲生女儿一间,还是有可能的。难道他会忍心看我随娇楠住在福安里那种蹩脚弄堂里吗。

矫楠回歇凉寨去了，他是得到了婆婆单位的确切回音之后走的。邮电局对婆婆提出的要求表示谅解，答应由单位出面，和街道、区两级"乡办"联系。经办人员还出主意，让婆婆到医院去体检一趟，随便查出点毛病来，作为提前一年退休的理由。看来，矫楠回上海来，已是十拿九稳了。临行时他说过，回到歇凉寨之后，他一面交代大队里的各项工作，一面把属于他的财产包括那台打面机处理掉，一面等待上海给县"乡办"发函，他得到信息，催办完各项手续，就回来顶替母亲上班。

原先悬在我心上的石头落了下来，对我来说，现在啥心事也没有了，唯一要做的，便是耐心地等待。等待矫楠的归来，开始我们在上海的小家庭生活。我已没有必要再向陈谷康隐瞒自己的婚姻，回避又回避之后，我决定向他摊牌。并对以往出于无奈隐瞒了我的实情表示歉意。我想，讲清了实情，他就不会来纠缠我了。哪怕承认自己撒谎是难堪的，我也得硬着头皮去讲。

他又一次来电话之后，我去接了。

"要请你来接电话，真比登天还难呀！"他虽然有责备我的意思，但语气里还是透露出按捺不住的兴奋。

我直通通地道："你一定感觉到了，我在躲避你。"

"我很纳闷。你不是答应得好好的，说要对我讲件事儿嘛……"

"我没忘。"

"很想知道是怎么回事。"

"你什么时候有空？"

"今晚就有空。今晚七点见个面好吗？"

"好。黄浦公园门口。"

黄浦公园是个一天到晚闹哄哄的公园，船码头，四十八、四十二路公共汽车终点站，都设在公园门口。我是在车站栏杆旁见到陈谷康的，他显然提前来了。一见我的面，就摊开掌心，露出两张公园门票。

夜里的黄浦公园，比白天的人还要多。江堤边，对对情侣人墙似的排列过去,曲曲弯弯的几条小路上,游人络绎不绝,石椅、石凳、亭子里,也到处是人。根本找不到一个说话的地方。绕公园逛了一圈,我们只得走出公园,沿着南苏州路缓步走去。

说来也怪,过了外白渡桥堍的中山东一路,一插入南苏州路边,路人顿时显得零零落落,幽暗的灯光下,狭窄的马路上空荡荡的,静谧安然。我在上海生活了那么多年,还是头一次走这条马路。

“该讲了吧。”陈谷康挨近我,嗓音压得低低地道。

“是啊,也不该沉默下去了。”我故意想使气氛显得轻松一些,以此来恢复自信心,“陈谷康,你说,你了解我吗?”

“我想……我是了解的。”

“怕不至于吧。”

“你想说啥?”

“我想坦率地告诉你,我早在插队的时候,已经结了婚。我的丈夫你也认识,矫楠。我们已经有了一个四岁的女儿,她叫小玉……”

没有反应。既没有我意料之中的惊愕之态,也没有我害怕出现的暴跳如雷。我说话的声音越来越轻,不时地用眼角斜着他。他还是没有任何反应。只是随着我的步子,挨近了我,默默地一步一步往前走。

我的喉咙像被啥扼住了似的,讲不下去了。他这是怎么啦,听到这一突如其来的消息,给一棍打闷了。我的心头有些惶惑。

路灯的光将我们俩一高一低的身影一忽儿拉得长长的,一忽儿又收得短短的。苏州河的流水真臭,陈年的淤泥散发出的那股熏鼻的臭味,让人呼吸起来极不舒服。怪不得河岸边行人稀少哩。河面上,驳船“突突突”地驶过,不时响起一声两声汽笛的鸣叫。

陈谷康的步子慢下来了,落在我身侧半步。我忍受不了他的这种沉默,憋不住转过身去,问:

“你怎么啦?听到这事儿……”

“这些,对我来说,不是新闻。”他说话了,两眼炯炯放光,嗓音带点儿干哑,却丝毫没有颓然之意,“我早就知道了。”

这回轮到我吃惊了:“你……你怎么知道的?”

“你忘了,我和你哥哥是同一农场挨邻连队的职工,我们还是好朋友。从来没有断过联系。你的一切情况,我都知道,都知道。”陈谷康一步走近我,几乎是贴紧了我站着,“只不过,我没把这一切同自己家里讲罢了。”

我情不自禁退后了一步:“那……那你还老……找我……”话到嘴边,我把“缠”字变成了“找”字。

他的双手猛地抓住了我的两肩,我浑身打了个寒噤。虽然我并不觉得冷,可我还是哆嗦了一下。我的头脑里“嗡嗡”发响,神经在“剥剥”发跳。原来他什么都知道;原来我只以为一个已婚女子是不会有男人来爱的;原来我总觉得自己这一辈子跟定了矫楠,即使倒霉也得认命;原来命运还会出现转机哪……我的头脑里这一瞬间闪现出那么多的幻象,福安里粗陋的住房,矫家老小的脸,陈谷康家布置得阔绰豪华的客厅。我觉得天地在旋转,苏州河水那股令人翻胃的恶臭熏得我几乎昏晕过去。

陈谷康使劲地把我狠狠摇晃了一下:“你不该这样问我,你应该看得出,我爱你!一切都只是因为我爱你,你懂了吗,玉苏,甚至我同你哥哥交朋友,同他成了好朋友,也都是为了你。你不知道,当我知道你嫁给了矫楠,心头是多么绝望。我觉得你不该属于他,他没有资格得到你,你跟了他只会痛苦,只会……”

他连连摇晃着我,把心里的话,长久地憋在心里的话劈头盖脸地朝我倒出来。

我觉得自己变成了一只洋娃娃,百货商店里那种几十元一只的大洋娃娃,装饰打扮得比人还漂亮,可却只能受人的摆布。我也像被一阵疾风刮晕了似的,任凭陈谷康朝我发泄,任凭他摆布着我。

他慢慢地、慢慢地把我推到一座高耸的仓库门洞里,有力地将我推靠在铁门上,还没待我弄清是怎么回事,他就俯下脸来,重重地把嘴贴在我的嘴上。

起先我试图推开他，试图扭开脸躲避他，可我一点儿都推不动他凝然般的身体。倒是他憋足了气的亲吻，堵得我喘不过气儿来。在我挣脱着微微张嘴喘气的当儿，他更热烈地吻着我。我也感觉到了他那诱人的男性气息，和矫楠完全不同的男子气息。我迷醉了似的呻吟了一声，敏感地觉察到他的一只手正从我的衣襟下面伸进来、伸进来，伸向我隆起的胸部……

我哀求般地呢喃着："不……不，陈……谷康，谷康，不……"

可我的身子却不由自主地软瘫在他的怀里。

苏州河上的喧闹声听而不闻了，城市的噪音也已离得很远很远，很远很远……

回到瑞仁里家中，哥哥竟然还醒着，他从床上支身而起，隔着塑料布帘道：

"刚才，你婆家的矫光、矫冰两兄妹带着小玉来了。"

"有事么？"

"他们特意来告诉你，矫楠的调动顶替手续已经全部办好。今天下午给贵州县里发去了函，让你放心。等了你一阵，等不及他们走了。"

是的，我可以放心了。如果仅仅只是在今晚以前，听到这个消息，我岂止是放心，我会兴奋得一夜睡不着觉的。但此时此刻，听到这个消息，我就像听到一个与己无关的人的消息那样无动于衷。矫楠回来了，他不久就能调回上海且在全民所有制单位得个工作了。但他的回来，究竟能给我带来些什么呢？是随他一道住进福安里那个螺蛳壳般的家，是在那个家里拎马桶、倒痰盂，生活一辈子？我盼望的，我追求的，难道就是这样的生活？原来似乎是这样，可现在……现在不是这样了。

陈谷康强行闯进我的感情生活里来了，他的到来，使得原来就在我意识深处潜滋暗长的对生活条件、物质享受的追求，陡然膨胀起来。过去，也许只是不自觉地感到，矫楠在乡下，我在上海，城乡差别造成了理想和现实之间的矛盾。而随着矫楠即将回沪，即将走进他的生活领域，我才更清晰地看到，我心目中对物质条件的需求和以往的精神追求仍然存在着绝大的差距。原先我自认为主观的精神追求、感情体验和客观的生活环境、物质享受是能杂糅在一起共处的，事实却告诉我这是种糊涂观念。鲜明的对比强有力地显示出了两者之间的裂痕，我就处在这一裂痕的空谷地带，生活在催促着我尽快地作出抉择。

天哪，乍然明了了这一切，我的脑子里几几乎接受不了这一道义上的严重的混乱状态，我陷进了一种无力自拔的矛盾之中。

我该如何挣扎呀？

三

矫楠不动声色地回到了歇凉寨。他决定在正式的调令来之前，什么也不和歇凉寨上的人讲。

当然更不和罗湘玉讲。

他回避着罗湘玉，他已决定离去，母亲的单位上已有确切的答复，现在要熬过去的，仅仅是办理繁琐手续所需的时间。如若他再去找罗湘玉，那是太卑鄙、太不负责任了。

他以为自己爱着歇凉寨，他以为歇凉寨曾是施展抱负的地方，他以为这地方和他结下了不解之缘。原来这都是因为他不得不生活在山寨上时的幻想。一旦听说妈妈可以让他顶替，一旦确信自己可以回到上海去，他才认识清楚，他的爱、他的感情是那么脆弱，仿佛是建在沙滩上的房子，潮汐涌动，一冲即垮。大上海对他有着那么强烈的诱惑力，连他都暗暗感到吃惊，都为自己的不坚定而感到羞愧。

但他心里明白，他是一定要离去的。有机会、有正当理由，他是非走不可的。

他为自己的离去悄悄作着准备。

劳动用具，日常生活用品，包括在乡间穿的所有替换衣服，这一切东西处理起来是极简单的，半天时间就可以处理完。送人。离开乡下的知识青年全都是这么办的。难办的是他担负的大队主任职务，是他正在力争尽快解决的组织问题，是那台该属于他的打面机。要办交接手续，就瞒不住人。偏远山乡里虽然闭塞，一个和所有人多少有点关系的消息，传得仍然会比风还快。

很快，矫楠觉察到试图声色不露地离去是做不到的。瞒不了众人，自然也瞒不了罗湘玉。况且，回到了歇凉寨，生活在熟悉的寨邻乡亲们中间，时时处处意识到罗湘玉的存在，他又迅疾地感到，瞒着她离去是极端自私的，是不道德的，他应该让她比其他任何人更早一点知道，他是要离去的。

一种阴暗的预感环绕着矫楠。他既为调令的迟迟未到焦躁不安，又为即将离去却瞒着罗湘玉烦恼羞愧。自责自疚的心理啃噬着他的神经。

他觉得度日如年。

山乡的隆冬时节来临了。山道上、光裸的缓坡上，飘飞的凌毛毛漫天洒落下来，在骤降的气温里结起了冰花，结起了山里人称之为的"桐油凌"。冰花儿挂在树枝、灌木、茨藜条上，桐油凌满地铺开去，脚踩上去溜滑溜滑。

农事松闲下来。照例，吃转转酒的日子又来了，三姑爹的姨妹出嫁啰，二舅爷的侄孙讨婆娘啰，高坪的六公做寿啰，下脚坝的四表弟办喜事啰。口讯带过来，就得揣上几块钱，去吃一回酒。

这一天，罗振发跟着他爹又去毛栗坪吃酒了，矫楠独自个儿懒散地躺在床上，抽着烟解闷。米面机房没有生意，他啥事儿也不想干。

楼梯上响起打雷样的脚步声，矫楠正思忖是哪个，房门被推开了，罗湘玉身前扎块围腰，冲了进来，放开了嗓门大叫：

"矫楠，矫楠！"

矫楠心头一惊，在床沿上坐了起来，他瞪了罗湘玉一眼，她咋个一点不小心留神哪。让人听见了，算啥？在乡间，古朴的乡规民俗，对男女授受不亲，那是格外的冷峻和不近情理的呀。他刚要发问，楼下，振发的妈放开嗓门朝楼上嚷嚷：

“矫楠，湘玉来请振发和他爹去帮她打个地炉，俩爷崽都不在家。你去帮个忙罢。”

“新修的泥墙茅屋，潮得墙角起霉花花，不烧个地炉火驱不了阴气，求你……”罗湘玉一边朗声说，一边朝矫楠扑闪扑闪眨着眼。

矫楠晓得，打个地炉，也许是个事儿。但是，湘玉这会儿专门找上来，更多的却是想同他讲点悄悄话。

他沉吟着，振发的妈都说了话，不去倒反而见外了。掐灭了烟蒂，他站起身问：

“什么时候打呀？”

“就这会儿。”湘玉朝他无声地笑了，身子直往他挨近过来，压低嗓门道，“去吧，没人会说闲话。我有事跟你讲呢，顶顶重要的事。”

矫楠怕说话声音被人听见，提高了声气道：“好嘛，我去凑合着帮你打一个。话得说在前头，我这手艺，只怕打不好啊。”

“再差也比我自家打强啊。”罗湘玉笑了，领头走出屋去。

矫楠跟着湘玉，在她身后十多步远，一前一后地顺着青岗石铺砌得不甚规整的寨路，朝寨子南头走去。

秋天里一打霜，砖瓦的毛坯易起裂缝断开，歇凉寨上的砖瓦窑子就熄火了。寨南这一片坡，一色的黄泥巴，没啥人来走动，山弯弯里显得格外冷清。湘玉的泥墙茅屋，就挨着笔陡的黄土崖建在那儿。门前屋后都还没像寨上人家那样栽上树枝，筑起坝墙。乍一眼望去，这幢茅屋显得孤零零、光秃秃的，没啥依傍。山墙边的那几束枯萎的鞭笆杆草，更使它有股凄清、冷寂的感觉。

风从山弯弯的垭口里直扑过来，矫楠不由自主地打了一个寒噤。

湘玉掏出钥匙开了门，转身朝他招手：“快来，呆站着干啥呀？外头冷。”

山峰岭巅让重重雾岚笼去了大半，一缕缕、一簇簇薄绡般的轻雾，缭绕着弥漫着飘到寨子上来。天空阴得像混浊的河底泥，没一丝儿亮色。厚厚的云层压得低低的。吃过晌午饭不久,倒使人感到像是傍晚擦黑时分了。

跟着湘玉走进屋,屋内比外头更加阴暗,还有股散不尽的湿气。像好些贫穷的农户一样,湘玉的泥墙上也没玻璃,装着木栅栏的不大的窗洞,用大大的箬竹斗笠遮挡着呼啸的寒风。

湘玉把门关上了,屋头黑得更像夜间一样。矫楠嚷起来:

“黑洞洞的,咋个挖土啊!”

“你以为当真喊你来砌地炉子?”

“你开头不是找罗家父子吗?”

“我是谙准他俩出了寨子,才跑去的。”

矫楠无话说了。

“进屋头来。”湘玉扯住他的手,朝里屋走去。

里间屋头,比外间屋暖和干燥多了,空气中弥散着股煤炭气息。矫楠定睛望去,屋子中央,规规矩矩打着一只地炉子。几块煤炭,正燃得旺旺炽炽的。淡蓝色的火焰直往上蹿。

“哪个帮你打的?”

“还有哪个?我。”

“你也会打地炉?”

“我啥子不会?你说,啥子不会啊!坐下。”

罗湘玉把一条板凳推到地炉边,拍着凳面招呼。

矫楠刚一入座,罗湘玉就挨着他坐了下来,撅起嘴,偏过脸来盯着他:

“你说,你回来几天了?”

“十几天了。”

“为啥不到我屋头来?”

“呃……”矫楠找不出话来答,勾下了脑壳。

罗湘玉的脑壳,枕在矫楠肩膀上,声气柔柔地在他耳边问:

“这回来,不走了吧?我天天侧起耳朵倾听,也没听哪个讲起你要走。”

“要走的。”矫楠说得很轻，却很清晰。他觉得不能失去这个把事情说明的时机了。

她像被地炉火烫着了一样跳起来，双手扳过他的肩膀，让矫楠的脸对着她，她的一对明澈闪亮的眼睛，紧紧盯着他：

“当真要走？”

“要走。”

“不走吧，不走了吧。”她摇晃着他，脸上仓促地一笑，笑得极为勉强，笑容刚一闪去，她的一双眼睛里涌满了泪，一头扑进他的怀里，啜泣着道，“我……我听说，宗玉苏对你并不好，你回去，她不愿同你住一起。你留下吧，啊，留下吧……”

矫楠的汗毛全竖了起来：“你……你听哪个说？”

“丁萌萌啊，她回寨来办理手续时讲的。矫楠，你留下吧，我不会那样待你，我会对你好的，会像服侍老爷一样服侍你，会让你过得痛痛快快，心上不会沾一丁点儿脏东西，真的，真的……”罗湘玉下保证一样低低嘶喊着，两只脚朝地上直跺。地炉子旁的一点干燥的尘灰，全给她跺得扬了起来。

矫楠的双手抱着罗湘玉不时扭动的双肩，他搂着她，如同搂着一团火。他苦笑了一下，她埋着头是看不到的。他的确苦笑了一下，不须她说，他也清楚，罗湘玉是爱他的。只要一瞅她的脸，他就能感觉到，她的那双不善于掩饰感情的温顺的眼睛，燃着火似的直勾勾盯着他。只要一看她的眼睛，他就晓得她的心灵在呼唤他。宗玉苏在他两次回沪探亲期间，从来没用这样的眼神瞅过他。哪怕她在逼着他尽快设法调回上海去的时候，也没有如此热烈如此激情难抑地瞅过他。看着罗湘玉的眼睛，矫楠的心灵深处不无悲哀地感到了过去从未意识到的一面，宗玉苏不爱他了，或者更准确地说，宗玉苏现在绝没有像罗湘玉这样爱得出自肺腑，爱得如痴如呆。他完全相信罗湘玉的话，要是他们生活在一起，她会把他服侍得很好很好很好。在他们还没好上的时候，她每晚都会因等他而守在灶边，给他送洗脸水，端洗脚水，给他煮鸡蛋吃。要是两人真正住在同一屋檐下，她待他不知将何等亲热哩。她会是一个典型的温顺的贤妻良母，他在她身边能得到几乎是虔诚的盲从般的爱，能得到温暖。但他无法享受这看得到的一切，他还必须走，他无意留在这个心目中永远感觉荒寂和落后的山乡。

他不说话，罗湘玉双手摸摸索索的，捧起了他的脸，泪眼充满希望地盯着他，道：

“真的，矫楠，留下来吧。你若不愿住在歇凉寨，我们也可以设法住到街上去……”

“街上？”他无动于衷地重复了一句。

她以为他有了兴趣，双眼发亮地望着他，两只手更紧地搂着他：

“不哄你！哄你是狗崽。我从没同你讲过，文化大革命前，我爹是粮管所过秤的，再以前，就是这里人常说的饿饭那几年以前，爹还是粮管所所长。就因为饿饭那年，爹管的粮仓里少了上千斤谷子，事后才把他所长职务撤了，降为过秤的杂工。你在听着吗？”

罗湘玉见矫楠木呆呆地睁着一对眼睛，摇撼了他一下，追问着。

“饿饭那几年，就是我们讲的三年自然灾害时期。对啵！”矫楠以此表示自己在听着，还俯首瞅了湘玉一眼。

“对啊对啊！”湘玉嘴角起了一丝笑意，跟着道，“其实，那上千斤谷子，爹擅自弄出来，是给了好些得‘肿病’的农民。我那时小，不懂事，听爹说：几十斤谷子，能换回一条人命啊！十几条人命，换一个所长职务，值得。歇凉寨的罗兴善大叔，当年就得过我爹的好处。‘文革’中，老账新算，爹当了‘牛鬼蛇神’，给押到水库工地去挖土方。我家中没得收入，靠兴善大叔从中撮合，嫁给了吴大鼎……”

后来的事，矫楠就全知道了。湘玉的命，说来也是很苦的，她该遇上个好人，该过几天好日子了。矫楠心中苦涩酸辛，他不是她命中的那个好人，他得走。

湘玉不晓得他的心思，还在接着说：“前些天，听说爹要平反了，仍回到粮管所当过秤的杂务工，爹快到退休年龄了，他听说我离了婚，放了话来，让我去顶他。矫楠，我不是编来哄你，我说的全是真话。爹的话，还是罗兴善大叔捎回寨来的。听了这话，我脑壳里头做了好些白日梦啊，我想，我去粮管所当个过秤的，你呢，你是知青，还当了大队主任，早晚是会有个工作的。到那时，你把宗玉苏那头的手续清了，我们成个家庭，会过上好日子，我会乐颠、乐疯的。是么，矫楠，你说是么？”

矫楠紧紧抿着嘴，两眼不敢看她一眼。如果他回不了上海，他会这样听从命运安排的；如果上山下乡的知青们真像当年写下的对联、刷下的大幅标语那样："扎根山寨六十年，革命到底志不移"，他会心甘情愿斩断同宗玉苏的关系，和湘玉过一辈子的。可现在，他再憨也不会走这一步了。歇凉寨也好，街上也好，哪能同他自小长大、繁华热闹的上海比啊。不能比，不能比，那简直是天壤之别啊。

也许是他固执地抿紧了嘴的模样，也许是他执拗的眼神使得湘玉有些慌神，湘玉"腾"地一挪身子，脸凑到矫楠前，紧紧抱住他道：

"矫楠，矫楠，你说句话呀！留下么，说呀！"

矫楠实在不愿伤她的心，不愿伤害她一往情深的憧憬，但他也不能骗她、耍弄她啊。他垂下眼睑来望了她一眼，她的亮得像火星一样的眼睛痴迷地盯着他，两片淡红的灼热的嘴唇，颤动而期待地微启着。她那微显苍白的脸绯红绯红，直往他脸上贴过来。

这当儿，这一瞬间，矫楠心头像划破漆黑幽暗的帷幕般掠过一道闪光。他明白了，他是爱湘玉的，她是他心目中的女人，他过去、现在朦朦胧胧地认为是妻子的女人，就是像湘玉一样的。多少天来他心情抑郁，他沉浸在欲罢不能、欲爱又惧的情绪中，他干事儿犹犹豫豫、迟迟疑疑，全都是因为她，全都是由于内心深处感到有愧于她、有疚于她。湘玉身材颀长，湘玉有一张端庄娴静的脸，有一双让人瞧过一眼就不易忘怀的眼睛，湘玉身上有一股很多女人没有的神韵，那是没有爱过的人不会理解的。如果世上真有无所顾忌的爱，如果生活里的爱情真像故事里的那样不受现实的限制，矫楠是会娶她的，毫不犹豫就娶她的。一个男人娶到这样的女人会是莫大的幸福。

经历了人生的矫楠就是这么想的。他低下头去,把自己的嘴贴到她灼热温湿的唇上。

湘玉快活地把身子贴紧了矫楠,借着喘息的空隙柔声娇气地说:

“不走了,是吗?”

“只怕不成呢,湘玉。”

“咋个啦?”湘玉陡然一推他,两眼里掠过一道恐怖的光。

矫楠垂下了脑壳,像犯人似地喃喃着:“在上海,我有女儿,有……”

“可你晓得不,我……我也怀了娃娃!”湘玉突然跳了起来,离开矫楠两三步远,直直地站着。

矫楠猛一抬头,像被人揪住头发往后使劲一逮,这是他绝然没想到的:

“真……真的?”

他脑子里闪过一些疑念。在有些书里写到过,有的女人为缠住男人,用过这种办法。

“你不信吗?”湘玉有点恼了,她利索地解下了围腰,解下了平时穿惯了的那件棉袄似的宽大的罩衣。

矫楠跳起来阻止了她:“湘玉,别……别……我信、我信了……”

他看清了,湘玉宽绰的罩衣一解开来,被裤腰带紧紧系牢的裤子裹紧了圆鼓鼓的腹部,她的肚子已微腆微腆显示出来了。湘玉没骗他,她也不会骗他,她甚至没想到以此威胁他,要这么做,她在他一进屋那当儿便会开门见山提出来了。

矫楠的脑子全乱了。堕落吧,纵情于色吧,耽在肉欲之中吧,这就是报应,这就是那一切结出的果实。

他呆痴痴站着,几几乎麻木了。

湘玉的手抚着他肩膀,两眼探究地侧过脸来窥视他的眼神,怯怯地问:

"你……咋个了?"

矫楠觉得自己的表现实实足足是个懦夫。他不好意思地拉着湘玉,慌慌张张问:

"哪时怀上的?"

"好像就是你临回上海那次。那以后,我……我就觉得身子……"

湘玉扭过脸去,她羞涩地不愿说下去了。

"唉!"矫楠懊恼地捶着自己的头颅。那一晚不上她这儿来,就不会有这件麻烦事儿。要晓得,用不了多久,湘玉的肚子就会毫不留情地显露在歇凉寨老少乡亲面前啊!她一个离了婚的女人,怎么抵御来自山乡各种各样的嘲讽、唾弃和诅咒啊!他的眼前掠过一幕幕可怕骇人的场面。那完全是会发生的呀!矫楠为湘玉着急和忧心,也为自己做下的荒唐事追悔莫及。他神经质地抓紧了湘玉的手:

"你为啥不早告诉我?"

"你自家不来找我嘛。"

真是个憨实温顺到了极点的女人。这种事也拖得吗。矫楠皱起了眉头:

"你……你说咋个办?"

"你问我?"湘玉有点不解地盯他一眼。

矫楠脸上发烧了,是啊,他是男人,主意该他拿啊!他默了默神,两眼转到干巴呲裂的黄泥墙上,那墙龟裂开一条伸得进拳头的歪歪斜斜的缝隙,为防备外面的人朝里头窥视偷看,缝隙中堵着一些砖块、废纸和稀泥,阴冷的风,仍从缝隙中不时透进来。矫楠的脸色严峻骇人,眼睛里掩饰不住自己的惊慌和恐惧:

"我们……我们找个医院吧。"

"干啥?"湘玉预感到了什么,尖声发问。

矫楠的声音由于嘴唇打颤直发抖:"我们不能要这娃娃……"

"不!"湘玉打断了他的话,端庄的脸由于惊骇全扭歪了,泪水夺眶而出,直往脸颊上淌,"你不要,我要!我要!我喜欢你,我找上你,就为的是要个娃娃,就为的……”她失望地抓住矫楠的臂膀,像摇一棵包谷秆似的摇晃着。

矫楠的泪涌了上来,他两眼噙满了泪道:“可湘玉,你……你得想想啊,在寨上,男女老少众目睽睽盯着你挺起的肚子,他们会骂些啥,会怎样对你……”

“管他们啰!他们想骂随他们骂,想咒随他们咒去。我不怕,当年不生娃娃,还不是满寨人乱叨叨,啥出不了嘴的话他们都说了。我就是要挺起肚皮,让满寨人瞧瞧,我罗湘玉不是不会生的女人,不会生的是那挨刀的吴大鼎!”罗湘玉泪流满面,一边用手背胡乱抹着一边哭泣道,“矫楠,你怕,你铁了心要走,你走!我不会跟你去上海,上海也不会要我。娃儿我要,是男是女我都要。我不能失了男人,再失去娃娃。我只能求你,只能跟你说,我是贴心巴胸喜欢你,唯愿你留下来,你硬要走,我、我……还有啥办法……”

矫楠的身子像被抽去了脊梁般软下来,他的心刀戳样疼,他双膝一弯,跪倒在地,两手抱紧了罗湘玉的腰肢,悍然不顾地哭嚷着:

“我对不起你,湘玉,我对不起你啊……嗯吓吓……湘玉……我……对、对……”

四

窗帘拉上了,看不到窗外暗红色的天空。不拉上窗帘,也看不到那一窄溜天空,让偌大得简直可以遮盖整间屋子的塑料布挡住了。

塑料布是分界线,是想象中的墙壁,是把哥哥和我分开的“柏林墙”、“三八线”。现在不仅要把它想象成一堵墙,还要把它当作神圣不可侵犯的墙。

原因很简单。

自从去年“十·一”以来,蔚烨成了我的嫂子,她和哥哥就睡在塑料布的那半边。

到了白天,塑料布像帷幕似的拉开,两间屋子变成了一间屋子。

一间房就那么小，隔成两间，可以想象我住的是什么样的“鸽子笼”、“火柴盒”。哥哥是聪明的，他把塑料布装得比剧场的大幕还妙，只要轻轻一拉，“大幕”就能展开或是窗帘布一般收拢。

屋子里潮气很重，一到春天这潮气就更重了。我们的房间就挨着灶间，灶间里装着两个自来水龙头呢。

自来水声“滴滴答答”，穿过灶间的脚步声“踢踢踏踏”，捅煤炉的火钩一动，关紧了门煤烟也要飞进来。还有弄堂里的自行车铃声，小娃娃欢叫飞跑的声音，天天都不绝于耳潮汐般涌来的闲聊、争执、吵骂声。

就是躲在床上了，在这一片喧嚣和骚动声里，我也睡不着。于是我总是熬到很晚才上床，那时候不论是弄堂里、不论是灶间都要安静得多。但我仍然睡不着。

我一点也不怀疑自己患了失眠症。

为娇楠，为陈谷康，为小玉，更多的是为自己，患了失眠症。

接二连三遭受的刺激，更加剧了我日渐严重的失眠。在我本来就很压抑的心上又添了一厚层阴影。

我晓得自己忍受不下去了。

我知道自己必须有所行动了。

事实上我已经行动了，我没想到迎接我的会是“她”，准确地说该是“后妈”，上海人通常的讲法是“填房”。我更没想到她竟那么年轻，若和我一道走在街上，人们准会以为她顶多只是我的大姐。爸爸的避而不见也令我吃惊，十年的动乱竟会把他的心灵蛀蚀得如此冷酷，我简直不敢想象。是的，爸爸的平反遇到过一些麻烦，是纠缠在妈妈的身上，关于妈妈的死究竟是自杀还是受迫害致死争论了很久，但最终还是平反昭雪，补开了追悼会。爸爸当然也从干校回来，重新分配了住房。刚回来时我去探望过他一次，那次他还很憔悴，脸色苍黑中透着虚红，像个病弱不堪的守门老头儿。随后我给他写去了一封信，提出了住房问题。我和已结婚的哥哥长久共处下去，显然是不可能的。

矫楠家没有住处(我对他只有这样说。反正他从未去过矫家,也永远不会去矫家),我希望能同他搬在一起。我探望他时已留意了,他新分配的公寓式楼房三间一套,有煤气和“大卫生”,我没有什么大的奢望,只要三间中最小的一间就满足了。这样,对小玉的健康成长有利,对我随时照顾爸爸有利,同时也彻底解决了我们夫妻的后顾之忧。要依靠我一个普普通通的挡车工,依靠顶替回沪的邮政局小职工矫楠解决住房问题,只怕这一辈子都不大可能。

爸爸没有回信,也没有捎口讯来让我去,虽然我信上这么提了。

幸好妈妈的追悼会不久即补开了,作为女儿我当然去了追悼会场。哥哥和蔚烨仍然不理爸爸,更不理睬后妈,他俩虔诚地朝着妈妈的遗像鞠了躬,哀乐奏响时,哥哥和蔚烨都垂泪而泣,追悼会毕,哥哥和蔚烨没对爸爸和后妈打招呼便不辞而别。农场九年,把哥哥锤炼成了个硬汉子,他永远不能饶恕爸爸在妈妈被迫害致死后重新寻找终身伴侣的举止,他没当着众人的面谩骂爸爸,已经算作了极大的克制。

我自然不会放过这个机会。

爸爸对我说,信收到了,他同后妈也有过商议,让我有时间去他家谈。

走出追悼会场时我们约定了时间,是我休息天的午后。

本来我想带小玉去,人们说老人都喜爱隔一代的孙子孙女,但小玉就是不愿随我出门。婆婆退休了,她天天同婆婆厮混在一起,形影不离,连童稚的嗓门都带了浓厚的苏州口音。自从我上班以后,这孩子与我的感情一天比一天淡漠了。我硬要拉她去,她竟当着婆婆面哭叫起来,婆婆当然又帮着孙女讲话。我转念一想,也好,万一那后妈看见小玉心里嫌烦呢,她同小玉可是一丁点血缘关系也没有啊。

于是我便一个人去父亲家了。

出来为我开门的是个十三四岁的小姑娘,她茫然地瞪着我,我也猜测地盯着她。

“你找我妈妈?”

我明白了,她是后妈带过来的女儿。我说我找我的爸爸。

她蹙着眉头瞅了瞅我,简截地道:“他不在。”说着就要关门。

我用手臂抵住了门道:“我们约好了的。”

“芬芬,让姐姐进来吧。”后妈在里面说话了。

芬芬颇不情愿地让了道,那神情仿佛是我侵犯了她的领地。她没有撒谎,爸爸确实不在,我心头好一阵不自在。沏茶的时候,后妈告诉我的第一句话,便是爸爸不在。

“他本来要等你,无奈单位里有个会等着他主持。”

和后妈相对而坐,如何谈房子问题呢。我和她太生疏了。我捧起茶杯,吹着水面上的茶叶,掩饰自己的惶惑和不自在心情。

“你的信老宗给我看了。”倒是后妈直率,开门见山地道出了我的来意,我抬起脸,瞅着她端庄秀雅的脸,是的,四十岁的女人,这样的容貌是漂亮年轻的,“我们也细致地作了商议,恐怕不能满足你的要求。理由有二,老宗落实政策分配住房时,本可以分四间一套的公寓房子,考虑到瑞仁里有了一间房,才给他分了这一套三间的。瑞仁里那间房,就算给了你们兄妹俩。这是一。第二呢,老宗说了,你当初在农村里结婚,他是持坚决反对的态度的,且明确去信劝告过你。你没有听,而且连信也不屑回。他说你这是自作自受,现在提起来,还要发脾气呢!他不愿意在自己身边看见这不称心的婚姻。我曾试图说服他,但是无用。”

后妈的话简捷明了,没啥废话,说出口来心平气和,无可挑剔。

我看得出那是她作过深思熟虑给我的答复。

我连同她争辩的余地都没有。

我甚至找不出话来说。

我还能讲什么呢。

端起来吹了半天的茶水一口没喝,我告辞了。再呆下去只会加剧如坐针毡的感觉。这就是爸爸,重新结了婚的爸爸对待女儿的态度。妈妈,我那九泉之下的可怜的妈妈呀,你当初不该死啊。

说真的,在爸爸家里的时候,我并没感觉到受了多大的侮辱。是在走出爸爸的新居之后,是在事后,我才觉得自己是多么卑下,我才发现自己遭受到了多大的刺激。我的信,我在追悼会上盯着爸爸,全是在向他哀求,在向他要求帮助。可他,对待亲生女儿,竟然要了这一手。

如果说这刺激够深的话,那么接着发生的事儿,简直是在我的心上捅了一刀。

消息是电话里传来的。

我正上中班,班组里小姐妹喊有我的电话时,我还颇为新奇。除了陈谷康,还会有谁给我来电话呢。而陈谷康,我已同他讲好了,事情没有明朗和了结之前,不要来电话催。他是答应了的。

话筒里传来的是一个女人的声音。听不出是谁,不是她报出聂洁的名字,我简直想不起来了。想到她在歇凉寨乡间给过我的帮助,我懒洋洋的声音顿时变得热情起来了。

"哎呀,是聂洁,我真高兴。你好吗,户口办回来了吗?"

"办回来了。"

"谢天谢地,祝贺你啊!喂,有什么地方需要我帮忙的吗?"自以为比她早回来几年,我讲起了客气话。其实我啥路道都没有。

"反正是进生产组混,做一天有一天饭钱。"聂洁的口气有点儿玩世不恭,"我给你打电话,是想跟你讲一讲矫楠的事。"

"他……怎么了?"从聂洁的语气中,我有了一种不祥的预感。

"原来丁萌萌去山寨办手续回来,跟我讲这件事,我还不相信。这次我去办手续,亲眼目睹,不信我也只好信了……"聂洁的声调颓然低落下去。

我急了,叫起来:"你讲的是什么事啊?我听得莫名其妙!"

话筒里没有声音了,"嗡嗡嗡"响了一阵。我刚要催问,她说了:

"矫楠同离我们集体户很近的那个乡下女人罗湘玉……"

"怎么啦?"我简直要哭出来了。

“有那种事儿。”

“你胡说!”

“我也但愿自己是胡说。可……可罗湘玉怀上了矫楠的孩子,挺着大肚子……在寨上……满寨人全晓得这事……”

“你给我讲这个干啥?”我“砰”一声挂断了电话,双手捂着耳朵,一下子蹲在地上。

还有比这更可怕的消息吗,还有比这更戳痛人心灵的吗。怪不得他孤零零一个人能在乡下长久地住下去,怪不得他回到上海之后总是心不在焉,急于回去,怪不得他对回沪这样的大事都显得无所谓。原来他……他的命运在乡下已岔开了另一条道……他竟和一个离了婚的乡下婆娘罗湘玉搞在一起……

我还依稀记得起罗湘玉姣好的容貌和体态。在歇凉寨的已婚婆娘中间,唯有她脸色细腻白净,唯有她衣著稍微干净一些,唯有她长着一双明澈的温顺的眼睛,矫楠,矫楠你真会挑选,你真会乘虚而入啊。

我真恨不得咬他一口啊。

还有什么可说的呢,还有什么可依恋的呢。出了这种事,我只有一条路可走了。

那就是离婚。

离婚。

连我都非常惊讶。这两个字在我脑子里闪现出来,竟然如此平静、如此自然。仿佛它们已期待了很久很久,终于到了瓜熟蒂落的时候,就跳了出来。

这件事当真那么自然而然吗?我开始谨慎地细致入微地往深处思考这两个字所包含的意义。只有女人会这样点水不漏地考虑一切,追问自己的心灵。

如果他的家里有一间设备齐全的房子,如果我提出的请求得到父亲和后妈的谅解,并能顺利住进爸爸家里,如果我的命运中没有出现陈谷康,听到了这件事,我会原谅他吗?

我当然不可能原谅他。

我会这么快想到离婚吗?

我想我会的。

不过……不过我要更为迟疑、更为犹豫,我会同他严肃地交谈一次,看他是否确已同对方断绝了一切关系和联系,在他诚恳地认错、道歉并保证永远不犯之后,我可能会原谅他,可能仍会同他继续维持婚姻关系。不会像现在这样急迫,这样直截了当。毕竟我们曾在那段难忘的岁月里滚在一起,毕竟我们那么深地相爱过,且我们还有可爱的小玉。要是仅抓住这件事,那么我和陈谷康的事,又如何解释。当然我同陈谷康和他与罗湘玉性质不同,但究其心理,究其对高尚和纯洁的爱情的忠贞,我不也……

如果矫楠没有这件事儿,如果这件事始终还像以往那样瞒着我,我并不知,我会不会向矫楠提出离婚?

不会那么快。心里有没有过这种念头?没有明晰地出现过。可是……

可是这念头已在我的心底蕴藏着了。我不是坚决不愿去福安里住嘛,我不是一想到福安里的居住环境头皮就发麻嘛,我不是绝不甘于像哥哥一样在瑞仁里筑个窝儿自满自足嘛,我不是在陈谷康固执地追求下已跟他言明,希望他等待,希望他给我时间嘛。我不是在脑子里经常浮现陈家的客厅和卧室布置嘛。我这些念头这些意识这些模糊朦胧的想法算啥呢?是对幸福的渴求,是急切地巴望过舒适的生活,是在多年的坎坷不幸经历之后迫切地想求得补偿,迫切地想恢复青少年时期我还意识不到的那种生活条件。而如若在瑞仁里、福安里生活下去,生活一辈子,我会由衷地出于生理上的感到厌恶和难以忍受。

能够改变这一切的,只有离婚……

我为纷乱的思绪所搅,我整天地处于混沌昏蒙之中,白天上班纯粹是机械地操作着,晚上睡觉时身体躺着心却醒着,吃饭时、走路时、干一切事情时都处于那种昏昏糊糊的状态之中,好像没有睡醒,好像刚干过了体力不能胜任的繁重劳动,好像被人乱棒打了一顿。

我知道自己没有病,但整天却像病人似的。

那种急于想有所行动却又为割不断的牵挂而缠绕的心绪,要把我折磨死了,却又死不了……

塑料布帘那边的棕棚床上有了一点响动。这是常事,我已习惯了,夫妻俩睡在一张床上谁不翻个身呢,哥哥嫂嫂睡在一起谁不挤着谁呢。况且我是结过婚的人,一听见响动我就神经紧张,就敛息屏声,醒着也装着睡得很熟,身上发痒也强自抑制着不搔一搔。

"你怎么啦?"今夜出奇迹了,哥哥说话了。

屋里一阵清寂,好一会儿了,才听见蔚烨细声细气说:"我总怕玉苏还醒着……"

又是一阵沉默。

哥哥在叹息,蔚烨究竟是在低声唉叹还是呜咽,我听不分明了。啊,尽管哥哥嫂嫂从来不说,尽管他们始终对我客客气气、情同手足,尽管他们丝毫不曾把我当作外人。我还是在妨碍他们呀,我的存在本身对他们小小的两口之家就是一种妨碍呀!

我是绝不能在哥哥嫂嫂这里住下去了,我的困惑我的烦恼我的犹豫不决也该到头了。

我必须行动,必须采取果断措施。这全在于我,矫楠不是已在几天之前回来了嘛,不是把顶替所需的一切手续办妥了嘛。

我该说话了。

五

"你和罗湘玉的事情,有吗?"宗玉苏的声音像锯片刮铁屑似的,"你给我讲实话。"

矫楠讲不出话来,他的喉咙里发苦、发涩、发干,像声带充了血一样说不出话来。他没有想到妻子会单刀直入地提起这一问题。他知道这件事儿瞒不了人,从罗湘玉执意要怀着孩子,执意要在寨上挺起越来越大的肚皮,顽强地要孩子生下来那时起,他就晓得这事儿无法瞒人。他比任何人都更清楚,郁强、余云、聂洁这些人一个个都要回山寨去办手续,一回去就会听说这件事。即使他们替他瞒着,下脚坝和公社里其他生产队的上海知青也会风闻这件事,也会把消息带回来。这总归是丑闻,而人们生来是喜欢传播丑闻的。尤其丑闻出在他矫楠身上。他晓得玉苏早晚要知道这件事,但是她知道得这么快、这么及时,矫楠还是没有想到。

矫楠绝非圣贤。他明白宗玉苏迟早要听说这件事时,就没想过要否认这件事。既然事情是存在的,人们是知道的,丑闻要在山寨在上海知青们中间传开,他也没有必要非瞒着玉苏不可。他有过这方面的思想准备,既然他狠不下心,下不了手,他就得承担这一罪恶的惩罚。他不是没想过像有些心狠手毒的男人那样,寻机吵闹趁机打骂,恶狠狠地将罗湘玉的身孕打掉,他脑子里闪现过诸如此类毒辣的手段,但他干不出来,他连往深处想一想也不敢。他觉得自己已经太对不起湘玉了,他再不能有这样缺德的念头。他佩服湘玉的勇气,他钦佩湘玉敢于迎着世俗的偏见硬要将这个怀着的娃娃生下来。他细心地给湘玉讲过,将来她领着这个没有父亲的娃娃,生活会给她的未来命运带来些什么险象,湘玉默默地听着、默默地点头,并且在他讲完之后还补充一句:“这些你不说我也想到了……”但她仍然要这个娃娃。

矫楠为良心所驱,为湘玉的这个固执的不好变更的念头,又在山寨上多住了一些日子,一直住到顶替手续寄来,一直住到迁移手续规定的最后的期限。临走之前他总算说服了湘玉接受他一笔钱,他变卖了打面机、变卖了衣物、变卖了属于他个人的一切,哪怕很不值钱的东西,他也变卖了,为的是多抠出一分钱两分钱来留给湘玉。为此他临走还在歇凉寨背了个“吝啬”的坏名声。离开乡下时他还总算求得湘玉的承诺,在他走之后,她尽快地离开歇凉寨,住到她重新当上区粮管所仓库过秤员的父亲那里去。这样她至少可以少听一些闲言碎语,少被人指着脊梁骨指桑骂槐的诅咒。起先,湘玉无论如何不愿接受他东拼西凑找齐的一千来块钱,她说他回到上海也要用钱,也需要开销,后来她“只答应收一半,直到矫楠几几乎又要朝她跪下,她才勉勉强强把钱收下了。矫楠的良心上也多少减弱了一些压力。可这件事情终究是他的心病,他不愿意有人来揭这块疮疤,不愿意旁人来碰他这敏感的疼处。他巴望随着岁月的流逝在自己内心深处自忏自悔、自我反省,而让这件事本身埋葬在记忆的最深处。他尤其怕的是宗玉苏来触碰此事,但特别害怕的,恰恰来得比任何事儿都更快。

“讲呀,你怎么不说话?”宗玉苏不耐烦地催了,“人们不是在冤枉你吧。”

“不是冤枉。”矫楠好容易迸出这一句,同时抬起了头。这是在绿岛马路,上海绿化最佳的肇嘉浜路,人们常说这儿是谈情说爱者的天堂,怕没有人想到这一对有了隔阂的夫妇也会来到这里。两人都没兴致找石凳坐,而是倚在林阴路边的铁栏上,脸朝着苗木茂盛、绿叶婆娑的花园草坪,像所有谈心的情侣一样说着只有互相听得见的话:“玉苏,我不想否认。”

“你一点也不感到歉疚,感到对不起人嘛。好像还很得意似的……”

“不,不……”

“别解释。我也不要听任何解释。我只觉得肮脏,只觉得恶心得想吐,只觉得你卑鄙、无耻,你丧尽了人格。”玉苏忿忿地责备着。

“你有权利骂,骂吧,我做了对不起你的事,我愿意接受惩罚。”

“少来这一套。权利,你以为我稀罕这个权利吗?我宁可把这权利扔进阴沟里去。现在你说吧,我们怎么办?”

怎么办,怎么办?矫楠是想过回上海之后怎么办的,他是以最快速度办妥顶替手续,并且去邮政局报了到的。到底是妈妈工作几十年的单位,邮政局领导非常客气,让他三十号来上班,这样他可以领取半个月的工资。而他报到那天,才十七号,他有十几天时间可以休息,可以为家庭的团聚作充分准备。家里也为他的归来调整了房间,爸爸、妈妈、矫光、矫冰住到三层阁去,妈妈和矫冰睡床,爸爸和矫光每晚睡地铺。离了婚的姐姐搬下来,住在一分为二的半间前楼里,另半间亮堂些、稍宽敞些的房子,让给矫楠、玉苏和小玉住。作出这样的安排之后,矫光和矫冰还特意请了两天假,帮助远方归来的哥哥把房间清刷一新,两边的砖墙刷了一层涂料,分隔房间的木屑板涂了油漆,八九平方米的小房间,在三兄妹的精心布置以后,焕然一新,简直可以同新婚夫妇的房间媲美了。

矫楠也踌躇满志地希望这是他摆脱过去的阴影后一个新的开始。

今天约玉苏出来,他就是要邀她住到福安里去,共同开始他们之间的新生活。

他没料到玉苏一见面就提出责问,他原以为玉苏听说这事的时候他们已在上海习惯了新的生活,到那时他要向玉苏赔罪认错,他要痛心疾首地向玉苏承认心灵和血液中的妖魔是如何牵着自己鼻子走的,他要为自己不该有的过失负道德责任……而玉苏劈面道出了他的隐私,把他的阵脚彻底打乱了,他的方寸全乱了,乱了、乱了、乱了。

他还能直截了当邀她住到福安里去吗?显然此刻仍坚持这么说是愚蠢的。现在最最要紧的是道歉,是请罪,是求得玉苏的饶恕,其他都得撇在一边。

宽宽的草坪、花圃那边的马路上,不时有公共汽车、卡车、面包车、小轿车疾驰而过,车灯雪亮的光芒在绿叶扶疏的缝隙之间一掠而过。自行车的铃声响得细碎而零乱,还有行人的脚步声,忽重忽轻地在他俩身后来来去去。

借着不时闪掠过去的车灯的光,矫楠窥探地用眼角连连瞥着妻子。玉苏的脸庞是严峻而厌恶的,她的眼睛里还灼灼地射出两股他从来未见过的暴戾的光芒。

矫楠意识到问题的严重了。要命的是他在见面之前不曾细致地把这个问题考虑周到,没准备的对话更使得他心头无底:

“玉苏,出这种事,全怪我,怪我太不尊重自己,怪我没有抑制自己的毅力,怪我堕落得这么下贱……”

“下贱,哈哈,你还懂得下贱。”玉苏的声音直刺矫楠的心,“你岂止是不尊重自己,你把我和小玉置于什么地位了,你说啊!”

“我错了。”矫楠的眉心紧锁,颇觉委屈地说,他只想把一切过错揽到自己身上,他一点儿不想朝罗湘玉身上推,虽然事情的发生和演变实际是他同罗湘玉两人间的感情,但他丝毫不想牵扯罗湘玉,他觉得这会亵渎湘玉的深情,他不愿意让背负沉重生活包袱的湘玉受哪怕是一点点道义上的谴责了。“都怪我……”

“不怪你怪谁?说,你是怎么去勾搭那乡下女人的,说呀!”

“湘玉……”

“你无耻!”玉苏凄厉地怒斥道。

直到声音在空气中消失,矫楠才领悟到自己在混沌之中喊出的是罗湘玉的名字,要追悔已来不及了。谁叫他在离开山寨前差不多天天用哀求的语气同罗湘玉说话,劝慰她、陪伴她呢。

这样的声音谁听了都会怦然心动的呀。

玉苏会不懂吗。

矫楠知道自己闯下难以追悔的大祸了。他转过半边身子,双手紧紧地抓住了玉苏的臂膀,摇晃着道:

“原谅我,玉苏,原谅我,你晓得,我孤零零一个人,长时间地生活在荒寂偏远的乡下,寂寞、冷清,连个说话的人也没有。我是人,我同样需要安慰、需要同情、需要爱。你是知道的,我爱你,爱得那么深沉那么久远,可要让人用坚贞的信念长期地去巩固相隔千里的夫妻关系,那真正是残酷的考验,是把爱情宗教化、神圣化了,你理解我的话吗?我出这种事儿绝不是故意要伤害你,绝没那种意思,我求你,求你原谅我……”

有那么一瞬间,宗玉苏入神地听着他的话,脑壳微偏微侧,眼睛一眨一眨,仿佛还被他的话打动了。但矫楠的话刚一落音,她就冷笑起来：

“嘿嘿，新鲜，这种理论我还是头一趟听说。照你说，你还情有可原啰？”

“我是……”

“一旦有机会你还将这么干啰？”

“呃……”

由于惊慌由于悔恨，由于困惑由于惊惧，矫楠只觉得沉甸甸的什么东西压迫着自己，他感到从未有过的疲乏和难受，他清楚地看到妻子的阴郁幽暗的双眼凛凛地闪着光，他感觉到自己双手牢牢抓紧的不是两条胳膊而是两根铁棍。他的四肢在发颤打抖，他没察觉额头上沁出了豆大的汗珠，眼睛里是一派恐怖惊骇。

长臂路灯的光透过梧桐树的绿叶洒下来，他看到宗玉苏的脸色发青，而她的两眼却闪烁着怕人的绿莹莹的光。

“算了，”停顿了片刻她说话了，“我什么都不要听了，不要听你那丑事的经过，也不要听你假惺惺的忏悔，我们都不是小孩子了。我只想对你说，我答应你，我也可以原谅你。”

他将信将疑地盯着她的脸。

“把你的手放下。”她用命令的口气道。

矫楠的双手无力地垂落下来，他再举不起两只手来了，他呆呆地站在她面前。

绿岛人行道上，走过一帮无忧无虑的姑娘，七八个人齐刷刷并成一横排往前齐头并进，她们不知说了啥开心的事，正在嘻嘻哈哈放声大笑。

“我可以原谅你，但我却克服不了对你的厌恶。自从听说了你做出那种事之后，只要想到你，我就联想到很多脏得不堪入目的东西，垃圾、苍蝇、蛆……原谅我不往下说了。此刻我同你站在一起，我都觉得像同大堆咬人的刺站在一起似的，浑身毛骨悚然。”宗玉苏每说一句话，就停顿一下，这就更使她这番话显得庄重和严肃，“你是聪明人，你知道我要说什么的。”

“这么说,你不愿意跟我在福安里住啰?”矫楠的话听起来像一个溺水的人在垂死挣扎。

“这还要问吗?”

“是永远?”

“永远。”玉苏的声音很轻,很坚定。

矫楠失神地站在那儿,像个刚从水里捞起来的人:“你要提出……”

玉苏截住了他的话头:“我把主动权留给你。我想这件事最好由你提出来,你会好受些。”

“你的心真好。”

“别说客气话了。我们就此讲定,好么?”

“太出乎意料了。”

“你同乡下女人勾搭的时候,就该想到此刻。”

“这毕竟太突然、太突然……”矫楠脸色苍白地道,他的眼前掠过女儿小玉漂亮的脸蛋。

“你是要我先提?”宗玉苏的声音是冷静的。

“我需要的是时间……”

“多久?”

“我要好好考虑、好好考虑一下。”矫楠尽力使自己镇定下来,保持语气的沉着镇定,“想必你能谅解,这不是小事一件,这件事要影响我们俩,不,要影响三个人的一生。我没有别的要求,我只希望,在我考虑的时间里,你也冷静地想一想……”

“我没啥可想的了。”

“那么……”

“我等待你的答复。”

她断然说完最后一句话,没有道别,陡地转过身去,沿着绿岛人行道,不急不缓地走去,走去。

矫楠想追上去，想采取一个男子在这种时候惯常采取的粗暴手段拦住她，想喊她回来。但他没有动，一动也没有动。

她的背影在影影绰绰的人群里消失了，消失得无影无踪。素不相识的行人还在穿梭般地走过来、走过去，走过来、走过去，漠然地无动于衷地走着自己的路。他们谁也不曾注意站在路边的矫楠，甚至没人留神瞅他一眼。即使有好事者看清他伫立在这里，也会想当然地猜测，这位男子一定在等待姗姗来迟的恋人。

哦，绿岛马路是上海恋人们喜欢涉足的地方，春天更是情侣们谈情说爱、憧憬未来的美好季节。在这样的时候，矫楠的绝望又会惹起谁的关切呢。谁会想到，就在这条充满了悠闲自在的人流，充满了欢声笑语的“爱情之路”上，一对夫妻刚刚腰斩了他们开始得很早、很早的爱情呢。

丁字口小花园的悲剧几乎是准八点发生的。

没有谩骂，没有吵架，也没有夫妇之间的争执。

夫妻俩相见了，他向她走过去，她迎着他走来，走近、走近、走近了，他出其不意地挥舞起紧捏在手中的刀子朝她划去，她本能地偏过脸去，一双美丽的惊惧的眼睛里露出恐怖之光，他几十上百次的练刀还是起了作用，他还是划破了她的皮肤，只因为她及时地凭着本能偏过了头，锋利的刀刃仅从她的耳垂下划到锁骨边，殷红的鲜血顿时洒落下来，滴落在她的连衫裙上，滴落在地上。

他的破她相的目的没有达到，但是一见到血，见到她那双惊恐的眼睛，他再没力气举起刀来，他把刀扔在地上。人们呼喊着、惊叫着扑了上来，把毫不抵抗的他扭过双臂去，十几个人将他推到匆匆跑过来的人民警察跟前。

她没有哭，没有惊呼锐叫，甚至没有吭一声。她只是掏出一块过于小了的手帕捂着淌血的伤口，刀子划破了她的皮，并没伤着她的骨头和要害处，她的意识是清楚的。看到他扔了刀子，她吓得煞白的脸色很快恢复了镇定。她晓得不会再有危险了。当看到愤怒的人们把他押到警察跟前七嘴八舌起劲地介绍情况，警察示意将他带到公安分局去的时候，她拼命往人群里挤去，举起一只手喊：

“不要抓他，你们不要抓他！他是我丈夫，我们这是家庭纠纷。”

边喊边冲进来，用她没有捂住伤口的那只手拉着他说：“走，我们回家，回家去。”

他不知所措地瞪着她，羞愧难当。

人群为之愕然。

人群外的丁萌萌嘶声哭泣着，不知是对众人还是对自己说：

“都怪我，都怪我，我是看出他神色不对的，怪我没及时阻止他，怪我啊。”

她哭了。

人们更是莫名其妙。

以后还有什么可说的呢。

可说的就是事态迅疾地平息并得到了似乎是圆满的结局。

她让人捎过话来，太太平平地办妥协议离婚手续，事情就算完了，她挨的那一刀就算是离婚付出的代价，她不追究，她谅解他划这一刀是因为他过去那么深地爱过……反之，她就将起诉，“家庭纠纷”将变为“故意伤害罪”，而由司法部门出面了。

他们离婚了。他坚持要女儿小玉，他家里也这么认为；而她却不愿拖着女儿再出嫁。

离婚手续办得是很顺利的。

但这一场离婚本身，却引起了听说这件事的所有的人们的热烈议论。影响所及，不可等闲视之。

直到今天，众说纷纭的各种议论还在继续。

后　　记

《爱的变奏》校样寄来了，我正摊在桌上校阅，一位相熟的朋友翻看了一下，陡然问：这又是一本关于知青的书？

是的，这又是一本关于知识青年的书。怎么啦？

朋友坦率地说：都过去多少年了，你就不能写写别的吗？

我当然还要写点别的。只是，这一本，我写的还是知青……

朋友的责备，使我觉得，我该写一篇后记，讲几句心里话。让亲爱的读者们，对作者也好多少有所了解。

一九八五年夏天，有两个山乡里的中年妇女找到省城贵阳来，她们简朴得几乎寒伧的衣着，她们拘谨的神态，她们的言谈举止，几乎完全是一副世代居住在山寨上的农妇模样了。不是她们开口讲上海话，很难相信她们曾经是上海知青。她们到省城来是为求一个工作，是来诉苦的。知识青年初初由城市到达乡村时，从来都是听农民们忆苦思甜，虔诚地接受那份再教育的。曾几何时，她们自己却向人们诉起苦来。日子过得太艰难了，是生活，逼着她们走到今天这一步来的呀。她们全是当年嫁给村寨农民的知识青年，其中有个还是优秀知青，她当年开创一代新风同山乡农民的结合连同接受再教育的事迹，曾经在《下乡上山》刊物上登载过。我清楚地记得，这本刊物传到我们集体户时，大家对她的事迹还足足议论了半天。现在这两个当年与山乡农民相结合的典型，一个死了丈夫，拖着三个娃崽；一个丈夫虽尚健在，但拖拉着两个娃娃，身处穷乡僻壤，日子也难以为继。她们来到省城，只是希图通过一定的渠道，为她俩呼吁一下，求得一个工作。

由于时任贵州省委书记胡锦涛同志的关注和批示，这两位上海女知青在几个月以后，终于在偏远的小县城的一家工厂里落实了工作，算是得到了归宿。那么，其他知识青年呢，有没有沦落在生活的底层而无人问津的呢？

我回上海去探亲，有人指着弄堂里某个女子的背影告诉我，她也曾是知青，下嫁了农民，挣扎着回到上海老家，栖居在住房紧张的娘家，在里弄生产组找到一份下体力的工作，而她的丈夫和孩子，户口进不了上海。她在上海呢，生活不检点……

我随意翻阅一本发行几百万册的青年刊物，那里记载着几位当年自寻插队在宁波乡下的女知青的命运，她们几乎都为环境所迫嫁给了宁波当地讨不起老婆的种田农民，她们几乎同时得到当地的照顾在插队十几年后被召进了乡镇小厂，但她们的生活和家庭都不如当地的农户，她们经常挨"老公"的拳头，她们的丈夫们几乎是一致认为"……知青老婆看得多、想得多，心活络，靠不住，农活干不过当地人，做工还得分居两地，真是谁娶谁倒霉！夫妻之间没啥话好说，远远不如当地农民小两口的结合。由此男人们挥完了拳头只能闷闷喝酒，再有就是赌钱！"当年的女知青们自知翅膀太沉，飞不起来，也不想再飞了，唯一的办法就是忍耐。多少年了呀，生活只让她们懂得忍耐。其中有个女的，忍不下去了曾闹过离婚。可上上下下都说她没良心，说她忘了"要口饭吃"的时候，是她男人收留了她！骂她有野男人，骂她……乡里、县里自然是出面做"安心"工作，而最使人受不了的，是上海父母听说女儿要闹离婚，赶紧把原先在上海借读的小孩退送回乡下，声称绝不收留离开男人"败坏门风"的"临时户口"，她们这种人，怎能随便离婚呢？

原谅我几乎摘录了青年刊物上的一段，不是我对这类生活的"支流”感兴趣，我举出的这几个生活中的实例，难道不给我们透露了这么一个信息吗，即使在今天，当年随着轰轰烈烈的潮流跑到乡下去的一些知青，仍在城市和乡村的夹缝里生活得不那么如意。城乡差别依然存在，把这一点写出来，大概对我们的改革和开放不是无益的。我们今天正在进行的改革，不正是要为消除城乡间的差别而积极努力吗。

我本人曾经在乡下呆了一段长长的日子，这并不是我连续写作五本关于知识青年的长篇小说的唯一原因。特别是提笔写这一本的时候，更多的是理智在提醒我：不要忘却，忘却那些已经过去了的灾难性的日子给一代青年造成的悲剧，那是忘却不得的！

一九八七年九月二十日于贵州观水路

二〇〇七年四月二十六日修订于重庆石桥铺

谈怎样结构长篇小说

怎样结构长篇小说这个题目,应该是由写过很多部书的作家来谈的,我实在不能胜任。我还年轻稚嫩,对于创作,纯在学习、摸索阶段。正因为如此,长篇小说《我们这一代年轻人》、《风凛冽》、《蹉跎岁月》相继发表以后,热心的读者寄来了上千封信,我只是细读、静思。有人说:"写得太快了";有人说:"还可精益求精,不要求多";有人说:"多产","打磨不够";有人说:"以情节取胜";也有人说:"厚厚的一本书,几十万字,细细一读,简直就没有什么故事。"当然还有很多赞扬的话。总之,五花八门,千差万别,人们各有各的见解,无可厚非,我也从未想到要去解释一下,阐述一番。如果允许我说的话,不管是赞扬还是批评,恕我直言,大多是不切实际的。只有我自己知道,我写得有多慢、多么困难。我是一个初中毕业生,一个插队落户七年的知识青年,当纷繁的生活促使我提起笔来学习写作的时候,我走过了一段长长的弯路。我读过一些书,也爱好文学,在我的笔记本上,记着很多大作家谈小说创作的话,当我照着这些话实践的时候,我碰到的往往是失败。在插队落户那个下雨即漏、刮风就摇的茅屋里,在那天天以瓜代菜、以盐巴水充油水的日子里,我写了一百几十万字的废稿,后来我妹妹用这些废稿纸生炉子,天天烧几张,烧了一年多也没烧完。失败的次数多了,在弯路上走得久了,我开始怀疑刻板地、盲目地死记硬背名言录写作的方法了。我是在走了很多弯路之后才想到要从自己的实际生活出发的。

记得还是在小时候,母亲逼我做读书笔记,我偷懒,说不会做。她教我,第一段写书名、作者、出版单位,接着写这本书里给你印象最深的人,写完就是一篇读书笔记。这倒很简单,因为读完一本书,书中总有我喜欢的人,有时候还不止一个呢,于是,随着岁月的流逝,年岁的增长,我的读书笔记里记下了长长的一串名单:朱老忠、梁生宝、梁三老汉、杨子荣、许云峰、诸葛亮、关云长、贾宝玉、福玛·高尔杰耶夫、邦斯、汤姆·琼斯、丽莎、玛丝洛娃、娥费丽霞、万卡、卡拉马佐夫兄弟、布登勃洛克世家……这个人出身在什么家庭、爱穿什么衣服、讲话时的神态举止,他在故事里扮演了什么令人感动的角色、有什么动人事迹,后来又怎样了……我的读书笔记,写下的就是这些人物传记。

法国昆虫学家法布尔说过:“学习这件事,不在乎有没有人教你,最重要的是在于你自己有没有觉悟和恒心。”

当我在学习写作的道路上屡遭失败、走投无路的时候,我突然想到了青少年时代写下的读书笔记。那些作家们为什么都能知道他写的人物的身世呢?也许他们在写书前就调查得清清楚楚吧?我为何不试一试呢!曹禺在谈到他的剧作时,也讲过搞分析人物嘛!

抱着侥幸的心理,在重新铺开稿纸学习写作以前,我不忙着写气氛、景色、矛盾冲突、环境特点了。我试着给自己的人物作分析:他叫什么名字,长相如何,服饰、声调、癖好是什么,父母兄妹都是些什么样的人,给他什么影响,他在我将写的书里做点什么,结局怎么样……写完一个,我接着写第二个,把我凡是能想到的,统统写出来,该勾勒的地方勾勒几笔,该描绘的描上几句,一个主要人物的分析,总要写到几千字甚至上万字。一般的人物和次要人物,有时哪怕只是在书中露几次面的人物,我也写一个小传,当然,写得粗略一些,仅仅有个简历,有一条大致的发展线索就成了。一本书的准备阶段,写小传总要写五六万字,上面提到的三部长篇,光人物分析就写了好几个笔记本,将近二十万字。自然,这个工作进行得那么慢、那么迟钝,因为我太年轻,要写的人,有的还不熟悉,还要接触、调查、了解。

多么笨拙的方法,多么愚蠢的起步!

我承认。不要讲别人,就是我妹妹也说:“照你这么整,哥哥,你一辈子也写不出一本书。”

但是我仍旧要说,对我这个文化程度不高的初中生来说,这么做却是有益的。很小的时候,我就听过龟兔赛跑的故事,在文学创作的道路上,我不是一只跑得飞快的兔子。我只是在撞了壁之后,摸索着循序渐进。我很快尝到了甜头:在进入正文创作的时候,由于作过人物分析,我的作品中不会出现雷同的人物,不会出现可有可无的人物,不会在事件和情节中产生同义的反复,也不至于在写到某个人物时,感到笔力不逮、心中无数;要是心中无数,或者我不大熟悉的人物,早在我写人物分析时,就给剔除了;非写不可的,我也及时地作了了解调查,补救上了。

好像是车尔尼雪夫斯基说过,创造典型人物,观察和把握一个个别事物,是一个起点。对我来说,作人物分析,就是在加深我平时的观察,帮助我准确地“把握”自己将要写的人物,理清这个人物的思想脉络。

林纾在《春觉斋论文》中说:“脉者,周身无所贯者也,然而脉之一字,按之始见,不按之无见也。”

正是如此,当我写完人物分析,理清他们的思想脉络时,我的长篇小说的结构工作,也同时开始了。往往,在写完人物分析以后,我还做一件事,那就是进一步确定这些人物之间的关系。如果说,写作人物分析,仅仅是使得我明了将写的个别人物面貌,他们可能会有些什么作为和表现的话,那么,进一步确定他们之间的关系,已经在帮助我竖起长篇小说的结构了。

我们都知道,两个不同性格的人相处在一起,对任何事物的反应也是不同的。那么,更多的不同性格的人在一起,他们之间的差异就更大、更加不一样了。这种人与人关系中的差异，形成了我要写的小说中特定的人物关系。这么一群人面临着我所要表现的矛盾冲突和事件，他们的心灵、思想、脸部表情、言语对话、待人接物会是多么地丰富多彩、千差万别，那是可以想见的。加上人本身所具有的复杂性，文学作品中人物的性格就会鲜明地显示出来，人物与人物就会冲突起来。

所有这些，就是我长篇小说框架结构的基础。

举例来说，十年内乱期间泛滥的血统论，说起来是触目惊心，也是众所周知的。想写一本反对血统论的长篇小说，是我在初学写作的年代里就产生的念头。可促使我写作长篇小说《蹉跎岁月》的，却是这么一件小事：一个出身不好的姑娘，在插队落户的岁月里，和一个干部子弟爱上了。打倒了"四人帮"，干部子弟抽回大城市，父母亲干涉儿子的恋爱，结果酿成了悲剧。听完这件事，回到自己房里，我在随身带的本子上写下了两句话："这件事可以写成长篇小说；而且结局一定要让这两个人好。"

产生这个念头以后，我头脑里浮现的第一个人物，就是杜见春。这不仅是杜见春这个人物最能形象地体现主题，更主要的是，我对"她"非常熟悉。在插队落户的日子里，在我去农场采访期间，在我个人的生活经历中，我遇见过好些这样的人。我知道她们怎样说话、怎样生活、脸部表情是怎么样的，顺利的时候如何兴高采烈，逆境中怎么颓丧灰心，甚至她们爱穿什么衣服，有些啥爱好，意外情况下的眼神，我都观察到了。这些平时的积累，以往都在印象的仓库里深埋着，当我写作"杜见春"这个姑娘的人物分析时，就全部涌了出来，熔铸到了她的身上。她在我的脑子里是活灵活现的、鲜明生动的。你要问我，杜见春在逛公园时是怎么样的，我马上就能告诉你，尽管我在小说中不会写到她逛公园。

有了杜见春这个人物，还必须要有个适合总体情景的相呼应的人物。这个总体情景，我的理解就是两个主要人物之间的关系。在我的小说中，这是必不可少的，如《我们这一代年轻人》中的程旭和慕蓉支，《风凛冽》中的叶铭和高艳茹，《峡谷烽烟》中的小友蓉和白斑狼，《高高的苗岭》中的隆开和石朝山等等。有了这么一条主要人物关系的控制线，有了这么两个相辅相成的处于对立统一中的人物，我就能理出作品的主线，并靠它把其他的一切都带动起来，组织间架结构。

这不是我的发明，在我喜爱的很多作品中，都有这种起着控制作品力量的人物，如《红楼梦》中的贾宝玉和林黛玉，《子夜》中的吴荪甫和赵伯韬；《高老头》中的拉斯蒂涅和高老头，《复活》中的聂赫留道夫和玛丝洛娃，《奥勃洛摩夫》中的奥尔迦和奥勃洛摩夫……自然也有例外，当一条控制线不够时，作家就再设置一条，由单线发展到双轨。列夫·托尔斯泰称这种双轨控制线叫“拱形结构”，他的《安娜·卡列尼娜》就是最明显的例子，安娜和渥伦斯基一条线；吉蒂和列文一条线，这两条线又通过亲戚关系像圆拱形一样联接起来。陀思妥耶夫斯基从《被侮辱与被损害的》这部书开始，到后来的《罪与罚》、《白痴》等等采用的都是这种双轨控制线。泰戈尔的《沉船》用的也是这种方法。

也许是我太爱读这些书了，我在学习写作时，自然而然也想到了这种方法。我是初习写作，还没用过双轨控制线的写法，每次组织间架结构，我只采用一条控制线。

这样，在确定了杜见春这个人物以后，我很自然地想到了和她相呼应的人物柯碧舟。这个人必须和杜见春性格迥异，出身、经历都不一样。我插队落户和过去的同学中，这种人是不少的。我也很快地写出了“他”的人物分析。有了这两个主要人物，其他的人物，就不难了。我熟悉无数知识青年，要在很多熟识的人中，选出些具有特点的人物来提炼、概括，还是不难的。于是，王连发、苏道诚、肖永川、华雯雯……一个个人物都出来围绕在杜见春和柯碧舟身边了。

基本确定了我的人物，故事大致有了一个走向，这些人物在我头脑里一天比一天鲜明起来，似乎还不时闪出些精彩的对话和动人的场面来，我进入了紧张的思考、耐心的等待阶段。

思考什么呢？等待什么呢？那就是给我的人物和作品以紧密相关的有致的情节。

阿·托尔斯泰说："情节是一种发现，一种难得的东西。"

正因为难得，就需要等待、需要思索。不是每天都能发现珍宝、发现稀有的矿藏的，珍贵的宝藏要人不懈地去挖掘、寻找、开采，于作品有益的情节也是这样。

巴尔扎克写小说有一条准则："要使人爱看。"那就是提醒自己时时刻刻想到读者。为了要使人爱看，许多作家都一再地磨练自己的技巧，精心地处理情节。大仲马善于铺展故事、设置悬念；易卜生善于用"解开以往生活的谜"这种方式；马克·吐温惯常喜欢让自己的主人翁改装以变换身份，产生强烈的效果；屠格涅夫小说中的情节总是环环紧扣，从来不拖泥带水，取直线发展……

我爱读他们的书，在学习写作时，也喜欢借鉴他们的共同手法，那就是在一本书里，设置不多的几个人物，选择一个贯串全书的情节，充分地写好它。（别以为大仲马的情节复杂呀，厚厚的一部《基度山伯爵》，只有报恩与报仇这一条贯串全书的线索，一拎就起来了。）

对我来说，情节的发现往往是伴随着一个准确有利的开头一起得到的。它不仅是一个故事，还是一种触发，一条能把所有想写的东西巧妙贯串起来的铁链。

前面我说过，在产生写作《蹉跎岁月》的念头时，我就要求自己在结尾时让这两个人好。也许是我早早地定下了这么一条，在我写作人物分析、等待开头、形成总体结构的过程中，我老是在为他们的结局寻找思想基础。当所有的准备工作做完，强压下自己的创作冲动，耐心地等待了近十个月以后，排除了好几十个开头，留在我面前的有两种开头方式，一种是从打倒"四人帮"、柯碧舟与杜见春回上海探亲写起，另一种是从他们在山寨上的恋爱写起。前一种开头方式能疾速地把问题捅出来，吸引读者，揭示主题，艺术效果也强一些；后一种，处理起来就显得很平，不易抓住读者。我苦恼着、权衡着，前一种开头固然好，但故事的场景，要搬到上海，故事的进展，不能不考虑杜见春一家人的种种态度和性格发展，即使要写农村里的往事，也必须采用倒叙、回叙、插叙的手法，很大一部分要通过回忆来展示。对一部长篇小说来讲，斧凿的痕迹也太重。怎么办呢？我翻书、看剧本、看电影、在湖边散步，老在想、想……十个月以后的一天，我和一个老医生在乘凉时聊天，他讲起自己的经历，说了一句话：“一个人和另一个人的关系，总是从他们最早的那一次相识就开始了。”这句话像小锤子一样，一锤就把我敲醒了，他后来说了些什么，我一句也没听进去。我突然明白过来，柯碧舟和杜见春的故事，就得从他俩的头一次相识写起。谁都知道，恋爱着的双方，头一次相识总是留在他们各自的记忆里的。平吗？平是平一些，只要生活基础厚，也能平中见奇。乘凉回到家，已是深夜了，我找出稿纸，把苦苦等待了十个月的开头，端端正正写在方格子里。开头等来了，角度找准了，我的小说一章一章顺序写了出来。

姜夔在《白石诗话》中谈及结构时说：“波澜开阖，如在江湖中，一波未平，一波又作，如兵家之阵，方以为正，又复是奇；方以为奇，忽复为正。出入变化，不可纪极，而法度不可乱。”

我觉得在组织长篇小说的篇章联接、情节铺陈时，更应追求这个效果。前面说到我爱读易卜生的剧本，他写剧本的一个主要方式，是采用回顾式，亦即“解开以往生活的谜”，运用戏剧手段，一层一层往里剥笋壳。这种方式使我入迷，我发现，用这种方式写长篇小说，同样能吸引人。卡维林的《船长与大尉》和《一本打开的书》是我在中学时代就读过的，他把过去发生的事件放在后面去写，前面设置好一系列的悬念、伏线，构成一幅扑朔迷离的人物关系画面，到高潮时才把机关捅破。书读过好多年了，但我仍记忆犹新，可见其艺术魅力。在写作长篇小说《风凛冽》的时候，我就有意识地学习这种结构方式，摊出一些悬念后，层层往里推进，在高潮时戛然而止，迅疾打住。在写作这本书时，类似的题材在报刊上发表已经很多了，很多小说都是开门见山，直接揭露和鞭挞“四人帮”及其爪牙，也有些小说用的是回忆形式。这就逼得我另外找一条路子来写同样题材的东西。从发表后的一些读者来信看，读者们是喜爱和能接受这种结构方式的。

以上所叙，仅仅是我学习写作的短短几年中的一些甘苦得失，写给读者，只能说是一份汇报，敬望同志们批评指正。我们经常地说到列夫·托尔斯泰的心灵辩证法，说到陀思妥耶夫斯基的小人物的命运，说到屠格涅夫笔下的女性，说到契诃夫的淡淡的哀愁，说到左拉粗线条的勾画。这就是说，每一个人提起笔来写作，总有他个人的情绪、角度和表达方式。对一个人来说是成功的经验，对另一个人来讲只有点儿参考价值。我初习写作后的这些点滴体会，都是一鳞半爪，不成系统的，恐连参考的价值也没有。

刘大櫆在《论文偶记》中说："古人文章可告人者惟法耳，然不得其神，而徒守其法，则死法而已。"

读书能启发我们的思路，开阔我们的眼界，但真正地掌握要领，还需我们在实践中不断地摸索、不断地追求。

我愿意在今后的创作中，摸索和追求下去，争取新写的长篇小说，能在艺术上有所进步、有所突破。

一九八一年八月二十九日

于贵州猫跳河畔

长篇小说之我见

十五年前的一九八〇年，我发表了三部长篇小说《我们这一代年轻人》《风凛冽》《蹉跎岁月》。后来出版这三本书的中国青年出版社一位老编辑告诉我，在北京的大学里，课程紧张的大学生们排着队读我的书。只因为我写的全是他们曾经经历过的生活。那个时候，我刚从老远的贵州乡下走进首都文坛，还很不成熟。听了这些话自然就有些沾沾自喜。故而《文艺报》的一位老编辑约我写一篇谈谈长篇小说结构的文章，我只花了一个晚上的时间，写下了《谈长篇小说的结构》那篇长文。

自那以后我再没对长篇小说讲过一些什么。因为自己在搞创作。前不久，《文学报》编辑约我写一点谈长篇小说的文字，我慨然答应下来，是因为自一九八〇年至今，一晃十五年过去了。十五年里，我在长篇小说的领域里耕耘，先后出版了二十一部长篇小说，可说是尝尽了创作长篇小说的酸甜苦辣，也对长篇小说作了苦苦的思索，有一些话可说。

丰富的经历和情感的积累

生活的积累对任何创作都是重要的。对长篇小说的创作尤为重要。

有人曾说，写短篇靠技巧，写长篇得靠积累，循序渐进的积累，有形无形的积累，感情投入的积累。丰富的经历自然能给创作带来很大的益处。但是很多有志于创作的人有了丰富的经历，却苦恼写不出东西，也是时常听说的事情。有一句老话说：读万卷书，行万里路。如果一目十行地读书，心不在焉地读书，那么即使读百万卷书，也是无用的。在当今时代，行万里路甚至十万里路、百万里路者也比比皆是，不用心思，那路多半也是在白行。

读书是一种积累，行路也是一种积累，把两种积累相结合，使其比较有益于产生创作的冲动，那就得倾注感情。没有感情，就不能产生想象的动力，而没有想象，那么就很难进入长篇小说的创作。写作短篇小说的高手和大家，能用一两句精辟的甚至是朗朗上口的语言来谈短篇的写作，诸如：直奔结尾，开头要让人眼睛一亮，裁剪要适度、简洁，选材要严，等等等等。但是没有一位作家会用简单的一两句话来谈长篇小说的创作。其实，所有关于短篇小说创作的体会与经验都和创作规律有关，但是如果仅仅只谈及一点，对于长篇小说的创作来说是远远不够的。

人类的感情是说不尽道不完的，有些感情还是让人难以理解的。人们把感情比作大海，形容成莽莽苍苍的群山，或者干脆称作感情世界，大概能说明一点问题。忧国忧民是一种感情，纯洁的初恋是一种感情，婚外的爱也是一种感情，对故土的依恋是感情，对仇人的恨是感情，我们常常说到的沉浸在对往事的回忆中，那追忆中的人和往事，往往回忆的还是感情的经历。人类时时遭遇的生离死别是感情，人们时常说到的妒嫉是感情，冷漠、狂热、愤怒都是感情的体现。

因而创作本身，就是一种感情的宣泄。我们说的创作冲动，这冲动两字，形容的就是感情。长篇小说创作最需要的，就是这种情感的积累。我们经常举到这样一些例子：福楼拜在写包法利夫人服毒一段时难受得呕吐了；有人看见巴尔扎克憔悴得如同大病了一场，问他，你最近生了什么病，他回答，高老头死了。这些例子不断地被评论家和作家们提到，无非就是在强调情感对于创作的重要。但情感又是可以用酒来形容的，似乎是越醇厚越丰富越好。但是酒这东西，除非在特制的酒窖里使得酒分子的发育处于静止状态或缓慢发展阶段，让它逐渐地缓慢地老熟，一般地来说，过于老化的酒，哪怕它是再有名的酒，无论从香味从醇厚来说都是要退化的。我不止一次地听一些老作家以感慨的语气说，创作中长篇小说，那是中青年作家的事。作家老了，就会自然而然地写些随笔、散文、杂感、创作谈之类的文字，写小说得有激情，而老年人缺乏的，往往就是激情这东西。这话虽不是绝对的，但从一般规律来说，还是有一定的道理。

丰富的经历能使作家体会多种多样的感情，而多种感情的积累有益于作家写好形形色色的人物。长篇小说因为长，相比于短篇小说的人物就要多得多。很难设想一部长篇小说只写好了某几个人物，而把另外一些人物用寥寥几笔去交代。凝重的主题也好，重大的题材也好，都得靠栩栩如生的人物去体现，而写好人物的关键，就得要作家全身心地倾注自然流露的、发自肺腑的感情。文笔再好的作家，语言功力再强的作家，走马观光一番，只能写些浅显的散文和报告文学。我们读到的一些优秀的报告文学作品，总是因为被写到的人物或事件先深深地打动了作家，激发起了作家的感情和灵感，促使他去深入地采访、了解、调查研究，而后写出了脍炙人口的好作品。有经验的老作家时常谆谆劝导青年作家和初学写作者，一定要写自己熟悉的生活，写不出的时候不要硬写。表面看来这是针对文学青年的一种现象说的，归根到底实际讲的还是一个感情问题。长期沉浸在熟悉的生活里，自然对这一生活会产生种种感情，或热爱，或厌恶，或留恋，或惋惜，或难以忘怀，或摆脱不了挥之不去——写来就会让人产生同感，就会让人觉得是那么回事，就会使人觉得栩栩如生、爱不释手，语言也就会自然而然地被感情牵着走。反之，如果写不出而硬要写，即使笔下生辉，洋洋洒洒，用去很多形容词，因为感情是虚假的，读来总让人觉得不对劲。言为心声，在创作长篇小说时，记着这一点，会使我们在下笔时倍添几分谨慎。

是深沉的，也是有趣味的

长篇小说要有深沉凝重的主题，要有令人深长思之的蕴含，要有高尚的思想和严肃的思辨。看来不会有人提出什么疑义，有疑义的是“有趣味的”的这句话。人们会说，趣味有高下之分。高尚的趣味那当然很好，而低级趣味马上就会让人想到通俗甚至庸俗。

我们说小说是一门艺术，优秀的长篇小说更应是艺术作品。而且我们生活的这个世界还常常把长篇小说看作是国家和民族的文化宝库。诸如提到西班牙，我们就会想起《堂·吉诃德》；提到埃及，我们很自然地就会讲到《一千零一夜》；提到十九世纪的俄国和法国，我们就会想到托尔斯泰、巴尔扎克和雨果的作品。如果稍有些文学修养，我们还会讲到作家们笔下所创造的那些个鲜明生动地活在我们记忆中的文学世界：比如福克纳的美国南方邮票那样大小的故乡本土，劳伦斯的马尼托巴矿区，亚马多的巴西等等等等。实地去这些地方走走，你会发现真实的世界和作家笔下的文学世界是有差别的，有时候这种差别还能使你吃惊和觉得不可理解。我曾经到过沈从文笔下无数次写到过的湘西，可能是我对他的小说读得太细致了，我觉得我眼中看到的湘西和沈从文笔下的湘西完全是两码事，尽管我也在从事创作，当时我确实还是有些隐隐的失望。但那也没有关系，沈从文老人创造的是一个文学世界，一个审美的世界，它可能不存在于现实中，但是它被创造在薄薄的纸页上。这就是作家的伟大，文学作品的伟大，长篇小说的伟大。因为作家以其生花妙笔美化了我们这个平凡的世界。作用于人的是看不见摸不着的灵魂，要读者从内心深处发出由衷的反响，必须深沉、凝重、令人深长思之，才会显示其价值和意义。要完美地做到这一点，那也就必然不可能去和娱乐竞赛。而今天我们所遇到的问题的复杂性就在这里。我们不可能要求每一个读者拿起书来就接受作家所创造的那一个个文学世界，这个世界上有那么多吸引人的有趣的事情，他为什么非要拿起书本阅读呢？人们最可能问到的一个问题就是：你所写下的这个世界和我有什么关系？或者：我为什么非要光顾你创造的这个世界？而作家在读者没有读他的作品之前却无权去责备或是驱使读者。他只有一个办法，那就是想方设法吸引读者。况且我们也没有理由要求每一位读者在拿起一本书的时候排除娱乐功能。

因此当作家创作一部长篇小说的时候，除了要考虑作品的思想内涵的深度，他还必须考虑要写得有趣味。有趣味不排除通俗，小说从其产生的那一天起，就包含着通俗的成分。翻一翻中外的小说史，这个问题就不须多加争论。但是仅有通俗那是不够的。惊险小说是通俗的，侦探小说是通俗的，恐怖小说不但是通俗的甚至还是刺激人的。可以列入这一项下的还有色情小说、情节小说、暴力小说、武侠小说——所有这一些小说可以吸引不同层次的读者，也不否定有一定的趣味，但决不可能成为国家和民族的文化宝库。原因很简单，就因为它们缺乏深沉凝重的思辨和启迪人灵魂的力度。

纵观世象，可以发现，任何一部伟大的长篇小说都是能在不同的社会层次中找到知音的。各种各样的读者能在这样的长篇小说里读出自己的意味来，发出会心的微笑。男的、女的、年轻的、年老的、中年的、不同肤色的、遵从不同习俗的、信仰不同宗教的——想想吧，当一部长篇小说能在所有的这样一些读者中被称道、被赞许、被读出意味，发现不同内涵、不同意境，她能不凝重深沉、不充满趣味吗？不知从何时起，有人抬出“媚俗”这个词来为蔑视读者找注解，那么就请你再读一读强调这个词儿的米兰·昆德拉的几本长篇小说吧。在他的长篇小说里，为写得有趣味不知下了多大的功夫呢！索尔·贝娄曾经轰动美国的严肃而又高级趣味的长篇小说不是进入畅销书的行列了吗？

托妮·莫里森不是因她的既高尚又有趣味的小说而被誉为“两面异物”吗？他们早已从自己的创作实践中领悟到：

写得深沉些，写得更有趣味些。

为了写得深沉写得更有趣味，作家们在做着孜孜不倦的、痛苦的努力和追求。几乎是从二十世纪的初叶起，就有人在预言长篇小说的消亡：“长篇小说还能存在多久？”“长篇小说会消亡吗？”特别是三十年代以后有声电影的迅疾崛起，更有人变本加厉地宣告：小说失宠了！“小说将被取代”“小说还能活着吗？”“小说快没落了”。到了近代电视业及电视剧的飞快发展，使得类似的舆论再次掀起了高潮，仿佛小说真的变成了昨日黄花，走向消亡了。但是小说怎么样呢？尽管文坛有着那么多不景气的抱怨，令世人瞩目的杰作还是在这个世界上的这一角落或是那一国度里冒出来。恕我直言，电影和电视的发展与普及虽然对小说产生着不可低估的影响和冲击，但它们决不可能取代小说，特别是长篇小说。只因为长篇小说用语言创造的文学世界是不可替代的。

长篇小说因为长，体现她的主要优点就在于不能让人感觉枯燥乏味。而为了使人爱读，长篇小说也就永远不会排除爱情。作家们或者干脆说长篇小说家们时常为作品要不要一个故事、或是该不该有情节争论不休。有人比如说福楼拜则直言，我对故事没有兴趣。在很多现代派作家们看来，重视情节几乎是对他们的侮辱，偏离故事和情节才是他们刻意追求的。而对有的作家比如艾巴·辛格来说，“从文学中剔去讲述故事，文学也就失去了一切。”

我倒觉得既然有着一个不甘寂寞的文坛，对这些问题争一争也未尝不可，但众人尽可以各讲各的，千万不要强加于人。创作特别是长篇小说的创作，是一场令人精疲力尽而又极富个性的精神劳动，它本没有给世人定下什么清规戒律，有志于书写杰作的作家们尽可以在这一领域里纵情驰骋。但是就如同电影得规范在影院里去放映、电视规范在小小的荧屏上一样，长篇小说总得要给自己寻找一个表现的舞台或说一个框架、一个表现形式。这一舞台、框架和形式再大，比如长到类似于七卷本的《追忆似水年华》,还是有限度的。在这一有限的构架内,长篇小说要有尽可能大的容量,于是不得不考虑深沉凝重,不得不考虑要有趣、生动、易为读者接受。

史诗和哲理

在关于长篇小说的议论中,我听得最多和最强烈的评价,就是长篇小说要有史诗意识,我们还拿不出像样的史诗作品,有些人不止一次地呼唤史诗,并且断言,史诗是长篇小说的最高成就、最高境界。和史诗几乎讲得一样多的,是责备我们的长篇小说不含哲理,或者说哲理表现得不够、哲理太浅显等等。

我曾很认真地思考过史诗,很虔诚地拜读那些与史诗有关的文章。读多了我发现,就是那些大声疾呼史诗的人,对史诗的解释也是不一样的。或者说他们自己对史诗是怎么回事也没搞清楚。一会儿有人说史诗是广阔的时代画卷,一会儿有人说史诗往往反映了社会各阶层的面貌,一会儿有人又出来煞有介事地论证,像《战争与和平》《静静的顿河》《蒂博一家》这样的多卷本长篇还不是史诗,那么史诗是怎样的呢?史诗应该是用不大的篇幅,也就是我们平时看到的一本长篇那么长的篇幅,用高度概括的、带有一定象征的、形式和内容统一的、内涵丰富、艺术地表现出来的作品。

应该说细读这些话一点也不会感觉到有什么不对劲的地方,而且初读还会觉得很有水平、很有道理。但是转而一想,又觉得这些话似乎什么也没说。如若哪个人真依着这样的要求去写作,别说是史诗了,他写出的东西首先在编辑那儿就通不过。退一万步讲,就是所有的人都依照这样的要求写出了“史诗”,那试想一下,我们的文坛该会是多么地枯燥、多么地乏味。小说创作之所以吸引人,长篇小说之所以有一代一代痴情的读者,就因为一个人和另一个人写得不一样,一部作品和另一部作品有不同的趣味。

哲理也一样。一部长篇小说具有丰富的哲理当然是一件好事。那哲理能给人以启迪，令人深长思之，则更为成功之作。但哲理决非小说的标签，它应该是自然地最好还是隐蔽地蕴含在长篇小说的故事中的。如果长篇小说仅仅叙述了一个扣人心弦的故事，而使其他的一切都服从于故事的要求，那尽管可能很好读，但最终也不见得是一部成功的作品。如果长篇小说家根据恩斯特·卡西尔著作思想的启示写出了一部长篇小说，真正要理解卡西尔的哲学，我们完全可以去读他的原著。比如"群众是真正的英雄"、"枪杆子里面出政权"等等都不但是真理，而且还富有一定的哲理，但要是写出一部长篇小说来一一证明这些真理，我们会说这未免把长篇小说的主题搞得过于单一了，我们还会说这些谁都知道的论断需要你去证明吗？不要以为这样的现象已经不存在了，我们不是时常见到一些作家读了一点佛学著作或是道教的书，或者是西方比较时髦的哲学书籍，继而写出一些小说来证明其观点的正确吗？这样的长篇小说可能会引来一些人对于其创作中佛教色彩、道教色彩或是西方哲学色彩的赞誉和兴趣，但如果我真正对此有兴趣，我就会去读介绍佛学、道教或是西方哲学的书，我何必通过读小说来认识这些学问呢？如果长篇小说仅仅只用来作为探讨某种新颖的形式，或者是像一些作家热衷的那样做新样式的试验，那么这只可能是一本有弱点的书。因为长篇小说在这时候已变成了一种审美的玩物，这可以解释为什么那么多的读者面对被吹捧到云雾里的小说仍觉得困惑不解，或者干脆说作家们是在玩文字游戏。长篇小说的厚重，关键就在于它既探索丰富多彩的生活，又探索和语言、虚构、表象、结构等等有关的风格。而所有深沉的哲理，都是和生活中的衣食住行、生老病死、周而复始、否极泰来有关的，或者说是由此生发开去的。在我看来，长篇小说始终都在讲述一个追求美好未来的故事，或者说是追求幸福欢乐的故事，它很深奥也很浅显，很玄妙也很平常，创作长篇小说忘记了这一点，就有可能去钻牛角尖。

长篇小说的语言

这是一个老生常谈的话题。不必扯远了去说世界各国的语言是多么地千差万别，就是古老中国大地上的语言，也是多姿多彩，发声音韵各有千秋。有的短促简捷，有的文声拖气，有的甘润糯甜，有的厚实粗重——故而各地的方言中都有"宁与什么什么地方人吵架，不与什么什么地方人闲话"的俚语。中国有近十二亿人口，书写的同一种汉语（一些有文字的少数民族除外），讲的也是我们统称为中国话的语言。但是可以说没有一个中国人能听懂所有的中国地方话，常常就是在同一省内，发音的方式或尾音绝然不同。别说是省与省之间的差别了。对小说创作来说，这正是我们中国作家的优势。各不相同的地方有各不相同的方言俚语、民谣俗谚，北方和南方的遣词造句方式也各有不同，所有这些不同恰好给来自各种地域的作家们以施展才华的充分机会，即使是书写同一题材的作品，黑龙江的作家和海南岛的作家写来是不会一样的，云南的作家和上海的作家们写来也是不会一样的。有经验的作家们一定知道，很多作家在创作中都主要使用一种语言方式，我把它称为"根的语言"，或者说是来自于故乡的语言，这与一个作家的出生地，和他最早牙牙学语以及后来用语言思维的方式甚至作品中的人物、俚俗都有不可分割的关系。当把这一种语言运用到炉火纯青的时候，一个作家的语言特色亦便形成了。比如说乔伊斯的都柏林，格拉斯的但泽，伯尔的科隆——这一些地方不但提供了作家们的语言基础，甚至连作品中故事发生的地点，作家们也有意无意地安排在这里。

语言给人以种种奇妙无比的感受，它可能是清新明快的，可能是含有淡淡的哀愁的，可能是简捷的，可能是充满了浓郁的乡土气息的，可能是庄重优雅的——在需要的时候，它也会是粗俗的、啰嗦到颠来倒去的。在长篇小说的创作中，语言除了该有它必须具备的准确性、形象性、生动性之外，还需要追求语言本身的音韵感、节奏感和情绪化。总之，该在不露痕迹、不动声色的叙述中，能把读者带进你所创造的文学世界里去。

我之所以强调不露痕迹、不动声色，是针对有一种认为长篇小说应该散文化的观点而言的。散文也得有情绪有韵致，散文也要抒发感情表达意志，散文的自由度也很大。在俄罗斯和前苏联，长篇小说甚至本身就被称为散文。而在我们中国，散文和小说特别是长篇小说的概念完全是分开的，散文常常为了更耐读和可以咀嚼，在行文中不时地需要雕琢，而雕琢时不知不觉地就会留下斧凿的痕迹。在我看来，这一斧凿的痕迹，对长篇小说来讲，无疑是同故意编造一个细节那样的败着。

一孔之见，欢迎批评。虽然意犹未尽，但限于篇幅，就此打住。

关于长篇小说主题的思考

1

人活着是为了什么?

人生活的意义在于什么?

看来这个始终萦绕在青春时期的题目又有重新思考的价值。

为了获取权力?寻找自我的价值?得到幸福无边的爱情?摘取光焰不灭的艺术殿堂之一席?还是利他,为祖国、为人民的利益牺牲自己……

无论什么题材的写作,看来都得解答这一问题。解答的肤浅、草率,就会影响作品和人物的深度。

2

赎罪。

这是人生一个经常遇见的心理现实,是一个挖掘不尽的主题。

陀思妥耶夫斯基的《罪与罚》被人称作催人泪下的社会悲剧,被评论者认为是一部发人深省的哲理小说。写的是拉斯柯尼科夫杀死一个放高利贷的老太婆以后的故事,探讨的是这样一位人物的灵魂最终是否能得拯救。实则便是赎罪。

多少文学家选择了同样的主题。

人在一生中,故意或不经意或被迫或由于幼稚、盲目、虔诚、一时冲动犯下的过失、罪恶和不可饶恕的丑行,时时都在啃噬人的灵魂。这一心理在当代节奏迅疾的生活中将演化多少艺术上的悲欢。

关键在于寻找角度。

美好的事物和善良厚道的人在你的身边、在近在咫尺的距离时,人们往往很难认识它的价值;而一旦失去,人们才发现他有多么珍贵,且哀叹永远也不可能找回来了。难道这不又是一种心灵的赎罪……

3

对待邪恶的态度,是人生时常面临的课题。

赫尔曼·麦尔维尔的《白鲸》和彼得·本奇利的《大白鲨》之所以永垂青史和畅销,同他们选择了这一主题并表达得栩栩如生不无关系。

以奇制胜,写恐怖的凶杀、写变态的心理感受、写露骨的色情、写人在严酷的现实面前总显得软弱无力悲观厌世……固然可以吸引读者和畅销,但绝不可能有艺术生命力。

相反,在邪恶、罪孽面前探讨人的品质,在软弱、依附、假作不知、麻木不仁、奋起反抗、拼斗或是靠救世主出场解难,还是以集体的力量、唤起民众去摧毁……显然这样的题旨要深远而经久得多。

电影《在码头上》从这一角度入手,据美国东部各码头实地调查一年的材料,由伯德·舒尔伯格编剧,名导演卡赞执导,一举获得八项金像奖,可以为这一观点作注脚。因为它选择的同样是对待邪恶的态度这一主题。

4

人在疾风暴雨般的骤变忽然降临时产生的狂热、惶惑、骚乱和盲动,以及这类骤变给人类(作品中的主人翁)带来的戕害,是经久不衰的主题。

面对这一类题材时，很容易使作家落入"套子"的诱惑。但只要搞得好，比如《哈姆雷特》，将使得整个作品多姿多彩、扣人心弦，犹如奔腾的江河般澎湃急荡。

5

随着社会的变化和历史的进步，随着科学技术的发达和迅猛进展，过去的事物连带它传统的价值观念正在演变甚至消亡，这样的现实要求迫使世界上任何角落固有的道德观念跟着有相应的、有时小有时又很大的改变。而这种改变带给人物的，往往是悲愁和欢乐兼具，不少时候还常常是痛苦大于幸福。要使笔下常青，关注和研究变化着的生活是第一位的；没有这一条，长篇小说的构思和主题便会时常流产。

6

爱情被称作永恒的主题。

而被无数人纵情讴歌的尘世间的爱原是相互的、有限的、时常还是不牢靠的。难道这一道理不也是永恒的吗？

7

一九八九年五月，在承德听到吉祥天母的故事。照录如下：

吉祥天母亦叫福女天，在民间又呼作普渡母。她的形象丑陋得令人作呕。所铸铜像（存普陀宗乘之庙——外八庙之一）脸庞龇牙咧嘴、敞胸露乳，一手作假娇羞托于腮下，一手张牙舞爪举得高高。颈项里套一串项链，项链上串着一圈骷髅。一前一后有两个人身妖头的小孩紧随她所骑的骡子，作呼唤状。

相传吉祥天母当姑娘的时候，是个十分美丽动人的女子。她相当得意，交了一百多个男朋友，她的父亲对她的此种行径大为不满，愤恨得把她关了起来，欲加死罪。吉祥天母的母亲可怜女儿，趁父熟睡时，让女儿骑上一头骡子逃跑。福女天慌忙逃跑中，惊醒过来的父亲气急败坏地追来，张弓搭箭，欲射死女儿。不料一箭射来，正中骡子屁股，反刺激得骡子逃得更快。从此，吉祥天母骑的骡子屁股上竟然多了一只眼睛，那便是箭伤所致。

吉祥天母逃出父亲的魔掌，从此浪迹天涯，愈加放荡，并为报复男人，开始食人。吃了人之后她把人头串成项链挂在颈上。每食一人，她的脸便变难看几分，吃人愈多，她就愈变愈难看。逐渐地变成今天我们所见铜像上那个鼓眼裂嘴，额头中间还长出第三只眼睛的残忍之相。

如此可恶的人，为佛法所感，竟亦“放下屠刀，立地成佛”，追悔中专门驱邪降魔，为以往之行径赎罪。

正在这时，海中有一兴风作浪、无恶不作之凶魔，谁都降伏不了它。吉祥天母主动找上门去，嫁给了凶魔，以便摸清凶魔秉性和妖法。她心甘情愿服侍凶魔七年，获得了凶魔的信任，成为凶魔的妻子，并在和凶魔共同生活十三年后，生下了一男一女两个孩子。到了第十三年终，吉祥天母趁凶魔高兴，将其灌醉，杀死，随即骑上三只眼的骡子离去。却不料她与凶魔生下的两个半人半妖的孩子追了上来，连声惊呼：“妈妈、妈妈……”吉祥天母想到这是魔种，挥剑将两个孩子的脑壳砍落，催鞭而去。谁料那两个被砍落脑壳的身子，仍在急急追来，声声呼喊。吉祥天母心中不忍，随手抓起两颗被砍落的小妖的脑壳，安在追来的孩子身上。从此紧随她的两个孩子即为人身魔首……

故事有些离奇，回来就翻查《佛经故事选》，遍寻不见。心知这故事已有民间传说的成分，遂记录下来。

凝神琢磨，在现代人的生活中，难道便没有类似“吉祥天母”的故事吗？

如果创作一部当代“吉祥天母”之传说，岂不是一个极有价值的主题！

8

死亡也是所谓永恒的主题之一。

不是因为死亡本身确有那么多的笔墨可以渲染,而是走向死亡的过程吸引着无数的文学家。“哈姆雷特之死”“高老头之死”“安娜·卡列尼娜之死”……如同雷蒙德·A·穆迪的《濒死体验》一书那样,描绘死亡过程的常常是精力充沛的活人。真正体验了死亡的人是永远也读不到描绘死亡过程的书的,哪怕这本书震惊了世界。

死亡被称为人类生命中最奥秘、最困难的课题,死亡本是从来不曾有一个旅人回来过的神秘之国,它的难以名状、它的种种感觉,它的回光返照,都以带有强烈的情绪和丰富的想象吸引着所有的艺术家,演员们演它,画家们画它,作家们写它,而它的真实性究竟如何,则被放在其次的地位。人们只要求它让众人感觉到的“真实”和“像”就可以了。

这是否亦从一个侧面阐述了艺术的真谛?

9

最充分生动体现主题的是感情。

不论是光线、色彩、声音、景物、情节、故事、情绪渲染、心理现实和所有的人物,如果不注入感情,那么只会让读者乏味。记不清是谁说的了:“那种用自己的作品给我们纲领中的现成原则作插图的艺术家,是蹩脚的艺术家。艺术家之所以可贵,正是由于他能提出新的东西,能运用其全部直觉,深入到通常统计学和逻辑学所难以深入的领域中去。”

而全部直觉的调动和运用,靠的就是丰富的感情。康拉德说得好:“一切艺术首先都是同感情打交道的。”

10

挖空心思地寻找主题是徒劳无益的,这种寻找不但痛苦烦恼而且往往令人颓丧。玄妙高深且又浅显易明、朴素而“人人心中有,人人笔下无”的主题,更难遇看起来表达能力很强的一些作家,这大约正是我们这个世界永远感觉缺乏杰作的原因。

不论历史上曾经有过多少伟大的作家,留下多少光辉灿烂的名字和杰作,人们不会因为他们的存在而停止写作。在他们活着时或者逝世之后,有志于文学的作家们还将不断地书写新作。同一地球上生活于同一时代同一世纪的所有作家们都在自觉不自觉地竞争,都在从不同的感受、体验、经历中寻找新书的题材。他们正在构思和写作的每一本书和出版的大量的用世界上各种文字印成的书,都会遇到一个主题问题。

那些有幸获得神来之笔的人们,必是勤奋刻苦的不懈追求者。

让生活赐予一切有志于文学的人们灵感和聪明才智吧。

图书在版编目(CIP)数据

爱的变奏 / 叶辛著. —天津:百花文艺出版社,2008.3
(叶辛经典知青作品文集)
ISBN 978-7-5306-4823-0

Ⅰ.爱… Ⅱ.叶… Ⅲ.长篇小说-中国-当代
Ⅳ.I247.5

中国版本图书馆 CIP 数据核字(2008)第 010485 号

百花文艺出版社出版

地址:天津市和平区西康路 35 号
邮编:300051
E-mail:bhpubl@public.tpt.tj.cn
http://www.bhpubl.com.cn
电话:(022)23332651

上海新华传媒连锁有限公司策划、总发行

全国新华书店经销

北京市松源印刷有限公司印刷

*

开本:635×965 毫米 1/16 印张:19.75 插页:2
2008 年 3 月第 1 版 2008 年 3 月第 1 次印刷
ISBN 978-7-5306-4823-0
定价:31.80 元